rowohlt
POLARIS

JANE HARPER

ZU STAUB

THRILLER

Aus dem Englischen
von Ulrike Wasel
und Klaus Timmermann

ROWOHLT POLARIS

Die Originalausgabe erschien 2018 unter dem Titel «The Lost Man» bei Flatiron Books / Pan Macmillan Australia, Sydney.

Deutsche Erstausgabe
Veröffentlicht im Rowohlt Taschenbuch Verlag,
Hamburg, August 2019

Redaktion Tobias Schumacher-Hernández
Umschlaggestaltung HAUPTMANN & KOMPANIE Werbeagentur, Zürich
Umschlagabbildung John Crux Photography / Getty Images
Satz aus der Utopia bei Pinkuin Satz und Datentechnik, Berlin
Druck und Bindung CPI books GmbH, Leck, Germany
ISBN 978 3 499 00098 0

Für Pete und Charlotte,
in Liebe

PROLOG

Von oben, aus einiger Entfernung betrachtet, sahen die Spuren im Staub ringförmig aus. Der Ring war keineswegs kreisrund, sondern hatte einen ungleichmäßigen Rand, der mal dicker, mal dünner wurde und an manchen Stellen unterbrochen war. Außerdem war er nicht leer.

In der Mitte stand ein Grabstein, glatt geschmirgelt von Sand, Wind und Sonne, denen er hundert Jahre lang getrotzt hatte. Der Grabstein war einen Meter hoch und stand noch immer kerzengerade. Seine Vorderseite zeigte nach Westen, zur Wüste hin, was da draußen ungewöhnlich war. Der Westen war keine beliebte Richtung.

Der Name des unter dem Stein bestatteten Mannes war längst verschwunden, und das Grab wurde von den Einheimischen – fünfundsechzig an der Zahl plus 100 000 Stück Vieh – schlicht «das Stockman-Grab» genannt. Dieses Stück Land war nie ein Friedhof gewesen. Der Stockman, das australische Pendant zum amerikanischen Cowboy, war einfach nur an der Stelle vergraben worden, wo er gestorben war, und in mehr als einem Jahrhundert hatte sich niemand zu ihm gesellt.

Wenn ein Besucher mit den Händen über den abgewetzten Stein gefahren wäre, hätte er in den Vertiefungen Reste eines Datums erspüren können. Eine Eins und eine Acht und eine Neun vielleicht – 1890-irgendwas. Nur fünf Wörter waren noch lesbar. Sie waren weiter unten eingemeißelt, wo sie vor dem Wetter besser geschützt waren. Vielleicht waren sie aber auch von Anfang an tiefer hineingehauen worden, weil man die Inschrift für wichtiger gehalten hatte als den Verstorbenen. Sie lauteten:

der in die Irre ging

Monate konnten vergehen, manchmal ein Jahr, ohne dass ein einziger Mensch vorbeikam, geschweige denn stehen blieb, um die verblichene Inschrift zu lesen oder nach Westen in die Abendsonne zu blinzeln. Nicht einmal das Vieh hielt sich hier länger auf. Der Boden war normalerweise elf Monate im Jahr sandig und trocken und die übrige Zeit mit schlammigem Wasser überflutet. Die Rinder zogen lieber nach Norden, wo sie besseres Weideland und schattenspendende Bäume fanden.

Somit lag das Grab meistens einsam und verlassen da, nicht weit von einem einfachen Viehzaun. Der aus drei Drähten bestehende Zaun erstreckte sich zwölf Kilometer nach Osten bis zu einer Straße und ein paar hundert Kilometer nach Westen in die Wüste, wo der Horizont so weit war, dass man fast meinen konnte, die Erdkrümmung zu erkennen. Es war ein Land von Luftspiegelungen, wo die wenigen kümmerlichen Bäume in weiter Ferne schimmerten und auf nicht vorhandenen Seen trieben.

Irgendwo nördlich des Viehzauns lag eine Farm und eine weitere im Süden – direkte Nachbarn, aber drei Autostunden voneinander entfernt. Die Straße im Osten war vom Grab aus nicht zu sehen und eigentlich kaum als Straße zu bezeichnen. Es handelte sich eher um eine breite Sandpiste, die mitunter tagelang von keinem Fahrzeug benutzt wurde.

Über diese Piste gelangte man irgendwann nach Balamara, einem Ort, der im Grunde nur aus einer einzigen Straße mit dünn besiedeltem Umland bestand und dessen komplette Einwohnerschaft locker in einem einzigen großen Raum Platz gefunden hätte. Fünfzehnhundert Kilometer weiter östlich lagen Brisbane und die Küste.

Zu bestimmten Zeiten im Jahr dröhnten Hubschrauber über dem Stockman-Grab und ließen den Himmel erzittern. Die Piloten trieben Rinderherden mit Hilfe von Rotorenlärm und Flugmanövern über Gebiete, die so groß waren wie kleine europäische Staaten. Vorläufig jedoch wölbte sich der Himmel leer und weit.

Später – zu spät – würde ein Hubschrauber die Gegend überfliegen, bewusst tief und langsam. Der Pilot würde als Erstes den Wagen entdecken, in der Hitze glänzendes Metall. Das Grab in einiger Entfernung würde er nur zufällig bemerken, während er auf der Suche nach einem geeigneten Landeplatz eine Schleife flog.

Der Pilot würde den Ring im Staub nicht sehen. Aber ihm würde der blaue Stoff auf der roten Erde auffallen. Ein Arbeitshemd, aufgeknöpft und halb ausgezogen. Die Temperatur hatte in den letzten Tagen zur heißesten Zeit am Nachmittag die Fünfundvierzig-Grad-Marke geknackt. Die ungeschützte Haut war sonnenverbrannt.

Später würde man die mal dicken und mal dünnen Spuren im Staub sehen und den Blick auf den fernen Horizont richten, um sich nicht vorstellen zu müssen, wie sie entstanden waren.

Der Grabstein warf einen kleinen Schatten. Es war der einzige Schatten weit und breit, und er war unbeständig, denn er wurde mal breiter, mal schmaler, während er sich wie eine Sonnenuhr drehte. Der Mann war der Bewegung des Schattens gefolgt, erst auf allen vieren, dann nur noch kriechend. Er hatte sich in diesen Schatten geduckt, den Körper zu verzweifelten Verrenkungen gezwungen, mit den Füßen den Boden aufgekratzt und -gescharrt, je mehr er von Angst und Durst überwältigt wurde.

Er hatte eine kurze Atempause gehabt, als die Nacht anbrach, ehe die Sonne aufging und der grausame Tanz erneut begann.

Am zweiten Tag dauerte es nicht mehr so lange, während die Sonne am Himmel höher stieg. Aber der Mann hatte es versucht. Er hatte den Schatten verfolgt, bis er nicht mehr konnte.

Der Kreis im Staub beschrieb fast eine volle Umdrehung. Also knapp vierundzwanzig Stunden. Und dann, endlich, bekam der Stockman Gesellschaft, während sich die Erde drehte und der Schatten allein weiterrückte und der Mann reglos mitten auf einem staubigen Grab unter einem gnadenlosen Himmel lag.

KAPITEL EINS

Nathan Bright sah erst nichts und dann alles auf einmal. Er war die Anhöhe hochgefahren, das Lenkrad fest umklammert, um auf dem holprigen Untergrund nicht die Kontrolle zu verlieren, und oben angekommen, lag plötzlich alles vor ihm. Sichtbar, aber noch immer meilenweit entfernt, was ihm zu viel Zeit ließ, um die Szene, die vor seinen Augen größer und größer wurde, eingehend zu betrachten. Er schielte zum Beifahrersitz hinüber.

«Nicht hinsehen», lag ihm auf der Zunge, aber er verkniff es sich. Es wäre sinnlos gewesen. Der Schauplatz vor ihnen zog den Blick magisch an.

Dennoch stoppte er den Wagen etwas weiter vom Zaun als nötig. Er zog die Handbremse, ließ Motor und Klimaanlage laufen. Beide protestierten mit misstönendem Gekreische gegen die Dezember-Hitze von Queensland.

«Bleib im Wagen», sagte er.

«Aber –»

Nathan knallte die Tür zu, ehe er den Rest hören konnte. Er ging zum Zaun, zog die oberen Drähte auseinander und schlüpfte hindurch, von seinem Grundstück auf das seiner Brüder.

Am Stockman-Grab parkte ein Geländewagen ebenfalls im Leerlauf und wahrscheinlich auch mit auf Hochtouren laufender Klimaanlage. Nathan war gerade ein paar Schritte vom Zaun entfernt, als die Fahrertür aufging und sein Bruder Lee ausstieg. Er war der Nachzügler und wurde deshalb von allen nur «Bub» genannt, eine Art Kosewort für Babys.

«Hi», rief Bub, als Nathan näher kam.

«Hi.»

Sie trafen sich am Grabstein. Nathan wusste, irgendwann würde er nach unten schauen müssen, und er zögerte den Moment hinaus, indem er sich Bub zuwandte.

«Wie lange bist du –» Er hörte Bewegung hinter sich und hob warnend die Hand. «He! Bleib im Wagen, verdammt noch mal!» Er musste schreien, um die Entfernung zu überbrücken, und es kam barscher heraus, als er beabsichtigt hatte. Er versuchte es noch einmal: «Bleib im Wagen.»

Nicht viel besser, aber sein Sohn gehorchte wenigstens.

«Hab ganz vergessen, dass Xander bei dir ist», sagte Bub.

«Ja.» Nathan wartete, bis die Autotür wieder geschlossen war. Er konnte Xanders Silhouette durch die Frontscheibe sehen; mit sechzehn schon mehr Mann als Junge. Er wandte sich wieder seinem Bruder zu. Zumindest dem, der vor ihm stand. Ihr dritter Bruder, der mittlere, lag zu ihren Füßen vor dem Grabstein. Cameron Bright war Gott sei Dank mit einer verblichenen Plane zugedeckt worden.

Nathan versuchte es erneut. «Wie lange bist du schon hier?»

Bub überlegte einen Moment, was er oft tat, ehe er antwortete. Seine Augen unter der Hutkrempe waren leicht verschleiert, und seine Worte kamen einen Tick langsamer heraus als bei den meisten Leuten. «Seit gestern Abend, kurz bevor es dunkel wurde.»

«Kommt Onkel Harry nicht?»

Wieder ein Zögern, dann ein Kopfschütteln.

«Wo ist er? Zu Hause bei Mum?»

«Und Ilse und den Mädchen», sagte Bub. «Er wollte kommen, aber ich hab gesagt, du wärst schon auf dem Weg hierher.»

«Ist wahrscheinlich besser, wenn einer bei Mum ist. Gab's Probleme?» Endlich blickte Nathan nach unten auf das Bündel zu seinen Füßen. Es hatte unweigerlich Aasfresser angelockt.

«Meinst du Dingos?»

«Ja, Mensch.» Natürlich. Was denn sonst? So viele Möglichkeiten gab's hier draußen ja nicht.

«Musste ein paar Schüsse abfeuern.» Bub kratzte sich am Schlüsselbein, und Nathan konnte den Rand des westlichen Sterns von dem Kreuz des Südens sehen, das er sich hatte tätowieren lassen. «War aber halb so schlimm.»

«Gut. Okay.» Nathan spürte die übliche Frustration, die er jedes Mal empfand, wenn er mit Bub sprach. Er wünschte, Cameron wäre da, um die Wogen zu glätten, und das jähe Begreifen war wie ein schmerzhafter Stich in die Rippen. Er zwang sich, tief einzuatmen, die Luft heiß in Kehle und Lunge. Das hier war für alle schwer.

Bubs Augen waren rot und sein Gesicht unrasiert und vom Schock gezeichnet, genau wie Nathans vermutlich auch. Sie sahen einander ein bisschen, aber nicht sehr ähnlich. Die Geschwisterbeziehung war deutlicher mit Cameron in der Mitte, der die Kluft in mehrfacher Hinsicht überbrückte. Bub sah müde aus und, wie immer in letzter Zeit, älter, als Nathan ihn in Erinnerung hatte. Sie waren zwölf Jahre auseinander, und Nathan stellte stets eine gewisse Verwunderung bei sich fest, wenn er sich klarmachte, dass sein Bruder auf die dreißig zuging, statt noch in den Windeln zu liegen.

Nathan ging neben der Plane in die Hocke. Sie war ausgebleicht und an einigen Stellen festgesteckt, wie ein Bettlaken.

«Hast du ihn dir angesehen?»

«Nein. Die haben gesagt, ich soll nichts anfassen.»

Nathan glaubte ihm nicht. Es hing mit Bubs Tonfall zusammen oder vielleicht damit, dass die Plane am oberen Ende locker war. Und tatsächlich, als er die Hand ausstreckte, stieß Bub einen heiseren Laut aus.

«Nicht, Nate. Ist kein schöner Anblick.»

Bub hatte nie gut lügen können. Nathan zog die Hand zurück und richtete sich auf. «Was ist mit ihm passiert?»

«Ich weiß es nicht. Ich weiß nur, was über Funk gesagt wurde.»

«Tja, ich hab da so einiges verpasst.» Nathan schaute Bub nicht direkt an.

Bub trat von einem Bein aufs andere. «Mann, ich dachte, du hast Mum versprochen, das Funkgerät anzulassen.»

Nathan erwiderte nichts, und Bub bohrte nicht nach. Nathan blickte nach hinten über den Zaun zu seinem eigenen Landbesitz. Er konnte Xander sehen, unruhig, auf dem Beifahrersitz. Sie waren die vergangene Woche die südliche Grenze abgefahren, hatten tagsüber gearbeitet, nachts kampiert. Am Tag zuvor hatten sie gerade Feierabend machen wollen, als die Luft plötzlich zu vibrieren begann und ein Hubschrauber über sie hinwegflog. Ein schwarzer Vogel vor dem Indigoblau des sterbenden Tages.

«Wieso fliegt der noch so spät?», hatte Xander gesagt und mit zusammengekniffenen Augen nach oben gespäht. Nathan hatte nicht geantwortet. Nachtflug. Eine gefährliche Entscheidung, die nichts Gutes verhieß. Irgendwas musste passiert sein. Sie hatten das Funkgerät eingeschaltet, doch da war es längst zu spät.

Nathan sah seinen Bruder an. «Hör mal, ich hab genug mitgekriegt. Das heißt aber nicht, dass ich es verstehe.»

Bubs stoppelige Wangenpartie zuckte. *Willkommen im Klub.* «Ich weiß nicht, was passiert ist», sagte er wieder.

«Schon gut, erzähl mir einfach, was du weißt.»

Nathan versuchte, sich seine Ungeduld nicht anmerken zu

lassen. Er hatte am Vorabend, als es dunkel wurde, kurz über Funk mit Bub gesprochen und ihm gesagt, dass er bei Tagesanbruch herkommen würde. Er hatte noch zahllose weitere Fragen gehabt, aber keine davon gestellt. Nicht über eine offene Funkfrequenz, bei der jeder mithören konnte, wenn er wollte.

«Wann ist Cam denn von zu Hause losgefahren?» Er wollte Bub auf die Sprünge helfen, weil der offenbar nicht wusste, wo er anfangen sollte.

«Vorgestern Morgen, meint Harry. Gegen acht.»

«Also Mittwoch.»

«Ja, genau. Ich hab ihn aber nicht gesehen, weil ich selbst am Dienstag losgefahren war.»

«Wohin?»

«Ein paar Wasserlöcher auf der Nordweide kontrollieren. Wir hatten ausgemacht, dass ich da oben kampiere, dann am Mittwoch rüber zum Lehmann's Hill fahre, um mich mit Cam zu treffen.»

«Wozu?»

«Den Verstärkermast reparieren.»

Also, damit Cam ihn reparierte, dachte Nathan. Bub wäre hauptsächlich dabei gewesen, um Werkzeug anzureichen. Und weil es zu zweit sicherer war. Lehmann's Hill lag am Westrand der Farm, mit dem Auto vier Stunden von zu Hause entfernt. Wenn der Verstärkermast da draußen defekt war, dann war auch kein Langstreckenfunkkontakt möglich.

«Was ist schiefgelaufen?», fragte Nathan.

Bub blickte auf die Plane. «Ich hab mich verspätet. Wir wollten uns gegen eins treffen, aber ich hatte unterwegs eine Panne. War erst zwei Stunden später am Lehmann's Hill.»

Nathan wartete.

«Cam war nicht da», fuhr Bub fort. «Ich hab mich gefragt, ob er vielleicht schon wieder abgefahren war, aber der Mast war noch immer kaputt, deshalb hab ich mir gedacht, wahrscheinlich nicht. Hab versucht, ihn anzufunken, aber er hat nicht reagiert. Also hab ich eine Weile gewartet und bin dann Richtung Piste gefahren. Hab gedacht, er würde mir entgegenkommen.»

«Ist er aber nicht.»

«Nee. Ich hab's immer mal wieder über Funk versucht, aber er hat sich nicht gemeldet.» Bubs Miene verfinsterte sich. «Bin gut eine Stunde gefahren, aber ich hatte es noch immer nicht bis zur Piste geschafft, deshalb musste ich anhalten. Weil's allmählich dunkel wurde, weißt du?»

Seine Augen unter der Hutkrempe suchten nach Bestätigung, und Nathan nickte.

«Was anderes blieb dir auch nicht übrig.» Das stimmte. Die Nacht draußen am Lehmann's Hill war ein pechschwarzer Schleier. Wenn man in dieser Finsternis fuhr, war es nur eine Frage der Zeit, bis man gegen einen Felsen krachte oder eine Kuh oder von der Straße abkam. Und dann hätte Nathan zwei Brüder unter einer Plane vor sich liegen gehabt.

«Aber du hast angefangen, dir Sorgen zu machen?», fragte Nathan, obwohl er sich die Antwort denken konnte.

Bub zuckte mit den Achseln. «Ja und nein. Du weißt ja, wie das ist.»

«Ja.» Nathan wusste es. Sie lebten in mancherlei Hinsicht in einem Land der Extreme. Den Leuten ging es entweder rundum gut oder äußerst schlecht. Dazwischen gab es wenig. Und Cam war kein Tourist. Er kannte sich aus, und das hieß, dass er vielleicht nur noch eine halbe Stunde entfernt war, von der Dunkelheit aufgehalten und außer Reichweite, aber behaglich in seinem Schlafsack mit einem kühlen Bier aus dem Minikühlschrank im Kofferraum. Vielleicht aber auch nicht.

«Keiner ging ans Funkgerät», sagte Bub. «Um diese Jahreszeit ist sowieso kein Schwein da oben, und mit dem kaputten Mast …» Er knurrte frustriert.

«Und was hast du gemacht?»

«Bei Tagesanbruch bin ich weitergefahren, aber es hat trotzdem eine Ewigkeit gedauert, bis sich endlich mal einer gemeldet hat.»

«Wie lange?»

«Keine Ahnung.» Bub zögerte. «Wahrscheinlich eine halbe Stunde bis zur Piste, dann noch mal eine Stunde. Und selbst da haben sich bloß zwei von den bescheuerten Neulingen drüben auf der Atherton gemeldet. Hat ewig gedauert, bis die den Verwalter erreicht haben.»

«Auf der Atherton stellen sie immer bloß Schwachköpfe ein», sagte Nathan über die Nachbarfarm im Nordosten, die sich über ein Gebiet von der Größe Sydneys erstreckte. Da arbeiteten zwar wirklich nur Schwachköpfe, wie er gesagt hatte, aber wenn man da draußen Funkkontakt brauchte, war die Atherton am ehesten zu erreichen. «Und die haben dann Alarm geschlagen?»

«Ja, aber zu dem Zeitpunkt …» Bub verstummte.

Aber zu dem Zeitpunkt war ihr Bruder schon seit rund vierundzwanzig Stunden verschwunden, rechnete Nathan aus, ohne dass jemand etwas von ihm gesehen oder gehört hatte. Die Suche hatte längst die höchste Dringlichkeitsstufe erreicht, ehe sie überhaupt begonnen hatte. Es war üblich, dass jede Farm in der Umgebung verständigt wurde und alle verfügbaren Kräfte mithalfen, was aber nicht viel hieß. Bei solch enormen Entfernungen waren verfügbare Kräfte dünn gesät, und es konnte lange dauern, bis sie da ankamen, wo ihre Hilfe gebraucht wurde.

«Der Pilot hat ihn entdeckt?»

«Ja», sagte Bub. «Irgendwann.»

«Jemand, den du kennst?»

«Nee, irgendeiner aus der Nähe von Adelaide. Arbeitet diese Saison auf der Atherton. Ein Cop hat ihn über Flugfunk erreicht und ihm gesagt, er soll die Gegend abfliegen und die Straßen checken.»

«Glenn?»

«Nein. Irgendein anderer. Von der Einsatzzentrale oder so.»

«Okay», sagte Nathan. Es war reines Glück, dass der Pilot Cameron überhaupt entdeckt hatte. Das Stockman-Grab war zweihundert Kilometer vom Lehmann's Hill und dem Hauptsuchgebiet entfernt. «Wann hat er den Fund gemeldet?»

«Am späten Nachmittag, als die meisten Leute es noch gar nicht zum Lehmann's geschafft hatten. Harry und ich waren so ziemlich die Einzigen, die da draußen waren, aber ich war etwa eine Stunde näher dran, deshalb hab ich gesagt, dass ich hinfahre.»

«Und Cam war da ganz sicher schon tot?»

«Hat der Pilot jedenfalls gesagt. Seit ein paar Stunden, wie er meinte. Trotzdem hat der Cop ihn per Funk angewiesen, alle möglichen Tests zu machen.» Bub verzog das Gesicht. «Ich bin kurz vor Sonnenuntergang hier angekommen. Der Pilot hatte Cam zugedeckt, wie die es ihm gesagt hatten, aber er wollte möglichst schnell weg, bevor es dunkel wurde, weil er sonst hier festgesessen hätte.»

Verständlich, dachte Nathan. Er hätte auch nicht bleiben wollen. Er hatte ein schlechtes Gewissen, dass Bub die Aufgabe zugefallen war.

«Wenn Cam sich mit dir am Lehmann's Hill treffen wollte, was hat er dann hier draußen gemacht?»

«Keine Ahnung. Harry sagt, im Terminbuch hat er eingetragen, dass er zum Lehmann's wollte.»

«Sonst nichts?»

«Mehr hat Harry jedenfalls nicht gesagt.»

Nathan dachte an das Terminbuch. Er wusste, wo es aufbewahrt wurde, neben dem Telefon, gleich neben der Hintertür des Hauses, das einmal ihrem Dad und dann Cameron gehört hatte. Nathan hatte selbst sehr oft etwas in das Buch eingetragen, als er jung war. Er hatte auch sehr oft nichts eingetragen, weil er es vergessen hatte oder einfach keine Lust hatte oder nicht wollte, dass irgendwer wusste, was er vorhatte, oder weil er keinen Stift finden konnte.

Er spürte die sengende Hitze im Nacken und sah auf seine Armbanduhr. Die Digitalzahlen waren mit feinem rotem Staub bedeckt, und er wischte mit dem Daumen darüber.

«Wann wollten die hier sein?» *Die*, das hieß Polizei und Krankenwagen. *Die*, das hieß auch: nur zwei Personen. Ein Polizist, ein Sanitäter. Kein Team, nicht hier draußen.

«Weiß nicht genau. Sind unterwegs.»

Was nicht hieß, dass sie bald kommen würden. Nathan blickte wieder hinunter auf die Plane. Die Spuren im Staub.

«Hat er irgendwelche Verletzungen?»

«Ich glaub nicht. Hab jedenfalls keine gesehen. Er sieht bloß verbrannt und verdurstet aus.» Bub senkte den Kopf und berührte den Rand des Staubkreises mit der Schuhspitze. Keiner der Brüder sprach es aus. Sie wussten beide, was er bedeutete. Sie hatten ähnliche Muster gesehen, die sterbende Tiere gemacht hatten. Nathan kam ein Gedanke, und er schaute sich um.

«Wo sind seine ganzen Sachen?»

«Sein Hut ist unter der Plane. Sonst hatte er nichts bei sich.»

«Wie? Gar nichts?»

«Der Pilot hat jedenfalls nichts gesagt. Der sollte bloß überprüfen, ob Cam noch lebte, ein paar Fotos machen. Schätze mal, sonst hat er nichts gesehen.»

«Aber –» Nathan suchte wieder den Boden ab. «Überhaupt nichts? Nicht mal eine leere Wasserflasche?»

«Glaub nicht.»

«Hast du dich gründlich umgesehen?»

«Guck doch selber nach, Mann. Hast ja schließlich Augen im Kopf.»

«Aber –»

«Ich weiß es nicht, okay? Ich hab keine Antworten. Hör auf, mich zu fragen.»

«Ja, ja, schon gut.» Nathan atmete tief durch. «Aber ich dachte, der Pilot hat den Wagen gefunden?»

«Hat er auch.»

«Und wo ist er?» Er machte keinen Hehl mehr aus seiner Frustration. *Aus einer Kuh kriegt man eher Brauchbares raus als aus Bub*, hatte ihr Dad immer gesagt.

«Nicht weit von der Straße.»

Nathan starrte ihn an. «Welche Straße?»

«Wie viele Straßen gibt's denn hier? Unsere Straße. Auf dieser Seite der Grenze, etwas nördlich von deinem Viehgitter. Menschenskind, das ist alles über Funk gekommen, Mann.»

«Das kann nicht sein. Das ist zehn Kilometer weit weg.»

«Acht, schätz ich, aber ja.»

Langes Schweigen trat ein. Die Sonne stand hoch, und der schmale Schatten des Grabsteins war fast auf ein Nichts zusammengeschrumpft.

«Dann hat Cam also seinen Wagen verlassen?» Die Erde unter Nathans Füßen kippte ganz leicht weg. Er sah den Ausdruck im Gesicht seines jüngeren Bruders und schüttelte den Kopf. «Sorry, ich weiß, du weißt das nicht, bloß –»

Er schaute an seinem Bruder vorbei zum Horizont, der sich lang und still erstreckte. Die einzige Bewegung, die er sehen konnte, war das Heben und Senken von Bubs Brust, wenn er ein- und ausatmete.

«Warst du schon bei dem Wagen?», fragte Nathan schließlich.

«Nein.»

Diesmal sagt er die Wahrheit, dachte Nathan. Er blickte über seine Schulter. Xander war eine dunkle Gestalt, die auf dem Beifahrersitz nach vorn gebeugt war.

«Fahren wir hin.»

KAPITEL ZWEI

Am Ende waren es neun Kilometer.

Nathans Geländewagen stand auf der falschen Seite des Zauns, also hatte er sich erneut hindurchgeduckt und dann die Beifahrertür geöffnet. Xander hatte hochgeschaut und wollte ihn schon mit Fragen bestürmen. Nathan hob eine Hand.

«Erzähl ich dir später. Komm. Wir suchen jetzt Onkel Cams Wagen.»

«Wieso? Wo ist der denn?» Xanders Stirn legte sich in Falten. Sein Privatschulhaarschnitt sah nach der vergangenen Woche ein wenig zottelig aus, und mit den ersten Stoppeln am Kinn wirkte er älter.

«Irgendwo bei der Straße. Bub fährt.»

«Wie bitte, bei *eurer* Straße, so weit weg?»

«Ja, scheint so.»

«Aber was –?»

«Ich weiß es nicht, Junge. Wir werden sehen.»

Xander öffnete den Mund, klappte ihn dann wieder zu und stieg ohne ein weiteres Wort aus dem Wagen. Der Junge folgte ihm durch den Zaun, sah auf dem Weg zu Bubs Wagen einmal kurz zu der Plane hinüber und machte einen respektvollen weiten Bogen um das Grab.

«Hi, Bub.»

«Hallo, Kleiner. So klein bist du ja gar nicht mehr, was?»

«Nein, schätze nicht.»

«Wie ist es in Brisbane?»

Nathan sah, dass sein Sohn zögerte. *Besser als hier,* lautete sicher die Antwort.

«Ganz gut, danke», sagte er stattdessen. «Das mit Cameron tut mir leid.»

«Ja, na ja, ist nicht zu ändern.» Bub öffnete seine Autotür. «Rein mit dir.»

Xanders Augen waren auf das Grab gerichtet. «Lassen wir …?»

«Was?» Bub saß bereits hinterm Lenkrad.

«Lassen wir ihn einfach so da liegen?»

«Die haben gesagt, wir sollen nichts anfassen.»

Xander blickte entsetzt. «Ich hatte auch nicht vor, was anzufassen. Ihn anzufassen. Ich meine bloß, ob nicht einer von uns –» Er geriet unter Bubs ausdrucklosem Blick ins Wanken. «Schon gut.»

Nathan sah Xanders zartes Großstadtwesen freigelegt, wie eine neue Hautschicht. Konstruktive Diskussionen und ausländischer Kaffee und Morgennachrichten hatten seine Ecken und Kanten allmählich abgerundet. Sie waren nicht zu harten Schwielen gemeißelt und geschmirgelt worden. Xander überlegte, bevor er etwas sagte, und er wog die Folgen seiner Handlungen ab, ehe er etwas tat. Im Großen und Ganzen war das nicht schlecht, dachte Nathan. Aber es kam darauf an, wo man war. Nathan öffnete die Autotür.

«Ich denke, das geht schon in Ordnung, Junge.» Er stieg ein. «Fahren wir.»

Xander wirkte nicht überzeugt, stieg aber ohne Widerspruch hinten ein. Im Auto war es kühl und dunkel. Das Funkgerät steckte still in der Halterung.

Nathan sah seinen Bruder an. «Fährst du am Zaun entlang?»

«Ja, schätze, so geht's am schnellsten.» Bub warf Xander im Rückspiegel einen Blick zu. «Halt dich gut fest da hinten, ich tu mein Bestes, aber es könnte ganz schön holprig werden.»

«Okay.»

Sie fuhren, ohne ein Wort zu sagen, während Bub sich auf den Boden vor seinen Rädern konzentrierte und mit Mühe das Lenkrad hielt, wenn sie durch Senken und über unerwartet weiche Erde fuhren. Das Grab verschwand schnell im Heckfenster, als sie eine Anhöhe hinter sich ließen, und Nathan sah, wie Xander sich noch fester an der Rückbank festhielt. Nathan wandte den Kopf und starrte den Zaun an, der sein Grundstück von dem seiner Brüder trennte. Der Draht zog sich in beiden Richtungen bis zum Horizont. Er konnte kein Ende sehen. Als sie an einem Abschnitt vorbeikamen, wo die Zaunpfosten locker aussahen, ertappte Nathan sich bei dem Gedanken, dass er das Cameron sagen müsse. Wieder wurde er mit einem schmerzhaften Ruck zurück in die Realität gerissen.

Bub verlangsamte das Tempo, als sie den Rand von Camerons Land erreichten. Die Hauptstraße vor ihnen wurde von einer natürlichen Anhöhe verdeckt, die sich entlang der östlichen Grenze sowohl von Camerons als auch von Nathans Grundstück erstreckte. Auf Nathans Seite bestand sie überwiegend aus einer Sanddüne, auf Camerons aus Felsen, die es geschafft hatten, ein paar tausend Jahre zu überstehen. Bei Sonnenuntergang schimmerten sie rot, als würden sie von innen beleuchtet. Im Moment waren sie mattbraun.

«Wo ist der Wagen?», fragte Nathan.

Bub ließ den Wagen ausrollen und spähte durch die Windschutzscheibe. Xander drehte sich um und blickte den Weg zurück, den sie hinter sich gelassen hatten.

«Auf dieser Seite ist nichts zu sehen.» Nathan blinzelte durch die verstaubte Scheibe. «Was genau hat der Pilot gesagt?»

«Er ist nicht nach GPS geflogen, deshalb –» Bub zuckte die Achseln. Keine große Hilfe. «Aber er hat gesagt, irgendwo auf den Felsen, nördlich vom Viehgitter.» Bub legte einen Gang ein. «Ich fahr auf die Straße. Vielleicht können wir von da was sehen.»

Bub hielt sich dicht am Zaun, folgte der schmalen Piste, die die Weide mit der Straße verband. Er fuhr durch eine Lücke in den Felsen, und der Motor bockte und jaulte auf, als sie auf der anderen Seite herauskamen. Die unbefestigte Straße war einsam und verlassen.

«Also nach Norden, meinst du?», fragte Nathan, und Bub nickte. Die Räder wirbelten eine Staubwolke hoch, und Nathan hörte Steine gegen die Karosserie prasseln, als sie beschleunigten. Die Straße lag vor ihnen wie ein sandiges Band, und zu ihrer Linken ragte die Felswand auf. In einigen Stunden würde die Sonne hinter ihr verschwinden.

Sie fuhren eine Minute lang, dann drosselte Bub das Tempo vor einer fast unsichtbaren Öffnung in den Felsen. Wegweiser gab es keine. Die wenigen Einheimischen kannten die meisten Offroad-Pisten, und den seltenen Touristen wurde nahegelegt, sie nicht zu erkunden. Bub steuerte den Wagen in die schmale Lücke zwischen den hohen Felsen und weiter zu der Weide auf der anderen Seite. Aus diesem Blickwinkel stiegen die Felsen sanft bis zum höchsten Punkt an, um dann steil zur Straße hin abzufallen.

Bub stoppte den Wagen, ließ den Motor weiterlaufen, und Nathan öffnete die Beifahrertür und stieg aus. Der Wind hatte aufgefrischt, und er spürte den Sand an Haut und Wimpern haften. Er drehte sich einmal langsam im Kreis. Er konnte Felsen sehen und den Zaun, jetzt klein in der Ferne. Und den Horizont. Sonst nichts. Er stieg wieder ein.

«Versuch's ein Stück weiter.»

Sie fuhren zurück auf die Straße, und kurz darauf bog Bub in eine andere Lücke. Sie wiederholten das Ganze. Anhalten, Drehung im Kreis. Wieder dasselbe. Nathan verlor allmählich die

Hoffnung und öffnete die Beifahrertür, um wieder einzusteigen, als er ein leises Klopfen am Fenster hörte. Xander deutete irgendwohin und sagte etwas.

«Was ist?» Nathan beugte sich in den Wagen.

«Da drüben.» Xander zeigte die Anhöhe hoch, nach hinten, Richtung Straße. «In dem Licht.»

Nathan blinzelte in die Sonne, konnte aber nichts erkennen. Er bückte sich, um auf Augenhöhe mit seinem Sohn zu kommen, und als er Xanders Blickrichtung folgte, sah er es schließlich. Auf der Felskuppe in der Ferne war das matte Schimmern von verstaubtem Metall zu erkennen.

Die Fahrertür stand offen. Nicht weit aufgestoßen, aber auch nicht bloß einen Spalt. Sie war halb geöffnet, gerade genug, um bequem aussteigen zu können.

Nachdem Xander den Wagen in der Ferne hatte glänzen sehen, war Bub zurück auf die Straße und bis zur nächsten verborgenen Piste gefahren. Er war in eine weitere Lücke gebogen, und diesmal war der Land Cruiser nicht zu übersehen. Er stand auf der flachen Kuppe der Anhöhe, die Nase in Richtung der fast senkrechten Felswand, unterhalb der die Straße verlief.

In stiller Übereinkunft parkte Bub unten, und sie stapften den Hang hinauf. Oben angekommen, umstanden sie Camerons Wagen, während der Wind an ihrer Kleidung riss.

Nathan ging um den Geländewagen herum, und zum zweiten Mal an dem Tag kam es ihm so vor, als würde sich irgendetwas verschieben, aus dem Lot geraten. Äußerlich machte das Fahrzeug einen ganz normalen Eindruck. Es war verdreckt und hatte Lackschäden durch Steinschlag, aber ansonsten schien alles in Ordnung zu sein. Nathan spürte ein unangenehmes kaltes Kribbeln im Nacken.

Alles in Ordnung, und das allein schon löste bei ihm das

Gefühl aus, dass da etwas ganz und gar nicht in Ordnung war. Im Grunde seines Herzens hatte er erwartet, dass der Wagen zumindest stecken geblieben war oder umgekippt oder gegen einen Felsen geprallt oder zu einem wüsten Metallknäuel zusammengequetscht. Er hatte zischenden Dampf oder auslaufendes Öl oder Flammen erwartet oder dass die Motorhaube offen stand oder alle vier Reifen platt waren. Nathan hätte nicht sagen können, was genau, aber irgendetwas hatte er erwartet. Jedenfalls mehr als das hier. Eine Art Erklärung.

Er ging in die Hocke und inspizierte die Räder. Vier gute Reifen standen fest auf hartem Grund. Er machte die Motorhaube auf und fuhr mit den Händen über die wichtigsten Teile. Alles da, wo es hingehörte, soweit er sehen konnte. Nathan hörte ein Geräusch, und als er aufblickte, sah er, wie Bub die hinteren Türen des Land Cruisers öffnete. Er und Xander starrten beide mit einem seltsamen Ausdruck im Gesicht in den großen Stauraum. Nathan ging zu ihnen.

Das Fahrzeug war gut mit Vorräten bestückt. Literweise Trinkwasser schwappte sanft in verschlossenen Flaschen neben Dosen mit Thunfisch und Bohnen. Ein gutes Sortiment, mit dem ein Mensch eine Woche oder länger überleben könnte. Nathan öffnete mit einem Finger den Minikühlschrank, der sich an die Autobatterie anschließen ließ. In ihm waren noch mehr volle Wasserflaschen, eingepackte Sandwiches, die sich mittlerweile an den Rändern wellten, und ein Sixpack mittelstarkes Bier. Es gab noch mehr. Einen Ersatzbenzinkanister, zwei festgeschnallte Ersatzreifen, eine Schaufel, einen Erste-Hilfe-Kasten. Kurzum: das Übliche. Nathan wusste, er hätte seinen eigenen Wagen öffnen können und genau das Gleiche vorgefunden. In Bubs Wagen ebenso, vermutete er. Eine Grundausstattung, um im härtesten Klima Australiens zu überleben. Niemand fuhr ohne sie von zu Hause los.

«Da ist sein Schlüssel.»

Xander blickte durch die offene Fahrertür, und Nathan trat neben ihn. Seite an Seite waren ihre Schultern inzwischen auf einer Höhe, registrierte er vage.

Roter Staub war hereingeweht und hatte sich überall abgelagert. Unter der dünnen Schicht sah Nathan den Schlüssel an einem schwarzen, ordentlich aufgerollten Schlüsselband auf dem Autositz liegen.

Das war ein bisschen ungewöhnlich, flüsterte eine leise Stimme. Nicht so sehr, dass der Schlüssel im Auto liegen gelassen worden war. Nathan kannte niemanden in der ganzen Gegend, der das nicht auch so machte. Im Geist sah er seinen eigenen Schlüssel vor sich, den er in den Fußraum seines Wagens geworfen hatte. Bubs Schlüssel baumelte am Blinkerhebel des Wagens unten vor der Anhöhe. Nathan konnte sich nicht erinnern, je im Leben gesehen zu haben, dass Cameron seinen Autoschlüssel mitgenommen hatte. Aber genauso wenig konnte er sich daran erinnern, dass sein Bruder ein Schlüsselband so akkurat aufgerollt auf den Sitz gelegt hatte.

«Vielleicht hatte er eine Panne?» Bub klang nicht überzeugt.

Nathan erwiderte nichts. Er starrte auf den Schlüssel, und plötzlich griff seine Hand danach.

«Dad, nein, wir sollen doch nichts anfassen.»

Er achtete nicht auf Xander. Die Bewegung seines Arms ließ zarte Staubmuster durch die Luft wirbeln. Als seine Hand sich um den Schlüssel schloss, wusste Nathan mit kalter Gewissheit, was als Nächstes passieren würde.

Er setzte sich auf den Fahrersitz und steckte den Schlüssel ins Zündschloss. Er ließ sich leicht drehen, Metall glitt widerstandslos an Metall. Nathan spürte die Vibration, als der Motor dröhnend ansprang, dann gleichmäßig im Leerlauf brummte. Das Geräusch klang laut in der Stille. Die Anzeige am Armaturenbrett verriet Nathan, dass sowohl der Haupt- als auch der Reservetank noch fast voll waren.

Nathan warf Xander einen Blick zu, doch sein Sohn beobachtete ihn nicht mehr. Stattdessen blickte er am Wagen vorbei in die Ferne. Er hatte die Augen mit einer Hand abgeschirmt und runzelte die Stirn. Nathan schaute in dieselbe Richtung. Weit weg im Süden bewegte sich eine einzelne dichte Staubwolke. Es kam jemand.

KAPITEL DREI

Zum zweiten Mal an diesem Tag stand Nathan neben dem Stockman-Grab und beobachtete, wie das Fahrzeug näher kam und langsamer wurde.

Es war ein Geländewagen mit Industriereifen und Frontschutzbügel, genau wie praktisch jedes andere Fahrzeug in der Gegend, doch dieses hatte hinten drin eine Trage. Der reflektierende Schriftzug «Ambulance» vorne und an den Seiten glänzte in der Sonne.

Nathan, Bub und Xander waren neben Camerons Land Cruiser oben auf der Felskuppe stehen geblieben, bis der aus Süden kommende Staubschleier Gestalt annahm. Dann waren sie wortlos nach unten zu Bubs Wagen gegangen und zurück zum Grab gefahren, um dort zu warten.

Zum ersten Mal an diesem Vormittag empfand Nathan so etwas wie Erleichterung, als der Krankenwagen zum Stehen kam und der Sanitäter die Hand hob. Endlich Hilfe.

Steve Fitzgerald war ein drahtiger Mann von Anfang fünfzig, der gelegentlich erzählte, was er auf seinen Einsätzen mit dem Roten Kreuz so alles erlebte. Er verbrachte eine Hälfte des Jahres in Afghanistan, Syrien, Ruanda, Gott weiß, wo, und die andere Hälfte im australischen Outback, genauer gesagt in einer nur mit ihm besetzten Krankenstation in Balamara. Er liebte Herausforderungen, hatte er mal gesagt, was Nathan wie eine Untertreibung vorkam. Steve stieg zusammen mit einem Polizisten aus, den Nathan noch nie gesehen hatte.

«Wo ist Glenn?», fragte Nathan sofort, und die Miene des Cops verfinsterte sich.

Steve antwortete nicht auf Anhieb. Er betrachtete das Grab und die Plane und schüttelte den Kopf.

«Mein Gott. Der arme Cameron.» Er ging in die Hocke, rührte aber nichts an. «Glenn musste gestern raus nach Haddon Corner. Eine Familie mit kleinen Kindern ist mit ihrem Mietwagen im Sand stecken geblieben, aber sie wussten nicht genau, wo sie waren. Mittlerweile hat er sie gefunden, kann aber erst morgen wieder hier sein.»

«Morgen?»

«Er hat auch nur zwei Hände, Mann.»

«Scheiße.» Es stimmte, Sergeant Glenn McKenna war ganz allein zuständig für ein Gebiet von der Größe des Bundesstaats Victoria. Manchmal war er in der Nähe, manchmal nicht, aber immerhin kannte er die Gegend wie seine Westentasche. Nathan musterte den neuen Cop kritisch. Der Mann hatte bereits einen Sonnenbrand und sah kaum älter aus als Xander. «Von wo hat man Sie einfliegen lassen?»

«St Helens. Heute Morgen. Sergeant Ludlow.»

«Haben Sie da Ihre Ausbildung gemacht?»

«Nein.» Ludlow zögerte. «Brisbane.»

«Ach du Schande. In der Stadt?» Nathan wusste, dass er unhöflich war, aber es war ihm egal. «Wie lange sind Sie schon in St Helens?»

«Einen Monat.»

«Na toll.» Diesmal hörte Nathan sogar Bub seufzen. Er sah Steve an, der seinen Sanitätskoffer auspackte. «Vielleicht sollten wir warten, bis Glenn wieder da ist.»

«Ihr könnt hier draußen so lange warten, wie ihr wollt, Jungs», sagte Steve nicht unfreundlich, «aber Sergeant Ludlow und ich kümmern uns jetzt um die Sache hier.»

Nathan suchte Bubs Blick. Keine Reaktion. «Okay, von mir aus», sagte er. «Sorry, Mann, es geht nicht gegen Sie, es –»

«Ich versteh das», sagte Ludlow. «Aber im Moment gilt leider: entweder ich oder keiner.»

Beklommenes Schweigen entstand, während sie über die Alternative nachdachten.

«Aber ich werde für Ihren Bruder natürlich mein Bestes geben», schob er nach.

Nathan fühlte sich plötzlich ein bisschen wie ein Arschloch. «Ja. Schon klar. Danke, dass Sie den weiten Weg auf sich genommen haben.» Nathan sah einen Hauch Erleichterung im Gesicht des Cops und kam sich noch mieser vor. Er stellte alle ordentlich einander vor, wartete dann, bis der Cop eine Kamera aus seiner Tasche geholt hatte.

«Ich werde jetzt ...» Ludlow deutete auf sein Objektiv und auf das Grab, und sie alle traten zurück, während er aus jedem Blickwinkel im Stehen und im Knien Aufnahmen von der Plane und der Umgebung machte. Sein Hemd und seine Hose waren völlig verstaubt, als er schließlich fertig war.

«Sie sind dran», sagte er zu dem Sanitäter.

Steve kniete sich am Grab hin und hob den Rand der Plane so an, dass Nathan nicht darunterschauen konnte. Er war ihm dafür dankbar. Bub schlenderte davon, lehnte sich dann an die Schattenseite seines Wagens und blickte zu Boden, während der Sergeant seine Digitalfotos durchsah.

Nathan und Xander standen ein kleines Stück entfernt und sahen dem Sanitäter bei der Arbeit zu. Cam wäre darüber alles andere als glücklich gewesen, dachte Nathan unwillkürlich. Cameron und Steve Fitzgerald waren einander nie grün gewesen. Als hätte er Nathans Gedanken gehört, blickte Steve zu ihm hoch.

«Und wie geht's dir so?»

«Okay.»

«Ja? Alles in Ordnung? Abgesehen hiervon natürlich.» Steves Stimme klang freundlich, hatte aber einen professionellen Unterton. Eine Frage, keine Höflichkeitsfloskel.

«Mir geht's gut. Bub war derjenige, der die ganze Nacht hier draußen verbracht hat.»

«Ich weiß. Hab dich bloß schon länger nicht mehr gesehen.» Noch immer keine Höflichkeitsfloskel. «Du hast den Termin verpasst, den ich für dich in der Krankenstation gemacht habe.»

«Ich hab angerufen.»

«Es wäre aber wichtig gewesen, dass du kommst.»

«Tut mir leid.» Nathan zuckte die Achseln. «Hatte viel um die Ohren.»

«Aber dir geht's gut?»

«Ja. Hab ich doch gesagt.» Nathan warf Steve einen warnenden Blick zu. *Nicht vor dem Jungen.* Es war zu spät, und er sah aus dem Augenwinkel, wie Xander zu ihm rüberschielte, dann wegschaute. Nach einer gefühlten Ewigkeit klopfte Steve sich den Staub von den Händen und hob den Kopf.

«Also –» Er winkte dem Sergeant und Bub, wieder zu ihnen zu kommen. «Ich hab gestern mit dem Piloten gesprochen und kann hier heute nichts Überraschendes feststellen. Dehydriert, würde ich sagen. Wir müssen ihn zur Obduktion nach St Helens schicken, um auf Nummer sicher zu gehen – relativ junger gesunder Mann, plötzlicher Tod, das wollen die sich genauer ansehen –, aber er zeigt alle Anzeichen.» Steve sah auf. «Was hat er hier draußen gemacht?»

«Das wissen wir nicht», sagte Nathan.

Sergeant Ludlow blätterte in einem Notizbuch. «Also, ähm …» Er sah Bub an. «Sie und er wollten sich am Mittwoch treffen, ist das richtig?»

«Ja.»

Der Sergeant wartete ab, und sein Sonnenbrand nahm einen tieferen Rotton an, während Bub ihn anstarrte. «Könnten Sie mir mehr dazu sagen?»

Bub wirkte leicht überrascht, erzählte dann aber stockend dieselbe Geschichte, die er Nathan erzählt hatte, wobei ihm immer wieder auf die Sprünge geholfen werden musste. Das Ganze hörte sich diesmal etwas konfus an, und selbst Nathan musste stellenweise vor Verwirrung die Stirn runzeln. Sergeant Ludlow kritzelte noch wie wild, als Bub längst fertig war, blätterte dann eine Seite zurück, ließ den Blick über die Wörter gleiten.

«Warum hatten Sie sich verspätet?» Er sagte das beiläufig, als wäre ihm der Gedanke gerade erst gekommen, doch Nathan war sicher, dass die Frage dem Sergeant minutenlang auf der Seele gebrannt hatte. Er sah den Cop an, dessen verbrannte Haut und die großen Augen, und auf einmal fragte er sich, ob er ihn falsch eingeschätzt hatte.

«Was?» Bub blinzelte.

«Warum sind Sie zu der Verabredung mit Ihrem Bruder am Lehmann's Hill zu spät gekommen?»

«Ach so. Ich hatte zwei Pannen.»

«Reifenpannen?»

«Ja.»

«*Zwei* Reifenpannen?»

«Ja.»

«Das nenn ich Pech.» Der Sergeant lächelte, doch in seinem Tonfall schwang etwas Neues mit.

«So was kommt vor», sagte Nathan rasch und sah zu seiner Erleichterung, dass Steve zustimmend nickte. «Das ist nicht ungewöhnlich, bei der Hitze und den Steinen. Wenn du da einen Reifen platt fährst, gibt oft auch ein zweiter den Geist auf. Und in dieser Jahreszeit brauchst du zum Reifenwechseln fünfundvierzig Minuten, sogar eine Stunde.» Er merkte, dass er zu viel redete, und verstummte.

Sergeant Ludlow sah noch immer Bub an. «War das so?»

Zu Nathans Erleichterung hielt Bub den Mund und nickte bloß. Der Sergeant starrte ihn über sein Notizbuch hinweg an, strich dann einige Wörter durch. Sein Gesichtsausdruck war offen, doch Nathan hatte wieder das Gefühl, dass irgendetwas darunter lauerte. Nathan warf einen Blick auf Bubs Wagen. Die beiden Vorderreifen sahen tatsächlich neuer aus. Er ertappte Xander dabei, dass auch er die Reifen betrachtete, und sie schauten beide sofort weg.

Endlich richtete der Sergeant seine Aufmerksamkeit von Bub auf Steve. «Können Sie irgendwas zum Todeszeitpunkt sagen?»

«Wahrscheinlich irgendwann gestern Morgen, grob geschätzt. Bei der Hitze und ohne Schatten oder Wasser kann er kaum länger als vierundzwanzig Stunden durchgehalten haben. Nach der Obduktion wissen wir bestimmt mehr.»

«Das ist nicht besonders lang.» Sergeant Ludlow runzelte die Stirn. «Wie alt war er, Ende dreißig?»

«Vierzig», sagte Nathan.

«Er hat länger durchgehalten, als manch anderer das getan hätte», sagte Steve. «Vierundzwanzig Stunden könnte sogar ein bisschen zu hoch gegriffen sein.»

«Wie weit sind wir von Camerons Zuhause entfernt?» Ludlow sah wieder die Brüder an.

«Zu Fuß in einer geraden Linie nach Nordwesten rund fünfzehn Kilometer», sagte Nathan. «Mit dem Auto muss man von hier aus erst der Piste nach Westen, dann nach Norden folgen, wenn man nicht im Sand stecken bleiben will. Ich schätze, das sind gut dreißig Kilometer. Der sicherste Weg ist noch mal zehn Kilometer länger – östlich von hier zu den Felsen, dann die Straße rauf nach Norden.»

Die Felsen und die Straße, wo sie Cams Wagen gefunden hatten. Nathan wechselte einen Blick mit Bub, und Ludlow bekam das mit.

«Dann bräuchte man also selbst für die kürzeste Strecke zu Fuß nach Hause einige Stunden?», fragte Ludlow.

«Die kann man nicht zu Fuß gehen, nicht bei dieser Hitze», sagte Steve mit dumpfer Stimme. Er schaute wieder unter die Plane. «Das ist doch diesen drei Arbeitern passiert, die vor ein paar Jahren auf der Atherton mit ihrem Wagen im Sand stecken geblieben sind. Weißt du noch, Bub? Du hast doch bei der Suche mitgemacht, oder?»

Bub nickte.

«Die waren wie alt? Mitte zwanzig?», sagte Steve. «Wollten zu Fuß zurück. Haben knapp sieben Kilometer geschafft, wenn überhaupt. Zwei waren innerhalb von sechs Stunden tot.»

«Was gibt's denn sonst noch hier in der Gegend?» Ludlow ging zum Zaun und legte die Hände an den Draht. «Ist das Ihr Land auf der anderen Seite?», fragte er Nathan.

«Ja.»

«Könnte Ihr Bruder vielleicht gehofft haben, Sie zu finden?»

Nathan sah, dass Bub und Steve ihn anblickten. «Nein.»

«Sie scheinen sich da sicher zu sein.»

«Bin ich auch.»

«Aber –» Ludlow öffnete wieder sein Notizbuch. «Cameron wusste, dass Sie und Ihr Sohn unterwegs waren, um den Zaun zu überprüfen?»

«Ja, ich mache das immer um diese Zeit im Jahr. Aber wir waren nicht hier in der Gegend.»

«Wusste Cameron das?»

Langes Schweigen trat ein. «Nein.»

Ludlow strich mit einer Hand über den oberen Draht, öffnete sie dann und betrachtete den Staub in der Handfläche.

«Können Sie sich vorstellen, welchen Grund Ihr Bruder gehabt haben könnte, ausgerechnet hierherzukommen?»

«Ich habe keine Ahnung», sagte Nathan schließlich. «Aber er kannte diese Stelle gut.»

«War er oft hier draußen?»

«Ich glaube, nicht mehr.» Nathan sah Bub an, der mit den Achseln zuckte. «Aber früher schon.»

«Das hier ist auch die einzige Stelle meilenweit mit ein bisschen Schatten», sagte Steve. «Vielleicht ist er instinktiv hergekommen.»

Sergeant Ludlow dachte darüber nach, während er auf die Form am Boden blickte. Selbst unter der Plane war sie eindeutig als Mensch zu erkennen.

«Wie war der Gemütszustand Ihres Bruders in den letzten Wochen?»

Die Frage wurde behutsam gestellt, und Nathan brauchte einen Moment, bis er merkte, dass sie an ihn gerichtet war.

«Ich weiß nicht. Ich hatte ihn einige Monate nicht gesehen.»

«Wie viele?»

«Vier, vielleicht? Als wir die Piste ausgebessert haben, Bub?» Das war das letzte Mal gewesen, dass er seine Brüder gesehen hatte, wurde ihm jetzt klar. Bubs Miene blieb ausdruckslos.

«Vier Monate», sagte Ludlow. «Also August, September, um den Dreh?»

«Wahrscheinlich ein bisschen früher.» Nathan überlegte. «Ja, Moment. Es war um die Zeit, als das erste Spiel der Rugby League stattfand. Weil wir darüber geredet haben.»

«Juni», sagten Ludlow und Bub wie aus einem Munde.

«Schätze, ja.»

«Also sechs Monate», sagte Ludlow.

«Ja, muss wohl. Wir haben aber manchmal über Funk miteinander gesprochen.»

«Oft?»

«Ziemlich oft.»

«Gab es einen Grund, warum Sie einander nicht gesehen hatten?»

«Nein. Keinen Grund. Ich wohne fast drei Stunden weit weg. Wir haben alle viel Arbeit.» Er wandte sich Hilfe suchend Bub zu, vergeblich. «Du siehst ihn doch jeden Tag zu Hause, was hattest du für einen Eindruck?»

Nathan rechnete mit einem Achselzucken, doch stattdessen schien Bub nachzudenken. Schließlich holte er Luft. «Cam war in letzter Zeit ein bisschen angespannt.»

Nathan starrte ihn verblüfft an. Wie schlimm musste es gewesen sein, wenn sogar Bub das aufgefallen war?

«Inwiefern angespannt?», fragte Ludlow.

Diesmal zuckte Bub mit den Achseln. Er wirkte ein wenig unsicher. «Keine Ahnung. Einfach angespannt.»

Sie warteten alle, doch offenbar hatte er zu dem Thema nichts weiter hinzuzufügen.

Ludlow sah in seinen Notizen nach. «Wer sonst hat mit Cameron auf dieser Farm gelebt?»

«Ich», sagte Bub und zählte an den Fingern ab. «Mum, Ilse – das ist Cams Frau – und ihre beiden Mädchen, Onkel Harry …»

«Harry Bledsoe», warf Nathan ein. «Er ist nicht unser richtiger Onkel, er ist ein Freund der Familie. Er hat schon auf der Farm gearbeitet, als wir alle noch gar nicht auf der Welt waren.»

«Dann ist er also genau genommen ein Angestellter?», fragte Ludlow.

«Genau genommen ja, aber keiner sieht ihn so», sagte Nathan.

Bub nickte. «Außerdem haben wir zurzeit noch zwei Backpacker da.»

«Die was machen?», fragte Ludlow.

«Das Übliche. Was so an Arbeit anfällt. Alles Mögliche. Cam hat sie vor ein paar Monaten eingestellt.»

«Hat er oft Leute eingestellt?»

«Immer wenn er welche gebraucht hat», sagte Nathan. «Im Laufe des Jahres waren öfter mal irgendwelche Handwerker und Arbeiter da, je nachdem, was gerade anfiel. Glenn – Sergeant McKenna –, der weiß das alles.»

Ludlow schrieb ungerührt etwas in sein Notizbuch.

Steve stand auf und klopfte sich den Staub von den Knien. «Okay. Ich würde ihn jetzt gern in den Krankenwagen bringen. Der Sergeant und ich schaffen das allein mit der Trage, es sei denn, einer von euch legt Wert darauf, mit anzufassen?»

Nathan und Bub schüttelten beide den Kopf. Nathan war erleichtert. Er nahm an, dass er das Gewicht dieses Bündels bis ans Ende seiner Tage gespürt hätte.

Steve ging wieder in die Hocke. «Ich werde die Plane jetzt vollständig entfernen, falls ihr also woanders hingucken wollt …»

Nathan setzte an, etwas zu Xander zu sagen, doch der Junge wandte sich bereits ab. Zartes Großstadtwesen, dachte er, war aber froh. Bubs Augen waren auf den Horizont gerichtet.

Nathan überlegte zu lange, und die Entscheidung wurde ihm abgenommen. Als sie Camerons schlaffen Körper auf die Trage legten, rutschte die Plane herunter. Bub hatte recht gehabt. Ihr Bruder war nicht sichtbar verletzt, jedenfalls nicht im herkömmlichen Sinne. Aber Hitze und Durst machten Schreckliches mit einem Menschen. Er hatte angefangen, seine Kleidung auszuziehen, als sein Verstand allmählich aussetzte, und seine Haut war aufgeplatzt. Was immer Cameron im Leben beschäftigt haben mochte, im Tod sah er nicht friedlich aus.

Nathan starrte noch immer auf die Trage, als sie längst im Krankenwagen war. Sergeant Ludlow drehte sich wieder zu dem

Grab um und wischte sich unbewusst die Hände seitlich an der Hose ab. Plötzlich verharrte er in der Bewegung, machte dann einen Schritt vorwärts und studierte die Stelle, wo Cameron gelegen hatte. Die jetzt unbedeckte Erde war sandig und hier und da mit kärglichen Grasbüscheln bewachsen. Der Sergeant beugte sich tiefer.

«Was ist das da?»

Nathan spürte, wie Bub neben ihn trat und Xander sich auf die andere Seite stellte. Sie starrten alle die Stelle an, auf die Ludlow zeigte.

In der Erde vor dem Grabstein, wo Camerons Rücken gelegen hatte, war ein flaches Loch.

KAPITEL VIER

Das Loch hatte ungefähr die Größe von drei Fäusten, und es war leer.

Ludlow machte eine ganze Reihe Fotos, dann sah Nathan zu, wie er einen behandschuhten Finger in das Loch steckte. Sogleich brach es an der Seite ein, und Erde rieselte hinein. Die Landschaft verhielt sich wie ein Lebewesen, und Nathan wusste, dass sie sich in ein oder zwei Tagen von allein nahtlos repariert haben würde. Ludlow tastete tiefer in dem Loch herum, und Nathan fragte sich unwillkürlich, wie tief der Stockman wohl begraben worden war.

«Ich kann da drin nichts entdecken.» Ludlow wischte sich die Handflächen an der Hose ab und sah stirnrunzelnd zu Steve hoch. «Haben Sie seine Hände untersucht?»

Steve verschwand ums Heck des Krankenwagens und tauchte eine Minute später wieder auf. «Die Nägel sind gesplittert, und Sand und kleine Steinchen stecken darunter. Möglich, dass er mit den Händen gegraben hat, falls das Ihre Frage ist.»

«Wieso sollte er das tun und seine Energie verschwenden?»

«Weil sein Gehirn verbrutzelt war, verdammt.»

Alle drehten sich zu Bub um. Er stand mit hochgezogenen Schultern da, die Arme vor der Brust verschränkt.

«Was denn? Ist doch wohl offensichtlich, oder? Gestern waren fünfundvierzig Grad. Ich weiß nicht, wieso Cam seinen Wagen stehen gelassen hat, aber in dem Moment, als er das gemacht hat, war er im Arsch. Schluss, Ende, aus.»

Ludlow sah Steve an, der knapp nickte. «Er hat wirklich nicht ganz unrecht. Austrocknung führt sehr schnell zu geistiger Verwirrung.»

Alle starrten eine Weile auf das Loch. Ludlow blickte als Erster wieder auf.

«Ich würde mir jetzt gern seinen Wagen ansehen.»

Nathan bot dem Sergeant an, ihn hinzufahren, und Bub erhob keine Einwände. Er wirkte erleichtert, bei Steve bleiben zu können, der Proben nehmen und sie in der Kühlbox sichern wollte, ehe sie völlig nutzlos wurden.

Nathan kletterte mit Ludlow und Xander durch den Zaun, und sie stiegen in seinen Land Cruiser. Es war ausnahmsweise ein besseres Gefühl, wieder auf seiner Seite des Zauns zu sein. Der widernatürliche Anblick des toten Cameron auf dem Land, das er liebte, hatte den Ort irgendwie aus dem Gleichgewicht gebracht, als wäre die Luft verpestet.

Nathans Hände am Lenkrad waren unruhig, während er versuchte, sich an das letzte Mal zu erinnern, dass er Cam gesehen hatte, im Juni oder wann auch immer. Wahrscheinlich hatte Cam gelächelt, weil er das meistens tat. Nathan ballte abwechselnd die Hände. Er hatte nur das Gesicht unter der Plane im Kopf. Er wünschte, er hätte weggesehen. Er ließ den Motor an und fuhr los, registrierte mit Verzögerung, dass Ludlow etwas gesagt hatte.

«Wie bitte?»

«Ich hab gefragt, ob Sie und Ihr Bruder absichtlich Land nebeneinander gekauft haben.»

«Ach so. Nein. Burley Downs hat unserem Dad gehört, deshalb sind Cam, Bub und ich auf der Farm aufgewachsen. Dann hab ich etwas Land auf dieser Seite des Zauns geschenkt bekommen, als ich – ähm – geheiratet hab.» Im Rückspiegel konnte er sehen, dass Xander aus dem Fenster schaute, so tat, als würde er nicht zuhören. «Das war vor rund zwanzig Jahren. Etwa um diese Zeit ist unser Dad gestorben, und schließlich hat Cam Burley Downs übernommen.»

«Die Farm hat also Cameron gehört?»

«Er leitet sie. Und er hat inzwischen den Mehrheitsanteil.»

«Ach ja?»

«Ja, aber Sie müssen gar nicht so interessiert gucken. Das ist schon seit Jahren so. Jeder von uns hat ein Drittel bekommen, als Dad starb, alles ganz gerecht. Wenig später habe ich die Hälfte von meinem Anteil an Cam verkauft, und er verwaltet die Farm. Organisiert die täglichen Abläufe und erledigt den Großteil der langfristigen Planung. Bub hat ein Drittel, und ich habe noch ein Sechstel.»

Ludlow machte sich eine Notiz. «Und wie groß ist Burley Downs?»

«Dreieinhalbtausend Quadratkilometer, mit ungefähr dreitausend Hereford-Rindern.»

«Und die Familie kümmert sich um das alles selbst?»

Irgendwie fand Nathan die Art, wie Ludlow mit ihm sprach, äußerst seltsam. Erst als er den Mund öffnete, um zu antworten, wurde ihm klar, woran das lag. Der Mann sprach völlig normal mit ihm. Da schwang nichts Offenkundiges oder Unterschwelliges oder Bedrohliches oder auch nur ansatzweise Besorgtes mit. Nathan fragte sich, wie bald Steve den Sergeant aufklären würde. Wahrscheinlich im Krankenwagen auf der Fahrt zurück in die Stadt. Die Geschichte eignete sich gut als Pausenfüller beim Smalltalk, und sie war weiß Gott kein Geheimnis. Inzwischen war sie praktisch fester Bestandteil des hiesigen Volksmundes, so kam es Nathan vor.

Ludlow rutschte unruhig auf seinem Sitz hin und her, und Nathan begriff, dass er noch immer auf eine Antwort wartete.

«Bei Bedarf heuern sie Hilfskräfte an, wie schon gesagt. Wenn das Vieh zusammengetrieben wird, braucht man immer zusätzliche Leute, aber es gibt Firmen, bei denen man Teams telefonisch buchen kann. Die Arbeit wird heutzutage fast ausschließlich per Hubschrauber und Motorrad erledigt. Cam hat Handwerker kommen lassen, wenn Maschinen repariert oder Zäune gebaut werden mussten oder so. Aber den Alltagskram erledigt überwiegend die Familie. Vor allem wenn es ruhig ist. Wie jetzt zum Beispiel, weil die Märkte und Fleischfabriken über Weihnachten geschlossen sind.»

«Braucht man denn keine Hilfe, um die vielen Kühe zu melken?»

Im Spiegel sah Nathan, dass Xander sich ein Grinsen verkniff. «Hier in der Gegend wird Fleisch produziert, keine Milch.»

«Heißt das, ihr habt die Kühlschränke voll mit Steaks?»

«Und mit haltbarer Milch. Aber nein, das läuft hier anders als auf kleinen Höfen. Große Farmen lassen die Rinder die meiste Zeit frei umherziehen. Die Tiere trinken an den Wasserstellen, grasen, werden zusammengetrieben, wenn sie schlachtreif sind.» In vielerlei Hinsicht waren sie nahezu wild. Viele sahen von der Geburt bis zur Schlachtung so gut wie keinen Menschen.

«Und wie groß ist Ihre Farm?»

«Knapp siebenhundert Quadratkilometer.»

«Um einiges kleiner als Burley Downs.»

«Stimmt.»

«Wieso?»

Nathan zögerte. Xander hatte sich wieder darauf verlegt, aus dem Fenster zu starren. «Lange Geschichte. Schmutzige Scheidung ist die Kurzfassung.»

Ludlow schien das ausnahmsweise zu akzeptieren, ohne nachzuhaken, und Nathan fragte sich, ob es eine ähnliche Erklärung dafür gab, dass der Cop fünfzehnhundert Kilometer von Brisbane entfernt stationiert worden war.

«Wer lebt sonst noch auf Ihrer Farm?», fragte Ludlow.

Nathan antwortete nicht sofort. «Ganzjährig niemand außer mir. Ich bin allein.»

Ludlow wandte den Kopf und sah ihn überrascht an. «Ganz allein?»

«Ja. Ein-Mann-Show. Ich meine, ich heuere Leute an, wenn ich Hilfe brauche.» Und er sie sich leisten konnte.

Der Sergeant war sichtlich perplex. «Wie groß ist Ihre Farm noch mal, siebenhundert Quadratkilometer? Und wie viele Rinder?»

«Wahrscheinlich fünf- oder sechshundert.»

«Himmel, das hört sich immer noch nach viel an.»

Nathan antwortete nicht sofort. Es war viel und auch wieder nicht. Es war genug, um sein mieses Fleckchen Erde überzustrapazieren, bis es nur noch eine Sandgrube war. Es war nicht genug, um aus den roten Zahlen rauszukommen.

«Aber –» Ludlow ließ den Blick über den endlosen Horizont schweifen, von einer leeren Seite zur anderen. «Fühlen Sie sich da nicht manchmal einsam?»

«Nein.» Wieder ein rascher Blick in den Spiegel. Xander schaute jetzt zu ihnen nach vorn. «Nein, ich komm gut klar. Es macht mir nichts aus. Und solange genug Wasser da ist, versorgt das Vieh sich praktisch selbst.»

«Aber nicht ganz.»

«Nein, nicht ganz. Wir haben allerdings die letzten Jahre Glück gehabt mit dem Grenville», sagte Nathan in der Hoffnung, das Thema zu wechseln.

«Ist das der Fluss?»

«Ja. Er holt alle Nährstoffe aus dem Regenwasser und ist deshalb gut für den Boden, wenn er über die Ufer tritt. Letztes

Jahr hatten wir eine Überschwemmung, und auch zwei Jahre davor.»

Ludlow blinzelte in die Sonne.

«Wie viel Regen ist dafür nötig?»

«Wir haben hier auch ohne Regen Hochwasser», sagte Xander von der Rückbank, und Ludlow drehte sich zu ihm um.

«Im Ernst?»

Nathan nickte. Es war selbst nach zweiundvierzig Jahren noch immer ein seltsamer Anblick, wenn das Wasser anstieg, still und leise, unter einem wolkenlosen blauen Himmel. Dann wogte der Fluss gegen seine Ufer, angeschwollen vom Regen, der Tage zuvor und tausend Kilometer weiter nördlich gefallen war. Nathan zeigte nach draußen.

«Bei einer Überschwemmung steht hier fast alles unter Wasser. An manchen Stellen wird der Fluss zehn Kilometer breit. Ohne Boot kommt man nicht rüber. Die Häuser und die Stadt sind auf höherem Gelände erbaut, aber die Straße verschwindet.»

Ludlow blickte erstaunt. «Und wie kommt man weg?»

Nathan hörte Xander lachen. «Gar nicht. Viele Farmen werden zu Inseln. Ich hab mal fünf Wochen lang auf meiner festgesessen.»

«Allein?»

«Ja», sagte Nathan. «Aber das ist kein Problem. Man muss nur vorbereitet sein. Geht nicht anders, so ist nun mal die Geographie.»

Er blickte hinaus auf die rote Erde, die sich ringsum erstreckte. Es war schwer vorstellbar, aber vor Millionen von Jahren war sie der Grund eines gewaltigen Binnenmeeres gewesen. Bei Ausgrabungen hatte man Knochen von Wassersauriern gefunden, und in der Wüste gab es Stellen, wo Berge von versteinerten Muscheln in der Sonne brieten. Nathan erinnerte sich plötzlich, wie er und Cameron als Kinder auf Dinosaurierjagd gegangen waren, mit Schaufeln und mit Säcken bewaffnet, um die Knochen nach Hause zu bringen. Jahre später war es Xander gewesen, und Nathan hatte sich die Taschen mit Plastikdinos vollgepackt, um sie zu vergraben, wenn die echten partout nicht zum Spielen rauskommen wollten.

Der Sergeant schrieb wieder in sein Notizbuch.

«Wer sind die Nachbarn?», fragte er.

«Die nächste Farm ist Atherton.» Nathan zeigte nach Nordosten. «Die Stadt liegt südlich davon, dann gibt es noch zwei weitere Farmen östlich von da. Die zweitgrößte hier in der Gegend ist die Kirrabee-Farm, und die grenzt an meine. Gehört jetzt einem Unternehmen.»

Früher war sie jedoch in Privatbesitz gewesen. Im Besitz von Nathans Schwiegervater, um genau zu sein. Ex-Schwiegervater, korrigierte Nathan sich, weil ihm das lieber war. Er bremste ab, als sie sich einer Stelle im Zaun näherten, wo er hindurchfahren konnte. Xander sprang aus dem Wagen, um das Gatter zu öffnen, sie holperten hindurch und waren wieder auf Camerons Land.

«Ist nicht mehr weit», sagte er zu Ludlow.

«Wie haben Sie das vorhin gemeint, dass Ihr Bruder die Stelle mit dem Grab gut kannte?» Der Sergeant sah ihn an. «Kommt mir seltsam vor, dass jemand sich da freiwillig aufhält.»

«Onkel Cam hat von dem Grab ein Bild gemalt», sagte Xander, der wieder eingestiegen war. «Er hat es berühmt gemacht. Jedenfalls hier in der Gegend.»

«Ach ja?»

Nathan nickte. «Er ist nur ein Hobbymaler – war ein Hobbymaler –, aber er war richtig gut. Er ist irgendwie zum Malen gekommen, als wir Kinder waren. Es gab nicht viele Freizeitmöglichkeiten, deshalb haben wir alle so Alte-Leute-Kram gemacht.

Briefmarkensammeln und so. Ich konnte ums Verrecken nicht malen, aber Cam war wirklich begabt. Er hat nie ganz damit aufgehört, und vor rund fünf Jahren hat er das Stockman-Grab gemalt.»

Eine der Saisonarbeiterinnen damals hatte ein Foto von dem Bild gemacht und es online gestellt, als sie wieder zu Hause war, in Frankreich oder Kanada oder von wo auch immer sie stammte. Auf einmal hatten Leute bei Cameron angerufen, die Drucke von dem Bild bestellen wollten. Schließlich hatte er es auf Vorschlag seiner Mutter für einen landesweiten Wettbewerb eingereicht und einen Preis gewonnen.

«Im Laden in der Stadt kann man Postkarten davon kaufen», sagte Nathan.

«Dann hat das Grab Ihrem Bruder wohl viel bedeutet, was?», sagte Ludlow mit einer Stimme, die vermuten ließ, dass er das wichtig fand.

«Das würde ich nicht gerade sagen», erwiderte Nathan. «Ich glaube, er mochte sein Bild mehr als das Grab. Er hatte einfach an dem Tag Glück damit, wie das Licht fiel.»

«Ist schon seltsam da draußen», sagte Ludlow. «Ein einsames Grab mitten im Nirgendwo. So was hab ich noch nie gesehen.»

«Es gibt hier in der Gegend noch mehr davon.» Xander beugte sich vor. «Von vor langer Zeit, wenn jemand plötzlich gestorben ist. Dann hat man ihn an Ort und Stelle begraben, und später sind vielleicht Angehörige oder so gekommen und haben einen Grabstein aufgestellt. Für Touristen gibt es online Karten und Fotos und so.»

«Wer soll denn wegen so was den weiten Weg hierherkommen?»

Nathan zuckte mit den Achseln. «Sie würden sich wundern.»

«Die besuchen den Stockman?»

«Manchmal. Als Cams Bild der Renner war, kamen ein paar

im Jahr. Inzwischen nicht mehr viele. Hinter der Atherton gibt es eins, das beliebter ist.»

«Was ist an dem so verlockend?»

«Es ist trauriger, glaub ich. Da liegt ein Kind. Kleiner Junge. Um 1900 herum.»

Ludlow blickte beunruhigt, und Nathan fragte sich, ob der Cop Kinder hatte. «Was ist mit ihm passiert?»

«Die übliche Geschichte hier draußen.» Nathan sprach mit möglichst ruhiger Stimme. «Ist in die falsche Richtung gelaufen und hat sich verirrt.»

Nathan fuhr an der Öffnung in den Felsen vorbei. Er fluchte und setzte zurück, steuerte dann seinen Geländewagen vorsichtig durch die Lücke. Auf der anderen Seite blickte er sich verwirrt um. Camerons Land Cruiser war nirgends zu sehen. Einen bizarren Moment lang dachte er, der Wagen wäre tatsächlich verschwunden. Xander tippte an das verstaubte Fenster.

«Wir sind zu weit», sagte er und deutete nach hinten.

Nathan fuhr zurück auf die Straße und versuchte es erneut. Die richtige Piste war fast identisch. Er parkte an derselben Stelle wie Bub zuvor, und sie stapften alle den Hang hinauf. Oben angekommen, hielten er und Xander etwas Abstand, während Ludlow sich Handschuhe überstreifte. Er ging um Camerons Wagen herum, machte noch mehr Fotos. An der offenen Fahrertür blieb er stehen.

Nathan räusperte sich. «Die stand so offen, aber der Schlüssel lag auf dem Sitz, als wir ankamen. Ich hab probiert, ob der Motor anspringt.»

«Sie hätten nichts anfassen sollen.»

«Sorry.»

«Und ist er angesprungen?»

«Ja.»

Ludlow stieg ein und drehte selbst den Zündschlüssel. Er ließ den Motor einige Sekunden laufen, machte ihn dann aus.

«War der Wagen im Großen und Ganzen zuverlässig?», fragte er. «Das Modell ist schon ziemlich alt.»

Achtzehn Jahre, wie Nathan wusste. Ungefähr so alt wie sein eigener.

«Die älteren funktionieren hier draußen besser. Neue Modelle haben elektronische Anzeigen und so, die den Staub nicht verkraften. Er dringt in die Ritzen und verstopft das ganze System. Cam hat den hier gut gepflegt.»

«Was ist mit dem Funkgerät?» Ludlow deutete auf die Halterung am Armaturenbrett.

Nathan zeigte ihm, wie man die Frequenzen durchging. «Hört sich für mich okay an. Seine EPIRB hat er wahrscheinlich unterm Beifahrersitz.»

Ludlow griff unter den Sitz und holte die Notfunkbake hervor. Sie steckte noch in ihrer Box und war nicht aktiviert worden.

«Benutzen Sie keine Handsprechfunkgeräte?», fragte er.

«Nein. Die sind alle mit den Fahrzeugen verbunden.»

«Wenn Sie also Ihr Fahrzeug verlassen, haben Sie kein Funkgerät?»

«Genau.»

«Wie groß ist die Reichweite?»

«Kommt drauf an. Man kommt zwanzig Kilometer weit, mit den Verstärkermasten noch weiter, es gibt aber Funklöcher», sagte Nathan. «Man braucht im Grunde eine Sichtlinie.»

Der Sergeant arbeitete sich weiter durch den Wagen, fuhr mit den behandschuhten Händen über den Innenraum. Er sah hinter den Sonnenblenden nach, im Handschuhfach, unter den Sitzen, fing dann noch mal von vorne an.

«Ich glaube, sein Portemonnaie fehlt.» Ludlow hob den Kopf. «Er hatte es auch nicht in der Hosentasche.»

«Nein. Er wird es zu Hause gelassen haben.»

«Sie meinen, er hatte es nicht bei sich?»

Nathan, der sein eigenes Portemonnaie zweihundert Kilometer entfernt in seinem unverschlossenen Haus auf dem Küchentisch liegen hatte, deutete mit einer ausladenden Armbewegung auf die Umgebung. Wozu sollte er?

Ein leicht verlegener Ausdruck glitt über Ludlows Gesicht. Er klappte ein Reparaturhandbuch auf und blätterte es durch.

«Was suchen Sie?», fragte Nathan schließlich.

Ludlow zögerte. «Irgendwas.»

Er weiß es nicht, dachte Nathan. *Er hat keine Ahnung, was er von der ganzen Sache halten soll.* Er sah, dass Xander die Stirn runzelte. Wahrscheinlich dachte er das Gleiche.

«Haben Sie vor, nach Fingerabdrücken zu suchen oder so?», fragte Xander.

«Dazu müsste die Kripo rauskommen.»

«Und wird sie rauskommen?»

«Nur wenn es Anzeichen von Gewalt gibt.»

Alle drei blickten den Wagen an. Die Fenster waren nicht eingeschlagen, die Sitze normal verschmutzt und die Spiegel im richtigen Winkel eingestellt.

Ludlow drehte sich zu Xander um. «Tut mir leid.»

Er arbeitete systematisch weiter, stutzte nur, als er die hinteren Türen öffnete. Er stand da, wie sie dagestanden hatten, und starrte auf die Wasser- und Essensvorräte, die säuberlich vor ihm gestapelt waren.

«Das alles hat er hiergelassen?»

Nathan hatte keine Antwort darauf. *Es ist Ihr Job, den Grund dafür zu finden,* dachte er.

Ludlow sah ihn an. «Fällt Ihnen dazu irgendeine plausible Erklärung ein?»

«Ich hab von Leuten gehört –» Nathan merkte selbst, wie

ratlos er sich anhörte. «Manchmal verlassen Leute aus irgendeinem Grund ihr Fahrzeug – um ein verirrtes Kalb einzufangen oder so – und entfernen sich weiter, als sie eigentlich vorhatten. Sie laufen los und merken nicht, welche Strecke sie zurücklegen, und plötzlich haben sie die Orientierung verloren.»

Ludlow streifte seine Handschuhe ab. «Glauben Sie, so könnte es gewesen sein?»

«Nein. Ich weiß es nicht, keine Ahnung. Aber ich kann mir nicht vorstellen, dass Cam sich hier verlaufen hat.»

«Okay», sagte Ludlow. «Der Wagen macht auf mich einen guten Eindruck, aber nehmen wir mal an, es war irgendwas nicht in Ordnung mit ihm. Die Empfehlung im Falle einer Panne ist doch, beim Fahrzeug zu bleiben, oder? Goldene Regel, wie mir gesagt wurde.»

«Ja.»

Der Sergeant nahm den Tonfall in Nathans Stimme wahr und blickte auf. Auf jeden Fall wachsamer, als man ihm anfangs zugetraut hätte, dachte Nathan.

«Ja, aber was?», sagte Ludlow.

«Nichts. Bloß, man gebraucht auch den gesunden Menschenverstand. Und das wusste Cam. Ich meine, gleich da hinten ist eine Straße, verdammt noch mal. Er hatte reichlich Wasser. Falls er eine Panne hatte und zu Fuß irgendwohin wollte, dann wäre er zur Straße gegangen, hundertpro. Und er hätte Wasser mitgenommen.»

«Warum ist er dann –?»

«Ich weiß nicht, warum.» Nathan hörte, dass seine Stimme lauter wurde. «Ich sage nur, das hätte er getan. Aber seine allererste Wahl wäre gewesen, und zwar mit Riesenabstand, im Auto zu bleiben und die Klimaanlage laufen zu lassen und über Funk Hilfe zu rufen. Und wenn er den Wagen unbedingt hätte verlassen müssen, wäre er zur Straße gegangen, nicht irgendwohin so weit weg vom Schuss.»

«Das hätte Cameron gemacht», sagte Ludlow.

«Garantiert.»

«Wenn er gewollt hätte, dass man ihn findet?»

Ludlows Frage hing in der Luft.

«Ja, klar, Menschenskind.» Nathan wurde allmählich wütend. «Hören Sie, ich kann mir denken, worauf Sie hinauswollen, also spucken Sie's doch endlich aus.»

Es sprach für den Cop, dass er nur knapp nickte. «Ich musste bloß daran denken, was Ihr anderer Bruder gesagt hat. Dass Cameron vielleicht unter Stress gestanden hat.»

«Er hatte Zugang zu Schusswaffen.»

«Cameron?»

«Ja. Gewehrschrank zu Hause, wie jeder hier.»

«Im Wagen ist keine Waffe.»

«Tja, er hatte nicht ständig eine bei sich. Aber zu Hause hätte er kein Problem gehabt, an eine Waffe zu kommen, verstehen Sie?»

«Sie glauben also ...»

«Ich glaube gar nichts. Ich sag's Ihnen bloß. Falls *Sie* das glauben, wieso hat er dann nicht –» Nathan verstummte, sprach es nicht aus.

«Das ist ein guter Punkt.» Ludlow nickte. «Aber Sie haben doch sicher schon mal gesehen, was eine Kugel aus einem Gewehr für Schaden anrichtet?»

«Klar. Bei Tieren», fügte er hinzu.

«Ihrem Bruder wird das auch bewusst gewesen sein.»

«Na und?»

Ludlows Gesicht hatte einen Ausdruck angenommen, der es irgendwie älter wirken ließ. «Vielleicht nichts. Aber manchmal glauben die Leute fälschlicherweise, eine Schusswaffe wäre ein einfacher Ausweg, und das stimmt nicht. Psychisch ist es eine gewaltige Hürde. Für manche Menschen ein unmöglicher Schritt. Manchmal …» Ludlow stockte und runzelte die Stirn. Er drehte langsam den Kopf, ließ den Blick schweifen. Das Land war in jeder Richtung riesig. «Ist das einer der höchsten Punkte hier in der Gegend?»

«Dieser Felsen ist *der* höchste Punkt hier in der Gegend», sagte Nathan. Früher hatten sie ihn den Aussichtspunkt genannt, nicht nur im Scherz. «Manchmal was?»

Ludlow antwortete nicht, sondern machte ein paar Schritte bis an die Felskante. Er beugte sich vor. Nathan musste ihm nicht folgen. Er wusste, was da unten war.

«Manchmal was?», wiederholte er lauter. «Was wollten Sie sagen?»

«Bloß, dass Leute manchmal einfach einen Ausweg brauchen. Und der direkte Weg ist nichts für jeden.»

Nathan trat neben ihn an den Rand des Aussichtspunkts. Er konnte spüren, dass Xander ihn beobachtete. Von der Felskante ging es fünf Meter senkrecht nach unten zu einem Bett aus Sand. Man könnte sich höchstens den Knöchel brechen, den Hals ganz sicher nicht, das wusste er. Die Höhe reichte nicht annähernd aus, um einem verzweifelten Menschen einen sicheren Abgang zu ermöglichen.

Die andere Richtung dagegen … Nathan drehte sich um und blickte an seinem Sohn vorbei. Nach Westen. So weit das Auge reichte, erstreckte sich das Land in die Ferne, weit und offen, bis hin zur Wüste. Ein vollkommenes Meer aus Leere. Wenn jemand das Vergessen suchte, dort würde er es garantiert finden.

KAPITEL FÜNF

Nathan umklammerte das Lenkrad. Xander saß mit verschränkten Armen und hochgezogenen Schultern auf dem Beifahrersitz. Beide blickten sie stur geradeaus auf die Straße.

Sie hatten seit zwanzig Minuten kein Wort gesprochen, und auf einmal wurde Nathan klar, dass sein Sohn den Tränen nahe war. Er unterdrückte sie so vehement, wie nur Jugendliche das können – das Gesicht blass und angespannt vor Anstrengung, den Damm nicht brechen zu lassen –, doch die Trauer lief schon fast über. Xander hatte immer zu Cameron aufgeblickt, das wusste Nathan, und jetzt, wo er selbst quicklebendig dasaß, empfand er für einen kurzen Moment das schmerzliche Gefühl, seinen unter einer Plane liegenden Bruder zu beneiden.

Bevor sie Camerons Land Cruiser wieder sich selbst überließen, hatte Ludlow eine Rolle Polizeiabsperrband aus seiner Tasche geholt und sich nach einer Möglichkeit umgesehen, wie er es um das Fahrzeug herum befestigen konnte. Es gab weder Bäume noch irgendwelche Stöcke, die er in die Erde hätte rammen können. Schließlich hatte er Stücke von dem Band abgeschnitten und an die Türgriffe gebunden.

«Ich denke, Sie müssen sich keine allzu großen Sorgen machen», hatte Nathan gesagt, doch Ludlow hatte die Fahrertür trotzdem abgeschlossen und Nathan den Schlüssel überreicht.

«Würden Sie den wohl verwahren? Ihr Sergeant will sich das alles hier morgen ansehen.»

Nathan hatte den Schlüssel in die Hosentasche gesteckt, wo

er ihn noch immer spüren konnte, während er fuhr. Das Ding drückte ihm schwer und unangenehm gegen die Hüfte. Er und Xander hatten den Sergeant schweigend zurück zur Grabstelle gebracht, wo Steve seine dringendsten Aufgaben glücklicherweise erledigt hatte. Die Hecktür des Krankenwagens war geschlossen, und Nathan war froh, dass Cameron nicht mehr zu sehen war.

Steve hatte sie kritisch gemustert. «Seid ihr drei in der Lage, nach Hause zu fahren?»

Nathan fiel auf, dass sie alle fürchterlich aussahen, aber sie hatten dennoch genickt.

«Vielleicht sollten wir hier kampieren?», hatte er halbherzig vorgeschlagen, als der Krankenwagen davonfuhr. «Dann sparen wir uns die Fahrt morgen wieder hierher.»

«Kommt nicht in Frage. Gestern Nacht hat mir gereicht, besten Dank.» Bub war schon halb auf dem Fahrersitz. «Kommt ihr mit zu uns?»

Nathan nickte. «Ja, klar. Mum rechnet morgen sowieso mit uns. Donnerstag ist Weihnachten», schob er nach, als Bub überrascht guckte.

«Ach ja. Stimmt.» Bub ließ den Motor an. «Dann sehen wir uns zu Hause.»

«Welchen Weg fährst du?»

«Die Straße», sagte Bub. «Querfeldein dauert länger, wenn wir irgendwo stecken bleiben. Weiß ja nicht, wie das bei dir ist, aber ich hab heute keinen Bock, den Wagen freizuschaufeln.» Er knallte die Tür zu.

Nathan konnte Bubs Wagen jetzt ein Stück vor ihnen auf der Straße sehen. Die Staubwolke, die seine Räder aufwirbelten, verschwand für ein paar hundert Meter, als die unbefestigte Straße plötzlich makellosem Asphalt wich, der gut gepflegt und mit weißer Farbe deutlich sichtbar markiert war. Eine Landebahn für den Flying Doctor. Das glatte Fahrgefühl hielt bloß eine Minute an, dann kamen sie wieder auf holprigen Schotter.

Xander beugte sich auf dem Beifahrersitz vor. In der Ferne flimmerte etwas, das sich bewegte. Ein Wagen kam ihnen entgegen, noch zu weit entfernt, um ihn genau zu erkennen.

«Die Weihnachtsgeschenke sind noch alle bei dir», sagte Xander und lehnte sich schwer zurück.

«Mist. Sorry, ich hab gedacht, wir würden erst nach Hause fahren und dann weiter zu Grandma.» Nathan hatte vorgehabt, heute zu seinem Haus zu fahren, wo sie sich den Staub von einer Woche abwaschen und frische Klamotten anziehen könnten, um dann im Kreis der Familie Weihnachten zu feiern.

«Egal», sagte Xander. «Jetzt denkt sowieso keiner mehr an Geschenke.»

Nein, dachte Nathan. Aber er ärgerte sich trotzdem über sich. Er hatte Xander ein schönes Weihnachtsfest bieten wollen, selbst wenn das jetzt wohl zu viel verlangt war.

Das entgegenkommende Auto war noch immer klein, aber zunehmend besser zu sehen. Nathan erkannte, dass es einem langjährigen Farmhelfer auf der Atherton gehörte. Der Mann war bestimmt auf dem Weg in die Stadt, das einzige vorstellbare Ziel in dieser Richtung. Der Wagen kam langsam näher. Es dauerte eine gefühlte Ewigkeit. Genug Zeit, um die leichte Delle im Frontschutzbügel und den verkratzten Lack auf der Motorhaube zu registrieren.

Der Mann verringerte ein wenig das Tempo, als er mit Bub auf einer Höhe war, und winkte. Seine Hand erstarrte in der Luft, als er Nathan im Wagen dahinter erkannte. Nathan konnte die Augen des Mannes hinter der Windschutzscheibe nicht ausmachen, sah aber, wie dessen Hand sich drehte. Entschieden und wohlüberlegt verwandelte sich das freundliche Winken in den ausgestreckten Mittelfinger.

Nichts anderes hatte Nathan erwartet, seit er die Staubwolke in der Ferne erblickt hatte. Er schielte zur Seite. Xander starrte aus dem Seitenfenster, tat wie immer so, als hätte er nichts bemerkt.

Manchmal dachte Nathan, er könnte sein Elternhaus tausendmal auftauchen sehen und wäre tausendmal überrascht.

Es stand auf einer leichten Anhöhe am Ende einer Zufahrt, die sich über zwanzig Kilometer hinzog. Es schimmerte wie eine Oase, wo die rote Wüste einem gepflegten Garten mit üppigen Rasenflächen wich, die mit hochgepumptem Grundwasser grün gehalten wurden. Das Gebäude selbst sah mit seiner weitläufigen Veranda aus, als stammte es aus einer Zeit, als die Menschen noch großzügig und geräumig wohnten. Die großen Lagerschuppen ringsherum trübten die Illusion ein wenig, ebenso wie die Baracken, in denen die Farmarbeiter untergebracht waren. Sie wirkten derzeit unbewohnt, doch ein Wohnwagen, den Nathan noch nie gesehen hatte, parkte neben einem verstaubten Geländewagen auf dem Hof.

Als er auf das Haus zufuhr, hielt er Ausschau nach Anzeichen für Verfall und Verwahrlosung. Er konnte keine entdecken. Das Gebäude, wie das Land und die gut genährten Rinder, an denen sie unterwegs vorbeigekommen waren, befand sich offenbar in einem guten Zustand. Jedenfalls in einem besseren als seine eigene Farm, dachte er unwillkürlich, als er neben Bub parkte. Lamettagirlanden und Lichterketten schmückten die Veranda. Sie waren mit Sorgfalt aufgehängt worden, sahen aber bereits zerfleddert aus, wie sie da im heißen Wind flatterten.

Harry lehnte wartend am Holzgeländer. Er richtete sich auf, als die drei aus den Wagen stiegen. Harry hatte Haut wie eine Ledertasche und eine Miene, die sich kaum veränderte, deshalb war immer schwer zu erraten, was er dachte. Er war in Balamara geboren und aufgewachsen und hatte schon in einem Alter begonnen, auf Farmen zu arbeiten, in dem er eigentlich noch zur Schule hätte gehen sollen. Er war vor Nathans Geburt nach Burley Downs gekommen, und er war noch da, als Nathan die Farm längst verlassen hatte.

«Schön, dass ihr da seid», sagte Harry, schüttelte Nathan die Hand und gab Xander einen Klaps auf die Schulter. Bub wurde von seinem freudig sabbernden Hund begrüßt. Nathan sah Camerons Treibhündin Duffy, die auf Abstand blieb und die leere Straße beobachtete. Er streckte eine Hand aus, und sie kam zögerlich zu ihm.

Musik ertönte von irgendwo im Haus, eine Stimme sang von Schnee und Schlittenglöckchen. Bestimmt aus dem Zimmer seiner Nichten, vermutete Nathan. Er hatte Camerons Töchter zuletzt vor einem Jahr gesehen, und er fragte sich, wie sie die Nachricht verkraften würden. Die weihnachtliche Musik hörte sich seltsam grotesk an, doch die Mädchen waren erst acht und fünf, dachte er. Hauptsache, es half ihnen.

Die Haustür ging auf, und Nathan erschrak über den Anblick seiner Mutter. Ihre Wangen waren blass und eingefallen unter blutunterlaufenen Augen, und ihre Schultern hingen herab, als würde es sie schon alle Kraft kosten, sich einfach nur aufrecht zu halten.

«Ich dachte, du hättest dich was hingelegt», sagte Harry.

Liz Bright überhörte ihn einfach, blinzelte mit Augen schmal wie Schlitze unter geschwollenen Lidern ins Licht. Nathan sah Tränen hervorquellen, während sie sie anblickte. Weder er noch Bub waren der Sohn, den sie sehen wollte, das wusste Nathan. Dann bekam er prompt ein schlechtes Gewissen, weil er das dachte. Liz hatte sich immer bemüht, keinen ihrer Söhne zu bevorzugen, doch Cameron, mit dem breiten Lächeln, dem scharfen Verstand und der gut geführten Farm, hatte ihr das nicht leicht gemacht. Bub, unrasiert und verstaubt, rieb sich mit einem schmutzigen Finger ein Auge. Nathan wusste, dass er selbst nicht besser aussah.

Liz' Miene hellte sich ein wenig auf, als sie Xander anschaute, und sie zog ihn an sich, umarmte ihn fest. Dann ließ sie ihn los und schlang die Arme um Nathan. Er umfasste sie ebenfalls, obwohl sich die Bewegung eingerostet und ungewohnt anfühlte.

Liz holte tief Luft. «Erzählt's mir.»

«Vielleicht sollten wir lieber ins Haus gehen –», setzte Harry an, doch sie fiel ihm ins Wort.

«Nein. Die Mädchen sind drinnen. Erzählt's mir hier.»

Unwillkürlich wünschte Nathan wieder, Cameron wäre da. Er würde die Situation richtig handhaben. Bub, der in die Hocke gegangen war und seinem Hund irgendwas zuflüsterte, war keine Hilfe.

«Es war ziemlich seltsam», begann Nathan, verstummte dann. Er setzte erneut an, erklärte es, so gut er konnte, während Liz anfing, auf der Veranda auf und ab zu gehen. Sie ging immer nur ein kurzes Stück, als wäre sie hin- und hergerissen zwischen dem Wunsch, alles zu hören, und der Unfähigkeit, es zu ertragen. «Es gibt keine Erklärung», wiederholte Nathan mehrmals. «Ich weiß keine.»

«Sein Auto war in Ordnung», warf Bub irgendwann ein, was Liz ans äußerste Ende der Holzdielen wanken ließ. «Wir haben den Motor gestartet.»

«Nicht festgefahren?», fragte Harry und blickte dabei von einem Bruder zum anderen. «Keine Reifenpanne?»

Sie schüttelten die Köpfe.

«Hast du irgendeine Idee, was Cam da draußen gemacht hat?», fragte Nathan.

«Er hat nicht erwähnt, dass in der Gegend Arbeit anstand»,

sagte Harry. «Im Buch hat er notiert, dass er zum Lehmann's Hill fährt.»

«Bub meinte, er hätte in letzter Zeit ein bisschen gestresst gewirkt», sagte Nathan.

Er sah, dass Harry zu Liz hinüberschielte, und fragte sich, ob er nur ungern im Beisein ihrer Mum reden wollte. Harry nickte. «Ich schätze, das kann man so sagen, ja.»

«Wie schlimm war es?»

«Schwer zu sagen.» Harrys Gesicht bewegte sich minimal. Es war noch immer unmöglich einzuschätzen. «Wenn ich so zurückdenke, war er in den letzten Wochen nicht mehr er selbst. Vielleicht einen Monat, oder was meinst du?» Er sah Liz an, die knapp nickte und über den sattgrünen Garten hinweg auf das dürre braune Land dahinter blickte.

«Es schien aber nichts Ernstes zu sein», fuhr Harry fort. «Klar. Sonst hätten wir was unternommen.»

«Was meinst du damit, er war nicht mehr er selbst?», fragte Nathan.

«Er hatte hier nicht mehr alles so im Auge wie sonst, aber wir sind trotzdem klargekommen. Er hat ein paarmal gesagt, er wär erschöpft. Und ich hab mir gedacht, dass er vielleicht Schlafprobleme hat.»

«Hatte er auch», sagte Liz leise. «Ich hab ihn manchmal nachts gehört.»

«Und er war reizbar», sagte Harry. «Sah manchmal ein bisschen mitgenommen aus.»

Nein, das hörte sich eindeutig nicht nach Cameron an, dachte Nathan.

«War denn irgendwas passiert?», fragte er. «Habt ihr hier Probleme?»

Harry schüttelte den Kopf. «Die Farm läuft gut. Richtig gut. Wir hatten ein starkes Jahr.»

«Prima. Schön zu hören», sagte Nathan, der wieder einmal eher rote als schwarze Zahlen geschrieben hatte. Die Weihnachtsdeko der Kinder glitzerte im Wind, und er dachte an seine Nichten. «Wissen Sophie und Lo schon Bescheid?»

«Ilse bringt es ihnen gerade bei», sagte Harry, und Nathan blickte reflexartig zur Tür. Sie war geschlossen. Er bekam nicht mit, was Harry gesagt hatte. «Bitte?»

«Glenn hat angerufen.»

«Oh.» Der eigentlich zuständige Sergeant. «Dann ist er wieder zurück, ja?»

«Noch nicht. Er will, dass einer von uns sich morgen mit ihm an Cams Wagen trifft.»

Nathan spürte Camerons Schlüssel in der Tasche. «Ich fahr hin.»

«Ich hab ihm schon gesagt, ich würde das machen», sagte Harry.

«Dann komm ich eben mit.»

«Ich auch», sagten Xander und Bub fast wie aus einem Mund.

Liz, die vor sich hin gestarrt hatte, hob den schweren Blick wieder und runzelte die Stirn. «Bub, geh mit Xander ins Haus und zeig ihm, wo er schläft.»

«Weiß er doch. Da, wo er immer schläft», sagte Bub.

Sie schloss die Augen und atmete einmal tief durch. «Zeig's ihm trotzdem.» Als die Fliegengittertür hinter ihnen zufiel, wandte sie sich an Nathan. «Wie verkraftet Xander es?»

«Einigermaßen, alles in allem.»

«Wie lange hast du ihn?»

«Er fliegt am Siebenundzwanzigsten wieder zurück.»

«Oh.» Sie blickte enttäuscht. «Kann er nicht eine Woche später fliegen? Ich dachte, du wärst diesmal mit Silvester dran?»

«Bin ich auch, aber nein.» Xander würde eine Woche vor dem gerichtlich angeordneten Datum wieder abreisen. Nathan hätte darauf bestehen können, dass er bis dahin blieb. Er hatte einen rechtlichen Anspruch darauf, garantiert und ordnungsgemäß erkauft, aber er hatte verzichtet. «Er will mit seinen Freunden auf eine Party in Brisbane.»

«Und wann kommt er das nächste Mal?»

«Weiß ich nicht.» Nathan versuchte, das leichthin zu sagen, spürte aber Liz' Blick auf sich. «Er hat einige wichtige Prüfungen vor sich.»

Zwei Jahre Wiederholungen von Lehrstoff und Klassenarbeiten und schließlich die Abschlussprüfungen lagen vor ihm, wie Nathan vom Anwalt seiner Exfrau mahnend mitgeteilt worden war. Xander brauche in diesen zwei Jahren Konzentration und Ruhe. Er müsse zu Hause bleiben und lernen. Ob Nathan das bitte einsehen würde?

Nathan sah das tatsächlich ein. Ihm war außerdem bewusst, dass sein Sohn in knapp zwei Jahren achtzehn werden würde. Von diesem Tag an würden gerichtlich angeordnete Besuche zu den vielen Relikten aus Xanders Kindheit gehören, die er hinter sich gelassen hatte.

Die Weihnachtslieder hatten aufgehört, merkte Nathan, und in der Stille hörte er ein Kind weinen. Er wünschte, die Musik würde wieder einsetzen. Liz drehte sich zu dem Geräusch um, ging dann ohne ein Wort zur Tür und verschwand im Haus.

Nathan und Harry waren allein auf der Veranda. Im Westen war die Sonne eine sengende gelbe Glut, während sie tiefer sank.

«Unter uns», sagte Nathan. «Hast du so was schon mal gehört?»

«Ich hab gehört, dass manche Touristen verdammt dämliche Sachen machen», sagte Harry. «Aber ich hab gleich gewusst, dass Cam nicht bloß eine Panne hatte. Dann hätte er nämlich noch in dem Wagen gesessen, bei laufender Klimaanlage, und seinem Ärger über Funk Luft gemacht. Das weiß jeder. Als Ilse vor ein paar Monaten eine Panne hatte, hat sie genau das Richtige getan. Ist vier Stunden lang im Wagen auf der Nordstraße sitzen geblieben, bis Cam bei ihr war.»

«Das hab ich auch dem Cop aus St Helens gesagt», bestätigte Nathan.

«Was vermutet der denn?»

«Er weiß gar nichts. Ist nicht mal da ausgebildet worden.»

«Aber er denkt, Cam ist absichtlich von seinem Wagen weggegangen?»

«Ich glaube, ja», erwiderte Nathan. «Du hast Cam doch mit als Letzter gesehen. Sag du's mir.»

«Ich kann dir sagen, dass es dafür einfachere Methoden gibt. Aber –» Eine lange Pause. «So manch einer hat hier im Laufe der Jahre schon die seltsamsten Dinge gemacht.»

«Du würdest dir einfach die Kugel geben, oder?»

Harrys Augen huschten zu ihm. «Und du?»

«Ja, würd ich.» Nathan hatte sachlich klingen wollen, doch es kam falsch heraus. Zu entschlossen. Als hätte er sich schon mal Gedanken darüber gemacht. Harry sah ihn noch immer an, eindringlich jetzt, und eine Weile schwiegen sie beide. Das Weinen im Haus hatte aufgehört, zumindest war nichts mehr zu hören. Die Weihnachtsmusik hatte aber nicht wieder eingesetzt. Es gab keine frohe Botschaft zu verkünden.

«Was glaubst du, was hat Cam belastet?», fragte Nathan schließlich.

«Ich weiß es nicht. Wie gesagt, wir hatten eine gute Saison. Kann mir nicht vorstellen, dass es was mit der Arbeit zu tun hatte.» Harry lehnte sich schwer gegen das Verandageländer. «Er ist ja dieses Jahr vierzig geworden.»

«War das ein Problem für ihn?»

«Er hat nie was gesagt, aber das ist ein Wendepunkt, oder? Manchen Leuten macht das zu schaffen.»

Nathan versuchte, sich an seinen eigenen Wendepunkt-Geburtstag vor zwei Jahren zu erinnern. Bis auf eine Karte von Xander und einen Anruf von Liz war es für ihn ein Tag wie jeder andere gewesen.

Über ihm wehte der Wind Staub von den flatternden Girlanden.

«Kerry McGrath hat sich an Weihnachten umgebracht», sagte Harry.

«Stimmt.»

Aber das war was anderes, dachte Nathan. Kerry hatte sämtliche Tabletten in seiner Medikamentenbox vom Flying Doctor geschluckt, nachdem seine Frau ihn verlassen hatte. Er hatte sogar die Fächer geöffnet, die man nur auf ausdrückliche Anweisung des Arztes am anderen Ende der Leitung öffnen durfte, und er hatte von Paracetamol bis Morphium alles auf einmal genommen. Es war weder schnell noch schmerzlos gewesen. Zumindest hatte Steve Fitzgerald das jedem in der Krankenstation erzählt, wahrscheinlich vor allem zur Abschreckung, vermutete Nathan. Er erinnerte sich, wie er das mit Kerry erfahren hatte. Nathans eigene Medikamentenbox stand jetzt ganz hinten auf einem hohen Schrank, außer Sicht.

Er räusperte sich. «Dann war da noch Bryan Taylor. Der hat sich verlaufen.»

Harry machte ein Geräusch. «Der wollte vom Pub zu seinem Wagen und ist besoffen im Fluss ertrunken. Apropos, hast du dich zu Hause gut mit Vorräten eingedeckt?»

«Ja. So ziemlich.»

«Na, sieh zu, dass du genug hast. Das Wasser kommt.»

«Schon wieder?»

«Ich glaube, ja. Im Norden wird es regnen, denke ich.»

Nathan nickte. Wenn Harry eine Vorhersage machte, war es ratsam, auf ihn zu hören.

«Dann noch die Sache mit eurem Dad», sagte Harry aus dem Nichts, und Nathan sah ihn überrascht an. «Das war auch um diese Jahreszeit.»

«Februar. Und er hat sich nicht umgebracht.»

«Ich weiß.» Harry war nachdenklich. «Hab mich bloß gefragt, ob Cameron vielleicht irgendwas durch den Kopf gegangen ist. Da draußen so ganz allein. Vielleicht hat das irgendwas ausgelöst.»

«Dad war nicht allein, als er starb.»

«Nein. Das weiß ich, ich meinte bloß –»

«Was?»

«Nichts. Manchmal machen Leute seltsame Sachen.»

Das Quietschen der Fliegengittertür unterbrach sie. Xander schaute heraus. «Grandma sagt, Essen ist fertig.»

«Danke, Kleiner», sagte Harry, und Xander verschwand wieder im Haus. «Kommst du?»

«Gleich. Geh schon mal.»

Nathan wartete, bis er die Tür zuknallen hörte und er allein war. Er ging die Holzstufen hinunter und über den weichen grünen Rasen, roch den würzigen Zitrusduft, den die Bäume verströmten. Aus einem der großen Schuppen war das Brummen des Generators zu hören, der vor sich hin tuckerte, damit auf der Farm nicht die Lichter ausgingen. Er erreichte den Zaun, der neugierige Rinder von dem saftigen Rasen fernhalten sollte, und ohne genau zu wissen, warum, kletterte er hinüber und blieb auf der anderen Seite stehen.

Nathan schaute in die Ferne. Die Sonne schien schnell im Westen unterzugehen. In einer Stunde würde der Horizont in etwas noch Endloserem verschwinden. Er hörte ein fernes wehmütiges Heulen. Es war zu früh am Abend für Dingos, aber es musste einer sein. Nathan machte ein paar Schritte durch den Staub, weg vom Zaun und dem Haus und dem gepflegten

Grün. Er starrte ins Weite. Es war gewaltig, als würde er vom Rand einer Klippe in die Tiefe schauen, und ihm wurde leicht schwindelig, was ihm nur selten passierte.

Nachts, wenn der Himmel sich noch größer anfühlte, konnte er sich fast vorstellen, er wäre eine Million Jahre zurückgereist und würde auf dem Grund des Meeres spazieren. Vor einer Million Jahren, als noch Millionen Naturereignisse geschehen mussten, eins nach dem anderen, damit dieses Land entstehen konnte, das jetzt vor ihm lag. Ein Ort, wo Flüsse über die Ufer traten, ohne dass es geregnet hatte, und Muscheln tausend Meilen vom Wasser entfernt zu Fossilien wurden und wo Männer, die ihren Wagen verließen, unversehens in den Tod gingen.

Manchmal hatte Nathan fast das Gefühl, als würde die Weite ihn rufen. Wie ein schwacher Herzschlag, beharrlich und lockend. Er lauschte jetzt und machte versuchsweise einen Schritt, dann noch einen. Hinter sich hörte er wieder das Quietschen der Fliegengittertür und dann Xanders Stimme.

«Dad?»

Nathan blieb stehen. Er hob eine Hand, drehte sich dann zu dem Klang der Stimme seines Sohnes um und ging langsam zurück zum Haus.

KAPITEL SECHS

Die Erschöpfung überkam Nathan in dem Moment, als er durch die Tür trat. Xander war schon voraus in die Küche gegangen, und Nathan blieb mit einem hohlen Gefühl in der dämmrigen Diele stehen. Er war es gewohnt, seine Tage frühmorgens zu beginnen, wenn es noch dunkel war, aber die letzten paar Stunden hatten ihn ausgelaugt. Bub drängte sich unsanft an ihm vorbei und verschwand in die Küche. Er sah genauso müde aus, wie Nathan sich fühlte.

Camerons Hündin Duffy kam zu ihm. Sie wirkte noch immer bekümmert. Sie stammte aus demselben Wurf wie Nathans Hündin Kelly und beschnupperte jetzt sein Bein genau so, wie Kelly das immer getan hatte. Nathan ging vor Duffy in die Knie und musste sogleich wieder an den schlimmen Morgen im letzten Jahr denken. Er war aufgewacht und hatte sofort gewusst, dass etwas nicht stimmte. Schließlich hatte er Kelly in einem der Schuppen gefunden, wo sie sich verkrochen hatte, die Augen verdreht und winselnd vor Schmerzen. Nathan, der mit der Hündin mehr Zeit verbracht hatte als mit irgendeinem anderen Lebewesen, hatte sie in die Arme genommen und zum Haus getragen. Auf dem Weg dorthin war sie gestorben. Sie hatte einen Giftköder gefressen, hatte Nathan Glenn gesagt, als er sich wieder so weit beruhigt hatte, dass er in der Polizeistation anrufen konnte. Seine Stimme hatte gebebt, und es war ihm egal gewesen. Irgendwer hatte Köder auf Nathans Farm ausgelegt, um Kelly zu vergiften.

Netterweise war der Sergeant zu Nathan rausgefahren und hatte ihm geholfen, nach Spuren zu suchen. Sie hatten nichts gefunden. Es musste eine gezielte Tat gewesen sein, davon war Nathan überzeugt. «Ich weiß, wie ein vergifteter Hund aussieht. Irgendwer wollte sie umbringen.»

Glenn war mitfühlend, aber skeptisch gewesen. «Ich hab keine anderen Anzeigen bekommen. Und da hätte jemand schon einen sehr weiten Weg auf sich genommen, nur um einen Hund zu vergiften.»

«Glaubst du etwa nicht, dass sie so was tun würden? Um mich fertigzumachen?»

Glenn hatte ihm eine Hand auf die Schulter gelegt. «Das will ich damit nicht sagen. Ich weiß nur nicht, ob es wirklich so war.»

Nathan hockte noch immer in der dämmrigen Diele, eine Hand auf Duffys Kopf, als er von weiter vorne Geflüster hörte.

«… aber die müssen herkommen …»

Eine Frauenstimme, die er nicht kannte.

«Nein, glaub ich nicht. Ich sag dir, so läuft das hier nicht. Ich hab gehört, wie er am Telefon gefragt hat, ob jemand herkommt.» Diesmal ein Mann, ebenfalls im Flüsterton.

«Hier ins Haus?»

«Ja, aber ich glaube, der Cop hat nein gesagt.»

Die Stimmen verstummten abrupt, als ihre Besitzer um die Ecke bogen und Nathan in der Diele sahen. Der Mann hatte den Mund noch offen, ein unausgesprochenes Wort schon halb auf den Lippen. Er sah aus wie Ende zwanzig, genau wie die Frau neben ihm. Und ihrem Akzent nach waren sie Engländer. Nathan war genervt. Das hatte ihm gerade noch gefehlt. Zwei britische Backpacker.

«Gott, haben Sie mich erschreckt.» Der Mann erholte sich als Erster. «Sie müssen Nathan sein.»

«Ja. Über wen haben Sie gerade gesprochen?»

«Über wen?»

«Wen haben Sie am Telefon gehört? Im Gespräch mit der Polizei.»

«Ach so.» Der Mann zögerte, blickte an Nathan vorbei zur offenen Küchentür. «Das war Harry. Tut mir leid. Ich hab nicht gelauscht, ich hab's bloß mitgekriegt.»

«Okay.» In dem schummrigen Licht waren beide nicht richtig zu erkennen. «Und wer sind Sie, wenn ich fragen darf?»

«Simon und Katy.» Der Mann deutete auf sich und seine Begleiterin, während er ihre Namen sagte, als könnte Nathan sich nicht ohne Hilfe denken, wer wer war.

«Und was machen Sie hier außer in der Diele meines toten Bruders herumlungern und Telefonate belauschen?» Das war unnötig, und Nathan wusste es. Aber er konnte sich einfach nicht beherrschen.

Die Frau fand ihre Sprache wieder. «Cameron hat uns eingestellt.»

«Ja, hat Bub mir erzählt. Um was zu machen?»

«Zum Beispiel, um Ihrer Mum im Haus zu helfen», sagte sie und nickte Richtung Küche. «Also, wenn Sie nichts dagegen haben …?»

Sie ging um Nathan herum, ehe er etwas erwidern konnte, und er folgte ihnen unwillkürlich in die Küche. Harry und Bub saßen bereits an dem großen Holztisch. Nathan rückte einen Stuhl neben Xander und sah sich den Engländer genauer an – Simon, nicht? Er hatte helle Augen und eine sehr gerade Nase und dichtes dunkles Haar, das irgendwie unnatürlich glänzte. Nathan hätte Mühe gehabt, den Blick davon loszureißen, wäre da nicht die junge Frau gewesen.

Katy war – und Nathan fiel kein besseres Wort ein – eine Wucht. In der hell erleuchteten Küche konnte er sehen, wie ihre Haut und ihr Haar schimmerten, und das T-Shirt schmiegte sich genau richtig an ihren Körper. Wenn sie über irgendetwas lächelte, kam die Andeutung eines Grübchens zum Vorschein. Als sie dicht hinter Nathan vorbeiging, hatte er den überwältigenden Drang, nach ihrer Hand zu greifen. Er runzelte die Stirn und drückte die Hände flach auf den Tisch.

Bub beobachte Katy mit sklavischer Hingabe, während sie Teller mit Rindfleisch und Reis von der Arbeitsplatte zum Tisch brachte. Sogar Xander legte eine Begeisterung an den Tag, die Nathan bei ihm noch nie erlebt hatte, und das Glänzen in seinen Augen ließ ihn ein wenig wie Bub aussehen. Nur Harry schien ungerührt, seine versteinerte Miene unverändert. Katy beugte sich vor, um etwas aus einer unteren Schublade zu nehmen, und Nathan fragte sich, was Camerons Frau wohl von ihr hielt.

«Warten wir nicht auf Ilse?», fragte er Liz, die vor dem offenen Kühlschrank stand, als könne sie sich nicht erinnern, was sie herausnehmen wollte.

«Sie ist noch bei den Mädchen», antwortete Harry stattdessen. «Sie hat gesagt, wir sollen schon mal anfangen.»

«Okay.»

Katy stellte den letzten Teller auf den Tisch. «Und einer für dich, Bob.»

«Danke, Katy.»

«Es heißt Bub», sagte Nathan automatisch.

«Bitte?»

«Ähm –» Er konnte spüren, wie Bub ihn erbost ansah. «Bei deinem Akzent hört sich das an, als würdest du Bob sagen.»

«Tu ich auch.»

«Es heißt aber Bub. So nennen wir Babys. Weil er der Kleinste ist.»

«Aha.» Katy zog die Stirn kraus. Sie sah Bub an, der sich Essen in seinen dreißigjährigen Mund schaufelte. «Tut mir leid.»

«Mich stört das nicht», sagte Bub, mit Gefühl.

«Das ist mir total peinlich.» Katy lachte verlegen. «Ich hab dich die ganze Zeit mit dem falschen Namen angeredet.»

«Tja, sein richtiger Name ist Lee», sagte Liz mit einem Seufzer. Sie hatte den Kühlschrank wieder geschlossen und nahm Platz. «Du bist also nicht die Einzige.»

Bub bedachte Katy mit einem Lächeln, das sie den Blick abwenden ließ. Dann sah er Harry an. «Was hat Glenn denn sonst noch zu dem Treffen morgen gesagt?»

Harrys Augen huschten zu Liz. «Nicht jetzt, Junge.»

«Ich frag ja nur.»

Bub hatte sich umgezogen, bemerkte Nathan. Er sah an sich selbst runter und dann zu Xander hinüber. Der rote Staub vom Fundort war in die Falten ihrer Hemden gekrochen, und beim Anblick der Farbe wurde ihm plötzlich flau im Magen. Er rieb über einen roten Fleck auf seiner Jeans, und seine Hände fühlten sich sandig an.

«Ich werf sie später in die Waschmaschine», sagte Liz leise, und Nathan begriff, dass auch ihr der Staub aufgefallen war.

«Danke.»

Niemand sprach, und eine Zeitlang war das Klimpern von Besteck auf Tellern das einzige Geräusch. Nach ein paar Minuten wandte Xander sich an die Backpacker, womit Nathan gerechnet hatte. Der Junge lebte in der Großstadt. Er hielt Stille nicht so gut aus wie sie Übrigen.

«Wie lange seid ihr schon unterwegs?», wollte Xander von Simon wissen, der ebenfalls erleichtert schien, dass jemand das Schweigen brach.

«Fast ein Jahr.»

«Fliegt ihr für Weihnachten nicht nach Hause?»

«Wir haben nicht –», setzte Simon an, doch im selben Moment sagte Katy: «Zu teuer.» Ihre Blicke trafen sich, und irgendetwas spielte sich zwischen ihnen ab, das Nathan nicht deuten konnte.

«Und Cam hat Sie eingestellt?», fragte Nathan, und sie sahen ihn an. «War das vorab vereinbart oder –?»

«Nein. Pures Glück.» Simon schluckte und legte seine Gabel hin. «Wir waren im Pub in der Stadt und sind mit ihm ins Gespräch gekommen. Ich bin handwerklich ganz geschickt und helfe mit, Zäune und Wasserpumpen zu reparieren und so.»

Harrys Gesichtszüge bewegten sich kaum merklich, und Nathan fragte sich, ob der Neue wirklich eine große Hilfe war.

Simon nickte Richtung Katy. «Und sie ist Lehrerin, deshalb hilft sie den Mädchen bei der Fernschule, macht Hausaufgabenbetreuung.»

Katy lächelte. Sie hatte ihr Besteck hingelegt und knibbelte an ihrem Daumennagel.

«Gefällt's euch hier draußen?», fragte Xander.

«Ich find's super», sagte Simon. Katy antwortete nicht.

«Muss eine ganz schöne Umstellung für Sie sein», sagte Nathan.

«Darum ging's uns ja gerade», erwiderte Simon, und Nathan meinte, eine gewisse Herablassung zu spüren. «So was wie hier gibt's bei uns zu Hause nicht. Anfangs konnten wir gar nicht fassen, wie groß die Farmen hier wirklich sind. In Westaustralien sind wir auf einer gewesen, die halb so groß ist wie Wales.»

«Aha.» Nathan hatte keine Ahnung, wie groß Wales war, aber es überraschte ihn nicht. «Sie haben also schon auf anderen Farmen gearbeitet?»

«Ja, auf einigen.»

«Wo denn?»

«Im Westen, hauptsächlich.»

«Ja, sagten Sie ja schon. Der Westen ist verdammt groß.»

«Ich glaub nicht, dass die Ihnen was sagen.»

«Vielleicht ja doch.»

«Armistead.»

Nathan sagte der Name wirklich nichts, was ihn echt ärgerte. «Wo liegt die genau?»

«Östlich von Perth.»

«Menschenskind, alles liegt östlich von –»

Liz ließ ihre Gabel klappernd auf den Teller fallen. «Herrgott, Nathan.»

«Lass sie doch einfach mal in Ruhe essen, ja?», sagte Harry.

«Nein, es ist meine Schuld», sagte Simon. «Die Beschreibung war scheiße, ich weiß. Aber es ist so schwer, weil es da draußen keine Orientierungspunkte gibt.»

Das stimmte nur, dachte Nathan, wenn man keinen Blick für die Feinheiten der Landschaft hatte.

Neben ihm schlang Xander einen großen Bissen herunter. «Was hat euch nach Queensland verschlagen?»

Simon trank gerade aus seinem Wasserglas und ließ sich Zeit zum Schlucken. «Das Wetter.»

«Ernsthaft?»

«Es ist einfach zu verdammt heiß in Westaustralien.»

«Ihr wisst doch wohl, dass das hier offiziell der heißeste Bundesstaat ist?»

«Tatsache? Nee, wusste ich nicht. Aber immer noch besser als der eisige Nebel zu Hause, was?» Simon blickte Katy an, die zerstreut blinzelte.

«Sorry. Was?» Sie hatte blicklos aus dem Fenster gestarrt. Der Himmel war dämmrig, und die Nacht kam.

«Ich hab gerade gesagt –»

Er wurde vom lauten Klingeln des Festnetztelefons in der Diele unterbrochen. Die Nachricht sprach sich offenbar herum, dachte Nathan.

«Ich geh ran.» Harry machte Anstalten aufzustehen, doch

Liz, die ihren Teller praktisch nicht angerührt hatte, war schon auf dem Weg. Harry schaute ihr kurz nach, schüttelte dann den Kopf.

«Das mit Cameron tut uns sehr leid», sagte Simon zu niemand Speziellem. Katy knibbelte wieder an ihren Nägeln. «Er war ein toller Typ. Wir haben in der Stadt nach einem Job gesucht, und da haben die Leute allerhand nette Sachen über ihn erzählt, und sie hatten recht. Alle meinten, wir hätten Glück, wenn wir für ihn arbeiten könnten.»

Das stimmte wahrscheinlich, dachte Nathan. Cameron stand in dem Ruf, ein guter Boss zu sein.

«Mir ist am Anfang gar nicht klar gewesen, dass Sie noch ganz in der Nähe von der Stadt wohnen, Nathan», sagte Simon.

«Ganz in der Nähe nun nicht gerade, fast drei Stunden entfernt.»

«Ja, aber vergleichsweise nah. Ich hatte den Eindruck, Sie wären weiter weggezogen.»

«Nein.»

Katy hatte jetzt auch aufgeschaut, und sie und Simon betrachteten Nathan neugierig. Er fragte sich, was die Leute in der Stadt noch so alles erzählt hatten, während sie ein Loblied auf Cameron sangen. Obwohl er sich das eigentlich nicht fragen musste. Er konnte es sich denken. Die Stimmung war unbehaglich geworden, doch Nathan unternahm nichts dagegen. Er starrte einfach zurück, teilnahmslos, bis Simon den Blick senkte. Der Backpacker wandte sich an Xander.

«Wohnst du bei deinem Dad?»

«Nein», sagte Xander. «Ich geh in Brisbane zur Schule.»

Der ewige Diplomat, dachte Nathan mit einer Mischung aus Schmerz und Rührung. Sieben Worte, die zehn Jahre Tauziehen zwischen ihm, seiner Exfrau Jacqui und jetzt auch noch ihrem neuen Mann beschönigten. Wütende Telefonate, Anwaltsschreiben, Gerichtsbeschlüsse, Besuchsregelungen und Kosten über Kosten. Xander lächelte Nathan zaghaft an, als wüsste er, was sein Vater dachte.

«Willst du später auch mal Farmer werden?», fragte Simon.

«Ähm. Nein. Ich glaub nicht. Das ist eigentlich nicht –» Xander sah, dass Nathan, Bub und Harry ihn alle anschauten, und er stockte. «Ich will auf jeden Fall studieren. Was ich danach mache, weiß ich noch nicht.»

Er wirkte ein wenig verlegen, doch eine Bewegung an der Küchentür rettete ihn. Alle blickten auf. An der Tür stand Camerons Frau, die gerade erst Witwe geworden war. Ilse hatte eine Hand am Türrahmen und wirkte etwas unsicher auf den Beinen. Ihr hellbraunes Haar war ungekämmt und hastig mit einem Gummiband nach hinten gebunden worden. Ihr Gesicht war gerötet und glänzte, und es war nicht zu übersehen, dass sie geweint hatte.

Nathan setzte sich auf seinem Stuhl nicht aufrechter hin. Er nahm weder die Schultern zurück, noch fuhr er sich mit einer Hand durchs Haar oder strich sein Hemd glatt. Der Drang war so instinktiv, dass er ihm nur mit leichtem Unbehagen widerstand, als würde er den Atem anhalten. Aber er bewegte sich trotzdem nicht. Er saß einfach nur da, unterdrückte seine unwillkürlichen Reaktionen. Schließlich zählte er bis drei und erlaubte es sich, aufzusehen und Ilse einen Blick zuzuwerfen, nur ein Mal.

Sie sah ihn nicht mal an.

KAPITEL SIEBEN

Ilse verharrte in der Tür und erweckte ganz den Eindruck, als würde sie sich am liebsten umdrehen und gehen.

«Komm, setz dich.» Harry winkte sie heran, und sie machte ein paar Schritte in die Küche. «Kommen die Mädchen auch?»

«Sie schlafen. Lo ist in Liz' Zimmer. Sie wollte nicht in ihrem Bett schlafen.»

Katy stand auf. «Ich hol dir was zu essen.»

«Nicht nötig. Ich hab keinen –», setzte Ilse an, doch Katy hatte schon einen Teller vor den freien Platz neben Nathan auf den Tisch gestellt.

Das Zögern war so kurz, dass Nathan sich fast einreden konnte, es sich nur eingebildet zu haben, dann spürte er die Baumwolle von Ilses Bluse seinen Arm streifen und hörte das leise Knarren des Stuhls, als sie sich neben ihn setzte.

«Schön, dich zu sehen, Nathan.»

«Gleichfalls.»

Er konnte sich noch genau daran erinnern, wie er Ilse das erste Mal in dieser Küche gesehen hatte. Es war neun Jahre her und erst das fünfte Mal, dass er ihr überhaupt begegnet war. Er war hereingekommen und hatte jemanden allein an der Spüle stehen und einen Wasserkrug auffüllen sehen. Nathan hatte ihr Kleid registriert, ihr hellbraunes Haar und die Wölbung ihres Rückens, ehe er richtig begriff, wen er da vor sich hatte.

Sie hatte sich umgedreht, und sie waren beide erstarrt, wortlos vor Verblüffung. Nathan hatte Luft geholt, um etwas zu sagen – was, wusste er bis heute nicht –, als Cameron hereingerauscht kam und zu Ilse ging. Er hatte eine Hand tief auf ihren Rücken gelegt und sanft eine lose Haarsträhne beiseitegeschoben, ehe er sie auf die Wange küsste. Nathan hatte seine Lunge gezwungen auszuatmen und mit Mühe den Mund geschlossen. Später hatte Ilse ihn allein in der Diele abgefangen.

«Ich hab nicht damit gerechnet, dir hier über den Weg zu laufen», hatte sie gesagt.

Ach nee, hatte er gedacht. *Dasselbe könnte ich auch sagen.* «Tja, Cameron ist mein Bruder», hatte er stattdessen geantwortet.

«Das hab ich nicht gewusst, als ich ihn kennenlernte. Es tut mir leid.»

Aber sie hatte nicht bekümmert ausgesehen, sie hatte glücklich ausgesehen. Jetzt sah Ilse nicht glücklich aus.

«Wie geht's den Mädchen, Ilse?», fragte Harry.

«Sie sind durcheinander. Haben jede Menge Fragen. Genau wie alle anderen. Ich habe keine Ahnung, wie ich es ihnen erklären soll.» Ihre Stimme klang gepresst, und sie blickte zu Bub hinüber, der damit beschäftigt war, seinen Teller leer zu essen. «Du warst doch ungefähr in ihrem Alter, als euer Dad starb.»

Bubs Gabel wurde langsamer. «Ja, stimmt.»

«Hat da irgendjemand was zu dir gesagt, das dir geholfen hat, besser zu verstehen, was passiert ist?»

Dass Ilse so eine Frage stellte, verriet das Ausmaß ihrer Verzweiflung, dachte Nathan. Bub aß weiter.

«Keine Ahnung», sagte er mit vollem Mund. «Eigentlich nicht. Aber es war okay.»

Das stimmte nicht mal annähernd, wie Nathan wusste. Nathan war knapp einundzwanzig gewesen, als ihr Dad starb, Cameron zwei Jahre jünger. Aber Bub war erst acht gewesen, und er hatte Albträume gehabt. Nathan hatte es selbst gesehen und gehört, als er nach Hause gekommen war, denn Bubs Schreie hatten das ganze Haus aufgeweckt. Mit vor Schweiß und Tränen glänzendem Gesicht hatte Bub gesagt, Dad wäre noch am Leben, aber jetzt voller Blut und wütend darüber, was mit ihm passiert war. Diese Albträume hatten offenbar noch Jahre angehalten, wie lange genau, wusste Nathan nicht mehr. Natürlich gab es Schlimmeres als Albträume, aber Bub war nicht okay gewesen, ganz und gar nicht.

«Hat einer von euch noch mit Onkel Cam gesprochen, bevor er am Mittwoch losgefahren ist?» Xander blickte in die Runde.

Harry zeigte mit seiner Gabel auf Simon. «Wir zwei waren da schon weg, aber –» Er deutete auf Katy, die nickte.

«Ich hab ihn gesehen. Kurz. Die Mädchen und ich haben im Klassenzimmer gespielt – das ist in der Hütte bei den Ställen», sagte sie. «Ich wollte was aus dem Haus holen, und da hab ich Cameron zu seinem Wagen gehen sehen.»

«Hat er irgendwas gesagt?», fragte Nathan.

«Nur, dass er sich am Lehmann's Hill mit Bob treffen wollte – sorry, sorry, ich meine natürlich Bub. Ich hab gefragt, ob sie beide noch immer vorhätten, über Nacht wegzubleiben, sodass ich sie beim Abendessen nicht einplanen müsste. Er hat ja gesagt, sie würden erst am nächsten Tag zurück sein.»

«Und wie hat er da gewirkt?», fragte Nathan.

«So gut kannte ich ihn eigentlich nicht.»

«Aber Sie können sagen, was Sie für einen Eindruck hatten.»

Sie knibbelte noch immer an ihren Nägeln herum. Simon merkte das und legte eine Hand auf ihre.

«Wenn ich ehrlich bin», sagte Katy schließlich. «Er kam mir ziemlich aufgewühlt vor, als wollte er möglichst schnell los, als hätte er irgendwas Dringendes zu erledigen. Aber ich hab gedacht, es ginge um die Fahrt zum Lehmann's Hill.»

«Hat er vielleicht gesagt, dass er keine Lust hatte hinzufahren?»

«Nein, nichts dergleichen. Jedenfalls nicht zu mir. Er ist in seinen Wagen gestiegen und losgefahren und dann …» Katy schaute zu Ilse hinüber, eine wortlose Aufforderung weiterzuerzählen.

Ilse, die noch immer ganz still dasaß, ging nicht darauf ein.

Nathan wandte sich an sie. «Du hast Cam auch gesehen?»

«Ja», sagte sie endlich. «Ich war ein Stück die Zufahrt runter, hab eins von den Pferden geholt. Er musste an mir vorbei.»

«Hat er angehalten und was gesagt?», fragte Bub. Nathan fiel auf, dass Bub, seit Lehmann's Hill erwähnt worden war, aufmerksam zugehört und keinen Bissen mehr gegessen hatte.

«Natürlich hat er angehalten. Er war mein Mann», erwiderte Ilse unwirsch. Sie holte tief Luft. «Sorry, Bub.»

«Kein Problem. Was hat er gesagt?»

Ilses Gesicht wurde verschlossen. Nathan konnte gut nachvollziehen, dass es ihr widerstrebte, hier am Tisch ihren letzten persönlichen Wortwechsel mit ihrem Mann wiederzugeben, aber er war genauso neugierig wie alle anderen.

«Er hat gesagt, wir würden uns sehen, wenn er zurück wäre.»

«Mehr nicht?», fragte Bub. «Und was hast du gesagt?»

«Er soll vorsichtig fahren und bis dann.»

«Aha.» Bub blickte enttäuscht, und Ilses Augen waren plötzlich hart und glänzend.

«Tja, tut mir leid, aber was habt ihr denn erwartet? Ich wusste doch nicht –» Sie holte ein Taschentuch hervor und putzte sich die Nase.

Nathan wandte sich an Bub. «Und Cam hat ganz sicher gesagt, er würde sich mit dir am Lehmann's treffen?»

«Ja. Wir haben am Tag davor über Funk miteinander gesprochen.»

«Aber nicht am Mittwochmorgen?»

«Nein. Wozu auch? Ich wusste ja, dass wir uns treffen würden.»

Harry sah Bub forschend an. «Wie hat er sich angehört bei eurem Funkgespräch?»

«Hab ich doch schon gesagt. Ganz gut.»

«Dass er sich so angehört hat, muss nicht heißen, dass es ihm auch gut ging.» Die Stimme kam von der Tür, und alle Köpfe drehten sich zu Liz um. Sie hatte wieder geweint. Nathan fragte sich, wie lange sie schon da stand. Sie blickte noch immer leicht gereizt Bub an, doch der zuckte bloß die Achseln, als hielte er ihren Einwand für Haarspalterei.

«Hast du Onkel Cam noch gesehen, bevor er losgefahren ist, Grandma?», fragte Xander.

«Nein.» Schweres Bedauern schien die Luft im Raum noch drückender zu machen. «Aber es war offensichtlich, dass irgendwas mit ihm nicht stimmte.»

Nathan sah, dass sich Ilses Miene verhärtete.

«Wo warst du denn? Bist du ausgeritten?», fragte Nathan und war erleichtert, als Liz nickte. Seine Mum machte fast jeden Morgen einen Ausritt. Für Nathan war es insgeheim ein Indikator für ihre Gesundheit, und er wusste, dass das bei Cameron auch so gewesen war. Er blickte vielsagend auf den Tisch, wo ihr Teller noch immer fast unberührt stand, doch Liz schüttelte den Kopf.

«Nein. Ich geh ins Bett.»

«Wer hat da vorhin angerufen?», fragte Harry.

«Caroline vom Postamt.»

«Dann hat es sich also schon rumgesprochen.»

«Ja. Sieht so aus.»

«Was wollte sie?»

«Dasselbe wie alle anderen. Sie hat gesagt, sie würde gern helfen.» Liz schüttelte den Kopf. «Aber eigentlich wollen alle nur wissen, was passiert ist.»

Liz ließ den Blick durch die Küche wandern, als könnte die

Antwort vor ihren Augen auftauchen, aber Nathan sah nur verdatterte Gesichter, die sie anschauten.

«Und was sagst du ihnen?», fragte er schließlich.

«Ich weiß es nicht. Ich weiß nicht, was ich ihnen sagen soll.» Ihr Gesicht verzog sich. «Ich muss versuchen zu schlafen, wir sehen uns morgen früh.» Sie verschwand, und der Türrahmen war wieder leer. Nach einem Moment stand Katy auf und fing an, den Tisch abzuräumen.

«Onkel Harry, was haben du und Simon an dem Morgen gemacht?», fragte Xander.

«Ein paar Wasserstellen im Nordosten kontrolliert. Danke, Katy.» Harry reichte ihr seinen Teller. «Wir sind schon vor Sonnenaufgang los, deshalb haben wir Cam gar nicht mehr gesehen.»

«Ein großes Gebiet», sagte Nathan. «Habt ihr die alle allein geschafft, oder braucht ihr noch Hilfe?»

«Ich denke, wir kommen klar», sagte Harry. «Ich hab die Ostseite gemacht und Simon die Nordseite.»

Sich aufzuteilen war vernünftig, dachte Nathan. Auf die Art schafften sie hundert Kilometer mehr, auch wenn das bedeutete, dass sie allein arbeiten mussten. Wahrscheinlich hatten sie sich den ganzen Tag nicht gesehen. Er blickte von Simon zu Harry und fragte sich, wieso ihm dieser Gedanke gekommen war.

Bub leerte sein Wasserglas in einem Zug. «Ist schon verdammt seltsam, dass Cam da draußen am Grab war. Erinnert ein bisschen an die Geschichte vom richtigen Stockman.»

«Mensch, Bub. Hör doch auf», sagte Harry mit einem Stöhnen.

Simon runzelte die Stirn und sah Bub an. «Was für eine Geschichte?»

Harry schüttelte den Kopf. «Das ist lächerlich.»

«Gar nicht.» Bub deutete mit einem Kopfnicken auf Nathan. «Komm, erzähl du sie, du kennst sie am besten. Die mit dem Lagerfeuer und der umherziehenden Familie.»

«Nein», sagte Nathan.

«Aber du weißt, welche ich meine. Die mit den Pferden.»

«Ja, ich weiß.» Er spürte, wie Ilse sich unruhig auf ihrem Stuhl bewegte. «Aber nicht jetzt.»

«Wie fängt die noch mal an? Mit so einer Art Bande, glaub ich.» Bub stöhnte. «Ich krieg das nie richtig auf die Reihe. Erzähl du doch, Nate. Na los, sonst muss ich das machen.»

Es war still im Raum, und die Backpacker schauten erwartungsvoll. Nathan seufzte.

«Es ist bloß so eine blöde Legende, die man hier in der Gegend den Kindern erzählt», sagte er. «Sie soll in den 1890er Jahren passiert sein, und der Stockman war genau genommen kein Stockman, sondern ein Viehdieb.»

Katy hatte den Wasserhahn an der Spüle abgedreht und lauschte der Geschichte.

«Er gehörte zu einer Bande», fuhr Nathan fort. «Männer, die damals in dieses weite Land gekommen sind, wo sich kaum mal einer von den Besitzern blicken ließ, und ihre Chance sahen, ein paar Dollar zu verdienen. Nicht im großen Stil, eigentlich haben sie sich nur von den Hauptwegen ferngehalten und verirrte Rinder zusammengetrieben, die ihnen über den Weg liefen. Wenn sie genug zusammenhatten, haben sie sie runter nach Adelaide getrieben. Das Brandzeichen unkenntlich gemacht, wenn sie konnten, und wenn nicht, die Tiere eben billig verkauft.»

Er hielt inne.

«Und dann, eines Tages, sind ihre Pferde durchgedreht», half Bub ihm auf die Sprünge.

«Ja, danke, Bub.» Nathan runzelte die Stirn. «Also, ja, eines Tages sind sie irgendwo hier in der Gegend, und plötzlich kriegen alle Probleme mit ihren Pferden. Die Tiere scheuen, sind schwer zu bändigen, als wären sie völlig verschreckt. Das Pferd vom Stockman ist am schlimmsten, und er kommt kaum noch mit den anderen mit. Also sagt er, er macht Feierabend und schlägt schon mal das Lager für alle auf, während die anderen das Vieh für die Nacht sichern.» Nathan stockte. «Angeblich war er höchstens eine Stunde allein. Als die anderen zurückkamen, war seine Schlafmatte ausgerollt, und ein Lagerfeuer brannte.»

«Der Kessel hing über dem Feuer, aber das Wasser war verkocht», warf Bub ein. Er senkte die Stimme bedeutungsvoll. «Und vom Stockman fehlte jede Spur.»

Die Backpacker blickten wieder Nathan an, der mit den Schultern zuckte. «Wie Bub gesagt hat. Keine Spur von dem Kerl, keine Anzeichen eines Kampfes. Seine Stute war noch angebunden, hatte sich aber schon fast losgerissen. Sie warf den Kopf hin und her und stampfte mit den Hufen, wie Pferde das machen, wenn sie fliehen wollen. Die Kumpane teilen sich also auf, reiten die Umgebung ab, können ihn nicht finden. Sie suchen, bis es dunkel wird, aber nichts. Sie warten den nächsten Tag, doch er kommt nicht zurück, und schließlich müssen sie weiter, weil sie ja noch die ganzen Rinder haben. Jedenfalls, zwei Tage später treffen sie auf eine Familie, die mit Pferdewagen Richtung Norden fährt, und fragen, ob die ihren Kumpel irgendwo gesehen haben. Die Familie wirkt etwas nervös und lässt sie dann einen Blick in einen von ihren Pferdewagen werfen. Auf der Ladefläche, eingewickelt in einer Decke, ist die Leiche des Stockman. Die Familie erzählt, sie hätten ihn drei Tage zuvor und hundert Kilometer weiter südlich tot am Wegesrand gefunden. Sie wollten ihn in den nächsten Ort bringen, um zu fragen, ob ihn dort vielleicht jemand kennt. Sie beteuern, der Tote hätte keine sichtbaren Verletzungen gehabt, und es hätte nichts bei ihm gelegen, kein Wasser, keine Vorräte, gar nichts.»

«Aber wenn sie die Wahrheit gesagt haben, dann ist er am selben Tag gefunden worden, an dem er verschwunden ist.» Bub lehnte sich auf seinem Stuhl zurück. «Und das an einer Stelle, die viel zu weit weg war, um sie zu Fuß oder auch mit dem Pferd zu erreichen, also wie ist er dahin gekommen?»

Simon sah zu Katy hinüber, die ihre gummibehandschuhten Hände ausbreitete und mit den Achseln zuckte. Simon schüttelte den Kopf. «Ich weiß es nicht.»

«Nein, tja, auch die Männer konnten sich das nicht erklären», sagte Nathan. «Also sind sie in Panik geraten und haben ihn gleich an Ort und Stelle begraben. Eigentlich hätte die Sache damit erledigt sein sollen. Aber geredet wird ja immer. Und plötzlich wollten mehr und mehr Leute den toten Stockman irgendwo gesehen haben oder behaupteten, ihm nachts begegnet zu sein und so weiter. Schließlich weigerten sich Arbeiter herzukommen, weil sie glaubten, es würde hier spuken. Es gab einige Unfälle. Schwere Unfälle, bei denen ein paar Leute ums Leben kamen. Jedenfalls wurde es irgendwann so schlimm, dass der damalige Landbesitzer sich gezwungen sah, den Grabstein aufzustellen, weil er hoffte, dann wäre Schluss mit diesen Gespenstergeschichten, und die Gerüchte würden aufhören. Hat aber nicht geklappt. Es heißt, wenn man unter dem Stein gräbt, ist da nichts. Dass das Grab leer ist.»

Das einzige Geräusch war das Ticken der Küchenuhr. Beide Backpacker starrten Nathan an.

«Schwachsinn», flüsterte Simon.

«Ja, klar», sagte Nathan. «Es ist nur eine blöde Geschichte.»

«Trotzdem. Ganz schön merkwürdig. Dass er verschwindet und einfach so meilenweit entfernt wieder auftaucht.»

«Ja. Aber macht euch nicht verrückt, es ist nicht wahr –», setzte Nathan an, verstummte jedoch, als Ilse plötzlich ihren Stuhl zurückschob und aufstand. Sie öffnete den Mund, als wollte sie etwas sagen, schloss ihn dann wieder, drehte sich um und ging aus der Küche.

Stille trat ein.

Bubs Stuhl knarrte, als er sich kopfschüttelnd zurücklehnte. «Gut gemacht, Nathan.»

KAPITEL ACHT

Danach war das Abendessen endgültig vorbei. Simon stand auf, um Katy zu helfen, und die zwei redeten leise miteinander, während die Übrigen nach und nach den Raum verließen. Nathan sah, dass Simon Katy etwas zuflüsterte, worauf die beiden zu ihm rüberschauten und dann wieder weg.

«Eure Mum hat Xander wieder in deinem alten Zimmer einquartiert, du kannst dir also aussuchen, wo du schlafen willst», sagte Harry zu Nathan, als er vom Tisch aufstand. «Die Unterkunft für die Arbeiter ist leer, aber da ist die Klimaanlage kaputt.»

Da würde er sich eingeschlossen fühlen wie in einer Blechdose. «Ich nehm die Couch.» Nathan spähte in den Kühlschrank auf der Suche nach einem Bier.

«Es ist noch was im Kühlraum, wenn da keins mehr drin ist», sagte Harry.

«Scheiße.» Nathan schloss den Kühlschrank wieder.

«Was?»

«Nichts. Mir ist bloß gerade was eingefallen.»

Nathans eigener Kühlraum war schon länger defekt, und nachdem er etliche Wochen gewartet hatte, war der Reparaturtechniker endlich wieder in der Gegend. Er hatte just an diesem Tag kommen wollen, fiel Nathan jetzt ein, während er die schwere Tür des Kühlraums aufzog, der von der Küche abging. Der Techniker würde allein ins Haus kommen, das war kein Problem, aber Nathan wäre gern dabei gewesen. Er würde versuchen, ihn anzurufen.

Wenigstens funktionierte dieser Kühlraum tadellos, dachte er, als er hineinging und sofort eine Gänsehaut bekam. Er blieb einen Moment vor den Riesenmengen Tiefkühlkost stehen und genoss die Temperatur, ehe er ein Bier aus einem ganzen Turm von Dosenpaletten nahm.

Wieder zurück in der Küche, steckte er den Kopf in den Vorratsraum nebenan. Er war gut gefüllt, wie er erleichtert feststellte. Im Grunde hatte er nichts anderes erwartet, aber selbst wenn Cameron in letzter Zeit mit den Gedanken woanders gewesen war, wäre er in Sachen Vorräte nicht nachlässig gewesen. Ähnlich wie bei Nathans Vorratsraum zu Hause hatte man auch hier das Gefühl, einen kleinen Laden zu betreten. Die Regale ächzten unter dem Gewicht von Reis und Pasta und Konserven für mehrere Monate. An der Wand hingen Listen, die einen Überblick darüber gaben, wie viel von jedem Artikel auf Lager war. Alles war im zweistelligen Bereich.

Nathan sah sich um und trank dabei sein Bier. Er würde noch einmal überprüfen müssen, ob er ausreichend mit Vorräten eingedeckt war, falls Harry mit der Überschwemmung recht behielt. Es müsste aber alles in Ordnung sein. Wie jeder Haushalt in der Region gab Nathan regelmäßig seine Bestellung in einem Supermarkt in der nächsten Großstadt auf, und alle sechs Wochen kam ein riesiger Kühltransporter mit den Bestellungen des ganzen Ortes die tausend Kilometer von Adelaide hoch. Nathan wusste genau, welche Mahlzeiten er in den nächsten sechs Monaten essen würde. Er hatte stets genug da, um die Überschwemmungen durchzustehen, zumal er allein war. Falls das Wasser ihn von der Außenwelt abschnitt, wollte er vorbereitet sein.

Er schloss die Tür des Vorratsraums, ging zum Telefon in der Diele und rief den Techniker an. Camerons Portemonnaie lag gleich neben dem Apparat auf dem kleinen Tisch, genau wie er erwartet hatte. Als am anderen Ende der Leitung die Mailbox ansprang, nahm er es und sah es durch, während er eine Nachricht hinterließ. Zwei Kreditkarten, etwas Bargeld. Ein oder zwei verblasste Quittungen von der Tankstelle im Ort. Nathan zog den Führerschein heraus und sah sich das Foto seines Bruders an. Cameron lächelte nicht, was ungewöhnlich war, und hatte stattdessen eine beflissen neutrale Miene aufgesetzt. Um die Augen herum war jedoch noch immer eine Spur Verschmitztheit zu erkennen, und Nathan konnte sich gut vorstellen, dass er gerade mit dem Fotografen rumgewitzelt hatte. Nathan klappte das Portemonnaie wieder zu.

Er nahm sein Bier und schlenderte ins Wohnzimmer. Das Haus hatte sich im Lauf der Jahrzehnte kaum verändert. Die Couch war noch immer dieselbe wie zu seiner Kindheit, und er hatte schon oft darauf geschlafen. Sie war nicht schlecht. Er sah, dass Liz ihm saubere Kleidung hingelegt hatte. Die Sachen mussten von Cameron sein. Das Praktische siegte hier draußen stets über Sentimentalität, aber es war dennoch ein seltsames Gefühl, Hemd und Jeans seines toten Bruders in den Händen zu halten.

In einer Ecke stand ein Plastikweihnachtsbaum mit blinkenden Lichtern. Es lagen schon ein paar Geschenke darunter. Daneben, in der Mitte der Wand, hing Camerons preisgekröntes Gemälde vom Stockman-Grab in einem dicken Rahmen, von dem Nathan wusste, dass er sehr teuer gewesen war.

Es war eine Weile her, seit Nathan es zuletzt gesehen hatte, und er beugte sich näher ran, um es genauer zu studieren. Das Bild zeigte das Grab bei Sonnenaufgang – nicht bei Sonnenuntergang, wie manche Betrachter irrtümlich dachten, aber Nathan wusste von der Perspektive her, dass es die Morgensonne war – mit Lichtstrahlen, die vom Horizont ausfächerten. Cameron hatte viel Sorgfalt auf das Lichtspiel am Himmel verwendet, mit winzigen Pinselstrichen und einer reichen Farbpalette für die Darstellung von Details.

Das Grab selbst war im Vergleich dazu fast Nebensache. In dunklen Tönen ragte es in der unteren Hälfte des Gemäldes auf, und seine Form war eher angedeutet als genau ausgemalt. Selbst Nathan, der rein gar nichts von Kunst verstand, meinte, nachvollziehen zu können, warum das Bild so beliebt war. Nachdem es den Preis gewonnen hatte, hatte er online etliche Diskussionen und Kritiken von Leuten gelesen, die alles Mögliche in das Bild hineininterpretiert hatten. Sieg des Lichts über die Dunkelheit oder umgekehrt. Einsamkeit, Trauer, Wiedergeburt. Einige hatten gemeint, sie könnten den Stockman erahnen, wie er im fahlen Grau stand, wo Licht und Dunkelheit zusammenkamen.

Persönlich hatte Nathan das Bild nie besonders gemocht. Es war ziemlich gut gemalt, das musste er zugeben, doch für ihn fing es die Landschaft nicht richtig ein. Der Gegensatz zwischen Dunkel und Licht erschien ihm ein bisschen plump. Wenn er da draußen war, vor allem allein, kam ihm immer alles fließender vor.

Nathan ließ sich auf die Couch fallen und starrte wieder auf den Stapel Klamotten von seinem Bruder. Es waren fast genau die gleichen wie seine – kein Wunder, schließlich kaufte jeder, den er kannte, im selben Laden ein –, aber ein oder zwei Größen kleiner. Mit siebzehn hatte Cameron ihn größenmäßig eingeholt, aber er war schlank und sportlich gewesen, Nathan dagegen eher breit und kräftig.

Als Nathan dann allein war – nicht, nachdem Jacqui ihn das erste Mal verlassen hatte, sondern nach dem zweiten Mal, dem richtigen –, hatte er stundenlang wie ein Verrückter mit einem zerkratzten alten Hantelset in einem seiner Schuppen trainiert. Nach einer Weile war ihm klargeworden, dass ja kein Mensch je sah oder sich dafür interessierte, ob er Muskeln hatte oder nicht. Von einem Tag auf den anderen hatte er aufgehört, Gewichte zu stemmen, und stattdessen stundenlang auf der Couch gelegen und Bier getrunken. Aber da es auch ohne allmorgendlichen Kater schon schwer genug war, in aller Herrgottsfrühe aufzustehen, und die körperliche Arbeit auf der Farm ein gewisses Maß an Kraft und Fitness erforderte, musste er auch das einschränken. Er hatte die Finger vom Bier gelassen und gelegentlich Gewichte gestemmt und es so geschafft, irgendwo in der Mitte zu landen. Aber er war nie wieder der geworden, der er mal gewesen war.

Nathan blickte an seinem eigenen Hemd hinunter, das noch rot vom Staub war, als ein Schatten am Fenster vorbeiglitt. Ilse. Sie hob sich als Silhouette im Dämmerlicht ab, während sie Bettwäsche von der Leine nahm. Die Bezüge und Laken blähten sich im Wind und flatterten um sie herum, als würde jemand durch sie hindurchlaufen. Nathan schaute noch einen Moment zu, dann warf er das Hemd seines Bruders auf die Couch und ging nach draußen, um mit der Frau seines Bruders zu sprechen.

Ilses Augen richteten sich prompt auf den roten Staub auf seiner Kleidung. Offenbar war er im Freien auffälliger als in der Küche. Nathan konnte förmlich sehen, wie sie überlegte, wo dieser Staub herkam, während ihre Hand an einer Wäscheklammer erstarrte.

«Wird alles gewaschen.»

Sie sagte nichts, wandte sich bloß wieder der Wäsche zu.

«Hör mal, Ilse, tut mir leid wegen der blöden Stockman-Geschichte vorhin beim Essen. Ich wollte dich nicht aufwühlen.»

Sie schob ein Laken beiseite, um ihn anzusehen. «Ich bin nicht wegen der Geschichte aufgewühlt, Nathan.»

«Nein. Natürlich nicht.»

Sie streckte die Hände nach einem Kissenbezug aus. Dem Muster nach gehörte die Bettwäsche den Mädchen.

«Lass das doch», sagte Nathan. «Du musst das jetzt nicht machen.»

«Doch. Das ist Los Bettwäsche, und die hängt schon seit gestern draußen.»

«Dann ist es sowieso zu spät.» Die Bettwäsche war mit Sicherheit nach fünf Minuten auf der Leine trocken gewesen, und jetzt war sie voller Sand. «Die muss ohnehin noch mal gewaschen werden. Lass sie doch bis morgen hängen.»

«Nein.»

«Dann helf ich dir.»

Ilse öffnete den Mund, als wollte sie protestieren, gab sich dann geschlagen und zuckte die Achseln. «Danke.» Sie drehte eine Wäscheklammer zwischen den Fingern. «Nathan, was, glaubst du, ist mit Cam passiert?»

Er zog ein Laken von der Leine und antwortete nicht sofort.

«Ist er aus Versehen so weit weg von seinem Wagen geraten?» Sie starrte angestrengt auf die Wäscheklammer in ihren Händen. «Oder meinst du, es war Absicht?»

«Ich weiß es nicht.»

«Aber du warst doch da draußen. Was hast du gesehen?»

«Ein Cop aus St Helens war da, der könnte dir alles –»

«Das weiß ich», fiel sie ihm ins Wort. «Ich frage dich. Bitte.»

Er seufzte. Die Bettwäsche wehte um sie herum, während er ihr alles erzählte, was er wusste, und sah, wie die kleine Falte zwischen ihren Augen tiefer wurde. Sie hörte fast die ganze Zeit wortlos zu, mit feuchten Augen und verkniffenem Mund. Sie unterbrach ihn nur zweimal, das erste Mal, als er ihr von dem flachen Loch vor dem Grabstein erzählte, und dann erneut, als er die Wasser- und Essensvorräte erwähnte, die noch in Camerons Geländewagen waren. Sie bat ihn, das noch mal zu wiederholen. Es machte auch beim zweiten Mal keinen Sinn.

Er beobachtete Ilse, während er sprach. Es war zehn Jahre her, aber manchmal, im richtigen Licht, sah sie noch immer so aus wie die junge Frau, die an dem Abend, als er sie kennenlernte, hinter der Bar gestanden hatte. Auch er war damals anders gewesen, schon fast ein Stammgast im einzigen Pub der Stadt. Er hatte die lange Fahrt zugegebenermaßen ein bisschen zu oft gemacht, als der Schmerz seiner Scheidung noch ziemlich frisch war.

Ein Jahr zuvor war seine Frau – *Ex*frau, die Scheidung war endlich durch – mit dem fünf Jahre alten Xander im Schlepptau und ohne einen Blick zurück auf dem Balamara Track davongefahren. Und, wie sich später herausstellte, auch ohne die Absicht, sich an die Vereinbarungen für seinen Umgang mit Xander zu halten, auf die sie sich hatten einigen können.

Nathan hatte Xander versprochen, ihn jeden Tag in Brisbane anzurufen, doch es ging auffällig oft niemand an den Apparat. Wenn er tatsächlich mal durchkam, wurde Xander so schnell wieder weggerufen, dass kein wirkliches Gespräch zustande kam, und dann saß Nathan da und hatte nur noch den Besetztton im Ohr. Es war ihm nicht gelungen, Jacqui auf die Daten eines versprochenen Besuchs festzulegen. Nathan hatte sich gezwungen, ihr genug Zeit zu lassen, damit sie sich in Brisbane einleben konnte, und dann sogar noch mehr Zeit, doch als er an jenem Abend in den Pub in Balamara ging, hatte er gerade eine horrende Summe überwiesen, um einen Familienanwalt zu beauftragen.

Die Trennung von seinem Sohn machte ihn traurig, und nach dem gezahlten Anwaltshonorar fühlte er sich arm, und an dem Abend hatte er nicht erwartet, dass sich daran was ändern würde. Denn was konnte sich ein Mann schon groß von einem Bier in einem leeren Pub erhoffen?

Ilse war da gewesen.

Sie stand allein hinter der Bar, und er saß allein davor, deshalb hatte sie ihn mit einem Lächeln bedient, und er hatte sich vorgestellt. Sie setzte sich ihm gegenüber, und sie plauderten miteinander. Sie arbeitete seit genau drei Wochen und einem Tag in dem Pub, erzählte sie, und war genau drei Wochen und zwei Tage zuvor mit ihrem Rucksack in Balamara angekommen. Sie war Holländerin, hatte aber Umweltwissenschaften in Kanada studiert, und sie beugte sich über die Theke, als sie ihm mit einem sanften melodischen Akzent die richtige Aussprache ihres Namens beibrachte.

«Ihlsa», hatte er gesagt, und sie hatte gelächelt.

«Schon gar nicht schlecht.»

Er hatte es weiter versucht, bis er es richtig hinkriegte.

Ihre Eltern waren geschieden, und ihre Mum war ein Jahr zuvor an Brustkrebs gestorben – sie hatte aufgehört zu reden und sehr lange nach unten auf die Theke geschaut, und schließlich hatte Nathan zögerlich eine Hand auf ihren Arm gelegt. Als sie daraufhin lächelte, hatte er gespürt, wie sich etwas in ihm löste. Jedenfalls, so hatte sie noch immer lächelnd gesagt, war das der Anlass für sie gewesen, endlich auf Reisen zu gehen. Ihrer Abenteuerlust nachzugeben und etwas von der Welt zu sehen.

«Wie findest du das Outback?», hatte er gefragt, und sie hatte gelacht.

«Cool. Es kommt mir vor wie das Ende der Welt.»

Er spendierte ihr einen Drink, und sie saßen zusammen in dem leeren Pub, während er ihr den Klatsch und Tratsch aus der Gegend erzählte. Er hatte seine Akustikgitarre im Wagen, und – später war ihm das peinlich – er holte sie und spielte ihr was vor. Aber sie lachten, als er australische Songs zum Besten gab, die sie noch nie gehört hatte, und sie sich holländische Songs wünschte, die ihm nichts sagten.

«Und womit amüsieren sich die Leute hier noch so?», fragte sie schließlich auf eine Art, die ihn ein bisschen daran erinnerte, wie Jacqui früher mit ihm gesprochen hatte. Damals, am Anfang, als alles noch gut war.

«Abgesehen vom Pub?», fragte Nathan. «Lass mich überlegen. Manchmal prügeln sich die Leute zum Spaß.» Sie verdrehte die Augen. «Ehrlich, unterschätz das nicht. Zwei Cousins von der Atherton-Farm haben sich letztes Jahr vier Stunden lang auf der Straße gekloppt. Die Leute haben Stühle rausgestellt und zugeguckt.»

«Vier Stunden?» Sie lachte. «Wenn das wahr ist, was ich übrigens nicht glaube, sind sie entweder richtig gute oder richtig miese Kämpfer.»

Er grinste. Es gab noch andere Sachen, mit denen sich die Leute im Outback die Zeit vertrieben. Zum Beispiel auf die Sanddünen fahren und mit einer Flasche Wein zuschauen, wie die Sonne über der Wüste unterging. Mit der richtigen Begleitung konnte das sehr schön sein.

Er sah sie an. Die Neigung ihres Kopfes und das Lächeln auf ihren Lippen verrieten ihm, dass ihre Antwort auf eine solche Einladung Ja lauten würde. Es musste keine große Sache sein – er hatte weiß Gott nicht vor, wieder zu heiraten –, aber er war jetzt offiziell frei und solo. Und es wäre schließlich bloß eine Fahrt mit einer Backpackerin hinaus zu den Dünen. Von da bis zu einem Ring am Finger war es ein verdammt langer Weg. Aber – die Verbitterung hatte sich eingeschlichen, ohne dass er es überhaupt gemerkt hatte – von einem Ring am Finger bis zu einer vierstelligen Anwaltsrechnung war es dann doch nicht so weit. Also hielt Nathan den Mund und ließ den Augenblick verstreichen.

Stattdessen hatten sie noch ein Glas getrunken und noch etwas mehr gelacht, und am Ende des Abends, als sie den Pub zumachte, hatten sie einander an der Tür gegenübergestanden, beide plötzlich ein wenig verlegen, und er hatte gefragt, wann sie in der nächsten Woche arbeiten würde. Er hatte wie immer hinten in seinem Wagen übernachtet, mit den Sternen, die durch die schmutzige Frontscheibe schienen, und war zum ersten Mal seit langem mit einem Grinsen im Gesicht nach Hause gefahren.

Am nächsten Wochenende war er wieder im Pub und auch an dem darauf. Danach jedoch nicht mehr. Denn da hatte Nathan bereits Hausverbot im Pub, im Laden und jeder anderen seiner Anlaufstellen im Umkreis von sechs Autostunden. Die Dauer seiner Verbannung stand nicht genau fest. Ende offen, wurde ihm gesagt, als er sich irgendwann überwand und fragte. Bislang waren es neun Jahre und vier Monate.

«Hatte Cam einen Abschiedsbrief bei sich?», fragte Ilse ihn jetzt unter der Wäscheleine und holte ihn zurück in die Gegenwart. «Oder in seinem Wagen?»

«Nein», sagte Nathan. «Habt ihr hier was gefunden?»

Sie schüttelte den Kopf. «Hatte er irgendwas in den Taschen, das erklären könnte, warum er dort war und nicht am Lehmann's Hill?»

«Nein. Hat er sich mal über Funk gemeldet?»

«Ich war den ganzen Tag im Büro, es kam kein Anruf. Das hätte ich gehört.»

Nathan stellte sich den großen Raum vor, wo die Schreibtischarbeit stattfand, die die Farm am Laufen hielt. Es war ein Sieben-Tage-die-Woche-Job: Vorräte bestellen, Arbeitskräfte anheuern, die Lohnzahlungen und Lieferantenrechnungen prüfen. Als Nathan jünger war, hatte Liz das erledigt. Jetzt war es Ilses Aufgabe.

«Bub und Harry haben beide gesagt, dass Cam in letzter Zeit ein bisschen gestresst gewirkt hat», sagte er.

«Wie? Nur in letzter Zeit?» Ilse klang ungehalten.

«Schon länger?»

«Du weißt doch, wie das ist, diese Farm zu managen. *Sie* wissen, wie das ist. Er war immer gestresst, selbst wenn es gut lief.» Sie riss einen Kissenbezug von der Leine, faltete ihn nachlässig zu einem schiefen Quadrat. Sie holte tief Luft und schlug den Bezug wieder aus, um ihn dann sorgfältiger zu falten. «Ich glaube aber, irgendwas stimmte nicht. Harry hat recht. Cam war extrem gestresst, die meiste Zeit schlecht gelaunt. Und er wirkte zerstreut, was untypisch für ihn war. Ich hab gehofft, das würde sich wieder geben, aber er war mindestens die letzten sechs Wochen so, vielleicht länger. Es wurde sogar schlimmer.»

«Hast du ihn nach dem Grund gefragt?»

«Natürlich hab ich das.» Sie ging sofort in die Defensive. «Und er hat gesagt, es sei alles in Ordnung. Hier gibt es immer irgendwas Dringendes zu erledigen. Nur weil Cameron hart gearbeitet hat, muss er ja nicht –»

Sie verstummte, als sie beide Bewegung auf dem Hof wahrnahmen, und drehte sich um. Im Dämmerlicht sahen sie, wie Bub zur hintersten Ecke des Zauns ging, wo das Land anstieg. Er blieb stehen und schaute nach unten auf die Erde vor sich. Selbst aus der Entfernung wusste Nathan genau, wo er stand. Bub schaute nicht zu den Wäscheleinen herüber, und Nathan war nicht sicher, ob sein Bruder sie zwischen den Bettlaken gesehen hatte.

«Was macht er denn da?» Ilse runzelte die Stirn.

«Keine Ahnung.»

Bub stand vor dem Grab ihres Dads, und darüber konnte Nathan die Silhouette des Eukalyptusbaumes sehen, den er zusammen mit seinen Brüdern nach der Beerdigung zwanzig

Jahre zuvor gepflanzt hatte. Es war ein heißer Tag gewesen und ein hartes Stück Arbeit, aber Liz hatte die Idee gehabt, und sie hatten ein Loch gleich hinter dem Grab ausgehoben. Der Baum hatte jetzt eine ordentliche Größe, und seine Äste schwankten schwarz vor dem Himmel.

Links von Carl Brights Grab war Raum für die übrigen Familienmitglieder vorgesehen, wenn ihre jeweilige Zeit kam. Der Platz direkt neben Dad wäre unter normalen Umständen wahrscheinlich Liz' letzte Ruhestätte geworden, jetzt jedoch würde es Camerons werden, wie Nathan schockartig klarwurde.

«Ich muss wieder rein.» Ilse richtete sich plötzlich auf. Ihrem Gesichtsausdruck nach hatte sie vermutlich das Gleiche gedacht wie er. «Ich will nach den Mädchen sehen, bevor der Generator ausgeht.»

Der Generator wurde jeden Abend abgeschaltet, um Sprit und Geld zu sparen, und sobald der Strom ausging, versank die Farm nachts in totaler Finsternis. Nathan war daran gewöhnt. In letzter Zeit stellte er den Strom bei sich zu Hause immer länger ab und lag dann von Sonnenuntergang bis Sonnenaufgang allein in der undurchdringlichen Dunkelheit.

«Geh ruhig.» Nathan nickte Richtung Wäscheleine. «Ich mach das hier fertig.»

«Danke.» Sie schien noch etwas sagen zu wollen, überlegte es sich dann anders. Ein Laken wehte Nathan vors Gesicht, sodass er ihr nicht nachschauen konnte, und als er es beiseiteschob, verschwand sie gerade im Haus. Er drehte sich wieder zur Wäscheleine um. Die weißen Laken waren ein mattes Rotgrau im zunehmenden Dunkel.

Auf der anderen Seite des Hofs stand Bub, nur von hinten sichtbar, noch immer an den Grabstellen. Nathan wollte das nächste Wäschestück abnehmen, verharrte dann, als Bub einen letzten Schluck aus der Dose in seiner Hand trank, die Dose auf die Erde stellte und nach seinem Hosenschlitz griff. Gleich darauf ertönte das unverkennbare Geräusch eines langen Urinstrahls, der auf die Erde plätscherte. Nathan blieb reglos stehen. Das Geräusch hielt an, gleichmäßig, bis es schwächer wurde und erstarb. Bub war offenbar fertig, zog den Reißverschluss zu und schlenderte zum Haus, ohne einen Blick in Nathans Richtung zu werfen. Ein leiser Klang in der Luft verriet, dass er vor sich hin pfiff.

Nathan rührte sich erst wieder, als Bub verschwunden war. Die Familiengrabstätte war kaum noch auszumachen, und als er im Dämmerlicht hinüberging, passte er gut auf, wohin er trat. Er sah nach unten auf die Stelle, wo sein Dad begraben war und wo Cameron bald liegen würde, ging dann in die Hocke und berührte die Erde mit den Fingerspitzen. Sie war bereits trocken. Der durstige Boden hatte die Feuchtigkeit begierig aufgesogen. Es war unmöglich festzustellen, auf welche Grabstelle Bub gepinkelt hatte.

KAPITEL NEUN

Es war noch früh, doch Nathan konnte bereits die beiden kleinen Mädchen draußen auf der Reitkoppel sehen. Camerons Töchter. Er schaute ihnen kurz zu, ehe er auf den Beifahrersitz in Harrys Geländewagen stieg.

Liz hatte nicht mehr den Willen oder die Energie gehabt zu protestieren, als Bub und auch Xander darauf bestanden, bei dem verabredeten Treffen mit dem hiesigen Sergeant an Camerons Wagen dabei zu sein. Niemand sprach es aus, aber Nathan hatte den Verdacht, dass alle insgeheim hofften, Glenn McKenna würde ihnen nach gründlicher Untersuchung sagen können, was genau passiert war.

Bub setzte sich wortlos neben Xander auf die Rückbank. Am Abend zuvor hatte Nathan an den Gräbern noch einen schwachen Uringeruch wahrgenommen, bevor er ins Haus ging, wo Bub aber bereits in seinem Zimmer verschwunden war. Nathan hatte schon die Hand gehoben, um bei ihm anzuklopfen, als er Harrys allabendlichen Warnruf gehört hatte. Der Generator würde gleich abgeschaltet. Nathan hatte die Hand wieder gesenkt. So ein Gespräch sollte nicht im Stockdunkeln stattfinden, ohne das Gesicht des Gegenübers sehen zu können. Stattdessen hatte er sich, sobald der Generator ausging und das Haus in Dunkelheit getaucht wurde, auf die Couch gelegt und darüber nachgedacht, was er sagen würde. Doch als er am nächsten Morgen aufwachte, waren seine Gedanken verpufft, und das, was er geglaubt hatte zu sehen, erschien ihm plötzlich nicht mehr ganz so klar.

Harry startete den Motor und fuhr die Zufahrt hinunter. Als sie an der Reitkoppel vorbeikamen, sagte Nathan: «Halt mal kurz an.»

Die acht Jahre alte Sophie stand mitten auf der Koppel und führte mit einer Hand ein Pferd an einer langen Leine im Kreis. Ihr anderer Arm war in einer Schlinge. Lo, inzwischen fünf, saß am Zaun, wo sie mit gesenktem Kopf auf einem Block Papier malte. Sie waren größer, als Nathan sie in Erinnerung hatte, aber es war ja auch ein Jahr her, dass er sie zuletzt gesehen hatte. Nathan sah, dass Ilse ihre Töchter von der Veranda aus beobachtete. Camerons Hund Duffy saß apathisch zu ihren Füßen.

«Hi, Mädchen.» Nathan beugte sich aus dem Fenster und winkte seinen Nichten, als Harry den Wagen stoppte. «Ich hab euch gestern Abend gar nicht begrüßen können. Wie geht's euch? Und ihr erinnert euch doch noch an Xander, oder?»

Sophie band ihr Pferd an, und die Mädchen kamen langsam herüber. Vor allem Lo sah Nathan an, als wäre er ein Fremder.

«Na los, sagt eurem Onkel guten Tag», forderte Harry sie auf, als sie mit ernsten Gesichtern dastanden.

«Hi, Onkel Nathan», sagte Sophie lustlos. Lo, einen halben Schritt hinter ihr, blieb stumm. Sie hatten viel Ähnlichkeit mit Cam, vor allem um die Augen, dachte Nathan. Die mittelblonden Haare beider Mädchen würden wahrscheinlich dunkler werden, wenn sie älter wurden. Xanders Haar hatte mal die gleiche Farbe gehabt.

Nathan blickte auf Sophies Armschlinge. Sie war aus buntem Stoff, der mit Ponys bedruckt war. «Was ist denn da passiert?»

«Bin vom Pferd gefallen.»

«Ach du Schande, ist es schlimm?»

«Kleiner Bruch.»

«Das ist nicht gut.»

«Nein.»

War das ein Anflug von Sarkasmus? Nathan war sich nicht sicher. Eigentlich war sie dafür noch ein bisschen jung. «Na denn», sagte er. «Passt auf euch auf. Wir sehen uns später.»

Die Mädchen nickten, warfen Harry einen kurzen Blick zu und rannten dann wieder auf die Koppel.

«Sie machen den Eindruck, als wären sie ein bisschen unter Schock», sagte Nathan, während Sophie mit ihrer gesunden Hand wieder die Zügel des Pferdes nahm. «Wenigstens scheint sie das mit ihrem Arm ganz gut weggesteckt zu haben.»

«Hat sie.» Harry hatte die Augen auf die Zufahrt gerichtet. «Aber du kennst ja Sophie.»

Eigentlich kannte er sie nicht, dachte Nathan, als sie weiterfuhren. Sie kamen an Ilse vorbei, und sie hob eine Hand und winkte.

Sie fuhren schweigend, während die Farmgebäude hinter ihnen kleiner wurden. Harry nahm lieber die Straße als die Abkürzung über die Weiden, und Nathan hörte die Steinchen, die gegen die Karosserie prasselten, lauter und häufiger als gestern. Harry fuhr schneller als Nathan normalerweise, aber das galt für die meisten Leute hier.

Als sein Dad den Autounfall hatte, war Nathan knapp einundzwanzig. Da wohnte er praktisch schon mit Jacqui zusammen, auf ihren Vorschlag hin, in demselben Haus, das er jetzt sein Zuhause nannte. Damals hatte es sich ganz anders angefühlt, alles noch neu und frisch und jede Menge Sex. Jacqui sah gut aus und war sogar noch besser im Bett, und lange Zeit hatte er sie dafür geliebt. Cameron studierte Agrarwirtschaft, und Bub war noch ein kleiner Junge.

Nathan hatte vor allem erschüttert, dass es so ein völlig banaler Unfall gewesen war. Carl und Liz Bright waren auf der Fahrt von der Stadt nach Hause gewesen, wie schon zigmal davor. Eine Kuh hatte die Straße überquert, und Carl war ausgewichen, wie schon zigmal davor.

Diesmal jedoch hatte er zu langsam reagiert, oder er war zu schnell gefahren, oder er hatte das Lenkrad zu weit herumgerissen oder nicht weit genug, und er hatte die Kuh erwischt. Der Wagen hatte sich überschlagen und war auf dem Dach gelandet. Carl wurde zwischen Lenkrad und Dach eingeklemmt. Liz hatte das Bewusstsein verloren, und als sie im Dunkeln wieder zu sich kam, blutete sie aus einer Kopfwunde, und ihr Mann verblutete neben ihr. Sie hatte über Funk Hilfe gerufen. Es hatte vierzig Minuten gedauert, bis der erste Helfer da war, und noch einmal dreißig Minuten, bis der Krankenwagen eintraf. Gut vier Stunden waren seit dem Unfall vergangen, bis sie beide notfallmedizinisch versorgt werden konnten. In der ganzen Zeit war kein anderes Fahrzeug vorbeigekommen.

Nathan und Jacqui hatten tief und fest geschlafen, als der Anruf kam. Sie hatte sich entsprechend mitfühlend geäußert, während er sich anzog, ihm aber gleichzeitig unterschwellig zu verstehen gegeben, dass sie ein bisschen sauer darüber war, dass er sie mitten in der Nacht allein lassen wollte, nur weil seinen Eltern was passiert war. Es war schon komisch, wie deutlich und klar die Alarmsignale im Rückblick waren, dachte Nathan oft.

Liz saß schon im Krankenwagen, als er endlich am Unfallort eintraf. Ein jüngerer Steve Fitzgerald hatte Dienst und nahm Nathan beiseite, um ihm die Situation zu erklären. Carl war noch immer eingeklemmt, aber es bestand keine Eile mehr, ihn zu befreien. Er war eindeutig tot. Aber es war nicht schnell gegangen und wahrscheinlich auch nicht schmerzlos, wie Nathan später mitbekam, als Steve im Flüsterton über Funk mit der Zentrale sprach. Der Mann hätte vielleicht eine Chance gehabt, wenn jemand früher vorbeigekommen wäre und Alarm geschlagen hätte.

Liz, die trotz der warmen Nacht mit einer Decke um die Schultern hinten im Krankenwagen saß, war unter dem schwarz verkrusteten Blut kaum zu erkennen.

«Sie hat Glück gehabt», sagte Steve. «Sie wird wieder gesund.»

Nathan hatte seine Mum angesehen, benommen und verletzt, wie sie war, und gedacht, dass sie nicht so aussah, als hätte sie Glück gehabt. Dann hatte er einen Blick in das verbogene Wrack geworfen, und seit dem Tag fuhr er immer ein paar Stundenkilometer langsamer als unbedingt erforderlich.

Nathan hörte ein Knurren von Harry und sah ihn an. Das Gesicht des Mannes war unverändert.

«Alles in Ordnung?»

«Ja», sagte Harry. «Ich musste bloß gerade daran denken, wie du und Cam als Kinder mal von zu Hause ausgerissen und zum Stockman-Grab geritten seid. Weißt du noch?»

«Ja, klar.»

Xander beugte sich vor. «Was war denn da?»

Harry sah ihn im Spiegel an. «Kennst du die Geschichte nicht?»

Xander schüttelte den Kopf. Harry sah Nathan an, der mit den Achseln zuckte.

«Ich hab sie ihm lieber nicht erzählt. Das war echt bescheuert von uns.»

«Oh ja, das war es», erwiderte Harry. «Aber ihr wart ja noch klein. Wie alt warst du, zwölf?»

«Elf. Cam war neun.» Nathan verkrampfte sich der Magen bei der Erinnerung an seinen Bruder, an dessen staubige Beine unter einem voll bepackten Rucksack.

«Wieso seid ihr ausgerissen?», fragte Xander.

«Weiß der Teufel. Ich hab's vergessen», log Nathan. Er spürte, wie Xander ihn beobachtete, und jetzt auch Bub. «Und damit eins klar ist, wir wollten nicht zum Stockman-Grab. Das war bloß ein Zwischenstopp auf dem Weg in die Stadt.»

Sie hatten ihre Rucksäcke gepackt und waren weit vor Tagesanbruch losgeritten. Nathan wusste nicht, was sie sich in der Stadt erhofft hatten. Irgendwas Besseres. Aber sie hatten einen Plan gehabt, das wusste er. Sie hatten alles haarklein besprochen, und er konnte sich auch an einige Einzelheiten erinnern. Er wollte nur nicht darüber reden.

«Und was ist passiert?», fragte Xander.

«Sie sind nicht weit gekommen», sagte Harry. «Gerade mal fünf Minuten nachdem wir gemerkt hatten, dass sie weg waren, hat ihr Dad sich denken können, was sie vorhatten. Wir sind hingefahren und haben am Grab im Wagen gewartet, dass sie über die Hügelkuppe kamen.» Er sah Nathan an. «Erinnerst du dich?»

«Ja, ich erinnere mich.» An das Gefühl, die zwei Männer dort warten zu sehen.

«Wie ging's weiter, nachdem ihr sie gefunden hattet?», fragte Xander.

«Wir haben sie ins Auto verfrachtet und sind zurück nach Hause gefahren», sagte Harry. «Die Pferde haben wir durchs Fenster an den Zügeln gehalten und nebenhergaloppieren lassen.»

«War Dad wütend?» Bubs Stimme ertönte von der Rückbank. Es war das erste Mal seit ihrer Abfahrt, dass er den Mund aufmachte.

«Ja.» Nathan drehte sich nicht nach ihm um. «Ja, das war er.»

«Kann ich mir denken.» Die Atmosphäre im Wagen wurde bedrückend, und sie verstummten. Vor ihnen erstreckten sich die Felsen. Sie waren bald da.

Es war ihm damals nicht so vorgekommen, aber Cam und er konnten von Glück sagen, dass sie gefunden und zurück nach Hause gebracht worden waren, dachte Nathan. In dieser Jahreszeit hätten sie bestenfalls bis zum nächsten Morgen durchgehalten, selbst mit Wasser und Proviant. Es war die gefährlichste Zeit im Jahr. Er wusste jetzt, wie dumm die Aktion gewesen war. Die Regeln des Outback mochten hart erscheinen, aber sie waren nun mal mit Blut geschrieben. Cameron war der Beweis. Nathan wurde aus seinem Gedankengang gerissen, als sein Kopf ein wenig nach vorn wippte. Harry trat auf die Bremse, und Bub rief von hinten: «Hier rechts.»

Nathan blickte auf. Er sah die Felsen und die fast unsichtbare Lücke, die hindurchführte. Sie waren da. Er merkte, dass Xander auf der Rückbank hin und her rutschte, und musterte ihn kurz im Seitenspiegel. Sein Sohn betrachtete Harry mit einem seltsamen Ausdruck in den Augen.

Das Polizeifahrzeug kam in Sicht, parkte unten am Hang. Camerons Wagen wartete noch immer oben auf der Kuppe, genau da, wo sie ihn hatten stehen lassen. Sergeant Glenn McKenna stand daneben und hob grüßend eine Hand, als sie hinaufstapften.

«Hast du ihn gut gefunden?» Nathan deutete mit dem Kopf auf den Land Cruiser.

McKenna nickte. «Wenn man aus Richtung Stadt kommt, sieht man ihn kurz. Nur für ein paar Sekunden, da, wo die Straße an deiner Grundstücksgrenze ein bisschen ansteigt, Nathan.»

«Ach ja?»

«Hast du ihn denn nicht von da gesehen?»

«Ich benutze die Straße nicht.» Nathan blickte dem Sergeant in die Augen. «Die führt ja nur in die Stadt.»

McKenna hielt seinem Blick stand. «Verstehe. Übrigens, tut mir leid, dass ich gestern nicht hier sein konnte. Wie war der andere Officer?»

Nathan und Bub wechselten einen Blick. «Ganz okay», sagte Nathan.

«Ich hab allerhand Gutes über ihn gehört.» McKenna zeigte

auf die Fahrertür und runzelte die Stirn. «Er hat doch gesagt, die wär nicht abgeschlossen.»

«War sie auch nicht, als wir den Wagen entdeckt haben.» Nathan gab ihm den Schlüssel. «Er hat sie abgeschlossen.»

«Wieso?»

«Für den Fall, dass jemand vorbeikommt.»

McKenna blickte leicht amüsiert, sagte aber nichts, als er den Wagen aufschloss und hineinsah. Er durchsuchte alles gründlich, an denselben Stellen wie sein Kollege, und noch einigen mehr, an die der andere Cop nicht gedacht hatte. Wie Ludlow stutzte er beim Anblick der Mengen an Proviant und Wasser hinten im Wagen. Nathan konnte riechen, dass die Sandwiches und das Obst langsam verdarben. Schließlich knallte der Sergeant die Hecktür wieder zu.

«Ich schätze, mehr werden wir wohl nicht finden, ihr könnt den Wagen also mitnehmen.»

Xanders sah ihn entgeistert an. «Wollen Sie den Wagen denn nicht – keine Ahnung – genauer auf Spuren untersuchen oder so?»

«Nein, Junge. Tut mir leid.» McKenna schüttelte den Kopf. «Glaub mir, ich würde das machen, wenn ich mir was davon versprechen würde. Ich würde die Kollegen von der Spurensicherung aus der Stadt einfliegen lassen, damit die den Wagen auf den Kopf stellen, aber dazu bräuchte ich Anhaltspunkte für ein Kapitalverbrechen, und wenn's keine gibt, kommen die nicht her. Es gibt keine Anzeichen für einen Kampf. Nichts ist beschädigt, nichts Wertvolles gestohlen worden. Ich hab keine Ahnung, was Cameron durch den Kopf gegangen ist, aber dein Onkel ist nicht in diesem Wagen gestorben.»

Einen Moment lang sagte niemand etwas. Das Absperrband an den Türgriffen flatterte im Wind.

«Also, was wissen wir?», fragte McKenna und blickte alle vier an. «Cameron hat gesagt, er würde zum Lehmann's Hill fahren, aber aus irgendeinem Grund hat er es sich anders überlegt. Und es ist ein ganz schöner Fußmarsch von hier bis zu der Stelle, wo er gefunden wurde. Er muss gewusst haben, wie gefährlich das ist, zu dieser Zeit im Jahr. Zu Fuß und ohne Wasser. Wie spät ist er am Mittwoch von zu Hause losgefahren?»

«Gegen acht», sagte Harry. «Ilse und eine Farmhelferin haben ihn noch gesehen.»

«Ich hab mit Steve in der Krankenstation gesprochen», sagte McKenna. «Der Termin für die Obduktion steht fest, aber er geht davon aus, dass Cameron am Donnerstagvormittag spätestens gegen elf tot war. Vielleicht ein bisschen früher, in Anbetracht der Temperatur.» Er sah Bub an und sagte mit sanfter Stimme: «Du hast Sergeant Ludlow erzählt, dass Cam deiner Meinung nach in letzter Zeit ziemlich mit den Nerven runter war. Was, glaubst du, war der Grund?»

«Keine Ahnung.»

McKenna wartete, aber Bub sagte nichts weiter.

«Hör mal», schaltete Harry sich ein. «Cam hat ein strenges Regiment geführt, aber er hat sich nicht in die Karten schauen lassen. Das weißt du. Trotzdem, Bub hat recht. In den letzten paar Wochen hat er öfter mal was verschwitzt.»

«Was zum Beispiel?», fragte McKenna.

«Nichts Gravierendes. Bloß Sachen, die er erledigen wollte, aber dann doch nicht gemacht hat. Das Gatter der Viehweide reparieren, so was eben.»

«Hat er vielleicht mal erwähnt, dass er Streit mit jemandem hatte? Mit irgendwem in der Stadt?», fragte McKenna, und Bub und Harry schüttelten beide den Kopf. «Auch nicht mit einem von euch? Mit seiner Frau?»

Beide stutzten kaum merklich, meinte Nathan zu sehen, schüttelten dann aber erneut den Kopf.

«Heißt das Nein?», fragte McKenna. «Oder ich weiß nicht?»

«Nein», antwortete Harry im selben Moment, wie Bub «Ich weiß nicht» sagte.

Der Sergeant beäugte sie nacheinander, wie ein Lehrer seine Schüler, und Nathan merkte, dass er selbst anfing, sich ein wenig schuldig zu fühlen. Ein Blick auf die anderen verriet ihm, dass er da wohl nicht der Einzige war. Bis auf Xander, der Harry noch immer mit einem sonderbaren Gesichtsausdruck beobachtete.

«Tja, ich schätze, wenn einer den Wagen hier so gottverlassen stehen gesehen hätte, hätte er das Richtige getan und die Polizei verständigt –» McKenna verstummte jäh. Er fixierte Nathan, und der starrte zurück, ohne mit der Wimper zu zucken. Wenn er bei jeder Bemerkung dieser Art wegsah, würde er nie wieder jemandem in die Augen sehen.

«Wie dem auch sei.» McKenna holte Luft und redete weiter: «Es hat keiner angerufen, daher können wir davon ausgehen, dass niemand vorbeigekommen ist.»

«Onkel Cam könnte doch vielleicht angehalten haben, um jemandem zu helfen, und ist dann in Schwierigkeiten geraten», sagte Xander. «Einem Touristen oder so?»

«Na ja, ausschließen will ich das nicht», sagte McKenna. «Aber soweit mir bekannt ist, sind keine Touristen hier durchgekommen.»

Nathan wusste, dass ein Fremder kaum durch diesen Landstrich reisen konnte, ohne dass Leute in der Stadt das mitbekamen. Die Wüstenpisten waren im Sommer gesperrt, sodass nur noch zwei Straßen offen blieben, die hinein- oder hinausführten. Zwei Möglichkeiten, um zwei andere kleine Orte in entgegengesetzten Richtungen und Hunderte Kilometer voneinander entfernt zu erreichen. Jeder war irgendwann gezwungen, zu tanken und sich mit Proviant einzudecken, und Einheimische achteten zu dieser Zeit im Jahr besonders auf fremde Fahrzeuge.

Es war nicht leicht, hier unbemerkt durchzukommen. Aber unmöglich war es auch nicht, dachte Nathan.

«Und auf der Farm ist so weit alles okay?», fragte McKenna, und als Harry nickte, schob er nach: «Hört mal, ich will gar nicht erst so tun, als wäre das eine beiläufige Frage: Hat mit euren Schusswaffen alles seine Ordnung?»

«Ja», sagte Harry mit einem leicht gereizten Unterton.

«Alle vollzählig? Ordnungsgemäß eingeschlossen?»

«Ja.»

«Wo bewahrt ihr den Schlüssel auf? Der ist doch bestimmt irgendwo sicher verwahrt, genau nach Vorschrift», sagte McKenna trocken. Alle wussten, dass der Schlüssel für gewöhnlich neben der Hintertür hing.

«Den habe ich», sagte Harry, und Nathan sah verblüfft zu ihm rüber. «Der ist seit drei Wochen an meinem Schlüsselring.»

McKenna blickte ihn an. «Gibt es einen bestimmten Grund, warum du ihn bei dir hast?»

«Nein», erwiderte Harry. «Hab ihn irgendwann mal gebraucht und nicht wieder zurückgelegt.»

«Cameron hat dich nicht gebeten, ihn zurückzugeben?»

«Er hätte gar nicht drum bitten müssen. Er hätte ihn sich einfach nehmen können. Aber nein. Er hat nicht drum gebeten, hat ihn nicht genommen.»

«Okay.» McKenna zog die Stirn in Falten. Er sah aus, als ob er noch etwas sagen wollte, überlegte es sich dann aber anders. Stattdessen wandte er sich an Nathan.

«Was ist mit dir? Hat sich bei dir was verändert in Sachen Schusswaffen?»

«Nein.» Nathan sah ihm in die Augen. «Alles wie gehabt.»

«Na schön», sagte McKenna. «Wie verkraftet Ilse die Sache?»

Nathan spürte ein leichtes Kribbeln, als ihr Name fiel. «Nicht so gut.»

«Und eure Mum?»

«Auch nicht gut.»

«Klar. Verstehe. Sag ihnen, ich ruf sie an. Und ihr –» McKenna zögerte. «Wie fühlt ihr euch? Kann hart sein um diese Zeit im Jahr. Jede Menge Druck von allen Seiten. Alles okay bei euch?»

Nathan wusste, was er meinte. *Ist sonst noch jemandem danach zumute, ins Nichts hinauszulaufen?*

«Uns geht's gut, denke ich», sagte er, als sonst keiner antwortete. «Ich meine, in Anbetracht der Umstände. So gut, wie man erwarten kann.»

«Und ihr wisst, ihr könnt mich jederzeit anrufen oder Steve in der Krankenstation. Wenn ihr einfach mal quatschen wollt oder egal was.»

Sie nickten brav.

«Gut.» McKenna winkte Nathan. «Komm mal mit. Ich hab im Wagen Infomaterial, das ich euch geben muss.»

Nathan folgte ihm den Hang hinunter zu dem Polizeifahrzeug, und McKenna griff ins Handschuhfach. Er holte einen kleinen Stapel Karten hervor. «In Fällen wie diesem hab ich Anweisung, die hier zu verteilen.»

Nathan nahm sie. Auf den Karten standen Telefonnummern und Webadressen von einer Hotline für Suizidprävention und einer psychologischen Beratungsstelle.

McKenna sah ihn ein wenig verlegen an.

«Noch was?», fragte Nathan.

«Hör mal. Das vorhin sollte kein Seitenhieb sein. Dass keiner den Wagen gemeldet hat. Und ich wollte sagen, ich weiß, du machst in der Regel einen weiten Bogen um die Stadt –»

«Ja. Hab ja wohl kaum eine Wahl, oder?»

«Nein, das stimmt nicht. Du hast eine Wahl, Mann. Du hättest all die Jahre in der Stadt auftauchen und Ärger machen können, aber das hast du nicht, und das weiß ich zu schätzen.»

«Wenigstens einer.»

«Und ich weiß, du sagst, du hast dich inzwischen dran gewöhnt, aber nach dieser Sache hier, falls du das Gefühl hast, es wird dir alles ein bisschen zu viel, und du denkst, du könntest …» McKenna verstummte.

«Mir was antun wie Cam?»

«Ja, so ungefähr. Also, falls du je das Gefühl hast, über dir schlägt alles zusammen, kannst du jederzeit in die Stadt kommen.»

Nathan nickte. McKenna war in Ordnung. Was passiert war, war nicht seine Schuld – es war ganz allein Nathans Schuld –, und McKenna hatte sich in der ganzen Sache so unparteiisch verhalten, wie er konnte. Als einziger Cop hatte er es nicht leicht. Wenn irgend möglich, hatte er ein gutes Wort für Nathan eingelegt. Es war nicht seine Schuld, dass es nichts genützt hatte.

«Danke», sagte Nathan. «Aber ich komm gut allein klar.»

«Ich hab gehört, dein Funkgerät war ausgeschaltet, als die Suchmeldung für Cam rausgegangen ist.»

«Und?»

«Ich dachte, wir hätten das besprochen.»

Nathan antwortete nicht.

«Es ist auch nicht das erste Mal.»

«Ich wusste gar nicht, dass man gesetzlich verpflichtet ist, es eingeschaltet zu lassen.»

«So gut wie, hier in der Gegend. Sei nicht so ein Klugscheißer», sagte McKenna. «Jedenfalls, hab keine Hemmungen, dich zu melden, wenn du das Bedürfnis danach hast.»

«Alles klar.»

Mehr gab es anscheinend nicht zu sagen. Nathan wartete, bis McKenna in den Polizeiwagen gestiegen und abgefahren war. Er sah dem Wagen nach, bis er ganz klein war, ging dann wieder hoch zu den anderen.

«Was hast du da?» Xander blickte auf die Karten in Nathans Hand, und Nathan verteilte sie. Bub verdrehte die Augen.

Harry blickte weit nach Westen, sein Gesicht wieder die übliche Maske. «Ich will über die Pisten nach Hause fahren. Unterwegs am Grab anhalten.»

«Da gibt's nichts zu sehen», sagte Bub.

«Trotzdem.» Harry steckte die Karte mit den Telefonnummern ein, wie Nathan bemerkte.

Alle sahen Camerons Wagen an. «Wer will den nach Hause fahren?», fragte Bub, und Schweigen trat ein.

«Wir machen das», sagte Nathan mit einem Blick zu Xander, der nickte.

«Na gut.» Harry drehte sich um und sagte, ehe er nach unten zu seinem Wagen ging: «Bleibt dicht hinter uns. Nur für den Fall, dass Cam doch irgendein Problem mit dem Motor hatte.»

«Alles klar.» Es war offensichtlich, dass keiner von ihnen das wirklich glaubte.

Während Bub Harry den Hang hinunter folgte, entfernte Nathan das Absperrband von Camerons Türgriffen und stieg ein. Der Fahrersitz war glatt gesessen, und er griff nach unten und schob ihn vor und zurück, bis er den richtigen Abstand zu den Pedalen hatte. Die Sitzfläche fühlte sich ungewohnt an, da sie sich an die leichtere Statur seines Bruders angepasst hatte. Als Nathan den Rückspiegel einstellte, sah er seine eigenen Augen darin reflektiert. Sie erinnerten ihn so sehr an Cams Augen, dass er wegschauen musste.

«Harry hat gewusst, wo er abbiegen musste.» Xanders Stimme ertönte leise vom Beifahrersitz.

«Was?»

«Er hat es gewusst.» Er deutete mit dem Kopf auf Harrys Wagen. «Auf der Fahrt hierher. Er hat gewusst, welcher Weg durch die Felsen zu Cams Wagen führt.»

«Weil Bub es ihm gesagt hat. Ich hab's gehört.»

«Nein. Als Bub das gesagt hat, war Harry schon dabei abzubiegen.»

«Nein.» Nathan versuchte, sich an die Situation zu erinnern. «Das war vorher.» Oder nicht? Er war in Gedanken gewesen, hatte nicht darauf geachtet. «Außerdem wusste Harry ja, wo der Wagen stand. Es war ihm gesagt worden.»

«Ich weiß. Aber wir beide haben es gestern auch gewusst und sind trotzdem dran vorbeigefahren. Wir waren sogar schon mit Bub hier gewesen, und wir haben die Lücke trotzdem verpasst, als wir den anderen Cop hergefahren haben. Woher wusste Harry, wo er abbiegen musste?»

«Weil er die ganze Gegend wie seine Westentasche kennt. Er kennt sich hier besser aus als jeder andere. Er wird es sich gedacht haben.»

Unten am Hang erwachte Harrys Wagen dröhnend zum Leben. Nathan schüttelte den Kopf und drehte den Zündschlüssel. Der Motor sprang sofort an, genau wie gestern. Langsam ließ er den Wagen anrollen und folgte Harry und Bub in Richtung Grab. Harry hielt sich an der Umzäunung, nahm dieselbe Strecke, die sie am Tag zuvor gefahren waren. Nathan konnte sehen, wie sich die schemenhaften Köpfe im Wagen vor ihnen bewegten, während die beiden Männer miteinander sprachen.

«Er wird es sich einfach gedacht haben», wiederholte er.

«Ja», sagte Xander schließlich. Er lehnte sich auf seinem Sitz zurück. «Ja, wahrscheinlich. Sorry. Die letzten Tage waren ziemlich krass.»

«Ich weiß.»

Harrys Wagen beschleunigte, und Nathan gab Gas, um dranzubleiben. Harry und Bub bewegten sich nicht mehr. Vielleicht hatten sie alles gesagt, was sie sagen wollten. Nathan sah, dass der Wagen noch schneller wurde, und spürte ein leichtes Kribbeln. Wie ein beginnender Hautausschlag, nicht schlimm und erträglich, aber durchaus unangenehm. Er zwang sich, es zu unterdrücken. Das war schließlich Onkel Harry. Nathan kannte den Mann schon sein Leben lang. Falls irgendwer das Land lesen konnte, dann Harry. Es war keineswegs abwegig, dass er sich gedacht hatte, wo Cams Wagen stand.

Dennoch, flüsterte eine leise Stimme in Nathans Kopf. Es war ein weites Land, und er hätte sich genauso gut irren können.

KAPITEL ZEHN

Das Essen, das Cameron im Wagen gelassen hatte, stank allmählich, und Nathan öffnete das Fenster einen Spalt.

«Wir könnten es wegschmeißen», sagte Xander, der offenbar dasselbe dachte.

«Ja.» Nathan nickte, bremste aber nicht ab. Das Zeug hinten im Wagen war Camerons Überlebensausrüstung. Aus Gründen, die er nicht benennen konnte, kam es ihm irgendwie skrupellos vor, jetzt irgendwas davon zu entsorgen.

Xander beobachtete noch immer die Schatten von Harry und Bub im Wagen vor ihnen. Nathan geriet ins Grübeln. Er vertraute Harry, das tat er wirklich. Hätte wahrscheinlich sein Leben in dessen Hände gelegt, wenn es drauf ankäme. Aber als Harry den Kopf drehte, um etwas zu Bub zu sagen, ertappte Nathan sich dabei, dass er noch einmal den Augenblick Revue passieren ließ, kurz bevor sie Camerons Wagen erreicht hatten.

«Interessant, dass Glenn den Wagen von deiner Grundstücksgrenze aus gesehen hat», sagte Xander plötzlich. «Von allen anderen Seiten war er gut versteckt.»

«Ja. Aber das trifft wohl auf viele Stellen zu. Cam hätte den Wagen sogar am helllichten Tag mitten auf der Straße stehen lassen können, und trotzdem wäre er vielleicht eine Ewigkeit lang nicht entdeckt worden. Wie oft fährt da schon wer lang? Einmal die Woche? Und dann ist es entweder einer von uns oder die von der Atherton.»

«Stimmt», sagte Xander. «Hier ist es überall so flach. Wenn

ich nicht wollte, dass mein Wagen entdeckt wird, würde ich ihn auch bei den Felsen abstellen.» Er blickte hinaus auf das leere Land. «Echt scheiße, dass keiner früher hier vorbeigefahren oder -geflogen ist. Selbst wenn Donnerstag zu spät war, Mittwoch wäre vielleicht noch rechtzeitig gewesen.»

Nathan erwiderte nichts, aber Xander hatte recht. Wenn jemand den Land Cruiser früher entdeckt hätte, wäre sofort Alarm ausgelöst und eine Suche organisiert worden. Nathan fragte sich plötzlich – er versuchte, sich zu bremsen, aber vergeblich –, ob das Gleiche auch auf ihn zuträfe. Wenn sein Wagen verlassen aufgefunden würde und er in Schwierigkeiten steckte oder vermisst würde. Würde ein zufällig vorbeikommender Einheimischer die Polizei verständigen? Oder würden all die Leute, die ihn nach wie vor mit Missachtung straften, feststellen, dass sie eigentlich nicht besser waren als er, wenn es hart auf hart kam? Er wusste es wirklich nicht.

Es war nicht Ilses Schuld, absolut nicht, aber Nathan wäre an dem Tag nicht in der Stadt gewesen, wenn sie nicht im Pub gearbeitet hätte. Es war das dritte Wochenende hintereinander, dass er hingefahren war. Er hatte aufgehört, sich vorzumachen, dass er in der Stadt was zu erledigen hatte, und war trotzdem gefahren.

Bei seinem zweiten Besuch im Pub hatten sie an der leeren Theke einander gegenübergesessen, und er hatte Ilse unversehens von seiner Scheidung und seinem Sohn erzählt, der fünfzehnhundert Kilometer weit weg wohnte. Sie wiederum hatte ihm erzählt, dass sie ihr Studium auf Eis gelegt hatte, um rund um die Uhr für ihre krebskranke Mum zu sorgen, als klarwurde, dass die nicht mehr lange zu leben hatte. Ilse war verlobt gewesen, aber die anstrengende Sterbepflege zu viel für ihn, und als ihre Mum starb, war Ilse nicht mehr verlobt.

Sie hatten noch ein Glas getrunken, und irgendwie, Nathan

wusste nicht, wie, hatten sie sich irgendwann angelächelt und dann miteinander gelacht. Nicht über das, was passiert war, sondern über andere Dinge, unbeschwertere Dinge, die alles andere irgendwie erträglicher machten. Er musste sie immerzu anschauen. Er mochte, wie sie aussah und wie sie ihn ansah. Er erzählte ihr von den Sanddünen. Sie lächelte und sagte, sie würde gern mal mit ihm dorthin fahren.

Bei Nathans drittem Besuch im Pub war er wieder bis zur Sperrstunde geblieben, und Ilse hatte seine Hand genommen, nachdem er geholfen hatte, alles abzuschließen. Die Straße war in beide Richtungen verwaist gewesen. Sie hatte zugelassen, dass er sie von der einzigen Straßenlampe wegführte, damit sie den prachtvollen Nachthimmel besser sehen konnten, und schließlich standen sie in einer dunklen Ecke, wo er sie, wie er gehofft hatte, gegen seinen Geländewagen drückte und ihre Lippen warm an seinen spürte. In einer berauschenden Mischung aus Wonne und Unglaube hatte er das Heck des Wagens aufgerissen, wo sein Schlafsack ausgerollt auf ihn wartete. Ihre Haut war weich und warm, als er unter ihre Bluse griff und ihre Hände an seiner Jeans spürte. Dann hatte er sie fest umschlungen und auf ihren schnellen rhythmischen Atem gelauscht, während die Sterne durch die staubigen Fenster auf sie herabschienen.

Hinterher hatte er dagelegen und sie angesehen, die Autotüren einen Spalt offen, um eine Brise hereinzulassen, und der Schlafsack zur Seite gekickt.

Sie hatte gelächelt, ihre Zähne weiß in der Dunkelheit. «Was ist?»

«Nichts. Das war –» Er suchte nach dem richtigen Wort. Unbeschreiblich, befreiend, umwerfend. «Toll», sagte er. Es war das erste Mal gewesen, seit Jacqui ihn verlassen hatte, aber es war mehr als das. Er fühlte sich so gut wie schon seit Jahren nicht mehr. «Wirklich toll.»

«Danke.» Sie lachte.

Er fuhr mit einer Hand über ihren Körper. «Und was jetzt?»

Sie lächelte wieder. «Ich bin mir ziemlich sicher, im Handbuch für Backpacker steht, das ist jetzt der Moment, wo du im Sonnenaufgang verschwindest und ich nie wieder was von dir höre.»

Da musste er lachen. «Ausgeschlossen.» Er hatte sie an sich gezogen, ihre erregende Haut gespürt, als sie sich auf ihn rollte. «Das passiert auf gar keinen Fall.»

Sie hatte recht gehabt, und er hatte unrecht gehabt, wie sich herausstellte. Aber in dem Moment hatte er es wirklich ernst gemeint.

«Wieso halten die?» Xander beugte sich plötzlich auf dem Beifahrersitz vor, und Nathan wurde zurück in die Gegenwart geholt. Ein Stück vor ihnen hielt Harry neben dem Zaun. Sie waren nicht mal in der Nähe vom Stockman-Grab. Sie waren nicht mal in der Nähe von irgendwas, soweit Nathan das sehen konnte.

Sie beobachteten, wie Harry bei laufendem Motor aus dem Wagen sprang. Er ging in die Knie und schaute sich den Boden an, berührte ihn ab und zu mit den Fingern.

«Was soll das?», fragte Xander.

«Keine Ahnung.» Nathan kurbelte das Seitenfenster herunter und beugte sich hinaus. «Harry! Was machst du denn da?»

«Was nachgucken!»

«Was denn?»

«Irgendwas.»

Der St-Helens-Cop hatte ungefähr das Gleiche gesagt, aber bei Harry bestand immerhin die Chance, dass es tatsächlich etwas Sinnvolles bedeutete. Nathan kurbelte das Fenster wieder hoch und zuckte die Achseln. «Du hast es ja gehört. Er guckt was nach.»

Xander lehnte sich zurück und wartete. Minuten verstrichen, und schließlich stieg Harry wieder in seinen Wagen. Sie fuhren weiter.

Ilse hatte sich kurz nach Tagesanbruch von ihm verabschiedet. Der Ort hatte zwar nur wenige Einwohner, die noch dazu weit auseinander wohnten, aber sie waren alle Frühaufsteher. Sie hatte ihn geküsst, während sie sich die Bluse zuknöpfte.

«Ich fahr dich nach Hause», hatte Nathan gesagt.

«Nicht nötig.» Sie hatte auf die Unterkunft neben dem Pub gedeutet. «Da wohn ich.»

«So nah? Wir hätten zu dir gehen können.»

Sie sprang aus dem Wagen und grinste. «Wieso? Hattest du hier nicht genug Spaß?»

«Doch, hatte ich.»

«Ich auch.»

Er schaute ihr beschwingt nach. Er zog sich an, und noch den ganzen Morgen lächelte er vor sich hin, während er seine Erledigungen in der Stadt machte. Er war fast fertig und stand gerade an der Tankstelle, um vor der Fahrt nach Hause noch einmal vollzutanken, als ein Wagen neben ihm an der Zapfsäule hielt. Nathan erkannte den Oberklasse-Geländewagen und spürte zum ersten Mal, wie ihm das Lächeln verging.

Er hielt den Kopf gesenkt, als sein Schwiegervater – *Ex*-Schwiegervater – die Fahrertür öffnete und ausstieg. Aus dem Augenwinkel meinte Nathan zu sehen, wie Keith Walker zögerte. Aber nicht lange. Es gab nur zwei Zapfsäulen, und eine benutzte Nathan gerade. Wenn Keith Sprit brauchte, blieb ihm keine andere Wahl. Er nahm die Zapfpistole aus der Halterung.

«Nathan.»

«Hallo, Keith.» Nathan konzentrierte sich auf die Zapfsäule. Er würde volltanken und wegfahren. Und das wär's.

Keith blickte zu ihm herüber. «Ich hab gestern mit Jacqui gesprochen.»

Nathan sah zu, wie sich die Ziffern im Zählwerk drehten. «Aha.» Keine Frage.

«Und, ähm, sie hat ihre Anwälte angewiesen, mit harten Bandagen zu kämpfen.»

«Klar.»

«Nathan, sei vernünftig. Was du an Kontakt verlangst, ist übertrieben, das sind zu viele Anrufe und Besuche für einen Jungen in Xanders Alter.»

«Mein Anwalt meint, bei gemeinsamem Sorgerecht ist das durchaus üblich.»

«Für geschiedene Paare, die nicht weit voneinander entfernt wohnen, vielleicht. Nicht, wo du hier draußen in der Pampa lebst.»

«Sie ist gegangen. Nicht ich.» Nathan schloss den Mund, öffnete ihn dann wieder. «Wie auch immer, ich hätte gedacht, du würdest dich freuen, wenn Xander öfter herkommt.»

Keith war mit vier Farmen einer der größten Grundbesitzer des Landes und landete in einem guten Jahr schon mal ganz unten auf der Liste der Superreichen. Jetzt schüttelte er den Kopf, zog die Mundwinkel nach unten. «Kathy und ich sehen Xander in Brisbane. Es besteht kein Grund für den Jungen herzukommen.»

«Ich bin sein Dad, Keith.» Die Pumpe schaltete sich ab. Der Tank war voll. «Um dir nur *einen* verdammt guten Grund zu nennen.»

Nathan sah seinen Ex-Schwiegervater zum ersten Mal richtig an. Er war ein bisschen blass und wirkte müde. Ist wahrscheinlich zu lange aufgeblieben, um noch sein Geld zu zählen, dachte Nathan, als er zur Kasse ging. Durchs Fenster konnte er sehen, wie Keith ihn beobachtete.

Nathan hatte nie verstanden, was der Mann an ihm auszusetzen hatte. Keith war mit Nathans Dad nicht klargekommen, aber das war nicht ungewöhnlich. Auch Nathan war mit seinem Dad nicht klargekommen. Und Keith war ganz in Ordnung gewesen, als Nathan und Jacqui zusammenkamen. Aber vielleicht hatte er sich ja bloß beherrscht und gehofft, die Romanze würde sich schon irgendwann in Wohlgefallen auflösen, dachte Nathan.

Ihr Verhältnis verschlechterte sich, je ernster die Beziehung mit Jacqui wurde, und als die Hochzeit vor der Tür stand, redeten Nathan und sein Schwiegervater in spe kaum noch miteinander. Keith hatte versucht, Jacqui die Heiratspläne auszureden, mehr als ein Mal, wie Nathan einige Zeit später erfuhr, als Jacqui es ihm bei einem Streit quer durch den Raum entgegenschleuderte.

Doch die Hochzeit hatte stattgefunden, ob es Keith passte oder nicht, und danach hatte er von seinem riesigen Land ein Stück abgetrennt und es als Friedensangebot bezeichnet. Es war ein relativ kleiner Streifen, der unmittelbar an das Land der Familie Bright grenzte, und Keith hatte es den Frischvermählten zum Geschenk gemacht. Betrachtet es als Standbein auf der Kirrabee-Farm, hatte er erklärt. Falls sie es profitabel bewirtschafteten und es irgendwann zu klein wurde, konnten sie ihm mit der Zeit mehr Land abkaufen.

Nathan hatte insgeheim einige Zweifel an dem Stück Land gehabt. Der Streifen auf dieser Seite des Zauns hatte nie einen guten Eindruck auf ihn gemacht, aber Jacqui war ganz aus dem Häuschen gewesen, also hatte er den Mund gehalten. Sie ermutigte ihn zu investieren, eine richtige Familien-Farm aufzubauen, die Zukunft fest im Blick. Nathan nahm das Drittel von Burley Downs, das er nach dem Tod seines Vaters geerbt hatte, und verkaufte die Hälfte seines Anteils an Cameron.

Sein neues Land verschlang das Geld genauso schnell, wie er

es reinsteckte. Jacqui konnte das nicht verstehen. Sie drängte ihn, den Rest seines Burley-Downs-Anteils zu verkaufen. Mehr zu investieren. Sich mehr anzustrengen. Ihr Dad verdiente gutes Geld mit seinem Besitz, wieso konnte Nathan das nicht? Er weigerte sich, den Rest seines Erbes zu verkaufen, und das führte zu ihrem ersten großen Ehekrach.

Jacqui zog für ein paar Tage zu ihren Eltern. Als sie zurückkam, sagte Nathan ihr ins Gesicht, dass das Land, das Keith ihnen geschenkt hatte, seiner Meinung nach einfach miserabel war. Prompt hatten sie ihren zweiten Krach, und Jacqui stieg gleich zurück ins Auto und verschwand wieder für ein paar Tage zu ihren Eltern. Und als Nathan zusah, wie sie von ihrem beschissenen Stück Land davonfuhr, kam ihm zum ersten Mal der Verdacht, dass Keith sich genau das erhofft hatte.

Nathan spürte jetzt, wie die Räder über einen Buckel fuhren, und ermahnte sich zur Konzentration. Der Boden war uneben, und Camerons Wagen war ihm nicht vertraut. Hätte gerade noch gefehlt, dass sie in einer Sandbank stecken blieben. Ein Stück vor ihnen bremste Harry erneut ab. Er hatte unterwegs noch zweimal angehalten und war ausgestiegen, um den Boden entlang des Zauns zu inspizieren oder sich langsam im Kreis zu drehen und die Umgebung abzusuchen.

«Was will er sich eigentlich an dem Grab ansehen?», fragte Xander, als es in Sicht kam.

«Ich weiß nicht», sagte Nathan. «Aber er hat Cam von Geburt an gekannt. Vielleicht will er sich einfach selbst ein Bild machen.»

«Vielleicht.» Xander klang nicht überzeugt.

Nathan hatte Xander mehr vermisst, als er für möglich gehalten hatte, nachdem Jacqui schließlich endgültig ausgezogen war.

Sie hatte so lange damit gedroht, dass es fast eine Erleichterung war, als sie es dann wirklich tat. Sie hatte die Nase gestrichen voll. Nathan war ein scheiß Ehemann, ein scheiß Dad, ein verdammter scheiß Versorger, und das haute sie ihm um die Ohren. Nathan hatte gedacht, er wäre froh, sie endlich los zu sein, doch die Trennung von Xander fühlte sich an wie ein physischer Schlag.

Er hatte angefangen, in Fotoalben zu blättern. Sich Xanders glückliches Gesicht anzusehen, seine kleinen Hände und das dichte, schon leicht wellige Haar. Nathan vermisste es sogar, ihn mitten in der Nacht schreien zu hören, wie ein Motor, der warmlief. Als Xander noch ein Baby gewesen war, hatte Nathan oft bei ihm am Bettchen gesessen und leise Gitarre gespielt. Das war fast die einzige Methode gewesen, ihn für eine Weile zu beruhigen, und zu Nathans Verwunderung hatte Jacqui das eher nervig als hilfreich gefunden.

Nathan hatte sich grundsätzlich nie in Gegenwart von Xander mit ihr gestritten. Es war schließlich nicht die Schuld des Jungen, dass er und Jacqui Probleme hatten. Wahrscheinlich war es auch nicht allein Jacquis Schuld, wie Nathan sich in ehrlicheren Momenten eingestehen konnte. Es waren schwierige Jahre gewesen, mit der Heirat und der Trennung, und er hatte festgestellt, dass er sich manchmal tatsächlich besser fühlte, seit Jacqui weg war. Zum Beispiel, wenn er mit einem netten holländischen Barmädchen die Nacht in seinem Wagen verbrachte. Aber er vermisste Xander immerzu.

Manchmal fragte er sich, was passiert wäre, wenn er Keith an der Tankstelle einfach nicht beachtet hätte, in seinen Wagen gestiegen und direkt nach Hause gefahren wäre. Er hätte seinem Schwiegervater im Vorbeigehen die Hand schütteln können – er hätte ihm einen Schlag ins Gesicht verpassen können –, und alles wäre auf lange Sicht besser ausgegangen.

Er hatte nichts dergleichen getan. Er hatte an der Kasse bezahlt und war zurück zu seinem Wagen gegangen, als Keith ihm etwas zurief.

«Nur damit du's weißt, Nathan, Kathy und ich werden Jacquis Anwälte bezahlen.»

«Schwachsinn.» Nathan blieb ein paar Meter von seinem Wagen entfernt wie angewurzelt stehen.

«Das ist die Wahrheit.»

«Das bezweifle ich gar nicht.» Nathan änderte die Richtung und ging ein paar Schritte auf Keith zu. «Ich meine, es ist Schwachsinn, dass ihr euch da einmischt.»

«Wir finden, du bist unvernünftig –»

«Ich?»

«– und wir möchten, dass Jacqui kompetent vertreten wird. Und Xander.»

«Xander geht's gut, verdammt. Der braucht eure Hilfe nicht. Er braucht nur dann und wann ein bisschen Zeit mit seinem Dad, mehr nicht.»

«Nathan –»

«Und wenn deine zickige Tochter –»

«Hey, pass auf, was du sagst.» Keith klang atemlos.

«Nein, pass *du* auf, was du sagst. Wenn es nach deiner zickigen Tochter ginge, würde ich Xander nie wiedersehen.»

Keith erwiderte nichts, doch die Antwort stand ihm so deutlich ins Gesicht geschrieben, als hätte er sie ausgesprochen. *Ja, im Idealfall.*

Angst regte sich in Nathan. Er hatte mit Widerstand bei der Sorgerechtsregelung gerechnet, aber er hätte nicht gedacht, dass sie so weit gehen würden. Sie konnten ihm den Kontakt mit Xander nicht gänzlich verbieten, oder? Er glaubte das nicht, aber andererseits hatte Keith eine sehr dicke Brieftasche.

Nathan trat einen Schritt näher und richtete einen Finger auf seinen ehemaligen Schwiegervater. Er konnte Kylie sehen, die im Tankstellenshop an der Kasse stand und sie durchs Fenster beobachtete. Später würde sie überall rumerzählen, dass Nathan sich aggressiv verhalten habe. In dem Moment war ihm das egal.

«Keith.» Nathan sprach mit betont leiser und beherrschter Stimme. «Jetzt hör mir mal gut zu, weil das, was ich dir jetzt sage, das Ehrlichste ist, das du das ganze Jahr hören wirst. Mag sein, dass du in dieser Gegend jedes Rind kaufen und verkaufen kannst, aber du kannst mich nicht von Xander fernhalten.»

«Jacqui will es so.»

«Pech. Jacqui wird sich damit abfinden müssen.»

Keith klimperte mit seinen Schlüsseln, vielleicht eine Spur nervös. «Nicht, wenn ich es verhindern kann. Wenn du ein besserer Ehemann und Vater gewesen wärst, wäre es gar nicht erst so weit gekommen.»

«Menschenskind, es gibt nichts auf der Welt, was deine Tochter glücklich machen würde. Wenn du ihr nicht ständig damit in den Ohren gelegen hättest, was für ein Loser ich bin, dann hätte sie mich vielleicht gar nicht verlassen.»

«Du glaubst, es liegt an mir, dass sie zur Vernunft gekommen ist? Ich hab mir alle Mühe gegeben, Nathan. Ich hab dir das Land geschenkt. Dir eine Chance geboten.»

Nathan lachte. «Ja, klar, red dir das nur schön weiter ein. Ich hatte mit diesem beschissenen Stück Land nicht den Hauch einer Chance, und das weißt du. Du wolltest, dass ich baden gehe, und du wolltest, dass Jacqui es sieht, und du hast gekriegt, was du wolltest, Mann. Herzlichen Glückwunsch. Aber bei Xander wirst du nicht kriegen, was du willst.»

«Das werden wir ja sehen.»

«Wärst du wirklich froh darüber, wenn ich den Jungen aufgeben würde? Glaubst du, das wäre besser?»

«Ganz ehrlich? Ja. Ich glaube nicht, dass es für Jacqui und Xander besser ist, mit einem Mann wie dir zu tun zu haben.»

«Warum?» Trotz seiner Wut regte sich echte Neugier in Nathan. «Was ist so schlimm an mir? Du hast dir doch nie die Mühe gemacht, mich kennenzulernen, Keith.»

«Ich kenne Männer wie dich», entgegnete Keith. «Ich hab mein ganzes Leben im Outback verbracht, und ich weiß, was hier draußen so alles passiert. Ich weiß, was Männer wie du machen.»

«Was soll das heißen?»

Keith öffnete die Tür seines Wagens. «Das ist doch Zeitverschwendung. Ich diskutiere nicht mit dir darüber. Ich muss los.»

«Moment. Von wem redest du? Meinst du meinen Dad?»

«Zum Beispiel.»

«Hey. Nein.» Nathan streckte den Arm aus und hielt die Tür fest, versperrte Keith den Weg. Er war um einiges größer als der ältere Mann. «Das ist nicht fair.»

«Bist du dir da sicher?» Keith blickte vielsagend auf Nathans Arm, bis er ihn langsam senkte. Keith schüttelte den Kopf und stieg in seinen Wagen. Er kurbelte das Fenster herunter. «Versuch nicht, Jacqui anzurufen. Jede weitere Kommunikation sollte über die Anwälte laufen.»

«Mein Gott, Keith.» Nathan hatte sich durchs Fenster gebeugt. Kylie, die noch immer vom Shop aus zuschaute, erinnerte sich später auch daran. «Das ist eine Sache zwischen mir und Jacqui. Halt dein Geld da raus. Hast du verstanden? Ich will nicht, dass du dich in meine Familie einmischst.»

«Nein, Nathan.» Keith hatte tatsächlich gelacht. «Wenn hier einer was nicht verstanden hat, dann bist du das. Ich werde so lange Schecks schreiben, wie es nötig ist. Jacqui und Xander sind nicht deine Familie, sondern meine, und ich werde dafür sorgen, dass es ihnen gut geht. Und eins lass dir gesagt sein: Es interessiert mich einen Scheiß, was du willst. Mich interessiert nur, was ich will und was Jacqui will.»

«Und was genau ist das?»

«Komm mir oder meiner Familie bloß nie wieder zu nahe.»

Nathan hätte durchs Fenster langen und dem Mann die Nase brechen können. Noch immer fragte er sich manchmal, ob er das hätte tun sollen. Dann wäre die ganze Sache zumindest sehr viel schneller abgehakt gewesen. Aber mitten in der Auseinandersetzung hatte er plötzlich an Ilse gedacht. Der Zauber jener Nacht mit ihr war dank Keith mehr oder weniger verflogen, aber für einen kurzen Moment kam ihm der Mann da vor ihm ein kleines bisschen weniger wichtig vor. Er und sein Geld konnten nicht alles kaputt machen.

Nathan hatte sich gezwungen, lange und tief durchzuatmen. Ohne ein weiteres Wort und mit einem Maß an Selbstbeherrschung, das er in seinem Leben nur ganz selten an den Tag gelegt hatte, war er zu seinem Wagen gegangen und davongefahren.

Nathan parkte weiter vom Grab entfernt als Harry. Es sah irgendwie noch einsamer aus als tags zuvor. Bub stieg diesmal mit aus und folgte Harry zu dem Grabstein. Sie blieben Seite an Seite stehen. Sand und Wind hatten den Boden wieder fast vollständig eingeebnet, wie Nathan erwartet hatte. Er konnte sich kaum noch vorstellen, dass Cameron da gelegen hatte. Nathan sah durch die Windschutzscheibe, dass Bub etwas sagte, was Harry mit einem ganz schwachen Stirnrunzeln quittierte.

Nathan sah Xander an. «Willst du aussteigen?»

«Nein.» Xander schaute überall hin, nur nicht auf die Stelle, wo Camerons Leiche gefunden worden war. «Du?»

«Nein.» Sie saßen im Wagen, während ihnen von hinten der Geruch von verdorbenem Essen in die Nase drang.

Nathan hatte den teuren Geländewagen schon von weitem gesehen. Als er von der Tankstelle losgefahren war, das Lenkrad mit beiden Händen fest umklammert, waren ihm Keiths Worte noch in den Ohren geklungen. Ilse und die vorige Nacht schienen ewig her, und Nathan fühlte sich nur noch wütend und gereizt. Er hatte vorgehabt, schnurstracks nach Hause zu fahren, merkte aber, dass der Schlafmangel ihn einholte, was auf längeren Autofahrten nie gut war. Er hielt an der Bäckerei und kaufte sich einen Kaffee. Er war noch immer müde, doch während er im Wagen saß und den Kaffee trank, dachte er an den Grund, weshalb er so wenig geschlafen hatte, und allmählich kehrte das Lächeln in sein Gesicht zurück.

Zwanzig Minuten später fuhr er weiter, und als er eine halbe Stunde von der Stadt entfernt war, sah er den Geländewagen schräg auf der Schotterpiste geparkt stehen. Vielleicht nicht geparkt. Er stand einfach da, halb auf der Straße, halb am Rand. Nathan hatte den Wagen längst erkannt, ehe er die Gestalt sah, die an der Motorhaube lehnte.

Später rechnete Nathan sich aus, dass er drei oder vier Minuten gehabt haben musste, um die Entscheidung zu treffen. Sie war nicht spontan gefallen, wie man es auch drehte und wendete. Er hatte bewusst gehandelt, und das machte die Sache letzten Endes noch schlimmer.

So oder so lief es auf dasselbe hinaus. Nathan hatte Keiths Wagen schräg am Straßenrand stehen sehen, und er hatte Keith gesehen. Keith hatte mit einem Arm gewinkt, den anderen an die Seite gedrückt, und auf seinem Gesicht hatte sich tiefe Enttäuschung abgezeichnet, als er Nathan am Steuer des heranfahrenden Wagens erkannte. Trotzdem hatte er ein zweites Mal gewinkt, den Körper leicht vorgebeugt. Ein Arm wedelte in der Luft, der andere war nach unten gestreckt, berührte die Hosentasche, wo er sein Geld aufbewahrte. Im ersten Moment hatte Nathan den Fuß auf die Bremse gestellt, ihn dann, ohne richtig drüber nachzudenken, wieder heruntergleiten lassen. Er hatte an Xander gedacht, meilenweit von ihm entfernt, und er hatte gespürt, wie ein Gewicht auf seine Brust drückte und ihm das Blut in den Kopf schoss. Irgendwo unter all dem hatte er Keiths Stimme gehört.

Komm mir oder meiner Familie bloß nie wieder zu nahe.

«Ganz wie du willst, Mann.»

Nathan fuhr vorbei und hielt nicht an.

KAPITEL ELF

Nicht, dass es irgendwen interessiert hätte, aber nur, um das einmal festzuhalten: Nathans Gewissen hatte die Oberhand gewonnen. Nach dreißig Minuten hatte er kehrtgemacht, weshalb eine volle Stunde verging, bis er schließlich wieder bei Keiths Wagen ankam. Der Geländewagen stand noch immer an derselben Stelle, noch immer leicht schräg, aber von Keith fehlte jede Spur. Nathan, jetzt beunruhigt, hatte über Funk Meldung gemacht. Es hatte ungewöhnlich lange gedauert, bis ihm jemand antwortete. Keith war mit dem Krankenwagen abtransportiert worden, erfuhr er schließlich.

«Wie geht's ihm?», hatte Nathan gefragt. Wieder musste er lange warten. Das Knistern und Rauschen zog sich über eine Minute hin.

«Es ist zu spät, Mann», sagte eine Stimme endlich. Es musste jemand sein, den er kannte, aber die Stimme sagte ihm nichts.

«Zu spät für Keith? Scheiße, ernsthaft?»

«Nein. Für dich, um noch einen auf betroffen zu machen. Er hat's uns erzählt. Du bist einfach vorbeigefahren.»

Und dann war Nathans Funkgerät verstummt.

Nathan blickte jetzt zu Xander hinüber, der Bub und Harry am Stockman-Grab beobachtete. Bub stand mit dem Rücken zu ihnen, Harry war vor dem Grabstein in die Hocke gegangen und sah sich den letzten Überrest von dem kleinen Loch im Boden an. Er nahm sich ausgiebig Zeit dafür, stand schließlich wieder auf und ließ den Blick ringsum über das Land wandern. Nathan machte sich nicht die Mühe, den Kopf zu drehen. Er wusste, was da draußen war. Meilenweit nichts.

Keith hatte einen Schlaganfall gehabt. Er wäre fast gestorben. *Fast.* Selbst an der Schwelle des Todes, während er auf einer Trage in den Krankenwagen geschoben wurde, hatte Keith die Energie aufgebracht, sich die Sauerstoffmaske vom Mund zu ziehen und seinen Rettern zu erzählen, dass Nathan vorbeigefahren war. *Ihn dem sicheren Tod überlassen hatte.*

Keith war tatsächlich fünfzehn Minuten später vom Fahrer eines Lieferwagens entdeckt worden. Er hatte wahnsinnig Glück gehabt, sagten alle. Eine Chance von eins zu tausend, dass überhaupt jemand vorbeikam. Die Geschichte hatte sich in Windeseile überall herumgesprochen. Die Empörung und das Misstrauen waren greifbar. Es war keine Frage des Anstands, ob man jemanden da draußen seinem Schicksal überließ, es war im wahrsten Sinne des Wortes eine Frage von Leben und Tod. Nathan hatte im Alleingang das Unvorstellbare geschafft und die gesamte Stadt vereint – Weiße, Aborigines, Alte, Junge, Erzfeinde, beste Freunde. Dreißig Jahre alte Zwistigkeiten wurden so lange zurückgestellt, wie es dauerte, über Nathans Verfehlung zu reden.

In dieser einen Frage war sich ganz Balamara einig. Einen Mitmenschen hilflos der Natur zu überlassen, war schier unvorstellbar und absolut unverzeihlich. Und wenn Nathan Bright, im Outback geboren und aufgewachsen, das nicht verstanden hatte, dann war das Leben in dieser weit abgelegenen Gemeinde nichts für ihn.

Nathan hatte sich entschuldigt, aufrichtig und ausgiebig. Auch Harry und Liz hatten das in seinem Namen getan, und nach kurzem Zögern auch Cameron. Jacqui hatte nur zum Telefon gegriffen, um ihn aus Brisbane anzuschreien, dann aufgelegt und ihre Anwälte angerufen. Immerhin sprach sie mit ihm, dachte Nathan später. Sie war eine der wenigen, die das noch taten.

Die Strafe der Gemeinde folgte rasch. Auf einer fürchterlichen Bürgerversammlung war Nathan aufgestanden und hatte vor sechzig vorwurfsvollen Augenpaaren eine vorbereitete Entschuldigung verlesen. Er war nervös gewesen, und seine Worte hatten unbeholfen und hohl geklungen, selbst in seinen Ohren. Er versuchte, den Sorgerechtsstreit zu erklären und den Druck, unter dem er gestanden hatte. Es war keine Entschuldigung. Sogar wenn man selbst in Flammen stand und halb tot war, wurde dennoch erwartet, dass man anhielt und half. Kein Grund der Welt hätte rechtfertigen können, was er getan hatte. Wenn sein Verhalten irgendetwas bewies, dann nur, dass Jacquis Bedenken wegen des Sorgerechts begründet waren. Ihre Anwälte erhielten später eine Mitschrift von dem, was Nathan gesagt hatte, und verwendeten es gegen ihn.

Jacqui selbst hatte sich die Mühe gemacht, eine E-Mail zu verfassen – Nathan konnte sich noch heute darüber aufregen –, die ihre Mutter mit bebender Stimme auf der Versammlung vorlas und die ausführlich schilderte, welchen Tribut Nathans Handlungsweise von der Familie gefordert hatte. Das war ausgesprochen gut angekommen. Nathan hatte sogar Bub dabei ertappt, wie er hin und wieder mitfühlend nickte.

Einige erhitzte Gemüter hatten angeblich gefordert, Sergeant McKenna solle Nathan wegen versuchten Totschlags drankriegen, wozu es Gott sei Dank nicht kam. Stattdessen drehten die Einwohner ihm den Rücken zu und schlossen die Reihen. Wie eine Krebsgeschwulst wurde Nathan herausgeschnitten, und die Gemeinde genas ohne ihn.

Er wurde kurzerhand von jeder öffentlichen Einrichtung in

der Stadt verbannt. Die Tankstelle und das Postamt mussten sich schließlich auf Glenns Anweisung hin bereit erklären, ihn wieder zu bedienen, aber wenn er dort auftauchte, sah ihm keiner in die Augen. Schon bald kam Nathans Farmhelfern zu Ohren, was passiert war, und sie kündigten einer nach dem anderen. Er war gezwungen, höhere Löhne für schlechter qualifizierte Leute anzubieten, und fand trotzdem keinen Ersatz. Er konnte sein ganzes Vieh nicht allein bewältigen und musste den Bestand reduzieren. Seine üblichen Treiber gingen nicht ans Telefon, wenn er sie brauchte, und gaben schließlich zu, dass ihnen mit Boykott gedroht worden war, wenn sie weiter für ihn arbeiteten. Aber das hätten sie ohnehin nicht getan. Was für ein Dreckskerl überlässt einen hilflosen Mann einfach seinem Schicksal? Er war genötigt, sich Aushilfskräfte weiter weg zu suchen und deutlich mehr für deutlich weniger zu bezahlen.

Eines Morgens, einige Monate nach dem Vorfall, wachte Nathan auf, und es herrschte eine eigenartige Stille auf seiner Farm. Er lag da, nervös und beunruhigt, und allmählich wurde ihm eines klar: Er war völlig allein. Keine Arbeiter. Bloß Rauschen im Funkgerät. Nathan starrte an die Zimmerdecke. Im Umkreis zahlloser Meilen war nicht ein einziger Mensch in seiner Nähe. Er war ein Ausgestoßener, verachtet und vollkommen auf sich gestellt.

Xander vermied es, das Grab anzusehen, indem er in Camerons Handschuhfach stöberte. Beide Cops hatten es bereits durchsucht, aber Nathan selbst hatte noch nicht hineingeschaut. Es schien geordnet und übersichtlich zu sein. Ähnlich wie die ganze Farm unter Cams dynamischer Leitung, dachte er mit leiser Verbitterung.

«Irgendwas Interessantes da drin?»

«Nicht wirklich.» Xander schüttelte den Kopf. «Aber anscheinend hatte er vor, irgendwann zum Verstärkermast zu fahren. Hier ist ein Reparaturhandbuch.»

«Im Ernst?» Nathan nahm das Buch und drehte es in den Händen. «Vielleicht nur zum Schein? Damit keiner merkt, dass er in Wahrheit hierher wollte?»

«Kann sein», sagte Xander. «Aber hier sind jede Menge Infos. Er hat verschiedene Anleitungen ausgedruckt und alles abgehakt, was er an Ausrüstung eingepackt hat.»

Nathan blickte nachdenklich. «Vielleicht hat er es sich unterwegs anders überlegt?»

Xander antwortete lediglich mit einem Achselzucken, die Augen jetzt nach vorn auf Harry und Bub gerichtet.

Nathan hatte versucht, Ilse anzurufen. Er hatte zu lange damit gewartet, aus Angst davor, was sie gehört haben könnte, und auch, weil er selbst nicht wusste, was er sagen sollte. *Glaub nicht das Schlimmste*, vielleicht. Aber wieso sollte sie nicht? Es stimmte doch.

Er hatte sogar auf dieser schrecklichen Bürgerversammlung Ausschau nach ihr gehalten und war unglaublich erleichtert und gleichzeitig seltsam enttäuscht gewesen, als er sie nirgends entdecken konnte. Wochen vergingen, bis er sich endlich dazu durchrang, während ihrer üblichen Wochenendschicht im Pub anzurufen. Der Geschäftsführer war an den Apparat gekommen. Er hatte Nathans Stimme erkannt und gesagt, sollte er sich noch einmal blicken lassen oder auch nur anrufen, würde er das Problem von jemand anderem lösen lassen als von der Polizei, wenn Nathan verstand, was er meinte.

Nathan hatte verstanden, doch am nächsten Wochenende und an dem danach fuhr er trotzdem in die Stadt. Er hatte versucht herauszufinden, in welchem Zimmer der Personalunterkunft Ilse wohnte, und einen Zettel unter die Tür geschoben. Er wusste nicht, ob sie den je bekommen hatte. Falls ja, so erfuhr er es nie. Er parkte im Schatten abseits der Straße und beobachtete aus sicherer Entfernung die Lichter im Pub. Er konnte nicht hinein, aber auch nicht wegbleiben.

Er hatte das noch jahrelang so gemacht, ungefähr einmal alle sechs Monate. Nur um den Klang anderer Stimmen als den seiner eigenen im Kopf zu hören. Er parkte an einer dunklen Ecke, lauschte dem gedämpften Stimmengewirr, das von Musik untermalt aus dem Pub drang. Das machte er schon lange nicht mehr. Fast zehn Jahre später wusste er nicht, wer jetzt so alles da drin war und ob einer der Gäste ihn erkennen würde. Auf jeden Fall würden sie sich aber an seinen Namen erinnern, vermutete er. Die Geschichte war offenbar immer weiter überliefert worden, und er war mittlerweile bloß noch ein abschreckendes Beispiel.

Eines Abends, nicht lange nachdem es passiert war, hatte er Cameron und Bub aus dem Pub kommen sehen. Sie hatten gelacht und einigen der Männer, die jetzt glatt durch ihn hindurchschauten, die Hand geschüttelt. Seit dem Eklat hatte Nathan sich von seinen Brüdern, so weit er konnte, ferngehalten. Sie hatten es ihm nicht klipp und klar gesagt, aber er wusste, dass sein Fehlverhalten auch auf sie abgefärbt hatte. Er blieb auf Abstand, damit sie ihn nicht drum bitten mussten.

Er hatte sie draußen vor dem Pub beobachtet, und im ersten Moment hatte er sich von ihnen verraten gefühlt, doch diese Reaktion wich allmählich einem vorsichtigen Optimismus. Aber der erhoffte Anruf von Cam – «Komm ruhig wieder her, Mann. Ich hab die Sache in Ordnung gebracht. Hab's ihnen erklärt. Sie wissen, dass es dir leidtut» – war nie gekommen. Eine Woche später war Nathan wieder in die Stadt gefahren, und diesmal hatte er das gesehen, worauf er, wie ihm klarwurde, die ganze Zeit gewartet hatte.

Ilse war am Ende ihrer Schicht aus dem Pub ins Licht der einzigen Straßenlaterne getreten. Er hatte seine Hand schon am Türgriff und eine stammelnde Entschuldigung auf den Lippen, als der Geschäftsführer und zwei Viehtreiber hinter ihr nach draußen gekommen waren und seelenruhig miteinander plauderten, während sie abschloss. Die drei waren noch eine Weile auf der Straße stehen geblieben, nachdem Ilse sich von ihnen verabschiedet hatte, und Nathan hatte mit einem bitteren und quälenden Gefühl von Bedauern tatenlos zusehen müssen, wie sie wegging. Danach hatte er seinen Stolz heruntergeschluckt und Cameron am Telefon geradeheraus gebeten, im Pub ein gutes Wort für ihn einzulegen.

«Mensch, ich bin doch selbst so gut wie nie da», hatte Cam gesagt. Er hatte sich angehört, als wäre ihm die Sache unangenehm. «Ich geh da nur manchmal hin, damit Bub jemanden zum Quatschen hat.»

«Bitte, Cam. Frag, ob ich wiederkommen kann. Da ist eine Frau. Sehr nett. Sie arbeitet hinter der Bar.» Er sprach eine Sprache, die sein Bruder verstehen würde.

Cameron hatte gelacht. «Ach ja, die hab ich gesehen. Die ist in Ordnung.»

«Dann machst du's also? Du fragst, ob sie mich wieder reinlassen?» Nathan hatte den Atem angehalten, bis die Antwort kam.

«Mensch, tut mir leid. Dafür ist es noch zu früh. Ich kann da nichts machen, die wollen dich da nicht sehen.»

Nathan hatte aufgelegt. Er hatte drei Monate nicht mehr mit seinem Bruder gesprochen.

Xander legte die Papiere zurück ins Handschuhfach und rutschte nervös auf seinem Sitz hin und her. Nathan merkte ihm an, dass es ihm reichte und er endlich weiterwollte. Nathan ging es nicht viel anders. Er fragte sich, ob sie einfach schon vorfahren sollten, aber irgendetwas in ihm sträubte sich, Bub und Harry an dem Grab allein zu lassen. Sie hatten die Köpfe gesenkt und sprachen miteinander, ohne dass Nathan es hören konnte.

«Wir fahren gleich zurück», sagte er, und Xander nickte.

Nathan war insgeheim immer froh darüber gewesen, dass Xander nie besonders an seinem Großvater gehangen hatte. Jacqui hatte Xander ihre Version der Geschichte erzählt, sobald er alt genug war, worauf Nathan sich nicht hatte zurückhalten können, ihm seine zu erzählen. Er hatte es jedoch prompt bereut. Seine Version klang auch nicht besser. Wie dem auch sei, Keith war inzwischen tot. Einen zweiten Schlaganfall vier Jahre nach dem ersten hatte er nicht überlebt. Dafür war Nathan nun wirklich nicht verantwortlich, aber es wurde ihm trotzdem angelastet. Keiths Witwe, die nach Brisbane gezogen war, um in der Nähe von Jacqui und Xander zu sein, lebte jetzt in einem Pflegeheim. Nathan hatte eine Zeitlang gehofft, Keiths Tod würde seine Ächtung vielleicht beenden, doch sie war im Gegenteil nur noch schlimmer geworden. Als hätte nur Keith als Opfer des Verbrechens die Macht gehabt, die Strafe aufzuheben. Das konnte er jetzt nicht mehr.

Anfangs hatte Nathan sich Tag für Tag eingeredet, dass sich die Leute schon wieder beruhigen würden. Fast zehn Jahre später wartete er noch immer darauf. Er gab sich dieser Hoffnung nicht mehr oft hin, eigentlich gar nicht mehr. Die meiste Zeit beschäftigte er sich mit Was-wäre-wenn-Fragen. Zum Beispiel was wäre passiert, wenn Keith damals gleich am Straßenrand gestorben wäre? Wenn er den verdammten Anstand gehabt hätte, mit dem Arm an die Seite gedrückt still und leise zusammenzusacken, ohne noch einmal den Mund aufzumachen?

Durch die Frontscheibe sah Nathan, wie Harry mit einer Schuhspitze in die Erde vor dem Grab trat.

Wenn Keith nicht mehr mit dem Finger auf ihn hätte zeigen können, wäre für Nathan alles ganz anders gelaufen. Tote Männer redeten nicht, und niemand hätte erfahren, was er getan hatte. Nathan wäre fein raus gewesen.

Schließlich sagte Harry etwas zu Bub, der daraufhin nickte. Zusammen drehten sie sich um und gingen zurück zu ihrem Wagen. Der Motor sprang an, und Nathan startete seinen. Er warf einen letzten Blick auf die Stelle, wo Cameron gefunden worden war.

Tote Männer redeten nicht.

Im Laufe der Jahre hatte Nathan das hundertmal gedacht, aber als er jetzt an dem Grab vorbeifuhr, veränderte sich dieser Gedanke leicht und nahm eine seltsame und fremde Form an. Dann nistete er sich unbehaglich im dunkelsten Winkel seines Verstandes ein.

Die Räder holperten über ein Stück unebenen Boden. Nathan schaute nicht zurück, sondern hielt die Augen nach vorne gerichtet. Sein Blick fiel fast unfreiwillig auf den vorausfahrenden Wagen. Vor allem auf die Silhouetten der beiden Männer und in den Rückspiegel, in dem Nathan so gerade eben ein Augenpaar erkennen konnte. Harry beobachtete ihn.

KAPITEL ZWÖLF

Selbst aus der Entfernung konnte Nathan die Reaktion seiner Mum sehen, als er mit Camerons Wagen die Zufahrt hochkam. Liz saß unter dem Baum am Grab ihres verstorbenen Mannes und erstarrte beim Geräusch des Motors. Sie erhob sich halb, sank dann wieder zurück, als sie erkannte, dass Nathan am Steuer saß, nicht Cameron.

Er parkte neben Harrys Wagen, doch weder der noch Bub waren irgendwo zu sehen. Nathan war auf der Rückfahrt so weit zurückgefallen, dass er den Wagen der anderen schließlich aus den Augen verloren hatte.

«Ich sprech mal kurz mit deiner Grandma», sagte Nathan zu Xander, als sie ausstiegen.

«Alles klar. Ich bin dann in meinem Zimmer.» Xander schlenderte davon, als würde ihn irgendetwas beschäftigen. Nathan sah ihm kurz nach und ging zu Liz hinüber. Duffy saß zu ihren Füßen.

«Was hat Glenn gesagt?» Liz blickte auf. Sie hatte wieder geweint.

«Er wird dich anrufen. Ich soll dir sein Beileid ausrichten.»

«Hat er außer seinem Beileid auch irgendwelche Antworten für mich?»

«Nein.» Er nahm rechts von seiner Mum Platz, weil sie auf dem linken Ohr nicht gut hören konnte. Duffy legte den Kopf auf sein Knie.

Liz streckte eine Hand aus, und Nathan nahm sie. Er sah eine alte Narbe an ihrem Arm, nicht mehr auffällig und dunkelrot, sondern mit den Jahren verblasst. Wie immer versuchte er, sie zu ignorieren, und blickte stattdessen auf eine neue darunter, rot und frisch. Eine Hautkrebsoperation, das wusste er, ohne zu fragen. Nahezu alle hier hatten solche Narben. Jeder erwachsene Weiße in der Gegend. Immer wenn der Facharzt einflog, standen die Leute Schlange, um sich verräterische Hautstellen rausschneiden oder wegbrennen zu lassen. Dann hieß es Daumen drücken bis zum nächsten Mal. Nathan hatte selbst eine ganze Reihe solcher Narben.

«Ist das so weit in Ordnung?», fragte er, auf die rote Wulst deutend.

«Ich glaube, ja, vorerst.» Liz drehte den Arm so, dass er die Stelle nicht mehr sehen konnte. «Aber das weiß man ja nie.»

Irgendwo in der Nähe hörte Nathan einen Dingo heulen, und beide blickten sie in die Richtung.

«Die lungern hier schon eine Weile rum», sagte Liz. «Die Viecher werden langsam zu frech.»

Nathan zögerte. «Soll ich mich drum kümmern?»

«Bub erledigt das. Er macht das gern. Bringt Geld», fügte sie rasch hinzu. Der Gemeinderat zahlte dreißig Dollar für jedes Dingofell, das man zur Polizeiwache brachte, wo Glenn sie zählte und eine Quittung ausstellte.

Liz seufzte. «Meinst du, Bub geht es einigermaßen?»

Nathan dachte daran, wie sein Bruder im Dunkeln auf das Grab gepinkelt hatte.

«Keine Ahnung. Bub ist, wie er ist.»

«Du hast nicht den Eindruck, dass es ihm schlechter geht?»

«Ehrlich gesagt, er kommt mir vor wie immer.»

Liz blickte auf den Boden neben Carls Grab. «Ich hätte nie gedacht, dass Cameron mal da liegen würde. Andauernd frage ich mich, was ich hätte anders machen können.»

«Tu dir das nicht an. Wahrscheinlich hätte nichts irgendwas geändert.»

«Und das macht es irgendwie noch schlimmer.» Liz schüttelte den Kopf. «Ich wünschte, ich wäre an diesem letzten Morgen nicht ausgeritten. Aber irgendwer musste ja Sophies Pferd bewegen. Es hat sie abgeworfen, hat sie dir das erzählt?»

«Sie hat gesagt, dass sie runtergefallen ist.»

«Ich war mir nicht sicher, ob es ihre Schuld war oder ob es am Pferd lag. Sie trainiert dieses Jahr für das Reiterfest, aber es wird schwer für sie, wenn sie ihr Pferd nicht im Griff hat. Ich wollte mir selbst einen Eindruck verschaffen, wie es sich verhält, aber wer weiß, wenn ich nicht ausgeritten wäre –» Liz verstummte. Sie hatte Tränen in den Augen. «Wenn ich mir die Zeit genommen hätte, in Ruhe mit Cameron zu reden. Weißt du noch, worüber ihr zwei zuletzt geredet habt?»

Nathan überlegte. «Es ging darum, ein paar Unstimmigkeiten zu bereinigen.»

«Im Ernst?»

Nathan sah ihr Gesicht und hätte fast gelacht, als ihm klarwurde, dass sie ihn missverstanden hatte. «Nicht so. Es gab ein paar ungeklärte Posten bei den Instandhaltungskosten für die Zäune.»

«Ach so. Natürlich.» Sie sah zu Boden. «Steve hat aus der Krankenstation angerufen. Wenn bei der Obduktion festgestellt wird, dass er tatsächlich an Dehydrierung gestorben ist, wird der Leichnam in zwei Tagen freigegeben. Wir können ihn am Mittwoch beerdigen, wenn wir wollen.»

«Heiligabend? So schnell?»

«Ansonsten müssten wir bis zum neuen Jahr warten. Ilse hat gesagt, sie weiß es nicht, also hab ich denen gesagt, wir machen es Heiligabend. Dann haben wir's hinter uns, hab ich mir gedacht.» Sie richtete die verweinten Augen auf das Haus und die

Fenster des Kinderzimmers. «Findest du, das war die richtige Entscheidung?»

«Ich glaub schon. Es gibt keine richtige Entscheidung.»

«Dann sollte ich wohl mal den Nachbarn Bescheid geben.»

«Glaubst du, die werden kommen? An Heiligabend?»

«Natürlich kommen sie.» Liz' Stimme klang leicht entrüstet.

Nathan wusste, dass sie vermutlich recht hatte. Cameron war beliebt gewesen, und selbst wenn die Leute ihn nicht gemocht hätten, würden sie sich einen Ruck geben und kommen. Beerdigungen gehörten zu den wenigen Ereignissen, die seine Mum veranlassten, die Farm zu verlassen. Die meisten fanden in der Gegend statt, höchstens eine Tagesfahrt mit dem Auto entfernt, doch vor ein paar Monaten war sie nach Victoria geflogen, um an der Beerdigung ihres Bruders teilzunehmen.

Nathan hatte kaum zugehört, als Liz angerufen hatte, um ihm mitzuteilen, dass sein Onkel gestorben war. Malcolm Deacon war mit einundsiebzig einem Herzinfarkt erlegen. Nathan konnte keine Betroffenheit heucheln. Er hatte den Mann nicht mal gekannt. Er war ihm nur ein einziges Mal begegnet, über zwanzig Jahre zuvor auf der Beerdigung von dessen Tochter. Alle drei Brüder hatten teilgenommen, weil Liz es so gewollt hatte.

«Sie war eure Cousine», hatte sie gesagt, und damit war die Sache offenbar entschieden. Carl hatte sich glattweg geweigert mitzukommen und schien erstaunt, als seine Frau sich dadurch nicht von ihren Plänen abhalten ließ. Liz und die Jungs hatten per Flugzeug und stundenlanger Autofahrt den weiten Weg nach Kiewarra zurückgelegt, irgendeinem gottverlassenen Kaff mitten in der Pampa von Victoria. Als sie dort angekommen waren, konnte Nathan besser verstehen, warum seine Mum den Ort hinter sich gelassen hatte, kaum dass sie achtzehn geworden war. Kiewarra war größer als Balamara, aber irgendwas an dem Städtchen kam ihm falsch vor. Die Einheimischen waren Weicheier, die den ganzen Tag über das Wetter meckerten, während die Bright-Brüder mit langen Ärmeln herumliefen und das kühlere Klima genossen.

Sie hatten sich eine Trauerpredigt für ein Mädchen angehört, dem sie nie begegnet waren, umgeben von Leuten, die sie nicht kannten. Nathan wusste, dass seine Cousine siebzehn gewesen war, nur wenige Jahre jünger als er, doch er war verblüfft, wie jung ihm das plötzlich vorkam, als er den Sarg sah. Ziemlich weit vorne saßen zwei Jungen und ein Mädchen ungefähr im gleichen Alter wie die Tote, und die drei waren sichtlich erschüttert, die Augen vor Fassungslosigkeit weit aufgerissen. Bub, der damals erst acht war, hatte in die Hände geschluchzt, als hätte er sie gekannt.

Nach dem Gottesdienst hatten Nathan, Cameron und Bub aus einigem Abstand Liz' frostiges Wiedersehen mit ihrem Bruder beobachtet. Ein entfernter Cousin von ihnen hatte die ganze Zeit irgendwo am Rand herumgelungert und sie mit den leicht glasigen Augen eines Trinkers angestarrt. Er sah aus wie ein ausgemachtes Arschloch, und Nathan war froh gewesen, dass er auf Distanz blieb. Später hatte der Typ irgendwas gesagt, um Bub zu ärgern, und Nathan und Cam hatten ihn auf der Toilette abgefangen und ein bisschen aufgemischt. Nicht allzu hart – es war ja schließlich eine Beerdigung, und sie waren keine Unmenschen –, aber hart genug, um ihm eine Lektion zu erteilen. Als sie die Trauerfeier verließen, hatte seine Mum den Kopf geschüttelt und vor sich hin gemurmelt.

«Was ist?», fragte Nathan.

«Nichts. Bloß, das arme Mädchen hätte was Besseres verdient gehabt.»

Sobald alles über die Bühne war, hatten sie Kiewarra wieder verlassen, da Liz anscheinend nicht mal eine einzige Nacht in dem Ort verbringen wollte, in dem sie aufgewachsen war. Dieses ganze Jahr hatte irgendwie im Zeichen des Todes gestanden. Wenige Monate später hatten sie Nathans Dad aus einem total zerstörten Autowrack geschnitten und am Ende des Gartens begraben.

Danach war Liz in kein Flugzeug mehr gestiegen, bis sie vor drei Monaten verkündet hatte, dass sie an der Beerdigung ihres Bruders teilnehmen wollte. Nathan war völlig baff gewesen. Er war über den Tod seines Onkels eher erleichtert gewesen und hatte angenommen, seiner Mum wäre es genauso ergangen.

«Warum zum Teufel willst du zu der Beerdigung?», hatte er gefragt.

«Er war mein Bruder.»

«Ja, aber …», hatte er angesetzt, dann aber nicht weitergewusst. Sie hatte dieselben Informationen wie er. Ehrlich gesagt, Nathan hatte gedacht, der Mann könne von Glück sagen, dass der Herzinfarkt ihn umgebracht hatte, bevor die Justiz ihn sich vornahm.

Nicht, dass Jacqui die genauen Einzelheiten interessiert hätten. Für sie war es ein gefundenes Fressen, als sie erfuhr, wessen sein Onkel beschuldigt worden war. Sie hatte es kurzerhand zum Vorwand genommen, um mit dem Hinweis auf laufende Rechtsstreitigkeiten und angemessenes Vorbildverhalten und den ganzen Quatsch Xanders Besuche bei ihm zu unterbinden. Nathan war gezwungen gewesen, seinem Anwalt eine dreistellige Summe für einen sechszeiligen Brief zu bezahlen, der Jacqui an ihre gerichtlich angeordneten Verpflichtungen erinnerte. Deshalb war Nathan einigermaßen froh darüber, dass der Typ den Löffel abgegeben hatte.

Aber Liz war entschlossen gewesen, an der Beerdigung teilzunehmen, und Nathan hatte sich besorgt gefragt, ob die weite

Reise nicht zu strapaziös für sie wäre. Er hatte länger darüber nachgedacht als nötig und sich dann widerwillig bereit erklärt, sie zu begleiten, nur um zu erfahren, dass Cameron sich bereits angeboten hatte, was sie aber auch schon abgelehnt hatte.

«Herrgott noch mal», hatte sie gesagt. «Malcolm war nicht mal die Kosten für ein Flugticket wert, geschweige denn zwei. Zu Lebzeiten schon nicht und jetzt erst recht nicht.»

Es hatte eine lange Diskussion gegeben, und am Ende war Onkel Harry mit ihr geflogen.

«Wie war es?», hatte Nathan ihn später gefragt.

«Still», sagte Harry.

«Waren viele da?»

«Eigentlich nur wir. Zwei Cops sind aufgetaucht.»

«Dienstlich?»

«Ich glaube nicht. Einer war in Kiewarra stationiert. Einigermaßen nett, aber beurlaubt. Er war ein bisschen –», Harry hatte auf sein Gesicht gedeutet, «– lädiert. Der andere war ein großer Typ. Er hat gesagt, dass er mal hier in der Gegend gelebt hat, aber jetzt bei der Polizei in Melbourne ist. War ansonsten nicht besonders redselig und kam mir ziemlich sauer vor wegen der ganzen Sache. Ich glaube, die zwei sind vor allen Dingen gekommen, um sich zu vergewissern, dass der alte Mistkerl auch wirklich tot ist.»

Nathan hatte den Verdacht, dass seine Mum aus demselben Grund hingefahren war.

Bei dem Gedanken an Harry musste Nathan plötzlich wieder an die Fahrt zuvor denken. Daran, dass Harry die versteckte Lücke zwischen den Felsen auf Anhieb gefunden hatte.

«Hat Cam nie mal irgendwas erwähnt, das ihn bedrückt hat?», fragte er. «Vielleicht nur Kleinigkeiten? Probleme mit Harry? Oder Bub?»

«Ich glaube nicht. Wie du gesagt hast, Bub ist, wie er ist.»

«Und Harry?»

Liz runzelte die Stirn. «Alles in Ordnung, soweit ich weiß. Warum?»

«Nur so. Nichts weiter. Aber Harry hat doch gesagt, dass Cam irgendwie unter Druck stand. Da hab ich mich gefragt –»

«Was gefragt?»

«Ich weiß nicht. Ob sie vielleicht Streit hatten oder so.»

«Nicht, dass ich wüsste.» Liz blickte noch ernster. «Harry ist ein guter Mann. Er war immer gut zu dieser Familie.»

«Ich weiß.»

«Er ist länger hier als du. Und er war immer anständig zu uns, oder findest du nicht?»

«Doch. Ja, natürlich.»

«Also worauf willst du hinaus?»

«Auf gar nichts. Vergiss es.»

Eine Pause. «Gut», sagte Liz, aber Nathan sah, dass ihr Blick zu Harrys Geländewagen hinüberhuschte.

«Hör mal, was wird jetzt eigentlich aus Cams Anteil an der Farm?», wechselte Nathan das Thema. Die Frage kam direkter heraus, als er beabsichtigt hatte, doch Liz schien es nicht zu bemerken.

«Der geht an Ilse.» Ihre Stimme klang ein wenig förmlich. «Was mit der täglichen Farmarbeit wird, keine Ahnung. Wir werden uns überlegen müssen, wer auf lange Sicht die Leitung übernimmt.»

Sie wartete einen kurzen Moment, als rechnete sie halb damit, dass Nathan einen Vorschlag machen würde.

«Einen Verwalter einstellen, schätze ich», sagte sie, als von ihm nichts kam.

«Also nicht Bub?»

«Nein.» Liz' Antwort kam prompt. «Mal sehen, was Harry

meint, aber ich persönlich glaube das nicht. Aber du und Ilse achtet doch bitte darauf, dass ihr Bub bei allen Gesprächen miteinbezieht, ja?»

«Ja, klar.» Auf der anderen Seite des Hofes sah Nathan ein Kinderfahrrad am Haus lehnen. «Wie geht's den Mädchen? Heute Morgen kamen sie mir ein bisschen –», er suchte vergeblich nach einem besseren Wort, «– seltsam vor.»

«Kein Wunder. Schwer zu sagen bei Sophie, aber Lo nimmt es sehr mit. Sie war schon vorher ziemlich schreckhaft, bevor das mit Cam passiert ist. Sie hat sich irgendwie in den Kopf gesetzt, dass es hier spukt.»

«Und wer soll hier rumspuken?»

«Keine Ahnung. Der Stockman wahrscheinlich. Der ist der übliche Verdächtige. Ihr drei habt die Phase auch durchgemacht, als ihr Kinder wart.»

Wind wehte über das Land, und in der Ferne sah Nathan eine Sandspirale aufsteigen wie eine Erscheinung.

«Ich kann gut nachvollziehen, warum sie das denkt.» Liz folgte seinem Blick. «Als ich damals hierherkam, hatten wir einen Stockman – einen lebendigen –, der erzählt hat, hier würden überall die Kinder der Siedler herumspuken. Die Kinder, die einen schlimmen Tod gehabt hatten. Bei der Geburt oder durch Unfälle oder Krankheiten, vermute ich.»

Die gab es reichlich, dachte Nathan. Die Kindersterblichkeitsrate war extrem hoch gewesen. Bis in die 1920er Jahre hatte kein einziges weißes Baby, das hier im Ort zur Welt kam, überlebt.

In Liz' Augen glänzten Tränen. «Er hat gesagt, diejenigen, die sich verlaufen haben, würden am lautesten rufen. Für den Rest ihres Lebens würden ihre Mums sie im Wind schreien hören. Glaubst du, das stimmt?»

«Dass es hier Gespenster gibt?»

«Dass die Mütter die Schreie ihrer verlorenen Kinder im Wind hören.»

«Ach so.» Er nahm wieder die Hand seiner Mum. «Nein.» Das glaubte er wirklich nicht. Wenn das stimmte, würde die Luft im Outback so laut heulen, dass sich der Staub niemals legen würde.

KAPITEL DREIZEHN

Die beiden Backpacker waren dabei, den Tisch fürs Abendessen zu decken, als Nathan den Kopf zur Küchentür hereinsteckte. Er hatte Liz mit ihren Gedanken unter dem Eukalyptusbaum allein gelassen und war ins Haus gegangen. Simon und Katy blickten auf, und das Besteckgeklapper erstarb, als sie ihn in der Tür stehen sahen. Nathan hatte stark den Eindruck, dass sie ihr Gespräch abrupt beendet hatten.

«Sorry», sagte er, ohne zu wissen, wofür er sich eigentlich entschuldigte. «Habt ihr Bub gesehen?»

Simon schüttelte den Kopf. «Ich dachte, der wäre mit Ihnen und Harry unterwegs.»

«Schon gut. Danke.»

Nathan hörte das leise Gemurmel der beiden erst wieder einsetzen, als er sich schon ein paar Schritte entfernt hatte.

Er fand Bub auf der Couch im Wohnzimmer, die Füße auf Nathans Schlafsack gelegt. Er spielte ein Videospiel, irgendetwas mit viel Geballer und einem maskierten Mann. Camerons Gemälde, im Gegensatz dazu eine friedliche Szene, schaute von der Wand auf sie herab.

«Hey.» Bub blickte kaum auf, als Nathan hereinkam.

«Was machst du da?»

«Nichts. Das.» Er deutete auf den Bildschirm. «Willst du mitspielen?»

«Nein, lass mal.» Nathan zog seinen Schlafsack unter Bubs Füßen weg. «Das ist mein Bett, weißt du.»

«Es ist vor allem die Couch, Kumpel.»

Katy ging an der offenen Tür vorbei und kam gleich darauf mit einem sauberen Geschirrtuch zurück. Bubs Augen folgten ihr mit schmachtendem Blick.

«Scheiße, ich liebe sie.» Er stieß einen dramatischen Seufzer aus.

«Ach ja? Wie heißt sie mit Nachnamen?»

Bub grinste. «Keinen Schimmer, aber ich kann dir sagen, wie sie demnächst mit Nachnamen heißen wird.»

Nathan musste lächeln. «Ich glaube, du kommst ein bisschen zu spät, kleiner Bruder. Wie es aussieht, ist sie vergeben.»

Bubs Miene verfinsterte sich ein wenig. «Ein Verbrechen ist das, eine tolle Frau wie sie mit einem britischen Arschloch wie ihm. Er macht sie nicht mal glücklich.»

«Woher willst du das wissen?»

«Macht sie auf dich einen glücklichen Eindruck?»

«Hab ich noch nicht drüber nachgedacht.»

«Ich würde sie glücklich machen», erklärte Bub mit einem vielsagenden Kopfnicken, für den Fall, dass Nathan seine Absicht nicht voll und ganz begriffen hatte.

«Ja, schon klar. Vergiss das jetzt mal –» Schüsse erklangen aus dem Fernseher. «He, kannst du –» Nathan beugte sich vor und stoppte das Spiel.

«Was soll der Mist?» Dann verflog Bubs Verärgerung ebenso schnell wieder, wie sie aufgeflammt war. «Ist was nicht in Ordnung? Geht's um Cam?»

«Nein. Das heißt, ja, irgendwie schon. Ich wollte mit dir reden. Es –» Nathan stockte. «Ich hab dich gestern Abend gesehen.»

«Was? Wann?» Bubs Augen huschten zur Tür, wo Katy gewesen war, und seine Wangen liefen rot an. Nathan fragte sich, woran er dachte.

«Draußen im Garten», fügte er hinzu.

Bub runzelte die Stirn.

«Wie du auf die Gräber gepinkelt hast.»

«Ach das.» Bub lachte sogar. «Und?»

«Was hast du dir dabei gedacht?»

«Ich hab nur auf Dads Grab gepinkelt. Als hättest du das noch nie gemacht.»

Das hatte Nathan tatsächlich nicht. Möglicherweise weil er nie auf die Idee gekommen war. «Machst du –»

«Was denn?»

«Machst du das oft?»

«Hin und wieder, wenn ich zufällig dran vorbeikomme und muss.»

«Aber … wieso?»

«Nate, Kumpel. Jetzt hör aber auf.» Bub wandte sich wieder seinem Spiel zu und sagte kein Wort mehr.

Nathan war nie auf die Idee gekommen, auf ein Grab zu pinkeln, aber er wusste, dass Bub vielleicht einen etwas stärkeren Anreiz hatte. Im Umgang mit Carl Bright hatte man schnell und früh lernen müssen, ihm wann immer möglich aus dem Weg zu gehen und den Rest der Zeit den Kopf einzuziehen. Bub, als Nachzügler, hatte das nie richtig hingekriegt. Es war nicht seine Schuld, dass er kein Wunschkind gewesen war, aber geholfen hatte es ihm auch nicht. Liz hatte nie auch nur angedeutet, dass Bub nicht willkommen gewesen wäre, als er zwölf beziehungsweise zehn Jahre nach seinen Brüdern zur Welt kam, aber Carl hatte keinen Hehl daraus gemacht.

Es wäre vielleicht nicht so schlimm gewesen, wenn Bub auf Nathan gefolgt wäre statt auf Cameron, den Carl eindeutig am wenigsten ablehnte. Aber Bubs Schwerfälligkeit und seine Probleme damit, die richtigen Worte zu finden, hatten ihren Dad wütend gemacht. Und Bub hatte absolut kein Gespür dafür, wann es passierte. Nathan hatte versucht, ihm zu helfen, ihm erklärt, auf welche Anzeichen er achten sollte, und war selbst frustriert, wenn Bub es nicht schnallte. Auch Cam hatte es versucht, ebenfalls vergeblich. Bub war einfach nicht in der Lage, die Vorboten zu erkennen, um sich selbst zu schützen.

Nathan sah jetzt Bub an, älter, aber irgendwie noch immer derselbe. «Hör mal, Dads Grab ist eine Sache, aber Cam wird auch bald da liegen.»

«Noch liegt er aber nicht da.» Bubs Augen waren gebannt auf den Bildschirm gerichtet. «Außerdem würde ich das bei Cam nie machen, oder?»

«Ich weiß es nicht», sagte Nathan, und Bub blickte jäh auf.

«Cam und ich haben uns prima verstanden. Besser als ihr zwei.»

Nathan öffnete den Mund, doch ein Ruf aus der Küche ersparte ihm die Antwort. Das Essen war fertig.

«Du bringst noch den Baum um, wenn du nicht damit aufhörst», murmelte er, als sie das Wohnzimmer verließen, doch Bub zuckte die Achseln.

«Ist mir scheißegal. Ist doch bloß ein Baum.»

Die Stimmung am Küchentisch wirkte bereits gedämpft. Ilse blickte Nathan an, als er sich neben Xander setzte.

«Wie ist es da draußen gelaufen?», fragte sie sachlich. Sie saß zwischen ihren Töchtern und gab sich offenbar alle Mühe, eine tapfere Miene zu bewahren.

«Ganz okay. Glenn ruft dich demnächst an», sagte er. «Wir durften Cams Wagen mitnehmen. Er steht draußen.»

Ilse nickte schwach. «Danke.»

Nathan spürte eine sanfte Hand auf der Schulter und rückte mit seinem Stuhl ein Stück zur Seite, damit Liz sich setzen konnte. In dem künstlichen Licht sah sie noch schlechter aus. Die Haut um ihre Augen war gespannt und glänzte vom vielen Weinen. Katy stellte ihr einen Teller hin, und Liz starrte mit einem leicht verwirrten Ausdruck darauf. Als das Telefon in der Diele klingelte, schoben Liz und Harry gleichzeitig ihre Stühle zurück.

«Ich geh schon», sagte Liz. «Könnte Glenn sein.»

«Was hat er zu euch gesagt?», fragte Ilse, sobald Liz den Raum verließ.

«Nicht viel mehr, als wir bereits wissen», sagte Harry. «Er hat sich nach Cams Gemütszustand erkundigt. Wollte wissen, wie es auf der Farm so lief.»

«Und was hast du gesagt?» Ilse sah Harry eindringlich an.

«Das Übliche. Dass alles prima lief, dass Cam aber wegen irgendwas bedrückt wirkte.»

«Hat er gefragt, was?»

«Natürlich.»

«Und?»

Harrys Gesicht bewegte sich kaum, aber er hielt die Augen auf Ilse gerichtet. «Und keiner von uns konnte ihm da groß helfen. Er wird also wohl auch mit dir sprechen wollen.»

Ilse warf ihren Töchtern, die jetzt aufmerksam zuhörten, einen Blick zu. «Vielleicht sprechen wir lieber später darüber.»

Einige Minuten lang waren die einzigen Geräusche das Klirren von Besteck gegen Teller und das Ticken der Küchenuhr. Nathan räusperte sich und sah Harry an.

«Ich hab mir überlegt, dass ich morgen zum Lehmann's Hill rausfahre und versuche, den Mast zu reparieren.»

«Gute Idee. Bub kann dir helfen.» Er sah Bub an, der nickte.

«Nicht nötig», sagte Nathan. «Xander kommt mit.»

Harry schüttelte den Kopf. «Es ist ein langer Weg, und da draußen ist die Funkverbindung gestört. Nimm zusätzlich Bub mit.»

Nathan öffnete den Mund, um etwas zu erwidern, als Liz an der Tür erschien, ihr Gesicht seltsam starr. «Glenn will dich sprechen», sagte sie zu Ilse, die aufstand und aus der Küche ging.

«Was ist denn los?», fragte Harry.

«Nichts. Alles in Ordnung.» Liz warf den Mädchen ein verkrampftes Lächeln zu. «Aber kann ich mal kurz draußen mit dir reden, Harry?»

Nathan sah seine eigene Verwirrung in Bubs und Xanders Augen gespiegelt. Sie hörten die Fliegengittertür knallen, als Harry Liz nach draußen folgte, und gleich darauf das Raunen leiser Stimmen auf der Veranda. Die Backpacker wechselten Blicke, das Essen auf ihren Tellern war vergessen.

Eine Minute verstrich, dann noch eine. Niemand kam zurück. Langsam nahmen alle wieder ihre Gabeln und aßen weiter. Nach einer gefühlten Ewigkeit hörte Nathan schnelle Schritte in der Diele und wieder das Quietschen der Fliegengittertür. Das Gemurmel einer weiteren Stimme auf der Veranda, unverständlich, aber mit einem dringlicheren Unterton. *Ilse*, dachte er. Er wartete, doch noch immer kam niemand zurück in die Küche. Schließlich schob er seinen Stuhl nach hinten, und sechs Augenpaare sahen ihn an.

«Bin gleich wieder da.»

Das Gespräch brach ab, als er auf die Veranda trat. Harry verstummte mitten im Wort, und Liz blickte auf. Sie hatte die Arme fest um den Oberkörper geschlungen. Ilse, die anscheinend zwischen den beiden hin und her geblickt hatte, richtete den Blick jetzt starr auf Nathan. Er wusste nicht, ob sie ihm was signalisieren wollte. Die Verandalampe tauchte sie alle in ein kränkliches gelbes Licht.

«Was ist los?»

Niemand antwortete ihm.

«Ich höre?», setzte er nach. «Was hat Glenn gesagt?»

Harry warf Liz einen Blick zu. «Er ist heute Nachmittag die

Polizeiakten durchgegangen, um seinen Bericht zu schreiben, und hat einen Eintrag über Cameron gefunden.»

Nathan stutzte. «Hat Cam irgendwas angestellt?»

«Nein», sagte Liz barsch, und Ilse biss die Zähne zusammen.

«Anscheinend hat jemand vor zwei Monaten auf der Wache angerufen und nach Cameron gefragt», sagte Harry und sah Liz an. «Erzähl du's ihm. Du hast schließlich mit Glenn gesprochen.»

Liz schüttelte den Kopf, eine knappe ruckartige Bewegung. Ilse gestikulierte ungehalten mit einer Hand und sagte: «Herrje, nun erzähl's ihm schon, Harry.»

Harry seufzte. «Irgendjemand hat auf der Polizeiwache angerufen, aber Glenn hat den Anruf nicht entgegengenommen. Er war da eine Woche oder so krankgeschrieben, erinnerst du dich?»

«Vage», sagte Nathan. «Matt ist für ihn eingesprungen.» Die übliche Vertretung aus St Helens. Der Mann war in Ordnung.

«Richtig. Also, Glenn ist ein kleiner Eintrag im Protokoll aufgefallen, und er hat Matt danach gefragt. Matt hat gesagt, eine Frau hätte auf der Wache angerufen und erzählt, sie würde Cameron von früher kennen, und sie wollte wissen, ob er noch auf dieser Farm arbeitet.»

Ilse sah nun mit leerem Blick in die Dunkelheit.

«Matt sagt also ja», fuhr Harry fort. «Bietet ihr an, eine Nachricht zu hinterlassen, aber sie sagt so was wie: ‹Nein, nicht nötig. Wenn Cameron noch da arbeitet, melde ich mich selbst bei ihm.›»

Nathan spürte, wie ein ungutes Gefühl in ihm keimte und sich ausbreitete. «Okay.»

«Matt denkt sich nicht groß was dabei, aber er erzählt Cameron von der Frau, als er ihn ein paar Tage später in der Stadt trifft. Denkt, es ist eine ehemalige Freundin oder so.»

Ilse verschränkte die Arme fest vor der Brust.

«Aber anscheinend war Cam nicht besonders erfreut über die Nachricht», sagte Harry. «Er hat zu Matt gesagt, er wäre nicht daran interessiert, von ihr zu hören. Er sollte weder seine Telefonnummer noch seine E-Mail-Adresse weitergeben. Sie abwimmeln, falls sie noch mal anruft. Matt denkt also, alles klar. Alte Freundin.» Harry schielte zu Ilse hinüber. «Neue Freundin vielleicht. Geht ihn nichts an. Und das war's. Kurze Notiz ins Protokoll, aus den Augen, aus dem Sinn.»

Die Falten in Harrys Gesicht vertieften sich.

«Bis das jetzt passiert ist», sagte er. «Glenn hat den Eintrag heute Nachmittag gesehen, hat sich die Geschichte von Matt erzählen lassen und sich gedacht, er ruft uns mal an und fragt, ob bei dem Namen der Frau irgendwas klingelt.»

«Jetzt mach's nicht so spannend, Mann», sagte Nathan. Liz begutachtete die Verandadielen, und Ilse starrte noch immer hinaus in die Dunkelheit.

«Es war Jenna Moore.»

Nathan atmete aus. «Scheiße.» Er hatte den Namen seit über zwanzig Jahren nicht mehr gehört, und er musste tief graben, um die Erinnerung richtig zutage zu fördern. Verdrängt und verstaubt stieg sie durch die Jahre nach oben und rastete ein, und da klingelte es bei Nathan nicht nur, in seinem Kopf schrillten die Alarmglocken.

KAPITEL VIERZEHN

Sie machten sich kurz nach Tagesanbruch auf den Weg zum Lehmann's Hill. Nathan saß am Steuer, Bub neben ihm und Xander auf der Rückbank.

Er verstellte die Spiegel, als die Sonne grellrot hinter ihnen aufstieg und ihn blendete. Der Himmel wölbte sich riesig über dem vollkommen flachen Horizont, während sie nach Westen fuhren, in Richtung Wüste. An deren Rand angekommen, würden sie nach Norden biegen und die Dünen sehen: gewaltige Sandgipfel, die sich über Hunderte von Kilometern gen Süden erstreckten.

Xander hatte Nathan geholfen, die Anleitungen und das Werkzeug für die Reparatur des Mastes aus Camerons Wagen zu holen. Die Ausrüstung war vollständig. Falls Cameron gar nicht vorgehabt hatte, zu dem Mast zu fahren, so hatte er sich alle Mühe gegeben, das zu verbergen.

Das Haus war kaum hinter ihnen verschwunden, als Xander sich auch schon auf der Rückbank vorbeugte. «Was war denn nun mit dieser Frau, über die alle tuscheln?»

Die Frage hatte ihm offensichtlich auf der Seele gebrannt, und Nathan konnte es ihm nicht verdenken. Keiner hatte mehr ans Abendessen gedacht, während Nathan mit Ilse, Harry und Liz auf der Veranda stand und alle wild durcheinanderflüsterten. Es dauerte nicht lange, bis Lo und Sophie durch die Fliegengittertür lugten, um nachzusehen, was los war, dicht gefolgt von Xander.

Ilse hatte die Mädchen hastig zurück ins Haus bugsiert, angeblich, um sie ins Bett zu bringen, und war nicht wiedergekommen. Nathan hatte Xander angesehen und den Kopf geschüttelt – *Jetzt nicht* –, und der Junge hatte sich widerwillig zurückgezogen. Liz war schließlich steifbeinig und mit roten Augen ohne ein weiteres Wort ins Haus gegangen. Leises Schluchzen drang nach draußen in die Abendluft. Nathan war nicht sicher, wer da weinte. Er und Harry hatten weitergeredet, bis es Zeit war, den Generator abzuschalten, dann hatte Nathan stundenlang wach auf der Couch gelegen. Seine Augen fühlten sich im Morgenlicht trocken an, und er rieb sie mit den Knöcheln. Das machte es nur noch schlimmer.

«Jenna Moore», sagte Bub auf dem Beifahrersitz. «Wegen der sind alle so nervös.»

«Hast du damals irgendwas mitgekriegt?», fragte Nathan. Es war alles vor Bubs Zeit gewesen. Er konnte höchstens sieben gewesen sein, als es passierte, hatte Nathan sich ausgerechnet.

Bub zuckte mit den Achseln. «Dies und das.»

Nathan merkte, dass Bub und Xander ihn erwartungsvoll ansahen. Ein Stück weiter vorn trottete ein Rind über die Piste. Nathan bremste ab, um es vorbeizulassen, doch auf einmal blieb es stehen, drehte den Kopf und sah sie an. Nathan stoppte und wartete, drückte dann auf die Hupe. Das Rind rührte sich nicht, sondern blinzelte nur langsam.

«Verdammt. Bin gleich wieder da.»

Er zog die Handbremse und sprang aus dem Wagen, ging dann langsam auf das Tier zu. Prompt setzte es sich wieder in Bewegung, gefolgt von einer kleinen Herde, die am Rand der Piste gewartet hatte. Nathan ließ automatisch einen prüfenden Blick über die Rinder schweifen. Sie sahen gesund und gut genährt aus. Cameron – oder Bub, Harry, wer auch immer, korrigierte er sich schnell – würde sie problemlos verkaufen können, wenn es so weit war.

«Also», sagte Xander und beugte sich vor, als Nathan wieder einstieg. «Wer ist Jenna Moore?»

Nathan konzentrierte sich auf die Straße, während er fuhr. Ihm wurde klar, dass er die Geschichte noch nie jemandem erzählt hatte – es hatte ihn auch noch nie jemand danach gefragt –, und auf einmal wusste er gar nicht, wo er anfangen sollte.

«Die Sache ist viele Jahre her», sagte er schließlich. «Ich war neunzehn, Cam muss also siebzehn gewesen sein. Ja, genau, weil er nämlich noch nicht volljährig war.»

Auf dem Beifahrersitz lachte Bub kurz auf, amüsiert von der Vorstellung, dass das gesetzliche Mindestalter für Alkoholkonsum in Balamara tatsächlich mit einer gewissen Strenge beachtet wurde.

«Es war etwa um diese Zeit im Jahr», fuhr Nathan fort. «Die Woche zwischen Weihnachten und Neujahr, wenn alle wieder nach Hause kommen. Alle Farmerskinder waren zurück von der Schule oder der Uni oder einem Job in der Großstadt oder was immer sie so gemacht haben.»

Cameron hatte Schulferien vor seinem letzten Jahr auf dem Internat in Brisbane, während Nathan seine Zeit zwischen der Arbeit auf Burley Downs und einem heißen Flirt mit der goldhaarigen Jacqui Walker von der Nachbarfarm aufteilte.

«Draußen in den Dünen fand eine Party statt», sagte er. «Ich weiß nicht mal mehr, wer sie organisiert hat. Welche von den Atherton-Jungs, glaube ich. Jedenfalls sind wir alle hingefahren. Ein paar von denen, mit denen wir damals zusammen in der *School of the Air* Unterricht hatten, ein paar Farmhelfer, Backpacker und so weiter. Die meisten hatten die Schule schon längst hinter sich, waren also eher in meinem Alter als in Cams, aber er war mit eingeladen. Alle kannten ihn natürlich.»

Es war ein schöner Abend gewesen, erinnerte Nathan sich. Warm, aber ausnahmsweise nicht zu warm, und der pechschwarze Himmel war übersät mit Sternen, als sie ihre Pick-ups und Geländewagen im Sand parkten. Irgendwer zündete ein Lagerfeuer an und drehte die Musik auf, während der Alkohol herumgereicht wurde.

Nathan war mit Cameron hingefahren und hatte Jacqui gleich, als sie ankamen, am Feuer entdeckt. Sie saß mit einem anderen Mädchen zusammen, das über irgendetwas lachte und sich im orangen Schein der Flammen träge das dichte Haar flocht und wieder entflocht. Sie tranken beide Bier. Jacqui hatte Nathan gesehen und ihn so angelächelt, wie sie das in letzter Zeit öfter tat, und Nathan konnte gar nicht schnell genug aus dem Wagen steigen. Er hatte fast vergessen, dass Cameron bei ihm war, bis sein Bruder plötzlich neben ihm stand und einen großen flackernden Schatten auf die Erde warf.

«Das Mädchen, Jenna, arbeitete auf der Farm von Jacquis Dad», sagte er. «Sie war eine Backpackerin aus England und mit ihrem Freund unterwegs. Der Freund, der auch auf der Farm arbeitete, hatte nicht freigekriegt, deshalb war sie mit Jacqui allein zu der Party gekommen.»

Es waren ungewöhnlich viele Leute da gewesen. Sobald eine Flasche Bier leer war, wurde eine neue aufgemacht, und es wurde gelacht und geplaudert, und die Stimmung unter den Feiernden, die sich teilweise seit Jahren nicht mehr gesehen hatten, war ausgelassen. Im Laufe des Abends wurde es mal voller, wenn weitere Leute eintrudelten, mal wieder leerer, wenn Pärchen – schon bestehende und ganz frische – ihre seltene Zeit zu zweit ausnutzten und für eine halbe Stunde zusammen in den dunklen Dünen verschwanden. Nathan saß auf heißen Kohlen. Weder er noch Jacqui wurden zu Hause zurückerwartet, und sie hatten geplant, in der Stadt im leeren Haus eines Freundes zu übernachten. Cam würde sich zum Schlafen hinten in den Wagen legen.

Nathan erinnerte sich daran, wie er die Arme um Jacqui gelegt hatte und wie ihr Haar im Schein des Lagerfeuers schimmerte, als sie ihn anlächelte. Er wusste, was ihn später erwartete, und fand das Leben im Allgemeinen einfach großartig. Er war nicht mehr sicher, wann ihm Cameron und Jenna das erste Mal zusammen aufgefallen waren. Vielleicht als Jenna aufgestanden war, um für sie beide noch ein Bier zu holen. Sie hatte die Arme über den Kopf gereckt, sodass ein Streifen glatte Haut zum Vorschein kam, während Cam zu ihr hochschaute. Sie hatte auf jeden Fall genau gesehen, dass Cam ihr nachschaute, als sie langsam zur Kühlbox ging und langsam wieder zurückkam, um sich dann erneut dicht neben ihn zu setzen. Das hatte Nathan noch deutlich vor Augen.

«Jenna war älter, daran erinnere ich mich», sagte Nathan. «Ich glaube, so um die zwanzig.»

Cameron war damals gerade in diesem schwierigen Zwischenstadium. In seiner Schuluniform, mit gewaschenem Gesicht und gekämmtem Haar, sah er aus wie ein Teenager. In seinen Arbeitsklamotten auf der Farm, Rücken, Schultern und Unterarme von körperlicher Arbeit gestählt, konnte er leicht für einen Mann gehalten werden. In dem flackernden Feuerschein und durch einen Alkoholschleier gesehen, hätte er beides sein können.

«Und Cam war offensichtlich interessiert», sagte Nathan. «Ein paar Leute haben gesagt, dass Jenna einen Freund hatte, der auf der Farm geblieben war, aber das schien sie nicht zu kümmern, also kümmerte es auch keinen von uns. Ich habe sie auch nicht viel mit anderen reden sehen, sie und Cam waren fast den ganzen Abend zusammen.»

Nathan hatte schon ein paar Bier intus, als er das nächste Mal hinüberschaute und Jenna im Sand am Lagerfeuer sitzen sah, gegen Camerons Beine gelehnt. Cam sagte etwas, und sie lachte. Er sagte wieder etwas, und sie wandte ihm das Gesicht zu, sodass es dicht vor seinem war. Sie hatten beide eine Flasche Bier in einer Hand. Ihre freien Hände waren ineinander verschlungen.

Als Nathan das nächste Mal rüberschaute, küssten sie sich, und Cameron strich mit der Hand über Jennas halb geflochtenes Haar. Nathan hatte sich flüchtig gefragt, ob er rasch ein Gespräch von Mann zu Mann mit seinem kleinen Bruder führen sollte, aber stark vermutet, dass Cam ihm dafür nicht dankbar wäre. Dann hatte Jacqui sich auf die Zehenspitzen gestellt und Nathan etwas ins Ohr geflüstert, und auf einmal war es Zeit gewesen zu gehen.

Sie hatten Cameron Nathans Autoschlüssel zugeworfen und ihm gesagt, er solle Jenna später zurück in die Stadt bringen oder ihr eine andere Mitfahrgelegenheit besorgen, dann waren sie so schnell wie möglich mit Jacquis rotem Geländewagen zu dem leeren Haus ihres Freundes gefahren.

Nathan warf Xander jetzt im Rückspiegel einen Blick zu.

«Ich bin also mit deiner Mum mitgefahren, damit sie sicher zurück in die Stadt kam –»

Bub grinste, und Xander tat so, als würde er es nicht merken.

«– und am nächsten Morgen sind wir ein paar Leuten von der Party über den Weg gelaufen. Ein Mädchen, das Jacqui kannte, und zwei Jungs von der Atherton, und alle haben darüber geredet, dass Cam und Jenna, nachdem wir weg waren –» Er sah seinen Sohn im Spiegel und stockte.

«Gevögelt haben», half Bub ihm auf die Sprünge.

«Ja. Danke, Bub.»

Es war wirklich ziemlich lustig gewesen, erinnerte Nathan sich. Sie hatten alle drüber gelacht. Cameron Bright, in den Schulferien zu Hause, hatte es doch tatsächlich geschafft, eine Backpackerin hinter den Dünen flachzulegen.

«Das war's. Ein bisschen ablästern. Ein ziemlich normaler Morgen danach», sagte Nathan. «Ich fand Cam in meinem Wagen hinter der Tankstelle, wo er mit einem ziemlich zufriedenen Ausdruck im Gesicht seinen Rausch ausschlief. Jacqui hat sich auf die Suche nach Jenna gemacht, und Cam und ich sind nach Hause.»

Jenna hatte in der Personalunterkunft vom Pub geschlafen, zusammen mit ein paar anderen Aushilfskräften. Auf der Fahrt zurück zur Farm hatte sie okay gewirkt, hatte Jacqui ihm später erzählt. Ein bisschen still. Vielleicht verlegen. Eindeutig verkatert. Aber okay. Sie hatte von sich aus kein Wort über Cameron gesagt, und Jacqui hatte nicht gefragt.

«Und damit hatte es sich, für etwa einen Tag», sagte Nathan.

Cam hatte auf dem ganzen Nachhauseweg mit einem idiotischen Grinsen aus dem Beifahrerfenster geschaut. Und er grinste noch immer, als am nächsten Nachmittag der Anruf kam.

«Und dann?» Xander beugte sich weiter vor.

«Dann hat Jenna gesagt, sie wäre nicht mehr okay.»

KAPITEL FÜNFZEHN

Als Carl Bright den Hörer aufgelegt hatte, war seine Wut besonders bedrohlich. Es war die eiskalte Art von Wut, die ihn besonders unberechenbar machte und Nathan besonders vorsichtig. Er hatte seine ältesten Söhne zu sich gerufen.

«Ihr zwei. Herein mit euch.»

Nathan und Cameron hatten sich gegenseitig angerempelt, um nicht Letzter zu sein. Sie hatten mit dem Rücken an der Wand gestanden, und Carl hatte auf das Telefon gezeigt. Als er sprach, war seine Stimme leise, was sie umso beängstigender machte.

«Was ist das für ein Mist, den ich da über irgendein Mädchen höre?»

Nathan starrte jetzt geradeaus auf die Straße. Bub beobachtete ihn von der Seite, und Xander saß weiterhin vorgebeugt. Nathan versuchte, das alte Gefühl abzuschütteln, das ihn beschlich, doch es gelang ihm nicht ganz.

«Die Geschichten über die Party machten offenbar die Runde», sagte er. «Anscheinend hatte Jennas Freund herausgefunden, was da mit Cam gelaufen war, und war nicht gerade begeistert, wie man sich vorstellen kann.» Er schwieg einen Moment. «Und dann waren Jenna und ihr Freund auf einmal wieder in der Stadt und in der Krankenstation.»

Dort hatte Jenna sich einem jüngeren Steve Fitzgerald anvertraut, der damals gerade mit jugendlich frischem Gesicht seine Stelle in Balamara angetreten hatte. Anschließend hatten sie und ihr Freund die Straße überquert und waren in die Polizeiwache gegangen. Bei einer Tasse Tee hatten sie mit dem damaligen Sergeant gesprochen. Das war noch nicht Glenn gewesen, aber ein Cop von ähnlichem Schlag. Als die beiden gegangen waren, hatte der Sergeant aus Höflichkeit unter Einheimischen bei den Brights zu Hause angerufen. Nathan konnte sich noch gut an Liz' Miene erinnern, als sie von den Vorwürfen erfuhr. Verschiedene Spielarten derselben zwei Emotionen: Entsetzen und Fassungslosigkeit.

«Was hat Jenna der Polizei erzählt?», fragte Xander.

«Dass sie keinen Sex mit Cameron hatte haben wollen, aber zu betrunken gewesen war, um ihn zu stoppen», sagte Nathan.

Im Wagen machte sich bestürztes Schweigen breit.

«Sie hat gesagt, Onkel Cam hätte sie *vergewaltigt*?» Xander klang geschockt.

«Ich glaube, das Wort selbst ist nicht gefallen», sagte Nathan. «Der Cop damals meinte, sie habe sich nicht so ausgedrückt.»

Liz hatte sofort mit Cameron in die Stadt fahren wollen, um mit Steve Fitzgerald und dem Sergeant zu sprechen – wenn möglich vielleicht sogar mit Jenna selbst – und die Sache zu klären. Carl hatte es ihr verboten. *Der Junge wird nicht zu Kreuze kriechen, nur weil irgendeine hochnäsige Schlampe es sich am nächsten Morgen anders überlegt hat, klar?* Cameron hatte mit weißem Gesicht dagestanden. Niemand hatte ihn gefragt, was er machen wollte.

«Jennas Behauptung verbreitete sich wie ein Lauffeuer in der Stadt. Aber –» Nathan verstummte, die Augen auf die Piste gerichtet. «Aber auf der Party waren jede Menge Leute gewesen, und die beiden hatten sich den ganzen Abend befummelt. Das haben alle gesehen. Ich hab's gesehen, deine Mum hat's gesehen, Xander. Alle, die da waren, haben dasselbe gesagt.»

Sogar Leute, die gar nicht auf der Party gewesen waren, behaupteten schließlich, sie hätten es gesehen. Jenna war volle drei Jahre älter als Cameron, der noch zur Schule ging, verdammt noch mal. Und sie war es, die den Jungen den ganzen Abend mit Alkohol abgefüllt hatte, obwohl er als Minderjähriger eigentlich gar nicht hätte trinken dürfen. Außerdem waren viele andere Mädchen auf der Party gewesen – vernünftige Outback-Mädchen, die sich von irgendwelchen dummdreisten Typen nichts gefallen ließen –, wenn Jenna also nicht gewollt hätte, dass mit Cameron hinter den Dünen was lief, hätte sie nur schreien brauchen, und ihr wäre sofort geholfen worden. Sie hatte sich anschließend von ihm zurück in die Stadt fahren lassen. Wenn es einer von den anderen Typen aus der Stadt gewesen wäre, ja, vielleicht hätte man ihr dann geglaubt. Aber nicht Cam Bright. Er war noch ein halbes Kind, und außerdem einer von den Guten. Er war ja kaum alt genug, um zu kapieren, was er da gemacht hatte.

Nathan kam zu der Stelle, wo die Piste eine Biegung machte, und der Wagen ruckelte, als die Räder über eine holprige Stelle rollten.

«Vorsicht», sagte Bub. «Irgendwo hier hab ich mir neulich die Platten gefahren.»

«Hier?» Nathan konnte die Kuppe des Lehmann's Hill in der Ferne ausmachen. Er sah zu Bub rüber. «Ich dachte, du wärst von der Nordweide gekommen, um dich mit Cam zu treffen?»

Sie rollten durch ein Schlagloch, und Nathan musste die Augen wieder auf die Straße richten, als der Wagen ins Schlingern geriet.

«Die Piste war zu sandig», sagte Bub. «Hab einen Bogen fahren müssen. Die gefährliche Stelle ist ein Stück weiter, ich sag Bescheid, wenn ich sie rechtzeitig sehe.»

Nathan überlegte noch, wo Bub wieder auf die Piste gekommen war, als Xander ihn aus seinen Gedanken riss.

«Und was ist passiert, nachdem Jenna mit der Polizei gesprochen hatte?»

Nathan dachte einen Moment nach. «Eigentlich nichts.»

«Nichts?»

«Nein. Ich meine, es herrschte ein oder zwei Tage eine ziemlich angespannte Atmosphäre. Dad war nicht glücklich.» Es war eine Sache, wenn Carl Bright seine eigenen Söhne zur Schnecke machte, aber etwas völlig anderes, wenn jemand Fremdes in der Öffentlichkeit schlecht über einen von ihnen redete. Besonders wenn dieser eine Cameron war. «Aber die Sache verpuffte, bevor sie richtig losging.»

«Was, einfach so?» Xander zog die Stirn kraus.

«Ja. Jennas Freund beruhigte sich anscheinend wieder. Jacqui erzählte, dass sie beide zu ihrem Dad gegangen sind und gesagt haben, sie hätten noch mal drüber nachgedacht und wollten die Sache vergessen. Sie kündigten. Am nächsten Tag packten sie ihre Sachen und reisten ab. Und das war's.»

Camerons Gesichtsfarbe hatte sich im Laufe der folgenden Woche allmählich wieder normalisiert. Da er nicht angezeigt worden war, galt er bei der Polizei weiterhin als unbeschriebenes Blatt, was eine ganze Reihe von Leuten in der Stadt nicht von sich behaupten konnten. Und es war auch durchaus fair, so lautete jedenfalls die vorherrschende Meinung. Es wäre nicht fair gewesen, wenn irgendeine betrunkene Backpackerin aus Katzenjammer einem guten Jungen wie Cam das Leben ruiniert hätte.

Xander lehnte sich auf seinem Sitz zurück. «Und er hat nie wieder was von Jenna gehört?»

«Soweit ich weiß, nein.»

«Und warum jetzt?»

«Ja. Gute Frage.»

Cameron war übertrieben vorbereitet gewesen, wie immer, dachte Nathan, als er auf dem Lehmann's Hill stand. Sie hatten es ohne Reifenpanne ans Ziel geschafft. Als der Boden sandiger geworden war, waren Nathan und Bub ausgestiegen und hatten etwas Luft aus den Reifen gelassen, um nicht stecken zu bleiben. Sie waren auf die Kuppe gefahren und hatten in der gleißenden Sonne den Verstärkermast untersucht.

Nathan war fast auf Anhieb klar, dass sie die Reparaturanleitungen, die Cameron umsichtig ausgedruckt hatte, ehe er am zweitletzten Morgen seines Lebens von zu Hause losgefahren war, genauso wenig brauchen würden wie die meisten Werkzeuge, die er eingepackt hatte. Der Mast auf dem Lehmann's Hill hatte keine ernsthaften Schäden, sondern lediglich witterungsbedingte Verschleißerscheinungen. Eine gründliche Reinigung von Sand und Steinchen und ein paar neue Drähte, und er wäre wieder wie neu. Für die Reparatur waren keine zwei Männer erforderlich, geschweige denn drei, daher erledigte Nathan die Arbeit allein, während die anderen zuschauten.

«Reich mir mal den kleinen Schraubenzieher, Bub», sagte Nathan eine Stunde später.

Bub reagierte nicht. Er stand mit dem Rücken zur Wüste, die Arme verschränkt, und starrte hinaus auf ihr Land. Xander saß nicht weit entfernt im Wagen und wartete auf die Anweisung, das Funkgerät auszuprobieren.

«Bub? Der Schraubenzieher da.»

«Sorry.» Bub reichte ihn ihm. «Ich hab bloß über was nachgedacht.»

«Ach ja?» Nathan verzog das Gesicht, als eine Windböe ihm Sand in den Mund wehte.

«Ich hätte früher wieder fahren sollen.»

«Wie meinst du das?» Nathan richtete sich auf.

Bub nahm einen kleinen Stein in die Hand und spielte mit

ihm, ehe er ihn den Hügel hinunterwarf. Er rollte nach der Landung noch ein ganzes Stück weiter. Es war ihm nichts im Weg. Der Lehmann's Hill war nicht sonderlich hoch, aber hoch genug, um eine gute Aussicht zu bieten. Von da oben gesehen leuchteten die Weiden rot und grün, und Nathan konnte die fernen Schatten vereinzelter Rinderherden sehen, die langsam dahinzogen. Sie waren winzig. In der anderen Richtung, nach Westen hin, war alles still. Die Wüste sah makellos und unberührt aus, mit vollkommenen Rippeln im Sand. Nathan hatte die Landschaft schon so oft und auf so vielfältige Art gesehen, dass er bisweilen blind für sie war, doch manchmal, im richtigen Licht, war sie atemberaubend.

«Ich hätte nicht so verdammt lange auf Cam warten sollen. Ich habe eine Ewigkeit hier oben im Wagen gesessen.» Bub blinzelte in die Ferne. Bis auf das gelegentliche Wogen von Schatten bewegte sich fast nichts. «Keine Ahnung, warum. Man kann doch sehen, dass keiner kommt.»

Das stimmte. Ein fahrendes Auto war normalerweise leicht zu erkennen.

«Das war nicht deine Schuld, Mann», sagte Nathan nach einem Moment. «Er hätte irgendwo geparkt haben können. Oder aus einer anderen Richtung kommen können.»

«Ja, vielleicht. Aber selbst wenn du es nicht sehen kannst, kannst du es manchmal irgendwie spüren, findest du nicht?», sagte Bub. «Wenn jemand in der Nähe ist?»

Nathan nickte. Manchmal. Irgendwie.

«Jedenfalls, ich hab überhaupt nichts gespürt. Wenn ich dann losgefahren wäre, es zur Piste geschafft hätte, bevor es dunkel wurde, hätte ich früher Alarm schlagen können. Vielleicht wäre es noch nicht zu spät gewesen.» Bub senkte den Blick. Xander beobachtete sie, außer Hörweite, vom Auto aus.

«Ich hätte auch gewartet», sagte Nathan schließlich.

«Ehrlich?» Bub blickte auf.

«Ja.» Es stimmte. «Du warst hier mit ihm verabredet, du hast hier gewartet. Das ist völlig in Ordnung.»

Bub antwortete nicht sofort. «Ich war sauer auf ihn. Deshalb bin ich so lange geblieben.» Er sah Nathan nicht in die Augen. «Ich hab gedacht, er wäre im Sand stecken geblieben oder hätte selbst eine Reifenpanne. Und ich wollte ihn eine Weile schmoren lassen.»

«Wieso warst du sauer auf ihn?»

«Es war bescheuert. Eigentlich wegen nichts.» Er seufzte. «Ich hab ihm gesagt, dass ich überlege, nächstes Jahr nach Dulsterville zu gehen. Kängurus jagen.»

«Ernsthaft?» Nathan war überrascht. Ihm war nie der Gedanke gekommen, dass Bub die Farm eines Tages würde verlassen wollen.

«Ja, ich hab gedacht, vielleicht mach ich das. Warum nicht?» Bub klang trotzig.

Es sprach nichts dagegen, dachte Nathan. Die Kängurujagd wäre gar keine so schlechte Alternative für ihn, und in Dulsterville war es der Hauptwirtschaftszweig, es gäbe dort also reichlich Arbeit. Nathan war auf der Fahrt nach Osten einige Male durch den kleinen Ort im Outback gekommen. Er hatte die umgebauten Pick-ups gesehen, die für die nächtliche Arbeit bereitstanden. Mit ihren Suchscheinwerfern und den an die Türen montierten Gewehrstützen, die es ermöglichten, durch die offenen Fenster zu schießen. Große, mit Spitzen versehene Körbe am Heck zum Aufhängen der Kadaver. Die Sammelstelle am Ortsrand, wo die erlegten Kängurus in Bares für die Jäger und in Tierfutter und Fellprodukte für Verbraucher verwandelt wurden. Es war ein Broterwerb.

«Und? Machst du's?», fragte Nathan.

Bub schüttelte den Kopf. «Cam fand es idiotisch. Er hat

gesagt, ich sollte bleiben und mich auf die Dinge hier konzentrieren.»

«Na und? Du brauchst Cams Erlaubnis nicht.»

«Ich brauche aber Geld. Bargeld, meine ich. Nicht, was in langfristigen Immobilienfonds oder wie das heißt angelegt ist. Ich muss mir die Ausrüstung besorgen, den Land Cruiser umbauen lassen. Ich brauch was zum Wohnen und so weiter.» Bub blinzelte in die Sonne. Sein Gesichtsausdruck war schwer zu deuten. «Ich hab um nichts gebeten, was mir nicht zusteht. Ich wollte bloß einen Teil von dem Geld – *meinem Geld* –, das in dieser Farm steckt.»

«Cameron hat nein gesagt?»

«Nicht direkt. Aber ich sollte noch mal drüber nachdenken. Ihn nächstes Jahr noch mal drauf ansprechen. Sichergehen, dass ich das Richtige tue.»

«Klingt vernünftig.»

«Aber was hältst du von der Idee?» Bub schien ehrlich interessiert.

«Ich? Keine Ahnung, Mann.» Auch wenn Camerons und Bubs Interessen sich nicht unbedingt deckten, war Cams Vorschlag, Bub sollte noch mal darüber nachdenken, vermutlich ganz vernünftig gewesen. «Kommt drauf an. Du solltest jedenfalls nichts überstürzen. Ich meine, ich hab nur meinen halben Anteil verkauft und bin trotzdem in der Scheiße gelandet.»

«Ja, kann sein.»

Bub blickte niedergeschlagen, und Nathan empfand ein wenig Mitleid. Ehrlicherweise musste er zugeben, dass sein Bruder bestimmt ein guter Kängurujäger wäre. «Hör mal», sagte er. «Der Plan klingt gar nicht so schlecht.»

«Tja, erzähl das mal Cam.» Ein beklommener Moment entstand. «Es wäre wirklich nicht schlecht. Hast du selbst mal dran gedacht? Leicht verdientes Geld.»

«Nein, das ist nichts für mich.»

«Hast wohl nicht den Mumm dazu, was?»

«Ja, könnte stimmen.» Nathan bemühte sich um einen möglichst beiläufigen Tonfall. «Außerdem hab ich nicht mehr die erforderliche Lizenz.»

«Wie?» Bub starrte ihn ungläubig an. «Soll das heißen, du hast keinen Waffenschein mehr?»

«Genau.»

«Wieso nicht?»

«Abgelaufen.»

«Soll das ein blöder Witz sein, Mann? Wann?»

«Vor ein paar Monaten, glaub ich.»

Genau genommen vor knapp sechs. Im letzten Jahr, nach dem Tod seiner Hündin Kelly, hatte Nathan gespürt, dass sich irgendetwas in ihm veränderte. Steve hatte ihn aus der Krankenstation angerufen und war mit ihm einen Fragebogen über sein allgemeines Befinden und so durchgegangen. Nathan hatte seine Antworten etwas entschärft, doch von da an waren Glenn oder Steve alle paar Wochen bei ihm auf der Farm aufgekreuzt, weil sie angeblich zufällig in der Gegend zu tun gehabt hatten.

Sie hatten ihm schließlich schon fast leidgetan, weil sie extra den weiten Weg auf sich nahmen, um unter irgendeinem fadenscheinigen Vorwand nach ihm zu sehen. Deshalb hatte er seinen Waffenschein nicht mehr verlängert, auch um die beiden zu beruhigen, wie er sich einredete.

Nathan wusste, dass sie eine Art Gefährdetenliste in ihren Schreibtischschubladen haben mussten, und er wusste auch, dass sein Name darauf stand. Vermutlich weit oben, womöglich sogar an erster Stelle. Jedenfalls gehörte der ungehinderte Zugang zu Schusswaffen wahrscheinlich nicht zu den empfohlenen Behandlungsmaßnahmen, und er konnte sich denken, dass sie das nervös machte. Daher hatte er seine Waffen bei Glenn abgegeben. Jetzt stand Nathans Gewehrschranktür offen, und wenn er hin und wieder mal hineinschaute, war da nur noch eine leere Halterung.

Nathan sah zu seinem Sohn im Wagen hinüber. «Bitte erzähl das nicht Xander. Der reagiert schon mal ein bisschen komisch.»

Bub starrte Nathan noch immer an, als hätte der ihm gerade gestanden, dass er sich den rechten Arm abgehackt und irgendwo verloren hatte. Xander sah den Ausdruck im Gesicht seines Onkels und rief irgendetwas aus dem Fenster. Die Worte verloren sich im Wind.

«Was hast du gesagt?», rief Nathan zurück.

Die Wagentür ging auf, und Xander kam herüber. «Was ist denn los?»

«Nichts. Alles klar?»

«Ja, schon. Aber hör mal, wieso hat Jenna eigentlich nicht Mum erzählt, was passiert ist?», fragte Xander auf eine Art, die verriet, dass er in der vergangenen Stunde gründlich über das Thema nachgedacht hatte. «Als sie zusammen zurück nach Hause gefahren sind?»

Er wirkte verunsichert. Als er fünf Jahre alt war, hatte Onkel Cam ihm ein Pony namens Mr. Tupps geschenkt. Als das Pony ankam, hatte es einen Hut mit Löchern für die Ohren auf dem Kopf, und Xander war vor Freude ganz aus dem Häuschen gewesen. Er hatte Cam monatelang einmal die Woche angerufen, um ihm irgendwelche lustigen Sachen zu erzählen, die Mr. Tupps angestellt hatte.

«Ja», sagte Nathan. «Das haben sich damals auch manche gefragt.»

Jenna und Jacqui hatten fast drei Stunden allein in dem Wagen verbracht. Jenna war offenbar schweigsam gewesen, aber

Jacqui ebenso, die ziemlich übernächtigt und verkatert gewesen sein musste, wenn Nathan sich recht erinnerte.

«Mum hätte ihr geholfen.»

«Jeder hätte ihr geholfen, Junge. Wir sind keine Unmenschen.»

«Das wollte ich damit nicht –»

«Nein, ich weiß. Natürlich hätte deine Mum ihr geholfen. Wenn Jenna was gesagt hätte.»

Aber das war noch nicht alles gewesen, wie Nathan wusste. Nach dem, was in den Dünen passiert war, hatte Cameron Jenna angeboten, sie zurück in die Stadt zu fahren, und sie hatte eingewilligt. Wahrscheinlich hatte sie so spät in der Nacht auch nicht mehr viele andere Möglichkeiten gehabt, wurde Nathan klar, doch als Cam vor dem Pub vorgefahren war, hatte der Wirt gesehen, wie sich vorne in dem Wagen zwei Leute zueinanderbeugten und im trüben Licht der Innenbeleuchtung küssten. Jenna war dann ausgestiegen und im Dunkeln zur Personalunterkunft gegangen.

«Hat völlig normal gewirkt», hatte der Wirt später Gästen erzählt. «Schien alles in Ordnung.»

«Und an dem Vormittag, als sie noch in der Stadt war, hat sie auch keinem was gesagt?» Xander klang skeptisch.

«Nein.»

Was die öffentliche Meinung mehr als alles andere beeinflusste – mehr noch als Camerons nette Art, mehr noch als das, was irgendwer auf der Party gesehen oder nicht gesehen hatte –, war die Tatsache, dass Jenna so lange abgewartet hatte. Am Morgen nach der Party hatte sie in der Bäckerei gesessen und Kaffee getrunken, während sie auf Jacqui wartete. Die Polizeiwache war durch das Fenster der Bäckerei deutlich zu sehen, und die Krankenstation lag am Ende der Straße. Sie war nirgendwo hingegangen.

«Soweit ich weiß, hat sie keinem was gesagt, bis ihr Freund die Geschichten von der Party hörte.» Nathan wischte sich die Hände an seinem Hemd ab und deutete mit einer Kopfbewegung Richtung Auto. «Geh und check mal das Funkgerät. Ob es jetzt Empfang hat.»

«Aber es ist doch total seltsam, dass Jenna ausgerechnet jetzt Kontakt zu Onkel Cam aufnehmen wollte», sagte Xander.

«Ja. Probier das Funkgerät aus.»

«Wenn es nämlich ein Zufall ist, dann ist das Timing –»

«Ich weiß. Das Timing ist scheiße. Funkgerät.»

«Also –» Xander rührte sich nicht. «Hältst du es für möglich, dass auf der Party wirklich was Schlimmes passiert ist?»

«Wenn ja, hätte ich es damals gesagt.» Nathan ging an ihm vorbei zum Wagen, zog die Tür auf und probierte das Funkgerät selbst aus.

«Aber auch wenn du es damals nicht für möglich gehalten hast, heute –» Er hörte Xander näher kommen.

«Kein Aber, Junge.» Ein Piepsen über den Äther. Der Mast sendete wieder. «Es funktioniert. Wir können fahren.»

«Was, wenn –»

«Hör mal –» Nathans Stimme war lauter, als er beabsichtigt hatte, und er holte Luft, zwang sich, leiser zu sprechen. «Wir reden hier über deinen Onkel Cam. Er gehört zur Familie. Du kennst ihn.» *Kanntest ihn.*

«Ja. Ich weiß.» Xander sah zu Boden.

«Er war geschockt, als er gehört hat, was sie behauptete.»

Das stimmte. Cameron hatte auf den Verandastufen gesessen und geweint, mit bebenden Schultern, Liz neben ihm. Sie hatte ihm mit einer Hand über den Rücken gestrichen und mit zwei Fingern der anderen ihren Nasenrücken gedrückt, die Augen fest zusammengepresst.

«Und er hat immer klar und deutlich gesagt, was passiert

war.» Nathan blickte seinen Sohn an. «Er ist in den paar Tagen damals zigmal gefragt worden – von unserem Dad, von deiner Grandma, dem zuständigen Cop –, und er hat immer das Gleiche gesagt.»

Cam hatte Jenna auf der Party kennengelernt. Sie hatten sich unterhalten, sie hatten ein paar Bier getrunken, sie waren hinter die Sanddünen gegangen, und sie hatten Sex gehabt. Ja, sie hatten es beide gewollt. Nein, sie hatte ihm nicht erzählt, dass sie einen Freund hatte. Ja, natürlich war sie freiwillig mitgegangen. Nein, sie hatte nichts gesagt, das ihn verunsichert hatte. Absolut nichts. Nicht währenddessen, nicht danach.

Nathan fing an, das Werkzeug um den Mast herum einzupacken.

«Aber wie will denn überhaupt jemand wissen, was wirklich passiert ist?», sagte Xander in einem Ton, der Nathan aufblicken ließ. Bub hatte aufgehört, Sachen in den Wagen zu laden, und beobachtete sie, die Arme verschränkt. Xander blinzelte, wirkte auf einmal ein wenig nervös.

«Ich meine bloß, so, wie du es erzählst, hört es sich an, als könnte niemand mit Sicherheit sagen, wie es wirklich war.»

«Dann hab ich es falsch erzählt.»

«Das mein ich nicht –» Xander stockte. «Aber zwei Menschen können sich an dieselbe Sache unterschiedlich erinnern, und beide glauben, es ist die Wahrheit.»

«Ach ja?»

«Ja. Klar. Du und Mum macht das andauernd.»

«Das ist ja wohl kaum vergleichbar.»

«Ich weiß. Ich will damit nur sagen, es spielt keine Rolle, was andere glauben, was sie gesehen haben oder was Jenna hätte machen sollen. Nur zwei Personen waren tatsächlich dabei und –»

Xander verstummte. Er sprach seinen Gedanken nicht laut

zu Ende, aber das musste er auch nicht. Nathan wusste, was sein Sohn dachte. Nur zwei Menschen waren in der Nacht dabei, und jetzt war einer von ihnen tot.

KAPITEL SECHZEHN

Nach einer Stunde hatten sie eine Reifenpanne.

«Genau», sagte Bub, der die Hände in die Hüften gestemmt hatte und in die Landschaft schaute, während Nathan schwitzend mit dem Wagenheber hantierte, die heiße Nachmittagssonne im Rücken. «Hier in der Nähe bin ich auch liegen geblieben. Ich erinnere mich an die großen Felsen.»

«Na toll. Wäre gut gewesen, wenn du sie früher gesehen hättest», knurrte Nathan. Xander stand bei ihm und versuchte zu helfen, war aber meist im Weg.

«Ja. Stimmt. Hab ich aber nicht.»

«Richtig.»

In der Hitze brauchte Nathan fünfundvierzig Minuten und zwei Liter Wasser, um den Wagen wieder fahrtüchtig zu machen. Sie sprachen kein Wort auf der restlichen Fahrt, die sich wegen der Stille länger anfühlte. Jedes Mal, wenn Nathan einen Blick in den Rückspiegel warf, starrte Xander zum Fenster hinaus, tief in Gedanken.

Das Tageslicht ging in den Abend über, als sie vor dem Haus anhielten. Es war fast Essenszeit, und Nathan konnte die Backpacker hören, während er sich in dem kleinen Bad neben der Diele Öl und Dreck unter den Fingernägeln wegschrubbte. Er kam mit einigermaßen sauberen Händen wieder heraus und stockte, als er Licht unter der Tür zu seiner Linken sah. Das Büro. Jetzt Ilses Büro.

Er hörte eine helle Stimme und öffnete die Tür. Sophie und

Lo hatten sich in einem Wust aus Spielsachen und Büchern auf dem Boden ausgestreckt. Lo lag auf dem Bauch, das Gesicht von ihrem sandblonden Haar verborgen, und kritzelte in einem Malbuch. Sophie, die im Schneidersitz saß, mühte sich mit einem Arm in der Schlinge ab, auf einer Handheld-Konsole zu spielen. Sie erinnerten Nathan plötzlich an ihn und Cameron. In dem Alter waren sie unzertrennlich gewesen, vielleicht nur aus Mangel an anderen Spielkameraden, aber das Ergebnis war dennoch das gleiche. Beide Mädchen fuhren zusammen, als sie Nathan sahen.

«Du hast mich erschreckt», sagte Sophie. Sie stockte. «Ich dachte, du wärst Mummy.»

«Nein. Warum? Dürft ihr nicht hier drin sein?»

Nathan trat ein. Das Büro machte einen gut organisierten Eindruck, mit säuberlich beschrifteten Ordnern und akkurat gestapelten Unterlagen auf dem Schreibtisch. Die aktuelle Personalliste mit den Namen von Simon und Katy als jüngste Neuzugänge lag obenauf. Auf einem großen Wandkalender für die kommenden zwölf Monate waren bereits Liefertermine und fällige Rechnungen und vieles andere mehr eingetragen, was für einen reibungslosen Farmbetrieb erforderlich war. Er ließ den Blick darübergleiten.

«Sophie soll lesen üben, nicht mit ihrem Game spielen», sagte Lo, ohne aufzuschauen. «Deshalb hat sie sich erschreckt.»

«Verstehe.» Auf dem Kalender waren bei einer Reihe von Daten Termine in Rot eingetragen. Die Schrift wirkte zaghaft, und alle Einträge waren später mit schwarzem Stift durchgestrichen worden.

«Mummy hat es uns erlaubt, deshalb dürfen wir hier drin sein», sagte Sophie resolut. «Darfst du auch hier sein?»

«Hmm, ich weiß nicht», sagte Nathan, der noch immer auf den Kalender schaute. Der Raum hatte wirklich was von einer

Sperrzone. Nathan und seine Brüder hatten ihn nie betreten, solange ihr Dad noch das Sagen gehabt hatte.

«Er darf.» Ilses Stimme ertönte von der Tür. Sie lächelte ihn müde an. «Das Essen ist gleich fertig. Räumt schon mal auf, Mädchen.»

Nathans Hände mochten ja sauber sein, aber als Ilse ins Büro kam, war er sich plötzlich nur allzu bewusst, dass sein Hemd steif von getrocknetem Schweiß war und sein Haar voll Staub. Er reagierte nicht, machte nur unauffällig einen halben Schritt zur Seite, als sie neben ihm vor dem Wandkalender stehen blieb. Im Laufe der Jahre hatte er festgestellt, dass es für ihn einfacher war, wenn er einen gewissen körperlichen Abstand zu ihr wahrte.

Nathan hatte sich manchmal gefragt, ob Cameron eigentlich wusste, was das eine Mal zwischen ihm und Ilse passiert war. Falls ja, so hatte er es nicht von Nathan erfahren. Obwohl Nathan hin und wieder, wenn Cam sich wie ein Arschloch verhielt, mit dem Gedanken gespielt hatte, es ihm unter die Nase zu reiben. Gut möglich, dass Cam Ilse gefragt hatte – er hatte gewusst, dass Nathan sich damals für sie interessiert hatte –, aber da Nathan nie ein Wort darüber gehört hatte, war er ziemlich sicher, dass das Geheimnis, das Ilse und er teilten, ein Geheimnis geblieben war.

Nathan hatte das Seine dafür getan, hatte den Mund gehalten und war auf Distanz geblieben, seit er Ilse das erste Mal wiedergesehen hatte, in der Küche dieses Hauses. Es war das erste Weihnachten nach seiner öffentlichen Ächtung. Nichts deutete darauf hin, dass die festliche Zeit irgendwen versöhnlich gestimmt hätte, und Jacqui hatte auf stur geschaltet und sich geweigert, Xander auch nur für ein paar Tage zu ihm zu schicken. Nathan wäre ganz zufrieden damit gewesen, sich einfach eine Decke über den Kopf zu ziehen, aber Liz hatte unbedingt gewollt, dass er mit ihnen zusammen feierte. Schließlich hatte sie ihn so mürbegemacht, dass es leichter war nachzugeben, als sich auf weitere Diskussionen einzulassen. Erschöpft von der Anstrengung und verstaubt von der langen Fahrt, war er in die Küche gegangen, um sich ein Bier zu holen, und hatte sich plötzlich Ilse gegenübergesehen.

Als sie sich umgedreht hatte, den Wasserkrug in der Hand, hatte Nathan tatsächlich für einen verrückten und beglückenden Moment geglaubt, sie wäre seinetwegen da. Dann war Cameron hereingekommen und schnurstracks zu ihr gegangen, was für Nathan ein Faustschlag in die Magengrube gewesen war, der ihm den Atem geraubt hatte.

«Habt ihr zwei euch schon einander vorgestellt?», hatte Cameron gefragt, und Nathan dachte, sein Bruder hätte ihm doch tatsächlich zugezwinkert. Wie benebelt, hatte Nathan gerade mal nicken können. Beim Essen hatte er kein Wort gesagt, während der Rest der Familie mit Camerons neuer Freundin plauderte. Versuche, Nathan mit ins Gespräch einzubeziehen, wurden lediglich mit Brummen quittiert. Er hatte seiner Stimme nicht getraut.

Danach hatte er sich in der Diele herumgedrückt und überlegt, ob er einfach verschwinden könnte, als Ilse zu ihm kam. Sie waren allein, standen nah beieinander, aber nicht zu nah. Auf angemessenem Abstand.

«Schön, dich wiederzusehen», hatte sie gesagt.

«Find ich auch.» Er hatte es ehrlich gemeint und auch wieder nicht.

«Du hast dich gar nicht mehr im Pub blicken lassen.»

«Nein.» Er hatte sich das Kinn gerieben und plötzlich das dringende Bedürfnis gehabt, ihr alles in Ruhe zu erklären. All die Dinge, die ihn so sehr belasteten. Wie schwer die letzten Monate gewesen waren, wie sehr er bereute, was er Keith angetan hatte, wie groß seine Angst vor der Zukunft war. Wie sehr er sie vermisst hatte. Dann war von irgendwo draußen, ganz schwach, Camerons Stimme in die Diele gedrungen. Nathan hatte kurz Luft geholt. «Ich hatte viel um die Ohren.»

«Hab ich gehört.» Ilse hatte gewartet. Dann, als er nichts mehr sagte: «Du siehst aus, als hättest du eine schwere Zeit hinter dir.»

«Mir geht's gut.» Seine Stimme hatte versagt, und er hatte geschluckt. «Es wird alles gut.» Er hatte sie angesehen und gewusst, was er sagen sollte. Die Entschuldigung lag ihm schon auf der Zunge, als irgendwo in der Nähe eine Tür knallte und sie beide zusammenfahren ließ. Ilse hatte einen kleinen Schritt von ihm weg gemacht, dann noch einen. Der angemessene Abstand war nun ein wenig zu groß, um leise zu sprechen.

«Ich hab wirklich nicht erwartet, dich hier zu sehen.» Sie wirkte jetzt beklommen.

«Tja, Cameron ist mein Bruder.»

«Ich weiß, aber er hat gesagt –» Sie stockte. «Nathan, ich hab das nicht gewusst, als ich ihn kennenlernte.» Sie sah ihm in die Augen. «Es tut mir leid.»

Er zwang sich, ihren Blick zu erwidern, und zuckte die Achseln. «Es macht mir wirklich nichts aus.»

Ihr Gesicht verhärtete sich, und ihr Lächeln kam einen Sekundenbruchteil zu spät.

«Gut.»

Vielleicht hatte Ilse nicht gewusst, dass sie Brüder waren, dachte Nathan, aber Cameron hatte es natürlich gewusst. Und schön, Ilse war eine erwachsene Frau, und Nathan hatte schließlich kein Anrecht auf sie gehabt nach nur einer gemeinsamen Nacht in seinem Wagen. Und vielleicht lag er ja auch total falsch, aber Cameron hatte kein bisschen interessiert gewirkt, bis Nathan ihn angerufen hatte.

Bitte, Cam. Da ist eine junge Frau. Sehr nett. Sie arbeitet hinter der Bar.

Ach ja. Die ist in Ordnung.

Zehn Monate später war Sophie zur Welt gekommen, und vier Monate danach hatten Cameron und Ilse geheiratet. Nathan war nicht zur Hochzeit gekommen. Stattdessen war er achtzehn Stunden nach Brisbane gefahren. Er war mit seiner Sorgerechtsvereinbarung in der Hand vor Jacquis Tür aufgetaucht, und sie hatten sich gegenseitig angeschrien, bis jemand die Polizei rief.

Jetzt sah er zu, wie Ilse den Mädchen half, ihre Spielsachen einzusammeln. Sie schien mit den Gedanken woanders, und er hatte das Gefühl, dass sie über irgendwas reden wollte – Jenna Moore, vermutete er –, es aber nicht konnte, weil ihre Töchter im Raum waren. Er deutete auf den Wandkalender und die durchgestrichenen Einträge.

«Was hat das zu bedeuten? Wollte Cam nächstes Jahr die Viehtriebzeiten ändern?»

«Oh.» Ilse erhob sich und trat neben ihn. «Nein. Ich meine, es war eine Überlegung.»

Nathan runzelte die Stirn, während er die Einträge entzifferte. «Was würde das bringen? Sie hier verschieben und hier?»

«Ja, und das Gleiche noch einmal, später.»

Sie nahm einen dicken Terminplaner vom Schreibtisch, klappte ihn auf und zeigte ihn Nathan.

«Wenn man die Termine so verschiebt», sie deutete auf die Seite, und ihre Hand streifte seinen Arm, «lassen sich Engpässe vermeiden und auch das Gerangel um die Saisonkräfte, das wir jedes Jahr mit der Atherton haben. Ich hab mir auch überlegt, wenn wir die Termine mit dir koordinieren würden – nur falls du Interesse hättest, natürlich –, dann hätten wir eine bessere Auslastung.»

Nathan blätterte nachdenklich einige Seiten mit ihrer präzisen Handschrift um. «Ja, vielleicht.»

«Glaubst du, das könnte funktionieren?»

«Ich müsste es mir noch genauer ansehen. Aber es wäre einen Versuch wert.»

«Es war eigentlich Bubs Idee. Ich hab nur die Termine und die Logistik ausgearbeitet.»

«Bub hat sich das ausgedacht?», sagte Nathan überrascht.

«Ich glaube, er war es satt, dass wir Jahr für Jahr dieselben Probleme haben, und er wollte mal was anderes ausprobieren. In so was ist er echt gut. Cameron hat gesagt, das läge bloß an seiner Faulheit, aber wenn es die Abläufe effizienter macht, wieso nicht?»

Nathan hörte Schritte in der Diele. Die Mädchen hatten die letzten Spielsachen weggeräumt. Lo schien sie sorgfältig zu zählen und Teil für Teil genau unter die Lupe zu nehmen, was Ilse mit einem leichten Stirnrunzeln quittierte. Die Bürotür öffnete sich, und sie blickten alle auf, als Bub den Kopf hereinsteckte.

«Mum sagt, ihr sollt zum Essen kommen.»

Er sah, dass Nathan und Ilse den Terminplaner vor sich hatten, und ein Schatten huschte über sein Gesicht, während die Mädchen an ihm vorbei in die Diele liefen.

«Worüber redet ihr?» Bub kam ins Büro. «Geht's um die Farm?» *Ohne mich?*, blieb unausgesprochen.

«Ich hab Nathan von deiner Idee mit den Viehtriebzeiten erzählt», sagte Ilse, und Bub wirkte leicht besänftigt.

«Ach so. Nicht schlecht, was?»

Nathan deutete mit dem Kopf auf den Wandkalender. «Wieso ist das alles da durchgestrichen?»

«Der Plan hatte ein paar kleine Macken», sagte Ilse. «Cam wollte sie ausbügeln, ehe wir große Veränderungen vornehmen.

Er hat überlegt, vielleicht noch ein Jahr alles beim Alten zu lassen, bis wir sicher wären, dass alles funktionieren würde.»

«Ja, genau.» Bub atmete geräuschvoll aus. «Also, Cam ist nicht mehr da, und ich will ihn wirklich nicht schlechtmachen, aber wir wissen doch alle, dass wir es schon so machen würden, wenn Cam selbst auf die Idee gekommen wäre. Sorry, aber das ist sonnenklar. Das Einzige, was an der Idee nicht stimmt, ist, dass es nicht Cams Idee war.»

Bub trat näher an den Kalender, las, was Ilse geschrieben hatte. Es wurde einen Moment lang still im Büro.

«Aber jetzt könnten wir's machen», sagte Bub mit einem allzu beiläufigen Ton in der Stimme. «Wir drei.»

Nathan erkannte, dass Bub bereits darüber nachgedacht hatte, als er sich umdrehte und die beiden ansah. Irgendetwas lag in der Luft, während sie so dastanden. Fast etwas Verschwörerisches, dachte Nathan, und es war nicht unbedingt unangenehm. Er wusste nicht recht, was er sagen sollte, deshalb sagte er nichts, und schließlich zuckte Bub die Achseln.

«Wie auch immer. Denkt drüber nach.» Er ging zur Tür. «Aber nichts kann uns daran hindern.»

Sie sahen ihm nach, und Ilse schüttelte den Kopf, einen seltsamen Ausdruck im Gesicht.

«Hör mal, was Bub eben gesagt hat von wegen, es wäre ja nicht Cams Idee gewesen. Das war nicht der einzige Grund. Und das weiß Bub auch. Jedenfalls ...» Sie warf den Terminplaner zurück auf den Schreibtisch. «Ich weiß nicht. Ich kann jetzt nicht darüber nachdenken. Die Details stehen alle da drin, falls du dir ein besseres Bild machen willst.»

Sie ging aus dem Büro, und Nathan folgte ihr, machte das Licht aus und tauchte den Raum in Dunkelheit. In der Küche war es viel zu warm, und Nathan fühlte sich schlagartig erledigt.

«Wie ist es am Lehmann's gelaufen?», fragte Harry, als er Platz nahm.

«Alles wieder in Ordnung», sagte Nathan. «War keine große Sache.»

«Am Lehmann's Hill müsst ihr vorsichtig sein.» Die leise Stimme schien aus dem Nichts zu kommen, und Nathan brauchte einen Moment, bis er begriff, dass Lo gesprochen hatte. Sie hatte ihren Teller nicht angerührt und malte wie wild auf einem Stück Papier.

«Warum denn?» Ilse strich ihr übers Haar.

«Daddy wollte zum Lehmann's Hill und ist nicht wiedergekommen.»

Ilses Hand verharrte auf dem Kopf ihrer Tochter. «Daddy ist nicht zu dem Hügel gefahren, Lo. Der hat nichts damit zu tun, warum er nicht wiedergekommen ist.»

Einen langen Moment sagte niemand etwas.

«Also, warum, Lo?» Harrys Stimme durchbrach die Stille.

Die Kleine hob die Augen, und als sie sah, dass alle sie anblickten, schaute sie gleich wieder nach unten.

«Lois? Ich hab dich was gefragt.»

«Weiß nicht. Ist egal.» Lo sprach so leise, dass sie kaum zu verstehen war.

Ilse legte einen Arm um sie. «Ist schon gut, Schätzchen.»

«Lass sie reden, Ilse», sagte Harry.

«Sie will nicht.»

«Eben wollte sie noch.»

«Sie ist ein Kind, Harry.»

«Ich will wissen, was sie gemeint hat.

«Ilse hat recht.» Es waren Liz' erste Worte, seit sie alle am Tisch saßen. Sie hatte wieder geweint, das sah Nathan ihr an. In den letzten paar Tagen hatte sie abgenommen, und ihre Gesichtshaut war erschlafft. «Du machst ihr Angst, Harry.»

Lo saß ganz still da, die Augen auf den Tisch gerichtet, schließlich nahm sie ihren Stift und malte weiter.

«Daddy ist nicht wiedergekommen, weil er traurig war», sagte Lo zu dem Papier. «Weil so viele Sachen einfach weg waren.»

Ein kollektiver Seufzer der Erleichterung ertönte rund um den Tisch.

«O Gott, das schon wieder. Ist nicht schlimm, Lo.» Ilse nahm die freie Hand ihrer Tochter zwischen ihre. Sie sah Nathans und Xanders Verwirrung. «Lo hatte eine Weile ein bisschen Angst, hier wäre ein Einbrecher gewesen –»

«Hier war einer!» Lo riss ihre Hand weg. Ihr Gekritzel wurde heftiger.

«Schätzchen, hier war kein –»

«Dann eben ein Geist.»

«Auch kein Geist», sagte Ilse. Sie schüttelte leicht den Kopf und sah Nathan an. «Sie hat gedacht, einige Sachen wären verschwunden. Ein paar von deinen Spielsachen und andere Kleinigkeiten sind verlorengegangen, nicht, Lo?»

«Sie sind nicht verlorengegangen! Hier war einer und hat sie mitgenommen.»

Am anderen Ende des Tisches lachte Simon gezwungen. «Vielleicht war es ja Santa», sagte er, um die Stimmung aufzulockern.

Lo warf ihm einen vernichtenden Blick zu. «Das war nicht Santa.» Sie ließ das Wort *Blödmann* mitschwingen. «Jemand anders. Jemand Böses.»

Sie wurde jetzt wütend, und Ilse nahm ihr den Bleistift aus der Hand.

«Lo, wenn jemand auf der Farm gewesen wäre, würden wir das wissen. Aber hier war niemand.» Doch als Ilse zum Fenster blickte, vor dem der Abendhimmel dunkler wurde, registrierte Nathan ein Zögern in ihrer Stimme. «Wir haben gedacht, ein paar Sachen wären verschwunden, aber wir haben sie wiedergefunden, nicht wahr?»

«Was für Sachen?» Xander beugte sich vor.

«Mein Spielzeug und Anziehsachen», sagte Lo.

«Aber wir haben alles wiedergefunden», erwiderte Ilse mit Nachdruck.

«Nicht alles und nicht sofort. Und außerdem», Lo stieß die Hand ihrer Mutter weg, «hat Daddy seine Sachen gar nicht wiedergefunden.»

«Was meinst du damit?», fragte Harry.

Lo antwortete nicht. Sie wirkte nervös. Ihre Hand glitt ganz langsam auf ihren konfiszierten Bleistift zu, und sie versteckte ihr Gesicht hinter ihren Haaren.

«Nein», sagte Harry mit einer ungewöhnlichen Schärfe in der Stimme. «Antworte bitte, Lo.»

«Schätzchen.» Ilse beugte sich zu ihr. «Was für Sachen?»

«Geld, glaube ich», flüsterte Lo. Nathan hatte Mühe, sie zu verstehen. «Und andere Sachen. Ich weiß nicht, was. Daddy hat sie gesucht, aber er konnte sie nicht finden.»

«Über wie viel Geld reden wir?», sagte Harry, und Ilse sah ihn böse an.

«Herrgott noch mal, sie kann noch nicht bis hundert zählen, da wird sie das ja wohl kaum wissen. Außerdem hat Cam kein Geld vermisst. Oder sonst irgendwas. Mach nicht alles noch schlimmer.»

Los Augenbrauen schossen hoch. «Hat er wohl! Hat er wohl, Mummy. Er hat überall gesucht. Hier war irgendwer.»

«Jenna.»

Jemand hatte den Namen gehaucht. Nathan war nicht sicher, wer, bis Liz erbost über den Tisch zeigte.

«Halt den Mund, Bub. Im Ernst.»

«Und Daddy hat doch Sachen verloren», sagte Lo mit lauterer Stimme. «Ich weiß das, ich hab ihn gesehen. Er hat in den Schuppen gesucht und den Ställen und überall. Ich hab gewusst, dass du mir nicht glaubst, Mummy.»

«Das stimmt nicht.» Ilses Protest wurde von ihrer Tochter fast übertönt. «Wenn Daddy etwas vermisst hat, wieso hat er dann nichts gesagt?»

«Weil er gewusst hat, dass du ihm auch nicht glaubst, genau wie mir.» Lo schrie jetzt. «Wahrscheinlich hat er deshalb gesagt, ich soll es nicht weitererzählen.»

Plötzlich trat Stille ein, und Lo hob eine Hand vor den Mund, als wollte sie die Worte wieder einfangen. Ihr kleines Gesicht lief dunkelrot an.

Ilse saß reglos da. Ihr Blick huschte zu ihrer älteren Tochter, die geschockt aussah. Sophie schüttelte den Kopf. *Keine Ahnung*. Ilse drehte Lo auf ihrem Stuhl herum, sodass sie einander ansahen. «Lo, das ist jetzt sehr wichtig, was genau hat Daddy gesagt?»

Lo schüttelte den Kopf, schwieg wieder.

«Verdammt noch mal.» Harry klang frustriert.

«Harry.» Der warnende Ton in Liz' Stimme war unüberhörbar. Draußen heulten wieder die Dingos los. Sie klangen nahe.

«Lo, ist ja gut.» Ilse beugte sich vor, bis ihr Gesicht auf einer Höhe mit dem ihrer Tochter war. «Du brauchst keine Angst zu haben. Sag einfach die Wahrheit. Bist du sicher, dass Daddy etwas gesucht hat?»

Das kleine Gesicht des Mädchens war ängstlich verkniffen. «Ja, ich hab ihn gesehen.»

«Und Daddy hat gesagt, du sollst es keinem weitererzählen?»

«Nein.» Lo sah ihrer Mutter in die Augen. «Bloß dir nicht.»

KAPITEL SIEBZEHN

Nathan saß auf der Veranda und schaute zu, wie die Dämmerung zunahm. Die Rottöne von Erde und Himmel verschmolzen miteinander, bis sie sich zu einem tiefen Schwarz verdunkelten. Lo hatte keine weiteren nützlichen Informationen liefern können oder wollen, und Ilse hatte sie schließlich ins Bett gebracht.

Beim Wegräumen von Camerons Reparaturanleitungen hatte Nathan eine Gitarre im Dielenschrank gefunden. Xander war in seinem Zimmer und las, also war er mit Duffy auf die Veranda gegangen. Die Gitarre war verstimmt und gab unangenehme Misstöne von sich, während er an den Wirbeln drehte. Auf der anderen Seite des Hofs brannte noch Licht im Wohnwagen der Backpacker, und er hörte Stimmengemurmel. Er konnte nicht verstehen, was gesagt wurde, aber es hörte sich ganz nach einem Streit an. Hinter dem Wohnwagen war undurchdringliche Dunkelheit. Er spielte leise, versuchte gerade, den Schluss eines Songs richtig hinzukriegen, als er hörte, dass die Fliegengittertür aufging.

«Das ist meine Gitarre.»

Sophie lehnte an der Tür, ihr Kopf von dem gelben Licht umstrahlt.

«Sorry. Ich hab sie gefunden.»

«Nicht schlimm. Hast *du* den Song geschrieben?» Sie setzte sich ihm gegenüber, als er weiterspielte.

«Ja. Vor fast zehn Jahren.»

«Hat er einen Namen?»

Er hatte ihn für Ilse geschrieben. «Nein», sagte er. «Ohne Titel. Hast du eine Idee?»

«Ich weiß nicht. Er klingt ein bisschen traurig. Aber auch nach Hoffnung. Irgendwie. Du könntest ihn ‹Sonnenaufgang› oder so nennen.»

«Ein guter Titel.» Jedenfalls unverfänglicher als «Für Ilse». Er klimperte weiter.

«Das klingt schön. Aber der Schluss stimmt nicht.»

«Ja, ich weiß. Ich hab ihn nie richtig hingekriegt.»

«Wenn du es nach zehn Jahren nicht geschafft hast, solltest du es vielleicht aufgeben.»

«Da hast du vermutlich recht.» Nathan lächelte sie an. «Du spielst also auch?»

«Wenn ich das hier nicht habe.» Sophie hob den Arm in der Schlinge, hörte dann wieder ein Weilchen zu. «Du spielst echt gut.»

«Ich hab ja auch viel Zeit zum Üben.» Er versuchte, nicht verbittert zu klingen.

«Spielst du jeden Tag?»

«Wenn ich kann. Seit ich so alt war wie du jetzt, glaub ich.»

«Das ist ja ewig.» Sie blickte so verblüfft, dass er lachen musste. «Jeden Tag?»

«So gut wie. Bis auf ein paar Jahre, als ich keine Gitarre mehr hatte.»

«Wieso hattest du keine mehr?»

Nathans Lächeln erstarb. «Sie ist kaputtgegangen.»

Es war die deutlichste Erinnerung, die er an seinen Dad hatte, was seltsam war, weil es längst nicht die schlimmste war. Es war an dem Tag gewesen, als Nathan und Cam versucht hatten wegzulaufen und Carl Bright sie am Stockman-Grab abgefangen hatte. Nathan konnte sich noch gut daran erinnern, wie er hinten im Pick-up gesessen und seinem Dad auf den Hinterkopf gestarrt hatte und sich nichts lieber gewünscht hatte, als dass sein Dad einfach losgebrüllt hätte. Es war die Stille, die ihm Angst gemacht hatte. Sie sahen auf der ganzen Fahrt keinen anderen Wagen, keine Menschenseele, das wusste Nathan noch ganz genau. Das war weiß Gott nicht ungewöhnlich, aber an dem Tag war es ihm aufgefallen. Es war niemand weit und breit.

Nathan hatte gedacht, er wüsste, was sie erwartete, sobald sie wieder zu Hause wären, doch zu seiner Überraschung war Carl ohne ein Wort zu seinen verdatterten Söhnen aus dem Wagen gestiegen. Sie waren den ganzen Tag wie auf Eiern gegangen und hatten gewartet. Erst am späten Abend, nachdem Harry gute Nacht gesagt hatte und zu seiner Hütte ein Stück vom Haus entfernt gegangen war, sah Carl sie endlich an. Es war fast eine Erleichterung, als er leise knurrte: «Nach draußen, alle beide.»

Nathan hatte mit aller Kraft versucht, seine Reaktion im Zaum zu halten. Carl mochte es nicht, wenn seine Söhne Angst zeigten. Er befahl ihnen, ein Feuer zu machen, und als beide Söhne ihn nur verständnislos angafften, sagte er es noch lauter, packte Nathan an der Schulter und stieß ihn Richtung Holzstapel. Dann erst liefen sie beide völlig verwirrt hinüber.

Carl hatte erst wieder etwas gesagt, als ein anständiges Feuer brannte. Sein Gesicht flackerte im Flammenschein, als er ihnen mit verstörend ruhiger Stimme befahl, ins Haus zu gehen und das zu holen, was ihnen von allem, was sie besaßen, am liebsten war. Ein harter, heißer Knoten saß Nathan in der Brust, als er schließlich sein Fahrrad auf den Hof schob.

«Netter Versuch.» Sein Dad packte ihn so fest am Arm, dass Nathan den entstehenden Bluterguss bereits spüren konnte. «Beim nächsten Mal bringst du mir das Richtige, oder ich verbrenne alles, was du anschleppst, bis du es tust.»

Nathan blieb lange Zeit im Haus verschwunden und kam schließlich mit seiner geliebten Gitarre heraus. Seine Hand am hölzernen Hals des Instruments war glitschig vor Schweiß, und obwohl er wusste, dass es alles nur noch schlimmer machen würde, weinte er und flehte seinen Dad unter Tränen an, es nicht zu tun.

Liz war dabei, und auch sie hatte Tränen in den Augen. «Bitte, Carl», sagte sie. «Lass ihm doch seine Gitarre.»

Ihr Mann beachtete sie gar nicht, und als sie es erneut versuchte, wandte er sich schließlich von seinen Söhnen ab und sah sie an.

«Ich kann ihnen die Lektion auch anders erteilen, wenn dir das lieber ist», sagte er so drohend, dass Nathan froh war, als Liz nicht noch einmal fragte.

Nathan hielt ihm fast tränenblind die Gitarre hin, doch sein Dad verlangte, dass er sie selbst ins Feuer warf. Letzten Endes tat er es und versuchte dann reflexartig, sie wieder rauszuziehen. Er verbrannte sich dabei den Arm. Die Narbe war noch immer sichtbar.

Cameron holte natürlich gleich beim ersten Mal das Richtige. Eine illustrierte Sammlung von Geschichten über den Zweiten Weltkrieg. Nathan fand das Buch furchtbar langweilig, aber Cam war fasziniert davon. Cameron reckte sogar den Kopf, um Carl in die Augen zu sehen, als er das Buch ins Feuer warf. Dann sagte er leise etwas. Die Worte wurden fast, aber nicht ganz vom Prasseln der Flammen übertönt.

Carl wurde ganz still. «Sag das noch mal.»

Cameron zögerte, öffnete dann den Mund. Er wurde sogar ein wenig laut. «Die Nazis haben Bücher verbrannt.»

Liz sog so scharf die Luft ein, dass es zischte, und riss die Schultern hoch. Eine schreckliche Stille trat ein, aber dann lächelte Carl beinahe, zu Nathans Erstaunen. Ein hartes, zähnebleckendes Grinsen. Er wirkte fast amüsiert, als er Cam ansah. Er ballte einmal kurz die Faust, dann sagte er: «Hol deine anderen Bücher.»

Cameron gehorchte, ohne mit der Wimper zu zucken. Er verschwand ins Haus und kam einige Minuten später mit den Armen voller Bücher zurück. Nathan setzte sich zu Liz auf die Verandatreppe und sah, wie Cam ein Buch nach dem anderen in die Flammen warf. Mit völlig trockenen Augen schaute Cameron zu, wie sie verbrannten.

«Entschuldige dich bei deinem Dad», sagte Liz nach den ersten fünf. Cameron reagierte nicht, sondern fütterte weiter den Scheiterhaufen, während Carl seinen Sohn mit einem Gesichtsausdruck beobachtete, den Nathan nie zuvor bei ihm gesehen hatte. Auf einmal hatte er das Gefühl, dass die beiden diesen Nervenkrieg sogar in gewisser Weise genossen.

Das Ganze dauerte länger als eine Stunde. Als endlich das letzte Buch brannte und Nathan nervös zum Haus schaute und sich fragte, was als Nächstes passieren würde, sah Cameron seinem Vater in die Augen.

«Entschuldige, Dad.» Dann schaute er zu Boden, wirkte nun doch zerknirscht.

Nathan spürte, wie Liz sich entspannte. Selbst Carl schien ein wenig erleichtert, während die rote Glut des Feuers allmählich in der warmen Abendluft erlosch. Er sah Cameron an, als würde er nicht ganz aus ihm schlau werden. Dann drehte er sich mit einer weitaus vertrauteren Miene zu Nathan um.

«Ich garantiere euch, falls sich einer von euch beiden noch mal so einen Bockmist leistet, kommt es zehnmal schlimmer. Und nicht bloß für euch beide.»

Nathan spürte die erneute Anspannung in Liz, und danach machten er und Cameron lange Zeit nur genau das, was ihnen gesagt wurde.

Jetzt auf der Veranda, gegenüber von Sophie, hörten Nathans Finger auf, sich über die Saiten zu bewegen. Er hatte keine Lust mehr zu spielen. Sophie merkte es nicht gleich. Sie schaute zum Haus, zu den dunklen Fenstern des Kinderzimmers.

«Hast du eine Ahnung, wovon Lo beim Abendessen geredet hat?», fragte Nathan.

«Nein.» Sophie zupfte an ihrer Schlinge. «Wahrscheinlich weiß sie das selbst nicht. Sie bildet sich oft Sachen ein.»

«Ich hatte das Gefühl, dass sie Angst hat», sagte Nathan.

«Hat sie auch. Sie denkt, irgendeiner will sie holen kommen.»

«Irgendeiner, den sie sich einbildet? Wie der Stockman? Oder glaubt sie wirklich, dass da draußen jemand ist?»

«Weiß ich nicht. Ich hab ihr gesagt, sie braucht keine Angst zu haben. Aber sie hat trotzdem welche.»

«Es ist bestimmt schwer für euch zwei, nach dem, was mit eurem Dad passiert ist.»

Sophie nickte, sagte aber nichts.

«Hat dein Dad mal mit dir über das Stockman-Grab geredet?», fragte Nathan. «Gesagt, es wäre ein besonderer Ort für ihn?»

«Ich glaub nicht. Obwohl, er hat das Bild gemalt. Aber ich hab nie verstanden, wieso. Er fand den Stockman blöd. Und das war er auch.»

«Ach ja?»

«Der hat sich aus Versehen erschossen, ist durch einen Zaun geklettert und hat nicht richtig aufgepasst. Er ist ausgerutscht und hat sich aus Versehen mit seinem Gewehr in den Kopf geschossen.»

«Wer hat dir das erzählt?»

«Daddy.»

«Okay.» Es stimmte zwar nicht, aber Nathan fand, dass jetzt nicht der richtige Zeitpunkt war, sie zu korrigieren. Ihre Erinnerungen an ihren Dad waren bestimmt auch so schon verworren genug, ohne dass er solchen belangloseren widersprach.

Sophie seufzte und blickte auf die Gitarre. «Kannst du noch was anderes spielen?»

«Ich nehm gern Wünsche entgegen.»

Sie nannte einen Song, den er nicht kannte, von einer Band, deren Namen er noch nie gehört hatte, also summte sie ihn vor, und er stieg dann mit ein. Am Ende lächelte sie ein wenig, vor allem über seine Fehler.

«Ich übe wieder, wenn mein Arm gesund ist», sagte sie. «Solange keine Schule ist.»

Sie meinte die School of the Air. Nathan hatte das alles selbst durchgemacht, herumgealbert, während er eigentlich irgendeinem Lehrer hätte zuhören sollen, dessen Stimme von weit weg über ein knisterndes Funkgerät kam. Ein Großteil der Unterrichtsarbeit fiel ohnehin auf die jeweiligen Erwachsenen, die für die Beaufsichtigung zu Hause zuständig waren, und Nathan konnte sich noch gut erinnern, wie die arme Liz immer auf ihn eingeredet hatte, sich doch genauso zu konzentrieren, wie Cameron das tat. Das Ganze fand mittlerweile online statt, wobei Lehrpläne und Ferien weitestgehend an den richtigen Schulen ausgerichtet waren. Immerhin konnten die Lehrer einige Stunden am Tag mit ihren Schülern per Video-Chat kommunizieren, was bestimmt besser war als über Funk. Ihm kam ein Gedanke, und er fragte stirnrunzelnd: «Katy beaufsichtigt euch jetzt beim Lernen?»

«Ja. Früher hat Mummy das gemacht, aber jetzt macht es Katy. Sie passt auch tagsüber auf uns auf, wenn wir Ferien haben.»

Er sah ihren Gesichtsausdruck. «Gefällt dir nicht?»

«Es ist langweilig. Ihr fällt nie was Lustiges ein. An dem Tag, als Daddy verschwunden ist, mussten wir die ganze Zeit im Klassenzimmer sitzen und Filme gucken.»

«War sie bei euch?»

«Ja, sie war da, aber sie hat bloß rumgesessen. Andauernd hat sie Pause gemacht, und sie ist immer schlecht gelaunt.»

«Kann sie euch denn beim Schulstoff besser helfen?»

Sophie rümpfte die Nase. «Nicht wirklich. Sie weiß nicht, was wir machen sollen, und sie passt auch nicht auf, dass wir gut mitkommen. Ich hab mal gehört, wie Mummy zu Daddy gesagt hat, er hätte sie nicht einstellen sollen, sie wäre –», sie senkte die Stimme zu einem Flüsterton und schaute nach links und rechts, «– scheiße.»

Nathan verkniff sich ein Lächeln. «Das hat deine Mum gesagt?»

«Sie hat noch viel mehr gesagt. Aber ich glaube, Mummy hat recht, sie ist … scheiße.» Sophie beugte sich näher. «Ich glaub, die ist gar keine Lehrerin.»

«Nein?» Im Wohnwagen brannte noch immer Licht. «Wieso glaubst du das?»

«Sie hat uns die Haare geschnitten», sagte Sophie. «Richtig toll. Ich glaube, sie ist Friseurin.»

Nathan schaute sich Sophies Haar an. Es war schulterlang, mit akkuratem Pony und glatten Kanten ringsherum. Nathan war zwar weiß Gott kein Kenner. Seine eigene Methode bestand darin zu warten, bis es so dicht und zottelig geworden war, dass er mit dem Kamm nicht mehr durchkam, und es dann über dem Waschbecken komplett abzurasieren. Aber selbst ihm kam der Haarschnitt ziemlich professionell vor.

Nathan beäugte erneut den Wohnwagen. Hinter dem dünnen Vorhang bewegte sich jemand im Licht der Lampe. Der schwache Klang von Stimmen wehte herüber. Die beiden stritten sich noch immer. Eine Friseurin, keine Lehrerin, überlegte Nathan. Es kam nicht selten vor, dass Backpacker ihren Lebenslauf schönten. Eigentlich war das fast die Regel. Aber dadurch stellte sich stets die naheliegende Frage: Wenn sie nicht die waren, als die sie sich ausgaben, wer waren sie dann?

«Wir sind irgendwann vom Ausreiten wiedergekommen, und da waren die beiden auf einmal da», sagte Sophie. «Daddy hat uns nicht mal erzählt, dass sie kommen würden. Ich glaube, deswegen war Mummy sauer.»

«Weshalb war ich sauer?» Die Fliegengittertür quietschte leise, und Ilse trat auf die Veranda.

«Weil Simon und Katy hergekommen sind», sagte Sophie.

«Ach das.» Ilse hob die Augenbrauen. «Nein. Ich hatte bloß nicht damit gerechnet. Erzähl so was bitte nicht rum, Sophie. Sonst fühlen sie sich vielleicht nicht willkommen.»

«Wie geht's Lo?», fragte Nathan.

«Schläft bei deiner Mum im Zimmer.» Ilse winkte ihrer Tochter. «Ab ins Bett.»

«Aber –»

«Sophie. Bitte. Nicht heute Abend.»

Widerwillig stand Sophie auf. «Gute Nacht.» Sie sah ihre Mutter trotzig an. «Kommst du mich noch zudecken?»

«Gleich», sagte Ilse. «Mach dich schon mal fertig.»

Die Fliegengittertür knallte. Selbst im Gegenlicht sah Ilse erschöpft aus, als sie sich an die Brüstung lehnte. Sie öffnete den Mund, sagte aber nichts, als wüsste sie nicht recht, wo sie anfangen sollte.

«Wie schätzt du das ein, was Lo vorhin erzählt hat?», fragte Nathan, um ein Gespräch in Gang zu bringen.

«Ich weiß absolut nicht, was ich davon halten soll. Cameron hat nie ein Wort zu mir gesagt. Offensichtlich.» In ihrer Stimme lag ein zynischer Unterton, während sie in die Dunkelheit starrte. «Ganz zu schweigen von der Sache mit der Frau, die versucht hat, sich mit ihm in Verbindung zu setzen.»

«Aber Cam hat dir von Jenna erzählt?»

«Natürlich.» Ilses Gesicht verdüsterte sich. «Er hat gesagt, er hätte sie auf einer Party kennengelernt, und ihr Freund wäre eifersüchtig geworden. Er hat es dargestellt wie eine lustige Geschichte. Wie ein Missverständnis.»

Nathan sagte nichts. Die Sache war so einiges gewesen, aber bestimmt nicht lustig.

«Er war in letzter Zeit wahnsinnig gestresst. Er war …» Ilse starrte in die Dunkelheit. «Irgendwas hatte sich in den vergangenen Wochen verändert. Wahrscheinlich seit der Zeit, als diese Jenna sich gemeldet hat, würde ich jetzt sagen.»

«Das muss ein ganz schöner Schock gewesen sein.»

«Ja. Kann ich mir vorstellen.»

Ilse sah Nathan an. Er hörte das leise Rauschen des Abendwindes. Eine helle Stimme kam aus dem Haus geschwebt.

«Mummy. Ich bin fertig.»

«Ich komme gleich», rief Ilse, blickte dann wieder Nathan an, diesmal eindringlicher. «Sag mal, es hat doch keiner wirklich geglaubt, was das Mädchen damals über Cameron behauptet hat, oder?»

«Nein. Natürlich nicht.» Er setzte an, um noch etwas hinzuzufügen, bremste sich aber.

«Was? Sag schon.»

«Nichts weiter, wirklich. Ich wollte bloß sagen –» Er zauderte. «Durchaus möglich, dass Steve es geglaubt hat, eine Zeitlang.»

«Steve Fitzgerald? Von der Krankenstation?»

«Ja. Möglicherweise. Nicht richtig geglaubt», sagte Nathan, bemüht, sich genauer zu erinnern. «Ich meine, er hat die Sache ernst genommen, denke ich. Aber das ist ja schließlich sein Job. Als Sanitäter. Und er ist auch der Typ dazu.»

Er musste an Steves Hartnäckigkeit denken. An seine unangemeldeten Besuche und ständigen Fragen und sein Drängen, dass Nathan zur Krankenstation kommen sollte. Er war so beharrlich, dass es schon fast an Aufdringlichkeit grenzte.

«Aber nicht so ernst, dass er sie zur Anzeige gebracht hat», sagte Ilse.

«Nein. Das stand nie zur Debatte.»

Ilse atmete langsam aus. «Cameron ist mit Steve nie gut klargekommen.»

«Nein. Tja, ich schätze, so was vergisst man nicht so leicht.»

Sophies Stimme ertönte wieder. «Mummy!»

Diesmal reagierte Ilse nicht darauf, hielt die Augen weiter auf Nathan gerichtet. «Hast du Cam immer geglaubt?»

«Ja. Unbedingt.»

«Ohne jeden Zweifel?»

Es ging eine seltsame Stimmung von ihr aus, die Nathan nicht richtig einordnen konnte. In dem schwachen Verandalicht war Ilses Miene schwer zu deuten, und er wand sich innerlich ein wenig, als er eine Schuld wieder aufsteigen spürte, die lange vergraben gewesen war. Cameron hatte seiner Frau vielleicht nicht alles erzählt, doch als Nathan sie jetzt ansah, hätte er wetten können, dass er ihr so manches doch erzählt hatte.

«Ja», sagte er mit fester Stimme. «Ohne jeden Zweifel.»

Ilses Gesicht veränderte sich minimal, nahm einen anderen Ausdruck an, den er nicht interpretieren konnte. Wieder rief Sophie nach ihrer Mutter.

«Herrje. Ich geh lieber.» Sie öffnete die Tür und verharrte kurz. «Gute Nacht, Nathan.»

«Gute Nacht.»

Sie verschwand im Haus, und Nathan blickte hinunter zu Duffy, die mit dem Schwanz wedelte und keinen Kommentar von sich gab. Nathan blieb noch einen Moment sitzen, legte dann Sophies Gitarre hin und schlenderte die Verandastufen hinunter auf den Hof, dicht gefolgt von Duffy. Er wartete, bis seine Augen sich an die Dunkelheit gewöhnt hatten. Im Wohnwagen der Backpacker war jetzt alles ruhig. Offenbar hatten sie wieder Frieden geschlossen, zumindest fürs Erste.

Als er gut genug sehen konnte, um Carl Brights Grab unter dem Eukalyptusbaum auszumachen, ging er hinüber und stand dann davor, unfähig, das Gefühl abzuschütteln, das sich in ihm aufgestaut hatte. Er hatte Ilse beruhigen wollen, wusste aber, dass er gescheitert war. Er hatte es nicht geschafft, Cameron zu verteidigen, und das nicht zum ersten Mal. Nathan blickte hinunter zu der Stelle, wo sein Dad lag.

«Was ist das für ein Mist, den ich da über irgendein Mädchen höre?», hatte Carl gesagt. Er hatte nach dem Anruf vom Sergeant den Hörer aufgelegt und seine beiden ältesten Söhne zu sich zitiert.

Nathan erinnerte sich, wie er stumm dastand, mit dem Rücken an der Wand, während Cameron eine Erklärung stammelte. Nach einer Minute hatte Carl ihm das Wort abgeschnitten und Nathan angesehen.

«Wo warst du, als das passiert ist? Bist wohl wieder dem Flittchen von nebenan nachgelaufen, was?»

«Jacqui, meinst du.»

Nathan knallte mit dem Hinterkopf hart gegen die Wand. Carl hatte ihn nicht mal richtig angesehen, als er einen Arm hob und zuschlug, sondern sich dabei weiter auf Cameron konzentriert. Der Schlag war so schnell gekommen, dass Nathan sich nicht hatte wehren können, was er aber vielleicht ohnehin nicht getan hätte. Manchmal war es einfacher so. Er merkte, dass Carl noch immer auf eine Antwort wartete, und diesmal nickte Nathan bloß. *Ja, ich war bei Jacqui.*

«Wieso hast du nicht auf deinen Bruder aufgepasst?»

Nathan hatte keine Ahnung, was er dazu sagen sollte.

«Du hast sie aber gesehen, ja?» Carl zeigte auf Cam, schrie aber Nathan an. «Na los. Sag schon. Hat er irgendwas gemacht, weshalb ich mir Sorgen machen muss?»

Carl hatte den Blick jetzt auf ihn gerichtet. Sie waren inzwischen auf Augenhöhe, und Nathan fragte sich, warum ihn noch immer die gleiche Panik erfasste, die er schon sein Leben lang empfand. Dieses Gefühl, das Carl jedes Mal bei ihm auslöste, wenn er die Stimme hob oder die Hand oder beides. Als er Nathan gezwungen hatte, seine Gitarre zu verbrennen.

Daran würde sich nie etwas ändern, erkannte Nathan mit einer jähen schrecklichen Klarheit. Carl würde nicht aufhören, und Nathan konnte ihn anscheinend nicht dazu bringen, also würden sie beide wohl für den Rest ihres Lebens so weitermachen. Der Gedanke zermürbte ihn. Der Kopf tat ihm von dem Schlag weh. Er sah Cameron an, und was auch immer sein Bruder getan oder nicht getan haben mochte, Nathan hatte plötzlich die Nase gestrichen voll.

Er wollte das alles nicht mehr. Er war es schließlich nicht, der solche Probleme nach Hause brachte. Er hatte wenigstens so viel Verstand, Jacqui nicht ohne ihr Einverständnis an die Wäsche zu gehen. Nathan dröhnte noch immer der Kopf, als er von Carl zu Cameron schaute, und auf einmal wollte er mit keinem dieser Männer mehr unter einem Dach leben. Er wollte allein sein, irgendwo weit weg. Er hing dieser Vorstellung noch nach, als Cameron ihn leicht mit dem Ellbogen anstieß und mit einem Ruck zurück in die Gegenwart holte. Nathan erkannte seinen Fehler und machte den Mund auf und tat das, was er im umgekehrten Fall auch von Cam erwarten würde. Ihm den Rücken stärken.

«Nein», sagte er. «Cam hat nichts gemacht.»

In Wirklichkeit war die Antwort nur eine Sekunde zu spät gekommen. Noch nicht mal; eine halbe Sekunde. Eine kaum wahrnehmbare Verzögerung. Aber Carl hatte sie bemerkt, und seine Augen glitten von einem Sohn zum anderen.

«Gut», sagte er mit einer Stimme, die darauf schließen ließ, dass er seine Jungs ausnahmsweise mal voll und ganz verstand. «Verschwinde. Ich muss mit deinem Bruder reden.» Und Nathan konnte gehen.

Er hatte sich in seinen Wagen gesetzt und die Türen geschlossen, um nichts aus dem Haus zu hören. Er sah Bub herausschleichen und öffnete die Beifahrertür, damit er einsteigen konnte. Er merkte Bub an, dass er Fragen stellen wollte, und Nathan hatte das Gefühl, dass er versuchen sollte, ihm zu antworten, aber als keiner von beiden die Worte fand, saßen sie einfach nur in beschämtem Schweigen da.

Nathan, bereits von Schuldgefühlen geplagt, nutzte die Zeit, um sich im Kopf zurechtzulegen, was er Cameron sagen würde. *Ich wollte nicht zögern. Das hatte nichts zu sagen.* Schon in jungen Jahren hatte er gelernt, erst nachzudenken und dann zu reden, weil Carl es nicht mochte, wenn er die falsche Antwort bekam. *Ich hab Schiss gehabt, Cam. Schiss vor Dad. Es tut mir leid. Ich weiß, dass du nichts Schlimmes gemacht hast.* Das alles und noch mehr wollte Nathan zu Cameron sagen, und das tat er später auch, mehrmals. Es brachte nichts.

Cameron brauchte lange, bis er Nathan wieder in die Augen sah. Und als er es tat, lag in seinem Blick der unterschwellige Vorwurf des Verrats, der auch in zwanzig Jahren nie wieder ganz verschwand.

KAPITEL ACHTZEHN

Xander war nicht in seinem Zimmer, als Nathan nach ihm sehen wollte, aber er hörte im Bad die Dusche laufen. Ein halb gelesenes Buch lag aufgeschlagen auf dem Bett. Es war das gleiche Buch, das Nathan für seinen Sohn als Weihnachtsgeschenk gekauft hatte, stellte er frustriert fest. Die Karte, die als Lesezeichen diente, ließ vermuten, dass es ein Geschenk von Xanders Stiefvater Martin war, einem Architekten, dessen Arbeit mit blendenden, spiegelnden, hochglänzenden Metalloberflächen gelegentlich in Zeitungen als «polarisierend» bezeichnet wurde. Nathan holte tief Luft, schloss die Tür und ging zurück ins Wohnzimmer.

Durchs Fenster konnte er noch immer die dunklen Umrisse des Wohnwagens der Backpacker erkennen. Er beobachtete ihn eine Weile und ließ sich durch den Kopf gehen, was Sophie gesagt hatte, dann wandte er sich ab und machte den Familien-Computer an, der auf dem Schreibtisch in der Ecke stand. Zehn Minuten später hatte er es geschafft, ins lahme Internet zu kommen, und wartete darauf, dass eine Social-Media-Webseite flackernd zum Leben erwachte. Als sie schließlich geladen war, klickte er auf die Suchleiste und tippte Katys Namen ein.

Der Computer grummelte, während Nathan die Suchergebnisse das erste Mal langsam durchging, dann ein zweites Mal. Nichts. Jedenfalls nichts, das er sehen konnte. Es gab etliche Leute, die so hießen wie Katy, aber keines der Profile oder Fotos passte. Er sah auf seine Uhr. Bald würde der Generator abgeschaltet werden. Als Nächstes gab er Simons Namen ein, ging dann die Treffer so schnell durch, wie es die lahmende Technologie erlaubte. Er war auf der dritten Seite, als der Holzboden in der Diele knarrte. Harry tauchte an der offenen Tür auf. Er warf einen Blick auf den Computer, konnte aber von da, wo er stand, nicht den Bildschirm sehen.

«Ich hab mit Bub gesprochen», sagte er.

«Aha?» Nathan konnte ihm am Gesicht ansehen, worum es ging.

«Und wir wissen beide, dass Bub schon mal was falsch versteht», sagte Harry.

«Kommt vor.»

«Deshalb hoffe ich inständig, er hat das mit deinem angeblich abgelaufenen Waffenschein falsch verstanden.»

«Ich bin nicht dazu gekommen, ihn verlängern zu lassen.»

«Schwachsinn. Zum ersten Mal in deinem Leben hast du es einfach vergessen, ja?»

Nathan sagte nichts.

«Du hast alle deine Schusswaffen bei Glenn abgegeben?»

«Das ist Vorschrift, Harry.»

«Die gehören zur Grundausstattung, Mann –»

«Ich lass den Schein verlängern.»

«Du bist da draußen ganz allein. Du lässt das Funkgerät tagelang ausgeschaltet –»

«Herrje, Harry, ich hab doch gesagt, ich lass ihn verlängern.»

«Weiß deine Mum, dass du so lebst?»

«Ich bin sicher, du wirst es ihr erzählen.»

«Weiß Xander das?»

Die Frage hing in der Luft.

«Wolltest du sonst noch was, Harry?», sagte Nathan schließlich mit kalter Stimme.

Harry sah ihn an, reglos, bis Nathan als Erster den Blick abwandte. «Der Generator geht in zehn Minuten aus.»

Er verschwand, und Nathan stierte auf den Computer-Bildschirm, bis ihm von dem Licht die Augen tränten. Er blinzelte, sah dann wieder auf die Uhr. Obwohl die Internetverbindung langsam gewesen war, hatte er genug gesehen, um zu wissen, dass über die Backpacker online kaum etwas in Erfahrung zu bringen war.

Das kam schon mal vor. Aber es war ungewöhnlich. Nathan hatte höchstens eine Handvoll Backpacker gekannt, die der Versuchung widerstanden hatten, für ihre Leute zu Hause jede Menge immer gleiche Fotos von Felsen und Himmel und Rindern hochzuladen. Er sah noch einmal auf die Uhr, öffnete dann so schnell, wie der Computer es erlaubte, ein neues Suchfenster und tippte einen weiteren Namen ein. Jenna Moore lieferte eine Unmenge Treffer in Großbritannien. Er hätte Stunden gebraucht, um sie alle durchzusehen, wenn ihm nicht schon jemand zuvorgekommen wäre.

Ganz oben war ein Link, dessen andersfarbige Schrift verriet, dass er schon mindestens ein Mal auf diesem Computer angeklickt worden war. Nathan hatte keine Ahnung, ob man irgendwie herausfinden konnte, wann. Vielleicht würde Xander das wissen. Er klickte auf den Link.

Sie war Floristin geworden. Sie hatte einen eigenen Blumenladen, und es gab ein Foto von ihr, wie sie etwas Hohes und Grünes in einen Topf pflanzte. Der Zopf war verschwunden, und die über zwanzig Jahre zeichneten sich in ihrem Gesicht ab, aber sie war es.

Das Lächeln, das sie für die Kamera aufgesetzt hatte, war strahlend, aber leicht unnatürlich, und Nathan hatte den Eindruck, dass das Foto erst nach mehreren Versuchen geglückt war. Jennas Finger waren halb in Erde vergraben, doch er konnte keinen Ehering sehen. Er fragte sich, was wohl aus Jennas damaligem Freund geworden war, aber er konnte sich nicht an seinen Namen erinnern. Er war nicht mal sicher, ob er den überhaupt je gehört hatte. Er betrachtete Jennas Gesicht. Oben auf dem Bildschirm war eine Telefonnummer. Nathan nahm einen Stift, notierte sie und stand auf.

Die Diele war leer, und die Küche und Ilses Büro waren beide dunkel, als er den Telefonhörer abnahm und die Nummer wählte. Er lauschte auf das Freizeichen, und als ihm gerade einfiel, dass er keine Ahnung hatte, wie spät es in England war, meldete sich jemand.

«Northern Blooms, guten Morgen.» Die Stimme klang munter.

«Könnte ich bitte Jenna Moore sprechen?»

«Tut mir leid, sie ist in Urlaub. Kann *ich* Ihnen irgendwie helfen?»

Nathan zögerte. «Sie hat versucht, Kontakt mit meinem Bruder aufzunehmen.» Er wartete, doch es kam keine wahrnehmbare Reaktion am anderen Ende der Leitung. «Ich wollte ihr etwas mitteilen. Könnte ich sie über eine andere Nummer erreichen?»

«Oh. Nein, tut mir leid.» In der Stimme der jungen Frau lag echtes Bedauern. «Ich darf ihre Handynummer leider nicht weitergeben. Aber die würde Ihnen sowieso nichts nützen. Jenna ist im Ausland, und da, wo sie ist, hat sie keinen Netzempfang.»

Nathan blickte auf die Telefonschnur in seiner Hand. «Ach so.»

«Ich kann mir Ihre Nummer notieren, wenn Sie möchten.»

«Ich bin selbst auch nicht über Handy erreichbar.»

«Echt jetzt?» Die Frau schien das skurril zu finden. «Machen Sie vielleicht auch Yoga-Urlaub auf Bali?»

«Nein», sagte Nathan. «Nein, mach ich nicht.»

«Das wär aber auch ein zu verrückter Zufall gewesen.» Sie lachte. In seinem anderen Ohr hörte Nathan ein leises elektrisches Wummern, und es wurde schlagartig dunkel um ihn herum. Der Generator war aus. Das aus der Diele verschwundene Licht hinterließ ein gespenstisches Nachleuchten in seinen Augen. Er blinzelte, vorübergehend blind.

«Wo ist Ihr Laden?», fragte er, als die grauen Umrisse von Möbeln langsam wieder Form annahmen.

«Am Ende der Bell Street.»

«Nein, ich meinte, in welcher Stadt?»

«Ach so. Manchester.»

Nathan wusste nicht genau, wo das war. Irgendwo im Norden, glaubte er.

«Jedenfalls», sagte die Stimme, «sie ist in – Momentchen bitte – elf Tagen wieder da. Vielleicht versuchen Sie es dann noch mal.»

In diesem Moment hörte Nathan das Geräusch. Nicht am Telefon. Irgendwo in seiner Umgebung, schwach in der nächtlichen Stille. Harry vielleicht? Das Fenster neben ihm war ein schwarzes Quadrat. Er konnte bloß sein eigenes Spiegelbild in der Scheibe sehen.

«Und Jenna ist definitiv noch auf Bali?», fragte er. Er hörte das Geräusch erneut und blickte über die Schulter. War es von irgendwo im Haus gekommen? Er hielt den Atem an. Wieder ein leiser dumpfer Schlag. Nein, es war draußen. Er drehte sich noch einmal zum Fenster um. Da war nichts.

«Ja. Freut sich nicht gerade darauf, wieder zurück in die Kälte hier zu kommen. Sie sagt, es ist fast *zu* heiß, stellen Sie sich vor.»

«Wirklich?» Nathan spähte hinaus in die pechschwarze Dunkelheit. «Also, danke für Ihre Hilfe.»

«Gern geschehen. Und wir danken für Ihr Interesse an Northern Blooms!»

Nathan legte auf. Draußen lag der Hof im Dunkeln. Nichts regte sich. Er wartete eine Minute, dann zwei. Nichts. Er wollte sich gerade wieder abwenden, als er das Geräusch erneut hörte.

KAPITEL NEUNZEHN

Nathan trat aus dem Haus und wartete, bis seine Augen sich auf das fahle Mondlicht eingestellt hatten. Die rückwärtige Tür hinter ihm knarrte, und er zog sie zu, dann stand er lange da und lauschte.

Ein dumpfer Schlag.

Er folgte dem Geräusch um das Haus herum. Unter der Garagentür drang Licht hervor, sanft, aber hell genug, um ihm die Nachtsicht zu ruinieren. Er ging langsam darauf zu, mit leisen Schritten, obwohl er das eigentlich lächerlich fand. Er erkannte sofort die Rückseite des Kopfes, der in einem niedrigen Schrank steckte. Der Schein einer batteriebetriebenen Sturmlampe warf harte Schatten.

«Und ich dachte schon, ich könnte Los Einbrecher auf frischer Tat erwischen», sagte Nathan und lehnte sich gegen den Türrahmen. Xander blickte auf.

«Was machst du denn da?» Nathan deutete mit einem Nicken auf den Schrank, in dem Xander herumkramte. «Konntest du nicht schlafen?»

«Nein.» Xander stand auf und wischte sich die Hände an seiner Jeans ab. «Ich muss die ganze Zeit darüber nachdenken, was Lo erzählt hat, dass Onkel Cam irgendwas gesucht hat.»

«Sophie denkt, Lo ist ein bisschen durcheinander.»

Xander wischte sich mit dem Handrücken über die Stirn, was einen staubigen Streifen hinterließ. «Was meint Ilse dazu?»

«Keine Ahnung. Sie hat nicht mit mir darüber geredet.»

«Ach so. Hätte ja sein können.»

Nathan zog einen gesprungenen Plastikstuhl heran und setzte sich. Die Garage hatte Cameron offenbar auch als Rückzugsort gedient, mit einer Werkbank und einem ramponierten Schreibtisch in der Ecke.

«Hast du irgendwas gefunden?»

«Nein. Ist auch schwierig, wenn man nicht weiß, wonach man suchen soll. Könnte alles sein. Oder nichts, schätz ich.»

Nathan musterte Xander. Jedes Mal, wenn er seinen Sohn in letzter Zeit sah, kam er ihm erwachsener vor. Aber wie er jetzt so dastand, mit kräftigen Schultern, breitem Rücken und Staub an den Händen, sah er aus wie ein Mann.

«Wo hast du sonst schon gesucht?»

«In der Ecke da.» Xander deutete auf eine Seite der Garage.

«Hast du vor, noch länger hier draußen zu bleiben?»

«Keine Ahnung. Bis ich was finde, schätz ich. Oder zu müde werde.» Er zuckte die Achseln.

«Dann helf ich dir mal.» Nathan hievte sich hoch. Er öffnete den nächsten Schrank und blickte auf ordentlich gestapeltes Werkzeug.

«Den hab ich schon durchgesehen. Versuch's mit dem da.» Xander zeigte ihm, welchen Schrank er meinte.

«Okay.» Nathan ging hinüber. Er rechnete nicht damit, irgendwas zu finden. Er hatte keinen Schimmer, ob Lo recht damit hatte, dass Cam Sachen abhandengekommen waren, aber falls ja, hatte sein Bruder doch garantiert in seiner eigenen Garage gesucht. Er vermutete, dass Xander das Gleiche dachte, aber er wusste auch, dass es manchmal gut war, irgendwas zu tun, egal was, selbst wenn das bedeutete, verstaubte Schubladen zu durchstöbern. Sie arbeiteten Seite an Seite, fanden einen gewissen Rhythmus bei der Suche. Öffnen, durchsehen, schließen. Dabei achtete Nathan darauf, wohin er griff und die

Füße setzte. In dieser Gegend gab es viele Schlangen, die er wirklich nicht aufschrecken wollte.

Die Arbeit mochte vielleicht sinnlos sein, aber er machte sie gern, wenn Xander sich dadurch besser fühlte. Nachdem Nathan und Jacqui geheiratet hatten, hatte sie unbedingt ein Kind gewollt. Er hatte nie richtig eingewilligt, sich aber auch nie deutlich dagegen ausgesprochen, also war es passiert. Trotz all ihrer Differenzen war er Jacqui noch immer dankbar dafür. Manchmal dachte er, dass er gern noch ein oder zwei Kinder mehr gehabt hätte, wenn alles anders gelaufen wäre.

Nathan hatte sich während ihrer Schwangerschaft ziemlich unbeteiligt gefühlt und sich nur eingeschaltet, wenn er das Kind vor einem ihrer bescheuerten Namensvorschläge retten musste. Er war auch von Xander nicht hellauf begeistert gewesen und war es, ehrlich gesagt, noch immer nicht. Alex wäre ja noch gegangen, denn das klang wenigstens einigermaßen okay, wenn es über eine Weide gerufen wurde. Erst als Jacqui anfing, den Namen Jasper in Erwägung zu ziehen, hatte Nathan sich voll und ganz dafür starkgemacht, ihren Sohn Alexander zu nennen.

Am Ende hatte sie recht behalten, dachte Nathan. Xander passte gut zu dem Lebensstil, den der Junge inzwischen führte.

«Du hast also vor, zur Uni zu gehen, was?», sagte Nathan, und Xander blickte von der Kiste auf, die er durchsuchte. «Das find ich großartig.»

«Ach so. Ja. Danke.»

«Dafür brauchst du bestimmt gute Noten.»

«Ja.»

«Hör mal, deine Mum meint, du müsstest wahrscheinlich ab jetzt in den Ferien in Brisbane bleiben. Damit du mehr Zeit zum Lernen hast, deine Hausaufgaben ordentlich machen kannst.»

Eine Pause entstand. «Ja, könnte sein.»

«Weil, wenn das so ist –» Nathan zwang sich, es auszusprechen. «Dann ist das in Ordnung, Junge. Egal, was du machen musst, ich bin damit einverstanden. Ich meine, du kannst natürlich jederzeit deine Bücher mit hierherbringen. Hier hättest du deine Ruhe. Ich würde dich nicht stören –»

«Der Stoff ist überwiegend online. Ich brauche ein schnelles Internet.»

«Ach so. Klar. Das ist in Brisbane besser. Macht Sinn.»

«Tut mir leid.»

«Kein Problem. Ehrlich, Junge.»

«Das heißt nicht, dass ich dich nicht gern besuche.»

«Ich weiß.»

«Das tu ich nämlich wirklich gern. Bloß …»

«Junge, alles klar. Du musst dich auf deine Sachen konzentrieren. Das versteh ich. Und das sollst du auch. Gute Noten kriegen. Auf die Uni gehen. Du bist intelligent, du schaffst das.»

«Danke.» Xander lächelte zaghaft. «Wolltest du nie studieren?»

Nathan schüttelte den Kopf. «War nichts für mich.»

Tatsächlich hatte er es nie in Erwägung gezogen. Für ihn war immer klar gewesen, dass er auf der Farm arbeiten würde, und Rinder wollten nun mal keine Zeugnisse sehen. Dann hatte Cameron ihn damit überrascht, dass er sich für ein Studium in Adelaide bewarb. Drei Jahre später war er nicht nur mit einem Abschluss in Agrarwirtschaft zurückgekehrt, sondern auch mit vielen großen Ideen und einer Handvoll neuer Freunde, die gelegentlich zu Besuch kamen, um ihre ungeeigneten Stadtschuhe staubig zu machen und sich mit großen belustigten Augen umzuschauen. Wenn sie überhaupt mal mit Nathan redeten, dann etwas lauter und langsamer als sonst.

«Ist echt eigenartig», sagte Xander mit den Händen in einer offenen Kiste. «Die Sachen von jemandem zu durchsuchen, der nicht mehr da ist. Das ganze Zeug hier war mal wichtig für Onkel Cam, und jetzt muss jemand anders es entsorgen oder so.»

«Ja. Aber vieles davon wird noch gebraucht», sagte Nathan. «Der Farmbetrieb muss ja weitergeführt werden.»

«Von dir?»

«Ich hab mit meinem eigenen genug Probleme.»

«Wer soll es dann machen? Bub?»

«Wahrscheinlich werden sie einen Verwalter einstellen. Das wird wohl Ilse entscheiden. Sie bekommt Cams Hälfte.»

Xander fuhr mit dem Finger durch die dünne Staubschicht auf dem Deckel einer zerkratzten Kiste. «Hat Cam denn keinen größeren Anteil für Bub vorgesehen? Oder Harry irgendwas vermacht?»

«Anscheinend nicht. Aber Bub gehört noch immer ein Drittel.»

«Ja, aber dir und Ilse gehört der Rest.»

Irgendetwas an der Art, wie Xander das sagte, ließ Nathan verwundert aufblicken. «Und?»

«Und nichts, ich mein ja bloß. Aber ihre Hälfte und dein Sechstel ergeben die Mehrheit. Ich frag mich, wie Bub wohl darüber denkt.»

«Er sollte gar nichts darüber denken, die Aufteilung ist genauso, wie sie bei Cam war.»

«Aber es ist trotzdem nicht dasselbe, oder? Als Cam noch lebte, haben er und Bub die Farm geleitet.»

«Ich weiß nicht, ob Bub das so gesehen hat.» Nathan dachte daran, wie finster sein Bruder auf den Wandkalender im Büro gestarrt hatte.

«Na, egal, auf jeden Fall warst eindeutig du in der Minderheit. Jetzt haben eher du und Ilse das Sagen. Das ist eine andere Dynamik.»

«Ist es nicht. Es hat sich nichts –»

«Dad», sagte Xander mit dem Anflug eines Lächelns. «Ist es doch.»

Nathan spürte, wie ihm die Röte den Hals hochkroch. Er erwiderte nichts.

«Keine Sorge», sagte Xander, der seine Gedanken las. «Ich glaube nicht, dass sonst jemand was gemerkt hat. Aber du solltest drüber nachdenken. Wenn Entscheidungen getroffen werden müssen, auf wessen Seite würdest du dich stellen? Auf Ilses oder Bubs?»

«Weder noch. Ich würde das tun, was für die Farm am besten ist.» Nathan sah die Miene seines Sohnes. «Ehrlich.»

«Okay. Aber weiß Bub das? Oder Ilse?»

«Ja, natürlich.» Nathan runzelte die Stirn. Natürlich wussten sie das, weil es die Wahrheit war.

«Na, dann ist ja gut.» Xander öffnete einen weiteren Schrank.

Nathan zog eine neue Kiste von einem Regal. Sie enthielt offenbar bloß alte Elektrokabel. Er unterdrückte ein Gähnen. Er wurde langsam müde, wollte aber nicht als Erster das Handtuch werfen. Er kramte halbherzig in der Kiste herum, blickte dabei auf das schwarze Rechteck Nacht vor der Tür. Es war nichts zu sehen, aber Nathan wusste, dass er nach Süden schaute. Irgendwo in der Ferne lag das Stockman-Grab und dahinter seine eigene Farm.

Sein Haus hinter dem unsichtbaren Horizont war jetzt leer, doch er konnte praktisch spüren, wie es ihn anzog. Es war eigentlich ein ganz ansehnliches Haus und gut eingerichtet. Jacqui hatte außer Xander nicht das Geringste mitgenommen, als sie ging. Das Problem war das Land, auf dem das Haus stand. Es bereitete ihm ununterbrochen Kopfschmerzen, aber es war Nathans Lebensunterhalt, und er konnte es sich einfach nicht leisten, es aufzugeben. Aber manchmal, eigentlich die ganze Zeit, wünschte er, er könnte woanders hin. Er hasste das Haus. Es kam ihm vor wie ein schwarzes Loch, das alles Licht in seinem Leben verschluckte.

Mehrere Male hatte er ernsthaft überlegt, die Farm zu verlassen. Einfach alles stehen und liegen zu lassen und wegzufahren. Sich vielleicht irgendwo in den Minen im Westen Arbeit zu suchen, aber er fürchtete, dass er dafür inzwischen ein bisschen zu alt war. Und auch wenn Nathan das Land zurücklassen könnte, seinen Schulden bei der Bank konnte er nicht davonlaufen. Die blieben ihm erhalten und würden irgendwie abbezahlt werden müssen. Gott sei Dank hatten Liz und Harry ihn überzeugt, sein Sechstel an Burley Downs zu behalten. Nach Abzug aller Kosten reichte der Erlös aus dem Anteil zwar nicht aus, um ihn über Wasser zu halten, aber es war immerhin etwas.

«Verkauf deine Farm an Cam», hatte Harry an Weihnachten vor zwei Jahren Nathan geraten, der nach einem besonders schlechten Jahr vor Stress ganz weiß im Gesicht gewesen war. «Allein kommst du nie auf einen grünen Zweig. Lass dich von ihm auszahlen, Kumpel.»

Nathan hatte gesagt, er würde darüber nachdenken. Zu dem Zeitpunkt hatte er seinen Bruder schon dreimal unter vier Augen gefragt. Cam hatte sich jedes Mal brav die von Nathan vorgelegte Kalkulation angesehen, hatte Fragen gestellt und sich das Kinn gerieben, während Nathan versuchte, positive Antworten zu finden, obwohl es keine gab. Cam reagierte stets auf die gleiche Art, egal, ob Nathan ihn bat, einen Blick auf eine Kalkulation zu werfen, oder ihn, wie Jahre zuvor, bekniete, in der Stadt ein gutes Wort für ihn einzulegen.

Cam zögerte jedes Mal für den Bruchteil einer Sekunde. Genau wie Nathan es einmal getan hatte, unter dem drohenden Blick ihres Dads, als der Spieß umgedreht war und ein junger Cameron Hilfe brauchte. Nathan staunte noch immer darüber, wie viel sich in so winzigen Momenten des Schweigens vermitteln ließ.

Camerons Antwort lautete immer Nein.

Jetzt jedoch, als Nathan nach Süden blickte, schob sich ein neuer Gedanke an die Oberfläche. Xander hatte recht. Und Bub übrigens auch. Ohne Cam lagen die Dinge anders. Ohne Cam, so wurde Nathan klar, könnte er den Verkauf vermutlich durchsetzen, falls es ihm gelang, Ilses und Bubs Einverständnis zu gewinnen. Er gab sich kurz der Vorstellung hin, was das bedeuten könnte, und plötzlich, zum ersten Mal seit er über die Hügelkuppe gefahren war und Camerons Leiche unter der Plane hatte liegen sehen, konnte Nathan ein bisschen freier atmen.

«Dad.»

Er konzentrierte sich wieder auf die Garage. Xander hielt etwas, das schwer aussah, in den Händen, rechteckig und halb in Blisterfolie eingepackt. Zu seinen Füßen lag eine große Papiertüte.

«Was ist das?» Nathan klopfte sich den Staub von den Händen und ging zu ihm. Er sah, dass Cameron Ilses Namen in akkuraten Großbuchstaben auf die Tüte geschrieben hatte.

Xander trat näher an die Sturmlampe, damit Nathan sehen konnte, was er in den Händen hielt. Es war ein von Lo gemaltes Bild, und es war professionell gerahmt worden. Es zeigte eine vierköpfige Familie, mit Cameron gut erkennbar neben seiner Frau und den beiden Töchtern. Alle auf dem Bild lächelten – ausnahmsweise.

«Ich hab auch eine Karte dabei gefunden.» Xander gab sie ihm.

Es war ein kleines Quadrat mit einem Foto von Lilien vorne drauf. Nathan sah Xander an, dass er bereits gelesen hatte, was auf der Innenseite stand. Nathan klappte sie auf und blickte auf die Worte in Camerons markanter Handschrift.

Verzeih mir.

KAPITEL ZWANZIG

Am nächsten Morgen war Ilse schon aufgestanden und aus dem Haus.

Nathan hatte sehr viel länger geschlafen als sonst, und als er die Augen aufschlug, drang Tageslicht durch die Vorhänge im Wohnzimmer. Er und Xander waren zu spät ins Bett gekommen, weil sie noch lange in der Garage gesessen und auf Camerons Worte gestarrt hatten.

Verzeih mir.

Schließlich hatte Nathan die Karte genommen und in seine Hosentasche gesteckt.

«Willst du sie Ilse zeigen?», hatte Xander gefragt.

«Ja. Morgen.»

Aber im Haus war es still, als Nathan sich anzog. Vom Fenster aus konnte er die kleinen Gestalten von Sophie und Lo sehen, die im Garten mit irgendeinem Spiel beschäftigt waren, während Liz zuschaute. Selbst von weitem fielen Nathan ihre hängenden Schultern und ihr vor Erschöpfung krummer Rücken auf. Ilse war nicht bei ihnen.

Sie war auch nicht in der Küche, wo Katy allein sauber machte, oder in ihrem Büro. Nathan warf einen Blick in Xanders Zimmer, der noch immer schlief. Entspannt auf dem Kopfkissen, wirkte sein Gesicht jünger als am Abend zuvor. Nathan schloss die Tür. Direkt gegenüber lag das Zimmer der Mädchen. Es war Camerons gewesen, als sie noch Kinder waren. Nathan stand da und musste an all die Male denken, wenn er völlig verschlafen morgens in aller Frühe aus seinem Zimmer kam und Cameron im selben Moment seine Tür öffnete. Nachdem er die Farm übernommen hatte, hatte Cameron im Elternschlafzimmer am Ende des Flurs geschlafen. Das heißt, Cameron und Ilse. Liz war in das kleinere Zimmer neben dem der Mädchen gezogen, wo sie sich wohler fühlte, wie sie behauptete.

Die Tür zum Elternschlafzimmer stand offen, und Nathan ging hin und spähte hinein. Die wuchtigen Möbelstücke hatten offensichtlich schon seiner Mum und seinem Dad gehört, aber abgesehen davon kam ihm der Raum fremd vor. Irgendwer, Ilse vermutlich, hatte die Wände gestrichen und Fotos von den Mädchen aufgehängt und mit ein paar kleinen Veränderungen für eine persönliche Note gesorgt.

Das Zimmer sah gepflegt aus, machte jetzt jedoch einen – Nathan suchte nach dem richtigen Wort – mitgenommenen Eindruck. Das Bett war gemacht, aber schlampig, und die tiefen Mulden in den Kopfkissen deuteten auf eine ruhelose Nacht hin. Alte Kaffeetassen hatten ein Muster von Ringen auf dem Nachttisch hinterlassen, auf Ilses Seite, wie er vermutete. Dazwischen stand ein Döschen Schmerztabletten mit offenem Verschluss, umgeben von ein paar einzelnen losen Pillen.

Nathan warf einen Blick nach hinten zum Zimmer der Mädchen, dann auf das Döschen auf dem Nachttisch. Er zögerte, ging dann hinein. Die Holzdielen knarrten laut unter seinen Schritten. Er sammelte die losen Pillen auf, gab sie in das Döschen und drückte den Sicherheitsverschluss wieder zu. Er las das Etikett. Es war nur rezeptfreies Paracetamol, aber in dem Döschen waren noch sehr viele Tabletten. Er überlegte kurz, stellte das Döschen dann wieder zurück auf den Nachttisch.

Er trat hinaus auf den Flur und stöhnte auf, als er im Halbdunkel unsanft mit jemandem zusammenstieß. Sie gerieten beide ins Wanken. In dem trüben Licht brauchte Nathan eine Sekunde, um den Mann vor ihm zu erkennen.

Simon.

Simons Blick glitt an Nathan vorbei zu dem Schlafzimmer hinter ihm, ehe sein Gesicht einen Ausdruck annahm, der schwer zu deuten war.

«Ich hab Sie gesucht», sagte er.

«Ich wollte sehen, ob Ilse hier oben ist.» Nathan hörte den defensiven Unterton in seiner Stimme und räusperte sich. Er musste nichts erklären.

«Die ist vor einer Stunde los, einen Ausritt machen, an der Zufahrtsstraße entlang.»

«Ach so, danke. Und was wollten Sie von mir?»

«Anruf für Sie.»

«Für mich?» Nathan fiel absolut niemand ein, der mit ihm würde sprechen wollen. «Wer ist denn dran?»

Simon zuckte mit den Achseln. «Anscheinend jemand, den Sie versucht haben zu erreichen.»

Es war der Kühlraumtechniker.

«Dave», sagte Nathan, als er die Stimme des Mannes erkannte. «Was macht mein Kühlraum?»

«Kann ich Ihnen nicht sagen. Ich war am Freitag bei Ihnen auf der Farm, wie vereinbart, bin aber nicht reingekommen.»

«In den Kühlraum?»

«Ins Haus. Es war abgeschlossen.»

«Aber –» Nathan presste die Augen fest zusammen. «Scheiße.»

Er schloss seine Türen immer nur dann ab, wenn Xander bei ihm zu Besuch war. Die Chance, dass der Laptop des Jungen gestohlen würde, war zwar gleich null, aber Xander schien es lieber so zu sein. Daves Stimme war über die Leitung klar und deutlich zu verstehen. Das verhieß nichts Gutes. Er musste an einem dicht besiedelten Ort sein. «Bitte sagen Sie mir, dass Sie noch in der Gegend sind», sagte Nathan trotzdem.

«Nee, tut mir leid. Musste nach Hause. Weihnachten mit den Kindern.»

«So ein Mist.» Nathan hatte drei Wochen gewartet, bis der Techniker genug Aufträge zusammenhatte, dass sich die Fahrt von St Helens zu ihnen raus lohnte. «Hätten Sie nicht einbrechen können?»

«Ja, klar, hätte ich.» Dave klang leicht gekränkt. «Aber ich wusste ja nicht, wie Sie das finden würden.»

«Ich hätte das super gefunden. Ich brauche einen funktionierenden Kühlraum, verdammt noch mal.»

Dave schwieg einen Moment, um seinen Unmut über Nathans Tonfall deutlich zu machen, und Nathan atmete einmal tief durch.

«'tschuldigung. Ist nicht Ihre Schuld. Wann kommen Sie wieder her?»

«Frühestens in der ersten Februarwoche.»

«Februar!»

«Und das nur, wenn noch ein paar Aufträge mehr reinkommen.»

«Bis dahin kann ich aber nicht warten. Ich muss den Kühlraum jetzt repariert bekommen. Harry meint, wir kriegen wieder eine Überschwemmung.»

«Wenn das passiert, dauert es noch länger, bis ich komme.»

«Und was soll ich jetzt machen?»

«Hören Sie, ich kann Ihnen ein paar Tipps geben, woran es liegen könnte», sagte Dave. «Haben Sie was zu schreiben?»

Nathan suchte herum und fand unter dem Telefon einen Stift. Das abgegriffene Familien-Terminbuch lag offen auf dem Beistelltisch, und er schlug eine leere Seite weiter hinten auf. Er fing an, sich Notizen zu machen.

«Das hab ich schon versucht», sagte er einige Minuten später.

«Gut, also in dem Fall», redete Dave weiter. Nach ein paar Worten hörte Nathan auf mitzuschreiben. Auch das hatte er schon probiert. Er war sich ziemlich sicher, dass der Kühlraum ein Ersatzteil brauchte. Er wollte das Terminbuch schon zuklappen, verharrte dann. Während Dave ihm weiter ins Ohr sprach, blätterte Nathan einige Seiten zurück.

Jeder, der das Anwesen verließ, sollte in dem Buch notieren, wohin er fuhr und wann er aller Voraussicht nach zurückkam. Theoretisch machten das alle immer. In der Praxis wurde es oft einfach vergessen.

Nathan hörte nur noch mit halbem Ohr zu, während er die jüngsten Einträge las. Harry war offenbar zurzeit unterwegs, um eine Wasserstelle zu überprüfen, während Ilse – Nathan fuhr mit dem Finger über ihre Schrift – tatsächlich einen Ausritt über die Weide machte, die an die Zufahrtsstraße grenzte, wie Simon gesagt hatte. Genau da war sie auch an dem Morgen gewesen, als Cameron verschwand, erinnerte Nathan sich. Als ihr Mann angehalten hatte, um zum letzten Mal mit ihr zu sprechen, ehe er davonfuhr.

«Tut mir echt leid», sagte Dave gerade, und Nathan klinkte sich wieder ins Telefonat ein. Der Mann wartete offensichtlich auf eine Reaktion.

«Trotzdem danke, ich versuch noch mal, die Reparatur allein hinzukriegen», sagte Nathan.

«Ich meinte nicht den Kühlraum.» Daves Stirnrunzeln war fast durch die Leitung hörbar. «Ich habe gesagt, die Sache mit Cameron tut mir leid.»

«Ach so. Ja. Danke.»

«Ich konnte ihn gut leiden. Er war ein prima Kerl.»

«Ja.»

«Das muss ein verdammter Schock gewesen sein.»

«Kann man wohl sagen.»

«Irgendeine Ahnung, weshalb er, na ja, es getan hat?»

Nathan blätterte im Terminbuch zurück zu dem Tag, an dem Cam verschwunden war. Er sah die entschlossenen Großbuchstaben seines Bruders: Lehmann's Hill. Nathan spürte etwas Hartes in der Brust. Laut seinem Eintrag hatte Cameron am Tag darauf zum Abendessen zurück sein wollen, vielleicht früher. Nathan zog Camerons Karte aus der Gesäßtasche. Zwei Wörter in derselben Handschrift. *Verzeih mir.*

«Nein», sagte Nathan. «Nicht die geringste Ahnung.»

In der Zeile über Camerons Eintrag stand in Liz' fließender Schrift, dass sie mit Sophies Pferd ausgeritten war und am Nachmittag zurück sein wollte. In der Zeile darüber hatte Harry geschrieben, er und Simon würden die Wasserstellen überprüfen und voraussichtlich zum Abendessen wieder da sein. Laut Bubs mit Rechtschreibfehlern gespicktem krakeligem Eintrag vom Tag davor wollte er die Nacht über auf der Nordweide bleiben und sich am nächsten Tag mit seinem Bruder am Lehmann's Hill treffen. Nathan fuhr mit einem Finger über die Zeilen drum herum. Es gab keine weiteren Einträge für den Tag, an dem Cameron verschwunden war. Er blätterte ein paar Seiten vor und zurück, klappte das Buch dann zu.

«Jedenfalls», sagte Dave jetzt und klang plötzlich ein bisschen verlegen. «Ich weiß, es ist gerade keine gute Zeit für Sie, aber ich muss Ihnen trotzdem eine Rechnung schicken.»

«Okay.» Es kam verbitterter heraus, als er beabsichtigt hatte.

«Geht leider nicht anders. Die Fahrt allein kostet mich hundert Dollar an Sprit.»

«Ich weiß.» Nathan wurde schwer ums Herz, wie immer, wenn es um Geld ging.

«Aber wissen Sie, was? Ich geb Ihnen einen kleinen Rabatt auf die Anfahrtskosten, weil doch Weihnachten ist.»

«Wirklich? Danke.»

«Kein Problem. Ich musste am Donnerstag sowieso raus zur Atherton, deshalb war die Fahrt nicht völlig umsonst.»

«Sie waren auf der Atherton?» Irgendetwas ließ Nathan stutzen. Er wollte nach dem Gedanken greifen, doch der löste sich auf, ehe er ihn packen konnte.

«Ja, Probleme mit dem Generator. Und noch mal, mein Beileid wegen Cam. Verdammte Schande, dass keiner ihn rechtzeitig gefunden hat, um noch helfen zu können.»

Wieder meldete sich der Gedanke. Diesmal deutlicher, war aber genauso schnell wieder verschwunden.

«Danke, Dave.»

«Viel Glück mit dem Kühlraum.»

Nathan würde es brauchen. Er legte auf und starrte einen langen Moment das Telefon an. Als er sich schließlich umdrehte, um nach draußen zu gehen, fuhr er vor Schreck zusammen: Jemand lehnte an der Tür zu Ilses Büro und beobachtete ihn. Schon wieder Simon. Nathan fragte sich, wie lange er da schon stand.

«War noch was?» Nathan wollte an ihm vorbei, doch Simon machte gleichzeitig einen unentschlossenen Halbschritt, sodass sie sich plötzlich gegenüberstanden.

«Hat die Polizei noch irgendwas gesagt, was ihrer Meinung nach mit Cameron passiert ist?»

«Nein. Wieso?»

«Bloß aus Interesse. Ich hab ihn gemocht. Aber die Polizei nimmt die Sache ernst?»

«Davon geh ich aus. Die Polizei besteht hier allerdings praktisch nur aus einem einzigen Cop.»

«Ich weiß. Das ist echt schräg.» Simon lachte leise auf. «Kommt der noch hierher, um mit uns allen zu reden?»

«Zum Haus?» Der Typ strahlte eine nervöse Energie aus, die

Nathan ebenfalls nervös machte. «Hätten Sie ein Problem damit?»

«Nein. Natürlich nicht.» Simon schien etwas hinzufügen zu wollen, überlegte es sich dann aber anders. Sie blickten einander an.

«Was sagten Sie noch mal, wie Sie Cam kennengelernt haben?»

«Im Pub. Als wir in der Stadt angekommen sind.»

«Aus Westen.»

«Richtig.»

«Gar nicht so einfach, um diese Zeit aus Westen hierherzukommen», sagte Nathan. «Da sind die Wüstenrouten fast alle geschlossen.»

«Wem sagen Sie das? Wir mussten die Panoramastraße nehmen, einen großen Bogen nach Süden machen.»

«Klar.» Im Outback gab es eigentlich immer mehr Jobs als Backpacker, die bereit waren, sie anzunehmen, trotzdem fragte Nathan sich, wieso Cam diese beiden eingestellt hatte. Um diese Zeit im Jahr war ohnehin nicht viel zu tun. *Wir danken für Ihr Interesse an Northern Blooms!* «Wo kommt ihr zwei noch mal genau her?»

«Aus England. Hampshire.»

«Ist das im Norden?»

«Nein. Süden. Warum?»

«Nur so.»

«Hat das irgendwas mit der Frau zu tun, über die ihr alle redet? Jenna?» Simon sprach so leise, dass Nathan die Ohren spitzen musste.

«Wissen Sie irgendwas darüber? Oder über die Frau?»

Simon registrierte den dringlichen Ton der Frage. «Nein. Natürlich nicht. Wieso sollte ich?»

«Sie haben davon angefangen.»

«Hören Sie –» Simon warf einen Blick Richtung Küche, aus der sie Katy mit Geschirr klappern hörten. «Ich hab das ganz falsch angefangen. Sie kennen uns nicht, das ist mir klar. Aber was auch immer mit Ihrem Bruder passiert ist», Simon wurde noch ein bisschen leiser, «Katy oder mir brauchen Sie nicht zu misstrauen.»

Nathan runzelte die Stirn. Der Typ war so nervös, dass er ihn nur schwer einordnen konnte. «Wie meinen Sie das? Sollte ich denn jemand anderem misstrauen?»

«Vielleicht nicht direkt misstrauen …»

«Das haben Sie gesagt.»

«Ich weiß, ich meinte, nur für den Fall, dass –»

«Herrgott noch mal, nun sagen Sie schon, was Sie zu sagen haben, Mann.»

Simons Adamsapfel hüpfte, als er trocken schluckte. «Ich hab gehört, wie Cameron sich gestritten hat. Mit Harry. In der Woche, bevor er starb.»

«Na und?», sagte Nathan, weil ihm keine andere Erwiderung einfiel.

Irgendwo draußen hörte er jemanden seinen Namen rufen: «Nathan?»

Es war Ilse. Er drehte sich kurz in Richtung der Stimme, konzentrierte sich dann wieder auf Simon.

«Ich dachte, das sollten Sie wissen», sagte Simon. «Es war eines Abends, als Harry den Generator abschalten wollte. Ich hab sie vom Wohnwagen aus gehört. Nicht jedes Wort, ich hab sie nicht belauscht, aber es war eindeutig ein heftiger Wortwechsel.»

«Nathan?» Draußen kamen Ilses Stiefel die Verandastufen hochgepoltert.

Simon trat noch etwas näher an Nathan heran. «Cameron hat sich angehört, als wäre er stinksauer. So sauer hatte ich ihn noch nie erlebt. Und Harry ist wütend geworden und hat gesagt, er würde schon über vierzig Jahre hier leben, länger, als Cameron überhaupt auf der Welt war. Irgendwas von wegen: ‹Ich weiß besser darüber Bescheid, was hier vor sich geht, als du denkst.›»

«Was soll das heißen?»

«Ich weiß nicht.» Simon zuckte mit den Achseln. «Und das war's eigentlich schon. Ich glaube, Harry ist dann weggegangen. Und ich hätte mir auch nicht groß was dabei gedacht, aber –»

Er verstummte, als die Fliegengittertür am Ende des Flurs aufging. Ilse tauchte im Licht des Eingangs auf.

«Oh, gut. Da bist du ja», sagte sie. Sie klang ein wenig außer Atem. «Harry ist nicht da. Hast du gerade Zeit? Ich brauch deine Hilfe.»

«Klar. Komme gleich.» Nathan wandte sich wieder Simon zu. «Aber was? Schnell.»

«Aber Harry hat den Streit nie mehr erwähnt.»

KAPITEL EINUNDZWANZIG

Sie hatten die Piste drei Kilometer zuvor verlassen, und die Räder von Nathans Wagen holperten über den unebenen Boden.

«Hoffentlich hängt es noch fest», sagte Ilse, als das Gehege weit vor ihnen in Sicht kam.

«Ja.» Nathan hoffte das auch. Ein Kalb, das sich im Zaun verfangen hatte, war eine Sache; aber ein Kalb wieder einzufangen, das mit einem Stück Draht am Körper herumlief, war eine echte Herausforderung.

«Da ist es. Ich seh's schon.» Ilse zeigte durch die staubige Frontscheibe. Es waren die ersten Worte, die sie seit fünfzehn Minuten gewechselt hatten.

Camerons Karte lag aufgeklappt auf dem Sitz zwischen ihnen. *Verzeih mir.*

Nathan ließ den Blick suchend über die Viehherde schweifen. Die Rinder wurden unruhig, als sie den Automotor hörten, und setzten sich fast geschlossen wie eine Welle in Bewegung. Nur eine einzige Kuh rührte sich nicht von der Stelle, sondern sah zu, wie ihr Kalb mit dem Draht kämpfte, an dem es mit einem Hinterbein festhing.

«Ich hab's auf meinem Ausritt gesehen», hatte Ilse ihm in der Diele erklärt. «Ich hatte nichts dabei, um es loszuschneiden.»

«Gut», hatte Nathan erwidert. So etwas erledigte man ohnehin besser zu zweit. «Gib mir eine Minute. Ich komm dann zu deinem Wagen.»

Sie hatte kurz gezögert. «Meiner ist kaputt. Nehmen wir deinen?»

«Kein Problem. Schlüssel liegt auf dem Sitz.»

Aber wo war Ilses Geländewagen eigentlich?, hatte Nathan sich gefragt, als sie wieder nach draußen gegangen war. Seit er hier war, hatte er den noch gar nicht gesehen.

Nathan hatte in das Terminbuch eingetragen, wo sie hinwollten, dann ein leeres Blatt herausgerissen und eine kurze Nachricht für Xander aufgeschrieben. Schließlich hatte er sich zu Simon umgedreht, der noch immer dastand.

«Und diesen angeblichen Streit zwischen Cam und Harry haben Sie wirklich genau so gehört?», fragte Nathan. «Sie versuchen nicht etwa, Unruhe zu stiften?»

«Nein. *Nein.* Wieso sollte ich?»

«Haben Sie das sonst noch jemandem erzählt? Bub oder so?»

«Nein.»

«Wieso nicht?»

«Bub und Harry stehen sich sehr nahe, glaube ich.»

«Harry steht jedem hier sehr nahe.»

«Aber Ihnen nicht so sehr. Sie sind irgendwie –» Simon zuckte die Achseln. «Egal. Hören Sie, ich hab Cameron nicht lange gekannt, aber er hat uns gut behandelt. Und ich bilde mir ein, dass ich ein guter Kerl bin.» Er sah Nathan an. «Ich setze darauf, dass Sie auch einer sind.»

Nathan hatte nicht gewusst, was er dazu sagen sollte. Schließlich hatte er Simon einfach stehen lassen und war Ilse nach draußen gefolgt.

Ilse hatte schon den Motor angelassen und saß auf dem Beifahrersitz. Die Klimaanlage war eine Wohltat, als Nathan einstieg. Sie fuhren los, folgten der langen Zufahrtsstraße. Das Haus lag weit hinter ihnen, bevor sie zum ersten Mal den Mund öffneten.

«Ilse, ich hab was von Cam gefunden –»

«Was war denn vorhin mit Simon?»

Sie hatten beide gleichzeitig gesprochen. Ilse runzelte die Stirn.

«Wie bitte?», fragte sie. «Was von Cameron?»

Nathan zog die Karte aus seiner Gesäßtasche, und Ilse riss sie ihm praktisch aus der Hand. Er blickte weiter auf die Straße, während er erklärte, wo Xander und er sie gefunden hatten, zusammen mit dem gerahmten Familienbild, das Lo gemalt hatte. Lange Minuten verstrichen, während Ilse dasaß und die Karte anstarrte, den Kopf so tief gesenkt, dass ihr die Haare über die Augen fielen.

«Ilse», sagte Nathan schließlich.

Sie räusperte sich und warf die Karte auf den Sitz zwischen ihnen, als könnte sie es plötzlich nicht mehr ertragen, sie anzufassen.

«Alles okay. Es geht schon. Ich weiß nicht, was ich dazu sagen soll. Jeden Tag –» Sie schüttelte ruckartig den Kopf. «Jeden Tag hab ich das Gefühl, meinen Mann noch weniger zu verstehen.»

Dann schwiegen sie beide, bis sie bei der Herde waren.

Nathan stoppte den Wagen ein gutes Stück entfernt, um das Kalb und seine wartende Mutter nicht noch mehr unter Stress zu setzen. Sie stiegen aus, und Nathan öffnete die Heckklappe. Er kramte in seinem Werkzeugkasten, bis er zwei unterschiedlich große Drahtzangen fand, und als er sich umdrehte, stand Ilse ein kurzes Stück hinter ihm und schaute in seine Richtung. Die Art, wie ihre Augen zur Seite huschten, verriet ihm, dass sie nicht ihn angeblickt, sondern an ihm vorbeigesehen hatte. In den Laderaum seines Geländewagens, wo sie einmal, vor einer Million Jahren, zusammen gewesen waren. Nathan knallte die Klappe zu, und er und Ilse näherten sich dem Kalb. Das Tier beäugte sie argwöhnisch. Die Mutter wirkte alarmiert und schlug mit dem Schwanz hin und her. Der Rest der Herde glotzte.

«Ich hab gehört, der Stockman soll bei einer Stampede gestorben sein», sagte Ilse leise. «Totgetrampelt.»

«Wirklich? Nein –», setzte Nathan an, doch in dem Moment begann das Kalb zu brüllen. Seine Mutter stand mit bebenden Muskeln und peitschendem Schwanz da. «Behalt sie im Auge. Das wird ihr nicht gefallen.» Er reichte Ilse die Drahtzangen. «Traust du dir das zu?»

«Ich mach das nicht zum ersten Mal. Sag mir einfach, wann.»

Nathan ging langsam näher, ließ beiden Tieren Zeit, sich an seinen Anblick zu gewöhnen. Auch wenn das nicht viel brachte. Die Rinder liefen immer frei herum, sodass sie beinahe wild waren und kaum je Menschen zu Gesicht bekamen. Die Mutter behielt Nathan genau im Auge, als er sich dem Kalb näherte. Er konnte sehen, dass der Draht nicht besonders straff um das Hinterbein saß. Wahrscheinlich hätte es sich schon bald selbst befreien können. Hinter sich hörte er die Mutter schnauben.

«Ist sie friedlich?», rief er.

«Ja», sagte Ilse. «Bleibt noch auf Abstand.»

Einige Meter entfernt sah Nathan die unverkennbaren Spuren einer Schlange im Staub. Wahrscheinlich war die schon längst weg, aber er sah sich dennoch gründlich um. Antivenin war teuer und hatte eine kurze Haltbarkeit, weshalb die Krankenstation im Ort das Immunserum nicht auf Vorrat hielt.

«Was passiert, wenn man gebissen wird?», hatte Nathan schon so manchen Backpacker fassungslos fragen hören.

Nichts Gutes, lautete die Antwort, nicht bei der Sorte Schlangen, die in der Gegend heimisch waren. Nathan lebte nach der Faustregel, dass er sterben würde, falls er gebissen wurde. Schluss, aus. Halbwegs beruhigt trat er auf das Kalb zu.

«Ich greif es mir jetzt.»

«Okay. Sag, wenn du so weit bist.»

Mit einer blitzschnellen Bewegung schob er beide Arme unter das Kalb und hob es hoch. Ehe das Tier wusste, wie ihm geschah, hatte er es auf die Seite gedreht und zu Boden geworfen, drückte es mit seinem vollen Körpergewicht nieder. Das Kalb war einen Moment benommen, dann öffnete es das Maul und brüllte seine Empörung in Nathans Gesicht. Es zuckte und strampelte, aber er hielt es mit Knien und Ellbogen so fest, dass es sich kaum bewegen konnte.

«Ich hab's», keuchte er, doch Ilse war bereits da, hockte neben den Hinterbeinen, die Zange in der Hand.

Er konnte die Wärme des Kalbs spüren und sein Herz im Brustkasten hämmern hören. Es wehrte sich und trat aus.

«Scheiße», hörte er Ilse sagen.

«Hat's dich erwischt?» Er lehnte sich mit aller Kraft auf das Tier, bis er es wieder unter Kontrolle hatte.

«Nichts passiert.» Er hörte, dass Ilse wegging. «Ich brauch doch die kleinere Zange. Sonst schneid ich ihm noch ins Fell.»

Nathan musste sich anstrengen, um das Kalb festzuhalten. Es war erst zwei, drei Monate alt, aber es war stark. Es brachte mit Sicherheit mehr auf die Waage als Ilse, und er schätzte, dass er selbst bloß zwanzig Kilo mehr wog. Aber das war kein Problem. Er war stärker, und das reichte, um dem Tier seinen Willen aufzuzwingen. Plötzlich hörte es auf, sich zu wehren. Nathan lauschte auf das verängstigt pochende Herz des Tiers. Und urplötzlich, ehe er sich bremsen konnte, dachte er an Cameron.

«Ilse?», rief er.

«Ja?» Sie war wieder an den Hinterbeinen.

«Ich hab versucht, Jenna Moore anzurufen. In England.»

Er konnte sie nicht sehen, spürte aber, dass sie kurz erstarrte. «Und?»

Nathan schüttelte den Kopf, so gut das in seiner Position ging. «Sie war nicht da.»

«Wo ist sie?» Er hörte die Anspannung in ihrer Stimme. Dann ein leises Schnippen.

«Auf Bali, hat ihre Kollegin gesagt.» Das Kalb wand sich, die Augen weit aufgerissen. Nathan sah nach, ob die Mutter noch immer auf Distanz blieb, und machte sich wieder schwerer. «Auf jeden Fall ist sie irgendwo, wo es keinen Handy-Empfang gibt.»

Beide sagten einen Moment lang kein Wort. *Schnipp. Schnipp.*

«Warum hast du sie angerufen?» Er konnte Ilse noch immer nicht sehen, aber sie klang jetzt näher. Er wollte den Kopf heben, um nachzusehen, und schon witterte das Kalb seine Chance. Er packte es fester.

«Weiß ich selbst nicht», ächzte er.

«Denkst du, es könnte doch was dran sein? An dem, was sie über Cam behauptet hat?»

«Nein», sagte er, zu schnell. «Das war nicht der Grund.»

Sie erwiderte nichts. Schließlich spürte er, dass sie aufstand.

«Fertig», sagte sie.

Nathan rollte sich von dem Kalb, das sofort auf die Beine kam und zu seiner böse dreinblickenden Mutter sprang. Sie warf Nathan einen undankbar vorwurfsvollen Blick zu, und dann trabten die zwei davon, ohne sich noch einmal umzuschauen, froh, wieder frei zu sein.

Nathan saß schwer atmend auf der Erde. Seine Muskeln schmerzten von der Anstrengung, das Kalb festzuhalten. Ilse stand vor ihm, die abgetrennten Drahtstücke in den Händen. Sie hatte Tränen in den Augen.

«Scheiße. Ilse –» Er rappelte sich hoch. «Ich weiß nicht wirklich, warum ich bei ihr angerufen habe. Ich hab mich bloß gefragt, was sie zu sagen hat.»

Ilse spielte mit den Drähten. «Bali.»

«Anscheinend.»

Sie schwieg eine Weile, dann hob sie den Blick zum Horizont. «Jede Menge Flüge zwischen Bali und Brisbane.»

Nathan erwiderte nichts. Er ging zu seinem Land Cruiser und holte Draht, um den Zaun zu reparieren.

«Man denkt, hier draußen würde man jemanden auf jeden Fall sehen», sagte Ilse, als er zurückkam. Ihre Augen waren jetzt trocken. «Aber das stimmt nicht, oder? Wenn jemand still steht oder weit weg parkt, sieht man ihn nicht. Erst wenn er sich bewegt, weiß man überhaupt, dass er da war.»

Nathan dachte an den Lehmann's Hill. «Bub hat neulich so ziemlich das Gleiche gesagt.»

Ilse nickte. «Ja, er hat schon mal darüber geredet. Dass man es irgendwie spüren kann, wenn jemand in der Nähe ist.»

«Ja.» Nathan ging in die Knie und drehte mit einer Kombizange die gekappten Enden mit dem neuen Draht zusammen. «Ich schätze, er hat recht.»

«Wirklich?» Ilse klang überrascht. «Cameron hat immer gesagt, das wäre Quatsch.»

«Aha.»

«Aber du kannst es spüren?»

«Ich weiß nicht», sagte Nathan. «Manchmal. Vielleicht. Es ist wie ...»

Er konnte es nicht richtig erklären. Es war wie ein Pulsieren über dem leeren Land. Eine seltsame Schwere, die dich ahnen ließ, dass du die Luft mit jemand anderem teiltest. Die Stimme der Vernunft sagte ihm, dass es bestimmt irgendeine Erklärung dafür gab. Die unbewusste Wahrnehmung einer Veränderung in der Landschaft. Mehr war es nicht, und es war nicht mal verlässlich. In letzter Zeit hatte er draußen auf seiner Farm mehrmals das irrige Gefühl gehabt, nicht allein zu sein. Und im Laufe der Jahre könnte es Hunderte Male vorgekommen sein, dass jemand gleich hinter dem Horizont gewesen war, ohne dass er es auch nur geahnt hatte.

«Cam hatte vermutlich recht», sagte er schließlich.

Ilse stand völlig reglos da, nur ihre Augen bewegten sich, während sie in die Ferne schaute. «Und jetzt?»

«Glaubst du, es ist jemand in der Nähe?»

«Ja.» Ihr Gesicht war ernst.

«Ilse, das ist keine Wissenschaft. Das kann man nicht so genau nehmen.»

«Ich weiß, aber kannst du jetzt jemanden spüren?»

Er schaute zu ihr hoch. Er hörte ihren Atem und sah, wie der Wind mit ihrem Haar spielte. Er hörte ihren Herzschlag nicht, aber er spürte seinen eigenen.

«Nur uns», sagte er wahrheitsgemäß. Er wandte sich wieder dem Draht zu. Er spürte, dass Ilse ihn beobachtete, sah sie aber nicht wieder an. Er arbeitete eine Weile konzentriert, ehe er erneut den Mund aufmachte.

«Hör mal, Jenna kann unmöglich hier draußen sein», sagte er. «Wir hätten es erfahren, wenn sie durch die Stadt gekommen wäre.»

«Es sei denn, sie ist nicht durch die Stadt gefahren.»

«Das hätte sie aber gemusst. Das weißt du. Sie hätte nicht völlig unterm Radar bleiben können. Dazu hätte sie eine Riesenausrüstung und Vorräte gebraucht und sich von sämtlichen Straßen fernhalten müssen.»

«Aber es ist möglich. Du machst es. Bub hat's gemacht. Und Cameron.»

«Und wie viele Touristen sind in ihren Autos gestorben, weil sie eine Abkürzung nehmen wollten?» Nathan verdrehte das letzte Stück Draht und überprüfte die Spannung. Zufrieden stand er auf und verharrte, als er Ilses Gesichtsausdruck sah. «Was ist los? Wieso bist du so darauf fixiert?»

«Cameron hat auch versucht, bei Jenna anzurufen», sagte Ilse. «Dreimal.»

Nathan starrte sie an. «Wann?»

«Einmal vor zwei Wochen, dann noch zweimal in der Woche, bevor er starb. Er hat vom Apparat im Büro angerufen, nicht von dem in der Diele. Ich hab die Nummer auf der Online-Rechnung gesehen. Sie ist Floristin in England, nicht wahr? Ich hab sie gegoogelt.»

Nathan nickte.

«Ich glaube nicht, dass er mit ihr gesprochen hat», sagte Ilse. «Die Anrufe sind ganz kurz, alle unter dreißig Sekunden.»

«Wieso hat er so lange damit gewartet, sie anzurufen? Er wusste doch seit Wochen, dass sie ihn kontaktieren wollte.»

«Vielleicht hat es so lange gedauert, bis sie ihn tatsächlich erreicht hat», sagte Ilse. «Er könnte eine E-Mail bekommen haben oder so. Keine Ahnung. Ich kenne sein Passwort nicht.» Sie stockte. «Oder vielleicht hat sie sich gar nicht bei ihm gemeldet, und das Warten hat ihn verrückt gemacht. Wenn ich jetzt zurückdenke, hat er gestresst gewirkt, seit er von ihrem Anruf bei der Polizei gehört hatte, aber es war schlimmer geworden. Und in seiner letzten Woche hat er auch noch woanders angerufen.»

«Wo?»

«In St Helens. Im Ärztezentrum dort zum Beispiel.»

«War er krank?»

«Er hat nichts dergleichen gesagt. Und er war dort kein Patient, zumindest die Auskunft haben sie mir gegeben. Aber Cameron ist nie gern zu Steve in die Krankenstation gegangen, also wer weiß? Außerdem hat er ein Hotel in St Helens angerufen.»

«Welches?» Es gab genau drei Hotels in St Helens.

«Das billige.»

«Hat er ein Zimmer reserviert?»

«Falls ja, dann nicht auf seinen Namen.» Ilses Gesicht nahm einen harten Ausdruck an. «Sie hatten auch keine Reservierung auf Jennas Namen. Ebenso wenig wie die anderen beiden Hotels.»

Ein ungutes Gefühl beschlich Nathan, und er konnte dem plötzlichen Drang nicht widerstehen, einen Blick über die Schulter zu werfen. Es war dort nichts zu sehen außer Rindern und stoppeligem Gras und dem Horizont. Alles war still. Ilse betrachtete ihn forschend.

«Glaubst du wirklich nicht, dass Cameron irgendwas von der Frau zu befürchten hatte?», sagte sie.

Nathan zögerte. Diesmal wirklich. Ein langes und illoyales Schweigen, das sich in die Länge zog und Bände sprach.

Ilse nickte. «Weil Cameron sich nämlich so verhalten hat, als hätte er Grund zur Sorge.»

KAPITEL ZWEIUNDZWANZIG

Sie wechselten auf der Rückfahrt kaum ein Wort. Nathan fuhr, während Ilse aus dem Fenster starrte, dabei an den Nägeln kaute und bisweilen Camerons Karte in den Fingern umdrehte.

«Du musst das Glenn erzählen», sagte Nathan. «Dass Cameron bei Jenna angerufen hat.»

«Hab ich schon versucht, gestern Abend.» Ilse sah nicht zu ihm rüber. «Aber er war nicht auf der Wache.»

«Hast du ihm auf den Anrufbeantworter gesprochen?»

«Nein. Ich bin zur Zentrale in Brisbane weitergeleitet worden. Ich wollte nicht –» Ilse seufzte, den Blick noch immer auf die vorbeiziehende Landschaft gerichtet. «Ich versuch's später noch mal.»

Sie sagte nichts weiter, bis die Farmgebäude in Sicht kamen.

«Lass mich bei den Ställen raus», sagte sie. «Ich hab das Pferd vorhin ziemlich hastig reingebracht und will noch nach ihm sehen.»

Nathan hielt an. «Ilse», sagte er, als sie ausstieg. Sie wartete. Er wollte ihr sagen, dass alles gut werden würde. Stattdessen schüttelte er den Kopf. «Nichts.»

Sie knallte die Tür zu, und Nathan schaute ihr nach. Als er vor dem Haus parkte, sah er die Mädchen auf der großen Koppel reiten. Liz beobachtete sie, während Xander in der Nähe im Schatten saß und in einem Malbuch auf seinem Schoß blätterte.

Nathan ging hinüber und lehnte sich neben seiner Mum auf den Holzzaun. Er wartete darauf, dass sie Lo ermahnen würde, die Fersen unten zu halten, aber sie tat es nicht. Ihre Augen waren stumpf.

«Alles in Ordnung?», fragte er.

«Steve hat angerufen. Die –», Liz stolperte über das Wort, «– Obduktion ist abgeschlossen. Wir haben grünes Licht für die Beerdigung.»

Nathan dachte an Camerons Anruf im Ärztezentrum in St Helens. «Hat man keine anderen Gesundheitsprobleme festgestellt?»

Liz schüttelte schwach den Kopf und fragte nicht, warum. Aber Xander sah auf.

«Willst du dich etwas hinlegen?», fragte Nathan. «Ich helf den Mädchen mit den Pferden.»

Er rechnete mit Widerspruch, doch sie nickte bloß. Mit sichtlicher Anstrengung stieß sie sich vom Holzzaun ab und schleppte sich zum Haus.

«Ihr geht's schon den ganzen Morgen schlecht», sagte Xander. Seine Stimme klang ein wenig kühl. «Lo ist vorhin fast vom Pferd gefallen, und sie hat es nicht mal gemerkt.»

«Verstehe», sagte Nathan. «Hör mal, es tut mir leid, dass ich heute Morgen ohne dich losgefahren bin.»

«Schon okay.»

Es war nicht okay, vermutete Nathan, aber Xander war offenbar mit den Gedanken woanders. «Hast du Ilse die Karte von Onkel Cam gezeigt?»

«Ja.» Nathan erzählte ihm, was Ilse gesagt hatte. Er zögerte kurz, erzählte ihm dann auch von den Anrufen in St Helens.

Xander runzelte die Stirn. «Hat Cam gedacht, Jenna könnte in St Helens sein?»

«Keine Ahnung. Vielleicht.»

Xander senkte den Blick wieder auf das Malbuch. Es war voll mit Los Bildern.

«Was hast du da?», fragte Nathan.

Xander reichte ihm das aufgeschlagene Buch. Nathan betrachtete das Bild. Es zeigte zwei Mädchen, das eine kleiner als das andere und beide mit dunkelblonden Haaren. Es war schwer zu sagen, wie alt sie waren, aber das größere Mädchen hatte einen Arm in einer bunten Schlinge.

Die beiden standen im Vordergrund des Bildes, mit leuchtend orangegelber Erde unter den Füßen. Hinter ihnen ragte etwas Breites und Dunkles auf, das den Blick auf den Horizont versperrte. Das Bild stammte unübersehbar von der Hand eines Kindes, das aber gut malen konnte, und was es darstellen sollte, war ebenfalls unverkennbar.

«Das ist das Stockman-Grab», sagte Nathan. Neben den Grabstein hatte Lo eine weitere Figur gemalt. Sie war schemenhaft und unvollendet, hatte aber etwas seltsam Menschliches. Eine Frau, dachte Nathan, obwohl er das nicht genau hätte begründen können. Im Gegensatz zu den deutlich erkennbaren Mädchen war die Frau formlos und diffus. Nathan schaute von dem Bild auf. Camerons Töchter ritten jetzt am anderen Ende des Zauns entlang.

«Ich wusste gar nicht, dass sie draußen am Grab waren.» Xander deutete auf die Schlinge am Arm des gemalten Mädchens. «Jedenfalls nicht in letzter Zeit.»

«Ich auch nicht.» Nathan rief laut: «Mädels!» Sein Tonfall bewirkte, dass sie prompt ihre Pferde zügelten. «Kommt mal her. Ich muss mit euch reden.»

«Haben wir was angestellt?», fragte Sophie, als sie angaloppiert kam und in einer Staubwolke vor ihm stoppte.

«Nein. Ich wollte dich was zu dem Bild hier fragen, Lo.»

Lo beugte sich näher, doch als er es hochhielt, veränderte sich ihr Gesicht. Sie streckte nicht den Arm aus, um es zu nehmen. Hinter ihr reckte Sophie den Hals, um besser sehen zu können. Ihr Pferd war unruhig, tänzelte in engen Kreisen. Nathan sah, dass Sophie sich die Zügel straff um die gesunde Hand gewickelt hatte und das Leder ihr in die Knöchel schnitt.

«Was soll das Bild darstellen, Lo?», hakte Nathan nach.

«Das ist das Stockman-Grab, das sieht man doch», blaffte Sophie. Das gesprächige Mädchen vom Vorabend war verschwunden. Ihre Miene war argwöhnisch, und Nathan sah, dass ihre gesunde Hand die Zügel noch fester packte.

«Ich wusste gar nicht, dass ihr an dem Grab wart.»

«Ein Mal. Mit Mummy.»

Nathan deutete auf die schemenhafte Frau. «Ist das da eure Mum?»

«Ja, klar», sagte Sophie, ehe Lo antworten konnte. «Wer denn sonst?»

«Keine Ahnung», sagte Nathan wahrheitsgemäß. «Vielleicht eine Freundin von ihr?»

«Mummy hat keine Freundinnen. Was ist?», sagte Lo, als Sophie sie böse ansah. «Wir doch auch nicht.»

«Ihr seid also mit eurer Mum zu dem Grab gefahren?», fragte Xander. «Wann war das?»

«Ist ganz lange her», sagte Lo.

«Nein, gar nicht so lange. Kurz nachdem ich mir den Arm gebrochen hab.» Sophies Pferd drehte sich wieder, und sie musste den Kopf herumreißen, um Nathan ansehen zu können.

«Was habt ihr da gemacht?»

Die Schwestern wechselten einen Blick, aber Nathan hatte das Gefühl, dass sie nicht absichtlich ausweichend waren.

«Nichts. Wir sind hingefahren, und dann», Sophie runzelte die Stirn, «sind wir einfach wieder nach Hause gefahren. Mum hat gesagt, wir würden ein Picknick machen.»

«Aber wir hatten nichts zu essen mit», sagte Lo.

«Doch. Später, weißt du nicht mehr? Wir haben das Picknick dann an den Ställen gemacht.»

Lo blickte nachdenklich, zog die Stirn kraus.

«Wir sind nur ein paar Minuten an dem Grab gewesen», sagte Sophie.

«Stimmt.» Lo nickte. «Ich fand's doof da.»

«Und sonst ist nichts passiert? Gar nichts?» Nathan sah, wie seine Nichten den Kopf schüttelten. «Na gut. Danke, Mädels.»

Sophies Pferd war noch immer widerspenstig und rollte die Augen, sodass Nathan das Weiß darin sehen konnte. Sie lockerte die Zügel und galoppierte über die Koppel davon.

Lo blieb noch. Ihr Pony war sanftmütiger. «Bist du böse auf Mummy?»

«Nein. Wie kommst du denn darauf?»

«Weil du so traurig guckst.»

Tat er das? «Tut mir leid.» Nathan setzte eine Miene auf, die hoffentlich neutraler wirkte. Er wollte das Malbuch schon schließen, als ihm noch eine Frage kam. «Wieso hast du eure Mum auf dem Bild nicht zu Ende gemalt?»

Lo, plötzlich unsicher, sah sich nach ihrer Schwester um, die außer Hörweite war. Sie zögerte, beugte sich dann auf ihrem Pony näher zu ihm.

«Daddy mochte es nicht», flüsterte sie.

«Wie meinst du das?»

«Er hat mein Bild gesehen und war böse auf Mummy. Ich wollte nicht, dass er noch böser wird.»

Als Nathan die Pferde der Mädchen in die Ställe führte, war Ilse nicht mehr dort. Lo war abgelenkt gewesen, und weil sie unkonzentriert war, hatte sie ein paarmal die Kontrolle über ihr Pony verloren. Sie wusste nicht, warum Daddy böse war, hatte sie gesagt, sie dachte einfach, dass er es war. Nathan und Xander hatten einen Blick gewechselt, als Lo immer bekümmerter wurde, und hatten sie nicht weiter bedrängt. Nachdem Lo ein zweites Mal fast aus dem Sattel gefallen wäre, hatte Nathan Xander gebeten, die Mädchen ins Haus zu bringen und sie mit irgendwas Ungefährlicherem zu beschäftigen. Er hatte die Pferde zu den Ställen geführt und sie in aller Ruhe abgesattelt und verpflegt, während er seinen Gedanken nachhing.

Als er den langen Weg zurück zum Haus ging, hörte er das Geräusch. Er war unter einem Fenster draußen vor einer der Hütten und blieb stehen. Leises Schluchzen. Irgendwer weinte da. Er ging zum Eingang und die Stufen hinauf.

Das Innere der Hütte erstaunte ihn. Sie war in ein richtiges Klassenzimmer verwandelt worden, mit einer Tafel und kleinen Schulbänken und Alphabet-Postern an den Wänden. Vieles davon sah selbstgemacht aus, und Nathan meinte, hier und da Ilses Stil zu erkennen.

Katy saß in einem großen Sitzsack in der Leseecke. Sie wischte sich die Augen, als Nathan hereinkam.

«’tschuldigung», sagte er. «Ich hab Sie draußen gehört.»

«Kein Problem.» Katy putzte sich die Nase in ein zerfetztes Papiertaschentuch. Mit ein wenig Mühe stemmte sie sich aus dem Sitzsack und stand auf. «Ich muss sowieso langsam zurück.»

«Was ist denn los?»

«Nichts.»

«Soll ich Simon holen?»

«Nein. Es geht schon.»

Nathan nahm eine Küchenrolle aus einem Regal mit Malsachen und reichte ihr ein Blatt. «Lassen Sie sich ruhig einen Moment Zeit.»

«Danke.» Katy nahm das Tuch entgegen und wischte sich die Augen.

Nathan schlenderte herum, während sie sich wieder in den Griff bekam. Der Klassenraum war um einiges hübscher als das, was er, Cam und Bub als Kinder gehabt hatten. Ihre Schularbeiten machten sie hauptsächlich am Küchentisch oder gar nicht. Auf dem Lehrerpult stand ein Laptop, an dem einige Post-its mit Notizen in, wie er vermutete, Katys Handschrift klebten.

Daneben lag aufgeschlagen ein dickes Handbuch der School of the Air, und Nathan musste an sein Gespräch mit Sophie auf der Veranda denken.

Ich glaub, sie ist gar keine Lehrerin.

Er blickte auf. Katy putzte sich wieder die Nase. Er blätterte in dem Handbuch. Für jede Lektion gab es genaue Anweisungen für die Betreuungslehrkraft.

Einführung in die Unterrichtseinheit, las er. *Halten Sie das Buch hoch und sagen Sie zu den Schülern: «Unser heutiges Thema sind Bilderbücher. Wir lernen, welche Figuren in dieser Geschichte vorkommen.» Zeigen Sie den Schülern den vorderen Buchdeckel. Bitten Sie sie, den Titel vorzulesen.*

Nathan runzelte die Stirn. Er las weiter. Es gab für alles präzise Anleitungen. Mit ihrer Hilfe konnte die Unterrichtsbetreuung nicht besonders schwierig sein. Notfalls würde er sich das sogar noch selbst zutrauen, dachte er. Er schloss das Handbuch und sah, dass Katy ihn beobachtete.

«Geht's wieder?», fragte er.

«Ja.» Ihre Stimme klang eine Spur zu hell, und ihr Make-up war leicht verschmiert, was ihre Augen seltsam dramatisch wirken ließ. «Ich hab bloß ein bisschen Heimweh. Ich krieg mich schon wieder ein.»

«Gehen Sie zurück zum Haus?», sagte er. «Da wollte ich auch hin.»

Sie öffnete die Hüttentür, und er folgte ihr die Stufen hinunter ins blendende Tageslicht.

«Haben Sie hier jetzt das Sagen?», fragte Katy unterwegs.

«Ich? Nein.»

«Wer denn dann?»

Das war eine gute Frage. «Ilse, schätze ich. Worum geht's denn?» Nathan warf ihr einen Seitenblick zu und sah gerade noch einen seltsamen Ausdruck über ihr Gesicht flackern.

«Simon und ich müssen bald weiter. Nicht wegen dem, was passiert ist», schob Katy rasch hinterher. «Ich hatte sogar schon mit Cameron drüber gesprochen, aber –» Sie brach ab.

«Verstehe», sagte Nathan. «Wann wollt ihr los?»

«Ist noch nicht ganz klar. Bald. Nächste Woche vielleicht. Ich muss das mit Simon besprechen.»

«Aber sagt auf jeden Fall Bescheid, bevor ihr abfahrt. Wenn Mitarbeiter verschwinden, müssen wir das melden, für den Fall, dass sie –» Er verstummte. *Tot mitten im Nirgendwo liegen.* «Zu ihrer eigenen Sicherheit.»

«Das soll nicht heißen, dass wir hier nicht gern arbeiten», sagte Katy rasch.

«Schon gut. Niemand bleibt für immer. Wollt ihr zurück nach England?»

«Ich würde gern, aber», Katy schüttelte den Kopf, «Simon hat noch keine Lust. Ihm gefällt es hier draußen.»

«Verstehe», sagte Nathan wieder. Er hatte das starke Gefühl, dass ihm irgendwas entging. «Seid ihr schon lange zusammen?»

«Drei Jahre.» Ihre Stimme war völlig ausdruckslos. «Wir sind verlobt.»

Das mochte ja sein, aber Bub hatte ausnahmsweise mal recht, dachte Nathan einigermaßen verwundert. Sie war nicht glücklich.

«Falls Sie mit jemandem reden möchten», sagte er nach einem Moment. «Ich meine, mit jemandem, der nichts mit der

Farm zu tun hat, könnten Sie sich an Steve von der Krankenstation wenden.»

«Wieso sagen Sie das?», fragte Katy und sah plötzlich argwöhnisch aus.

«Nur so. Manchmal brennt Mitarbeitern was auf der Seele, was sie nicht mit ihrem Boss bereden wollen. Mehr nicht.»

«Aha.» Sie nickte. «Sorry. Ich bin normalerweise nicht so, ehrlich. Aber ich werde einfach nicht damit fertig, was passiert ist.»

«Schon in Ordnung. Kann ich gut nachvollziehen.»

«In meinem Kopf geht's drunter und drüber», sagte Katy. «Ich weiß, Cameron war Ihr Bruder, und ich hab ihn nur ein paar Monate gekannt, aber ich muss immerzu daran denken, wie er gestorben ist.»

Auf der anderen Hofseite waren die Fenster des Hauses dunkel im Gegenlicht. Niemand sonst war zu sehen, und es fühlte sich an, als wären sie ganz allein. Harrys Wagen stand noch immer nicht in der Zufahrt.

Nathan zögerte und fühlte sich ein wenig wie ein Verräter. «Simon hat gesagt, er hätte einmal spätabends einen Streit zwischen Cameron und Harry gehört.»

«Ach das. Ja», sagte Katy. «Hat er mir erzählt. Kann aber kein sehr lauter Streit gewesen sein. Ich bin nicht davon wach geworden.»

«Glauben Sie, Simon hat da vielleicht was missverstanden?»

«Kann sein. Simon mochte Cameron sehr. Er fand, dass er ein guter Boss war, und er hat gern hier gearbeitet. Gut möglich, dass er mehr hineingelesen hat, als da war. Obwohl –»

Sie wurde langsamer, blieb dann stehen.

«Was?», fragte er.

«Hören Sie, ich arbeite hier bloß», sagte Katy schließlich. Sie blickte über den Hof. «Ich hab diesen Job nicht angenommen, um Freundschaften zu schließen oder mich in irgendwas einzumischen, schon gar nicht in so was. Ich will bloß ein bisschen Geld verdienen.» Sie wandte den Kopf und sah ihn an. «Und ich weiß nicht, was genau passiert ist, aber eines ist sicher: An Camerons Tod ist irgendwas faul.»

Sie verstummte, und Nathan wartete, während die Stille immer stärker auf ihnen lastete.

«Als ich Cam an dem letzten Morgen gesehen hab, da hat er zu mir gesagt, er wäre am nächsten Tag wieder da», redete Katy schließlich weiter. «Und ich kann's nicht erklären, also fragen Sie nicht, aber ich bin sicher, dass er das auch wirklich so gemeint hat. Ich weiß nicht, was in der Zwischenzeit passiert ist, aber an dem Morgen hatte Cameron fest vor, wieder nach Hause zu kommen. Ich wünschte, es wäre jemand dabei gewesen. Simon oder sogar die Mädchen. Die würden es Ihnen sagen.»

«Ilse war da.» Nathan zögerte. «Sie hat ihn gesehen.»

«Ja. Stimmt.» Katy ging wieder weiter Richtung Haus.

«Und sie hat erzählt, dass er ihr so ziemlich das Gleiche gesagt hat wie Ihnen. Dass er am nächsten Tag zurück wäre.»

«Tja.» Ein knappes Achselzucken. «Ich war zu weit weg, um es hören zu können, daher müssen wir ihr wohl glauben.»

«Und Ihnen.»

Sein Tonfall ließ Katy aufblicken, dann verzog sie den Mund zu einem harten Lächeln. «Das ist wahr. Aber –»

Sie brach abrupt ab und schaute zum Haus. Nathan folgte ihrem Blick und bemerkte in einem der Fenster einen Schatten. Simon. Er schaute zu ihnen herüber, die Augen durch die Spiegelung in der Scheibe verborgen.

Katy ging auf einmal schneller, und Nathan musste ein paar Schritte traben, um sie einzuholen.

«Aber was?», fragte er. «Was wollten Sie gerade sagen?»

«Nichts. Ist egal.»

«Ist es nicht.»

«Hören Sie, ich will keinen Ärger machen. Ich versuche, mich aus allem rauszuhalten.»

«Kommen Sie, Katy.» Nathan blieb stehen. «Bitte. Er ist tot.»

«Das weiß ich.» Aber sie blieb ebenfalls stehen. «Na schön. Ich meine nur, wenn Cameron und Ilse an dem Morgen tatsächlich nur das zueinander gesagt haben, dann haben sie sich dafür aber massig Zeit gelassen.» Sie schien einen Moment zu überlegen. «Und außerdem hat Ilse nicht zum Abschied gewinkt, als er wegfuhr.»

«Na und? Das muss nichts heißen.»

«Vielleicht nicht.» Katy warf ihm mit ihren dunklen, verschmierten Augen einen Blick zu, den er nicht einschätzen konnte. «Aber wenn Sie wegfahren, winkt sie Ihnen nach.»

Sie sahen sich in die Augen, dann zuckte Katy die Achseln.

«Ich hab doch gesagt, es ist nichts.» Sie steckte das Papiertaschentuch in ihre Jeanstasche. «Übrigens, danke für vorhin. Es geht mir jetzt besser.»

Er sah ihr nach. Als Nathan das nächste Mal zum Haus schaute, war Simon nicht mehr da, und alle Fenster waren wieder dunkel.

KAPITEL DREIUNDZWANZIG

Es war interessant, dachte Nathan, wie anders Dinge wirken konnten, wenn man sie aus nächster Nähe betrachtete. Er stand allein im Wohnzimmer, mit der Nase dicht vor Camerons Gemälde. Das Bild vom Stockman-Grab hing auf Augenhöhe an der Wand. Draußen wurde es dunkel, und im künstlichen Licht der Deckenlampe waren die Details nicht richtig zu erkennen. Trotzdem war es leicht hypnotisch, die Linien der Pinselführung und die Art, wie zwei Farben zu etwas Neuem verschmolzen, genauer zu betrachten. Er wollte sich schon abwenden, als sein Blick am linken Rand des Bildes verharrte. Am Horizont war ein dunkler Fleck, der ihm noch nie aufgefallen war. Er war mattgrau und so schwach, dass er fast durchsichtig war.

Nathan blinzelte und beugte sich noch näher heran. Was zum Teufel sollte das sein? Eine Person? Ein Schatten? War es bloß ein Schmutzfleck? Er strich vorsichtig mit dem Daumen darüber. Nein, eindeutig Farbe. Also von Cam durchaus beabsichtigt und gewollt.

«Cameron würde dich umbringen, wenn er das sähe.» Ilses Stimme ertönte in der offenen Tür, und er drehte sich um. «Finger weg von dem Bild. Goldene Regel in diesem Haus.»

Nathan hob die Hände und trat einen Schritt zurück.

«Das ist wahrscheinlich sicherer.» Sie lächelte ihn müde an. Aus der Küche konnte er hören, dass der Tisch abgeräumt wurde. Das Abendessen war überwiegend schweigend und in gedrückter Stimmung verlaufen.

«Ilse», sagte er, als sie sich zum Gehen wandte.

Sie blieb stehen und wartete.

«Ich hab heute mit den Mädchen geredet. Sie haben erzählt, dass du mit ihnen da draußen warst.» Nathan deutete mit dem Kopf auf das Bild.

«Am Grab?», sagte Ilse. «Wie seid ihr denn darauf gekommen?»

«Lo hat ein Bild davon gemalt.»

Der Hauch eines Lächelns glitt über ihr Gesicht. «Ach so. Klar.» Sie kam ins Zimmer und stellte sich neben ihn vor das Bild. «War eine blöde Idee. Ich bin mit ihnen hingefahren, um ein Picknick zu machen. Das war vor ein paar Wochen, nachdem Sophie sich den Arm gebrochen hatte. Ich wollte sie ein bisschen auf andere Gedanken bringen, und ich dachte, es würde Lo vielleicht helfen, wenn sie das Grab mal mit eigenen Augen sah. Um ihm das Geheimnisvolle zu nehmen, denke ich.»

«Sophie hat gesagt, ihr wart nicht lange da.»

«Nein.» Ilse lachte leise. «Als wir da ankamen, wurde mir gleich klar, dass es eine Schnapsidee war. Es war viel zu heiß. Lo hatte Angst. Ich hab die Mädchen gleich wieder ins Auto gepackt und bin nach Hause gefahren. Es war eine lange Fahrt, um fünf Minuten dort zu sein, aber es war besser so. Wir haben dann bei den Ställen gepicknickt. Hätte ich von Anfang an so machen sollen.»

Ilse betrachtete Camerons Gemälde, trat dann langsam einen Schritt näher, bis sie so dicht vor der Leinwand stand wie Nathan zuvor.

«Cameron war verärgert, als er gehört hat, dass wir da draußen waren», sagte sie. Nathan konnte ihr Gesicht jetzt nicht sehen.

«Wieso?»

«Er fand es nicht gut, dass ich mit den Mädchen so weit

rausgefahren war. Er meinte, es wäre zu einsam und um diese Jahreszeit zu ungeschützt.» Ilse schob den Kopf näher heran und studierte die dicke dunkle Farbe des Grabs. Sie hob langsam eine Hand und streckte den Zeigefinger aus. «Er meinte, es wäre gefährlich.»

Ihr Finger verharrte zwei Zentimeter vor der Leinwand. «Ist schon irgendwie komisch», sagte sie mit einer Stimme, die deutlich machte, dass es überhaupt nicht komisch war, «wie sehr er damit recht behalten hat.»

Einen Zentimeter.

«Nein! Nicht das Bild anfassen, Mummy!»

Die Stimme an der Tür klang entsetzt. Nathan drehte sich um und sah Sophie, den Mund weit aufgerissen. Ilse ballte sofort die Finger zur Faust und ließ die Hand sinken.

«Daddys Bild ist *tabu*», sagte Sophie, als hätte sie es auswendig gelernt.

«Ich weiß.» Ilse trat zurück, und Erleichterung und Verwirrung malten sich in Sophies Gesicht ab. Sie sah das Bier in Nathans Hand.

«Kein Essen oder Getränke in der Nähe von dem Bild.»

«Ja, Soph, das wissen wir beide», sagte Ilse. «Wir haben das Bild nicht angefasst, wir haben es uns bloß angesehen.»

«Das bringt Unglück. Der Stockman wird wütend.»

Ilse musste sich offensichtlich beherrschen, um nicht die Augen zu verdrehen. Sie schaffte es so gerade eben. «Schätzchen, der Einzige, der wegen Fingerabdrücken auf dem Bild wütend wurde, war Dad. Komm jetzt, du musst sowieso ins Bett.»

Sophie warf Nathan einen letzten warnenden Blick zu, ehe sie widerwillig in der Diele verschwand. Ilse folgte ihr, blieb dann an der Tür stehen.

«Sie hat aber recht», sagte sie. «Cam wurde fuchsteufelswild, wenn jemand das Bild angefasst hat.»

«Dann lass ich wohl besser die Finger davon.»

Sie nickte und ging. Wieder allein, sank Nathan auf die Couch. Als er gerade einen Schluck Bier trinken wollte, wurde sein Blick auf das dunkle Fenster gelenkt. Er stutzte, die Flasche auf halbem Weg zum Mund. Irgendetwas war anders. Der Abend war irgendwie nicht mehr so schwarz, wie er es gewesen war.

Nathan hievte sich auf die Beine und spähte durch die Scheibe. Sein Spiegelbild starrte ihn an, mit einem Ausdruck, den er nicht ganz wiedererkannte. Er schaute hindurch, in die Dunkelheit. Von seinem Blickwinkel am Fenster aus brauchte er einen Moment, um zu begreifen, was er da sah.

Zwei Autoscheinwerfer, deren Licht die Dunkelheit durchdrang. Er konnte ein schwaches Brummen hören. Auf der ansonsten leeren Zufahrt stand Camerons Wagen mit laufendem Motor.

Das weiße Licht blendete. Nathan schirmte die Augen mit einem Arm ab, doch es brachte nichts. Seine Nachtsicht war hinüber. Er stand allein auf der Zufahrt. Er konnte nicht ins Wageninnere sehen. Er konnte genau genommen gar nichts sehen außer den grellen Lichtkegeln.

Er steuerte direkt auf die Fahrerseite zu und hatte die Hand schon an der Tür, als die sich öffnete. Die Innenbeleuchtung ging an. Sie war kein Vergleich zu dem Scheinwerferlicht, und Nathans Augen brauchten noch immer einen Moment, um sich anzupassen.

Xander saß hinterm Lenkrad.

«Mein Gott.» Nathan ließ die Hand sinken. «Du hast mir einen Schrecken eingejagt.»

Xander sagte nichts, starrte bloß geradeaus durch die Windschutzscheibe. Nathan ging vorne um den Wagen herum, durchschnitt mit seinem Schatten die perfekten Scheinwerferstrahlen. Er versuchte, die Beifahrertür zu öffnen. Sie war verriegelt. Für einen Sekundenbruchteil erkannte Nathan, dass er sich nicht sicher war, was sein Sohn als Nächstes tun würde. Ein Moment verging. Dann beugte Xander sich herüber, zog den alten manuellen Verriegelungsknopf am Fenster hoch und ließ ihn einsteigen.

«Hättest du nicht wenigstens abblenden können?» Nathan blinzelte. «Ich bin halb blind.»

Keine Entschuldigung. Das war neu. Noch immer ein wenig geblendet, sah Nathan seinen jugendlichen Sohn an, der zusammengesunken auf dem Fahrersitz saß, und er ertappte sich womöglich zum allerersten Mal bei der Frage, was seine Exfrau ihm jetzt raten würde.

«Was machst du hier?», sagte er.

«Nichts.» Das stimmte wahrscheinlich halbwegs. Xander war nicht angeschnallt, und der Motor tuckerte im Leerlauf bei eingeschalteter Klimaanlage. Es sah nicht so aus, als hätte er vorgehabt, irgendwohin zu fahren.

«Okay.» Nathan lehnte sich zurück. Im gespenstischen Licht der Scheinwerfer konnte er die Schlieren von toten Insekten und festgebackenem Dreck auf der Scheibe sehen. Sein Widerwille dagegen, Vater zu werden, hatte zum großen Teil auf Angst basiert, das war ihm nach Xanders Geburt klargeworden. Diese Angst war so tief in ihm verankert gewesen, dass Nathan versucht hatte, sie weiterhin vergraben zu halten. Er hatte Jacqui nichts davon erzählt. Stattdessen hatte er sich irgendwie durchgewurstelt und in jeder Situation überlegt, wie sein Vater reagiert hätte, um dann – bisweilen mit echter Kraftanstrengung – genau das Gegenteil zu tun. Die meiste Zeit hieß das schlicht und ergreifend, den Mund zu halten, und das tat er jetzt auch.

Er machte es sich auf dem abgewetzten Autositz möglichst

bequem. Xander wandte den Kopf und sah ihn an, sagte aber nichts, als Nathan die Augen schloss. Nathan war zuversichtlich, denn er wusste genau, dass er Schweigen besser aushielt als alle, die er kannte. Er konnte Wochen verbringen, ohne ein Wort zu sagen, und das hatte er auch schon, mehrfach. Xander, der im Getriebe und Lärm der Großstadt aufwuchs, würde als Erster reden.

«Ich hab Onkel Cam wirklich gemocht.»

Nathan öffnete die Augen. Nicht mal drei Minuten, wie ihm die Uhr am Armaturenbrett verriet.

«Es ist total seltsam ohne ihn.» Xanders Stimme war leise.

«Ich weiß.» Nathan verstand das gut. Manchmal hatte er das Gefühl, hier ständig und überall an Cameron erinnert zu werden. Er sah sie beide als Kinder, wie sie Kricket im Garten übten, als Teenager, wie sie versuchten, sich gegenseitig im Reiten zu übertrumpfen, als Erwachsene, wie sie sich abrackerten, um ihren Lebensunterhalt von dem Land zu bestreiten. Cameron war sein Leben immer planvoll angegangen. Er hatte sich gründlich überlegt, wie er sein gewünschtes Ziel am besten erreichte, und genau das dann getan. Nathan neigte hingegen dazu, sich auf Experimente einzulassen und das Beste zu hoffen. Camerons Methode hatte sich ein ums andere Mal als die bessere erwiesen.

«Eigentlich wollte ich noch ein bisschen weitersuchen.» Xander deutete mit dem Kopf auf den Schuppen vor ihnen. «Rausfinden, was Onkel Cam verloren haben könnte.»

«Falls Lo recht hat.»

«Ja, genau. Wer weiß das schon?» Xander schüttelte den Kopf. «Und es bringt sowieso nichts. Ich meine, hier ist überall so verdammt viel Platz, da könntest du ewig rumsuchen, ohne je was zu finden.»

«Kann sein.»

«Es stimmt.» Xander wandte sich Nathan zu und sagte mit drängendem Ernst: «Ich hab nachgedacht. Du solltest von hier weggehen.»

Nathan blinzelte. «Wie meinst du das?

«Gib deine Farm auf. Zieh weg. Mach was komplett anderes.»

«Und *was* zum Beispiel? Wovon redest du?»

«Komm nach Brisbane.»

«Ich kann nicht nach Brisbane kommen. Was soll ich denn in Brisbane machen?» Nathan versuchte, es sich vorzustellen. Asphalt unter den Schuhen. Überall Mauern. Autos ohne Ende.

«Mach irgendwas», sagte Xander. «Es gibt doch bestimmt irgendeinen anderen Job, den du machen könntest. In einem Park arbeiten oder so. Es muss ja kein Bürojob sein.»

«Was ist mit der Farm?»

«Gib sie einfach auf.»

«Das kann ich nicht, Junge.» Nathan wurde leiser, obwohl sie allein waren. «Ich kann's mir nicht leisten. Ich habe Schulden bei der Bank. Ich müsste verkaufen.»

«Dann verkauf doch!»

«Herrgott, Xander. Und an wen?»

«Keine Ahnung. Werd sie einfach irgendwie los. Bitte, Dad. Du musst da weg. Es ist nicht gut da draußen.»

«Was ist denn auf einmal los mit dir? Warum sagst du das?» Er wusste genau, warum.

«Darum.»

Nathan wartete. Diesmal keine dreißig Sekunden.

«Weil ich nicht will, dass du so endest wie Onkel Cam.»

«Xander …»

«Was?», blaffte er. «So wird es nicht kommen? Willst du das sagen? Lass mich raten, dir geht's super, und du würdest nie im Leben auch nur daran denken, das Gleiche zu tun wie Onkel Cam.»

Nathan erwiderte nichts.

«Weil jeder gedacht hat, Cam würde es super gehen», fuhr Xander fort. «Okay, in den letzten Wochen vielleicht nicht mehr so ganz super. Aber viel besser als dir.»

Nathan hatte seinen Sohn noch nie so erlebt, und es machte ihm ein wenig Angst.

«Nie sagt einer, dass es dir super geht, Dad. Wenn ich zu Besuch komme oder mit Grandma telefoniere. Kein Mensch sagt, es geht dir gut.»

Nathan schwieg.

«Harry hat gesagt, du hast deinen Waffenschein auslaufen lassen.»

«Herrgott noch mal. Harry soll sich gefälligst um seinen eigenen Kram kümmern.»

«Wirst du ihn neu beantragen?»

«Ja, werde ich, wenn das anscheinend allen schlaflose Nächte bereitet.» Nathan versuchte, einen lockeren Ton anzuschlagen. «Ich dachte, du würdest dich freuen. Wo du doch ständig bei diesen Demos mitmachst.»

«Du traust dir selbst nicht mehr, mit Waffen im Haus. Was sollte mich daran freuen?» Xander klang plötzlich resigniert.

«Das ist nicht der Grund, Junge.»

«Ach nee?»

«Nein.» Nathan sah ihn an. «*Nein.* Ich meine, hier im Haus ist ein gut gefüllter Gewehrschrank, oder? Und ich hab kein Problem damit.»

«Hier bist du ja auch nicht allein.»

Nathan zwang sich durchzuatmen, tief und lange, bis er sich etwas ruhiger fühlte. «Hör mal. Es tut mir leid. Es ist nicht deine Aufgabe, dir Sorgen um –»

«Sag nicht, es tut dir leid», fiel Xander ihm ins Wort. «Tu was dagegen. Zieh von hier weg. Irgendwohin, wo andere Menschen sind. Fang noch mal neu an. Vielleicht könnte Mum dir Geld leihen. Ich weiß, sie hat dich verlassen, aber –»

«Wir wollten beide die Trennung, besten Dank.»

«– aber sie ist viel glücklicher, seit sie mit Martin zusammen ist. Ich wette, die beiden würden dir helfen, wenn ich sie bitte.»

«Bitte sie nicht. Das ist mein Ernst, Xander. Bitte deine Mum nicht.»

«Mensch, Dad, dann musst *du* irgendwas machen. Hörst du?» Xander strich sich mit einer Hand durchs Haar. «Ich hab Angst, okay? Dass die Farm und das alles hier …», er deutete auf die Leere draußen vor dem Wagenfenster, «dass dieses verfluchte *Outback* dich irgendwann kaputt macht, wie Onkel Cam.»

Die Stille zwischen ihnen war fast lauter als das Brummen des Motors. Nathan war nicht klar gewesen, dass es möglich war, sich angesichts seiner Lage noch schlechter zu fühlen. «Du brauchst keine Angst zu haben. Was kann ich tun, damit du dich besser fühlst?»

«Zuallererst könntest du dein Funkgerät einschalten.»

«Okay. Kein Problem.»

«Und benutz es auch mal. Gib ein Lebenszeichen von dir.»

«Das mach ich schon. Ich hab so ein Gerät.» Nachdem Nathan vor einem Jahr zwei Wochen lang durch Hochwasser abgeschnitten und telefonisch nicht zu erreichen gewesen war, hatte Harry ihm einen simplen GPS-Tracker vorbeigebracht.

Den soll ich dir geben, sagte er. *Du drückst diesen Knopf, wenn alles in Ordnung ist, und den hier, wenn was nicht in Ordnung ist. Das Ding sendet ein Signal nach Burley Downs. Mach das jeden Abend, Nathan, ohne Ausnahme.* Und das tat Nathan auch.

«Du solltest dir wieder einen Hund anschaffen», sagte Xander.

«Ich will keinen neuen.»

«Ich wette, keiner hätte was dagegen, wenn du Cams Hund nehmen würdest. Duffy scheint dich zu mögen.»

«Ich will sie nicht.»

«Wieso?»

«Weil ich nicht will, dass jemand sie vergiftet wie Kelly.»

Xander schwieg. «Ich dachte, Kelly wäre gar nicht vergiftet worden.»

«Doch.» Nathan schüttelte den Kopf. «Denkst du, ich kann das nicht beurteilen?»

«Doch, das weiß ich. Ich glaub dir. Aber ich dachte, Glenn hätte gesagt, dass ihr keinen Giftköder gefunden habt und sie krank gewesen sein muss oder so.»

«Woher weißt du, was Glenn gesagt hat?»

«Er hat es mir erzählt, als ich das letzte Mal hier war.»

«Ach so. Gut.» Nathan starrte geradeaus. Die plötzliche Schärfe zwischen ihnen war er nicht gewohnt.

«Dad, wir machen uns doch nur deshalb Sorgen, weil hier draußen so schnell was passieren kann. Und jeder weiß, dass du es schwerer hast als alle. Schwerer als Onkel Cam, und –» Xander seufzte. «Ich meine, selbst ihm war am Ende alles zu viel.»

«Ich weiß, in letzter Zeit ist es nicht gerade toll gelaufen. Aber, ehrlich gesagt, das Problem ist nicht die Farm. Nicht nur jedenfalls.»

«Was denn noch?»

Nathan antwortete nicht sofort. «Keine Ahnung. So einiges. Ich hab ein paar falsche Entscheidungen getroffen. Ein paar blöde Sachen gemacht. Die verdammte Geschichte mit Kei–, mit deinem Granddad.»

Er sprach nicht weiter, aber er hatte den Weg schon so oft beschritten, dass er ihn mit geschlossenen Augen gehen konnte. Die zahllosen Was-wäre-wenn-Fragen. Was, wenn er damals nicht in der Stadt gewesen wäre? Was, wenn er schon am Vorabend getankt hätte und seinem Schwiegervater nicht zufällig begegnet wäre? Was, wenn er eine Stunde früher oder später nach Hause gefahren wäre und Keith nicht am Straßenrand gesehen hätte? Was, wenn er nicht an einem Mann in Not vorbeigefahren wäre? Was, wenn er ein besserer Mensch gewesen wäre?

An diesem Punkt kamen Nathans Gedanken jedes Mal zum Stillstand. Die Antworten kreisten träge in der Luft über dem glänzenden, schimmernden Weg, den er nicht eingeschlagen hatte.

«Es ist nicht bloß die Farm, Xander», sagte er wieder. Das war die Wahrheit, dachte er, während er dem Schnurren des Wagens seines Bruders unter ihnen lauschte. Das Problem war auch ein schweigendes Funkgerät und die Tatsache, dass er keine anständigen Arbeiter fand, und ein ganzes Meer von Kontoauszügen in den Miesen und ein kaputter Kühlraum und jetzt, wie ihm mit jäher Verärgerung über seinen Sohn wieder einfiel, als er an sein verschlossenes Haus dachte, eine Rechnung von einem Techniker, den er dafür bezahlen musste, dass er lediglich zu seiner Farm und wieder weggefahren war. Es war Ilse –

Nathans Gedankengang blieb wieder an irgendetwas hängen und kam jäh zum Stehen. Er zog die Stirn kraus. Was hatte ihn stutzen lassen? Ilse. Nein, sie nicht, ausnahmsweise mal. Seine Farm? Zum Teil, aber das war es nicht. Der Techniker. Vielleicht. Ja. Was war mit ihm? Nathan versuchte, sich an das Telefongespräch mit dem Mann zu erinnern.

«Du willst also nicht mal darüber nachdenken, von hier wegzugehen?» In Xanders Stimme lag eine Kälte, die Nathan von seinem Sohn nicht kannte.

«Darüber nachgedacht hab ich schon mal, aber –» Nathan versuchte, sich zu konzentrieren. Irgendwo in seinem Hinterkopf lag etwas zum Greifen nahe. Was hatte der Techniker noch mal gesagt? Er hatte den Kühlraum nicht reparieren können. Er würde Nathan die Fahrtkosten trotzdem in Rechnung stellen müssen. Aber er würde ihm einen Rabatt geben, weil er an dem Tag ohnehin zur Atherton-Farm gemusst hatte.

«Aber was?» Xander sah ihn an. «Was hält dich denn hier? Ilse? Willst du ihretwegen bleiben?»

«Nein, Junge.»

«Weshalb auch immer», sagte Xander. «Ist es wichtiger als ich?»

«Nichts ist wichtiger als du, Xander.»

«Denkst du denn wenigstens noch mal drüber nach? Bitte, Dad? Was immer mit Cam los war, dass er da rausgefahren ist –»

Da war er wieder. Der diffuse Gedanke. Nathan versuchte, ihn zu packen und freizulegen, aber er steckte in einem undurchsichtigen Wirrwarr fest.

«Ich will nicht, dass dir das auch passiert, Dad, okay?»

Eine Pause. «Okay.» Die Antwort kam zu spät.

Xander starrte ihn an. «Du hörst mir nicht mal zu.»

«Doch. Xander, Junge, das tu ich. Ehrenwort.»

«Tust du nicht. Ich seh's dir an.»

«Ich höre dir zu. Ich hab bloß gerade überlegt –»

«Das ist doch scheiße.» Xander öffnete die Tür.

«Ach, komm. Bitte.»

«Vergiss es.» Xander zog den Zündschlüssel aus dem Schloss, und der Motor ging aus. Die Scheinwerfer flackerten und erloschen, tauchten sie beide in Dunkelheit. «Mir doch egal. Mach, was du willst. Ich geh ins Bett.»

Er warf Nathan den Autoschlüssel zu und stieg aus. Camerons Schlüssel landete auf dem Vinylsitz. Nathan nahm ihn, spürte das warme gezackte Metall und das Schlüsselband, das er sich fest um die Finger gewickelt hatte. Er saß allein im Dunkeln und ließ seinen Gedanken freien Lauf, als es bei ihm

Klick machte. Da war er, der Gedanke, dem er nachgejagt war. Er schob sich an ihn heran, kalt und verstörend und klar ausgeformt.

«Hey», rief er hinaus in die Dunkelheit, aber es war zu spät. Es war niemand da, der ihn hätte hören können. Xander war fort.

KAPITEL VIERUNDZWANZIG

Nathans Beifahrersitz war leer, und auf einmal kam ihm das komisch vor. Er hatte sich daran gewöhnt, dass Xander die letzte Woche immer neben ihm gesessen hatte. Duffy sprang aus dem Fußraum auf den Sitz und schaute schwänzelnd zum Fenster hinaus, aber das war nicht das Gleiche.

Nathan näherte sich auf der vollkommen leeren Straße den Felsen, während die Morgensonne am Himmel höher stieg. Wieder warf er einen Blick auf die Beifahrerseite und musste unwillkürlich daran denken, wie Xander ihn im frühmorgendlichen Dämmerlicht angesehen hatte, nachdem Nathan ihn geweckt hatte, um ihm seinen Plan zu erläutern.

«Willst du mitkommen?»

Xander hatte ihn bloß angestarrt, dann langsam den Kopf geschüttelt. «Nein.»

Das war okay, dachte Nathan, während er abbremste und von der Straße auf die verborgene Piste bog. Er brauchte keine Hilfe. Die Sache kriegte er auch allein hin. Er hatte die richtige Lücke in den Felsen diesmal auf Anhieb gefunden und fuhr hindurch. Oberhalb des sanften Abhangs war die Stelle, wo Camerons Wagen vier Tage zuvor gestanden hatte, leer.

Nathan hatte den Techniker noch vor Sonnenaufgang erreicht. Dave war nicht begeistert gewesen, weder von der Uhrzeit noch von dem Anruf.

«Mann, ich hab heute frei. Ehrlich, das mit dem Kühlraum tut mir leid, okay, aber ich war da, wie wir vereinbart hatten.»

«Dave, darum geht's nicht. Sie haben gesagt, dass Sie am Donnerstag raus zur Atherton gefahren sind. Dann sind Sie doch über die nördliche Straße gekommen, richtig? An meiner Grundstücksgrenze entlang?»

«Ja.»

«Um wie viel Uhr war das?»

«Weiß ich nicht genau. Ich bin zur üblichen Zeit los, dann wird es so gegen acht gewesen sein, schätze ich. Oder kurz danach.»

«Es war also schon hell. Hell genug, um sehen zu können?»

«Na klar. Ich fahr die Straße doch nicht im Dunkeln.»

«Haben Sie irgendwas von meinem Land aus gesehen?»

«Was meinen Sie?»

«Irgendwas. Oben auf den Felsen?»

Ein frustriertes Lachen. «Nichts, woran ich mich erinnern könnte, aber ich weiß nicht genau, worauf Sie hinauswollen, Mann.»

«Nein, schon gut. Ich auch nicht. Ich versuche bloß, ein paar Dinge zu klären.»

«Ihre Rechnung ist unterwegs, fürchte ich.»

«Ja. Freu mich schon drauf.»

Nathan hatte aufgelegt und gleich darauf Glenns Nummer auf der Polizeiwache gewählt. Er hörte, wie sich der Freiton veränderte, als sein Anruf weitergeleitet wurde. Glenn McKenna war in den Norden seines Reviers gerufen worden, erfuhr er von dem Officer. Ein riesiger Lastzug war mit einem Reisebus kollidiert. Zahlreiche Verletzte, sagte die Stimme. Er würde erst in zwei, drei Tagen wieder in Balamara sein.

«Was ist mit dem anderen? Dem Cop in St Helens. Sergeant Ludlow.»

Ein Klick auf einer Tastatur. Zahlreiche Verletzte, hatte die Stimme wiederholt. Ludlow war auch zu dem Unfall gerufen worden. «Kann ich Ihnen helfen?», sagte die Stimme.

«Wo sitzen Sie eigentlich?», fragte Nathan.

«Brisbane.»

«Dann sind Sie zu weit weg, um mir zu helfen.»

«Aber nicht zu weit weg, um eine Nachricht entgegenzunehmen.»

Nathan hatte in der Diele hinter sich Bewegung gespürt, doch als er sich umdrehte, war niemand da.

«Richten Sie Sergeant McKenna aus, dass Jenna Moore nicht in Großbritannien ist. Ich weiß nicht, ob er rausfinden kann, wo sie ist, aber –» Nathan stockte. «Sagen Sie ihm, ich muss ihn dringend sprechen.»

Nathan fuhr diesmal den Hang bis oben hoch und stieg aus. Den Motor und die Klimaanlage ließ er für Duffy laufen. Er öffnete die Heckklappe seines Land Cruisers und nahm eine Schaufel und die Markierflaggen heraus, die er auf seinem Grundstück verwendete. Er sah sich den Boden an. Nichts deutete darauf hin, dass Camerons Wagen je hier gewesen war, daher schätzte er ungefähr ab, wo die Räder gestanden hatten, und trieb die Flaggenstangen in die Erde.

Zwanzig Minuten später mühte er sich in Schweiß gebadet vergeblich ab, die vierte Stange fest im Boden zu verankern. Frustriert lehnte er sie schließlich gegen eine der anderen und hoffte, dass sie stehen bleiben würden. Als er wieder in den Wagen stieg, hatte er plötzlich ein Déjà-vu-Gefühl, denn er musste daran denken, wie er genau an dieser Stelle in Camerons verlassenen Wagen eingestiegen war. *Aber etwas war anders gewesen.*

Nathans Hände verharrten am Lenkrad. Sein Wagen und Camerons waren fast genau gleich, und er parkte an fast genau derselben Stelle, doch irgendetwas war diesmal anders. Er versuchte, sich die Szene in Erinnerung zu rufen, als er einige Tage zuvor mit Bub und Harry und Xander hier gewesen war. Er hatte angeboten, Cams Wagen nach Hause zu fahren, hatte sich ans Steuer gesetzt, nach unten gegriffen und den Sitz für den richtigen Abstand zu den Pedalen verstellt –

Nathan stutzte. Er und Cameron waren gleich groß gewesen. Schon seit sie Teenager waren. Wieso hatte er den Sitz neu einstellen müssen? Hatte einer der Cops ihn verstellt, als sie den Wagen durchsuchten? Nathan meinte nein, aber er war sich nicht sicher. Um wie viel hatte er ihn verstellen müssen? Hatte er ihn nach hinten geschoben oder nach vorn? Er saß lange da und dachte nach. Er konnte sich nicht erinnern.

Schließlich startete er den Motor und rollte langsam den Hang hinunter und wieder durch die Lücke in den Felsen. Minuten später war er erneut auf der Straße und fuhr in Richtung der Stelle, wo sein Land an die Schotterpiste grenzte. Er folgte der verlassenen Straße, bis er weit genug war, wendete dann und fuhr zurück. Er hielt ein gleichmäßiges Tempo bei, nicht zu schnell, nicht zu langsam, so wie seiner Einschätzung nach ein Techniker fahren würde, der bis zu seinem Weihnachtsurlaub nur noch wenige Aufträge zu erledigen hatte.

Er blickte stur geradeaus, ließ absichtlich nicht den Blick durchs Seitenfenster über die Felswand schweifen. Drei Minuten später sah er sie.

Die Flaggen fielen ihm gleich ins Auge, die Stangen hoch vor dem Himmel und deutlich sichtbar. Sie waren so lange zu sehen, wie Nathan brauchte, um ein paarmal ein- und auszuatmen, dann verschob sich der Winkel der Felsen im Fenster, und die Flaggen verschwanden.

Nathan wechselte einen Blick mit Duffy, die einfach froh wirkte, dabei sein zu dürfen. Er wendete und fuhr zurück. Beim zweiten Anlauf hätte er die Flaggen fast verpasst. Als er den Kopf drehte, sah er sie noch in der letzten Sekunde, ehe sie verschwanden. Ihm war klar, dass er aufmerksamer war, als ein normaler Fahrer es gewesen wäre, aber beim dritten Mal sah er sie wieder ganz deutlich. Er zählte im Kopf, während er vorbeifuhr. Die Flaggen waren fast vier Sekunden lang zu sehen. Und es waren nur Flaggen. Cams weißer Land Cruiser wäre sehr viel auffälliger gewesen, dachte er.

Nathan bremste den Wagen ab, als er sich der verborgenen Lücke näherte, und fuhr wieder hindurch. Er parkte oben am Hang, und als er ausstieg, musste er wieder an Camerons verstellten Sitz denken. Es war richtig schwer gewesen, die Stangen in den Boden zu schlagen. Sie herauszuziehen, war dagegen ein Kinderspiel, und schon nach einer Minute fuhr er wieder davon.

«Ich hatte recht, Junge», könnte er nun wahrscheinlich zu Xander sagen, wenn er nach Hause kam. Aber vielleicht würde er es auch nicht sagen. Xander war nicht besonders beeindruckt gewesen, als er sich am Morgen im Bett sitzend Nathans Theorie angehört hatte.

«Hör mal», hatte Nathan geflüstert, um nicht das ganze Haus aufzuwecken. «Wenn Dave am Donnerstagmorgen zur Atherton gefahren ist, hätte er Cams Wagen auf den Felsen sehen müssen.»

Xander hatte sich den Schlaf aus den Augen gerieben und nichts gesagt.

«Aber Dave hat den Wagen nicht gesehen», fuhr Nathan fort.

«Er *behauptet*, er hat ihn nicht gesehen.»

«Wieso sollte ein Techniker deswegen lügen? Er ist nicht mal von hier. Er kannte Cam nur vom Hallosagen, wenn er beruflich hier zu tun hatte. Falls er den Wagen im Vorbeifahren gesehen hätte, dann würde er das sagen.»

«Okay, aber –» Xander hatte sich aufgesetzt und gegen sein Kopfkissen gelehnt, nackter Oberkörper und zerzauste Haare.

«Aber was?»

«Vielleicht hat er ihn einfach übersehen.»

«Wieso sollte er ihn übersehen? Glenn hat den Wagen von der Straße aus gesehen. Das hat er gesagt.»

«Glenn ist Polizist. Der ist dazu ausgebildet, auf solche Sachen zu achten. Und er war mit uns verabredet, er wusste also, dass Cams Wagen hier irgendwo sein musste.»

«Genau deshalb sollten wir hinfahren und das überprüfen», sagte Nathan. «Ob der Wagen von der Straße aus deutlich zu sehen war.»

«Und wenn er zu sehen war?» Xander klang beunruhigt. «Wenn der Techniker ihn im Vorbeifahren hätte sehen müssen, aber nicht gesehen hat, wie er sagt, was heißt das dann deiner Meinung nach? Dass der Wagen am Donnerstagmorgen nicht da gestanden hat?»

«Ich weiß es nicht. Vielleicht. Wahrscheinlich.»

«Aber Steve hat gesagt, dass Onkel Cam da schon tot war oder so gut wie tot. Also, wenn sein Wagen zu der Zeit nicht da war, wo wir ihn gefunden haben, was bedeutet das dann? Dass jemand ihn bewegt hat?»

Nathan sagte nichts.

«Wer soll das gewesen sein? Jenna?»

Nathan erwiderte noch immer nichts.

«Jemand anders?», sagte Xander. «Einer von uns hier auf der Farm? Einer aus dieser Familie?»

«Jetzt hör aber auf.»

«Wer dann?» Xander wurde lauter.

«Noch mal, ich weiß es nicht», hörte Nathan sich barsch erwidern. «Deshalb will ich mir ja selbst ein Bild machen, bevor ich voreilige Schlüsse ziehe.»

«Tu's nicht, Dad. Das klingt –» Xander sah ihn an. «Verrückt.»

Nathan blinzelte jetzt, nahm die Piste vor ihm zum ersten Mal richtig wahr und stieg auf die Bremse.

«Scheiße.»

Er fuhr in die falsche Richtung. Er hatte unbewusst Kurs auf das Stockman-Grab genommen, statt zurück zur Straße zu fahren. Er hatte es bis jetzt nicht gemerkt, und ein winziger Teil von ihm fragte sich besorgt, ob das noch normal war. Er lauschte auf den Motor im Leerlauf und versuchte, seine Gedanken zu ordnen. Sie waren wirr und zusammenhanglos und fühlten sich an, als würden sie ihm durch die Finger gleiten.

Duffy kratzte ungeduldig am Sitz, und Nathan gab wieder Gas. Er näherte sich einem sanften Hügel, der den weiteren Verlauf der Piste verbarg. Er lenkte den Land Cruiser den Hang hinauf, wendete dann in einem weiten Bogen. Von der Kuppe aus müsste das Grab irgendwo unten zu sehen sein.

Stattdessen sah er eine Staubwolke.

Nathan hielt an, die Nase des Geländewagens oben auf der Kuppe. Die kleine Staubfahne wanderte etwa eine halbe Minute lang in der Ferne dahin, ehe er zum ersten Mal Metall aufblitzen sah. Er saß da, den Fuß auf der Bremse, und beobachtete das nahende Fahrzeug. Es kam über die Piste, und der Fahrtrichtung nach zu schließen, konnte es nur ein Ziel haben.

Als Nathan den Motor ausmachte, konnte er das Brummen des fernen Wagens hören. Er griff ins Handschuhfach und förderte sein altes Fernglas zutage. Neben ihm winselte Duffy. Ohne Klimaanlage heizte sich der Innenraum schnell auf.

Er spähte durchs Fernglas, bis er das Fahrzeug entdeckte. Er erkannte es auf Anhieb. Er hatte es jahrelang auf Camerons Farm stehen sehen. Es war ein gängiger Geländewagen, der meistens von Aushilfskräften benutzt wurde und in letzter Zeit von Simon.

Kurz vor dem Stockman-Grab bremste der Wagen ab, und in seiner Windschutzscheibe spiegelte sich nichts als Himmel. Nathan hielt das Fernglas ruhiger. Der Wagen stoppte und hielt in einem Winkel, durch den die Frontscheibe von Nathans Position aus jetzt eher dunkel als undurchsichtig aussah.

Nathan beobachtete den Wagen mit angehaltenem Atem. Er sah Bewegung im Innern, als die Person am Steuer nach irgendetwas auf dem Beifahrersitz griff. Durchs Fernglas konnte Nathan ein Handgelenk und langes Haar sehen, das über eine Schulter fiel. Das war eindeutig nicht Simon. Es war eine Frau.

KAPITEL FÜNFUNDZWANZIG

Die Fahrertür ging auf, und ein Bein, das in einer Jeans steckte, kam zum Vorschein. Die Frau war durch die offene Tür verdeckt, und Nathan rutschte das Fernglas ein wenig weg, sodass er die Szene aus dem Blick verlor. Als er es wieder ausgerichtet hatte, sah er gerade noch, wie die Tür zugeworfen wurde, und dann stand auf dem roten Sand neben dem Stockman-Grab eine sehr vertraute Gestalt.

Ilse.

Nathan merkte, dass er die Luft anhielt, und atmete aus, lang und schwer. Die Chance, sich bemerkbar zu machen, kam und war gleich wieder vorbei. Er hupte nicht und kurbelte auch nicht das Fenster herunter, um Ilses Namen zu rufen. Als er sich fragte, ob er eines von beidem tun sollte, war es bereits zu spät.

Ilse stand mit dem Rücken zu ihm, sah klein und einsam aus. Etwas Schwarzes lag zu ihren Füßen. Eine Art Tasche, dachte Nathan und hoffte, dass Ilse sich nicht plötzlich umdrehen würde. Er war ein gutes Stück entfernt, und sein Wagen war verdreckt, hatte fast dieselbe Farbe wie die Erde. Er parkte mit der Nase nach vorne an der Kante der Anhöhe, und der Stand der Sonne war für ihn von Vorteil. Falls Ilse in seine Richtung blickte, hätte sie die Sonne fast genau in den Augen. Dennoch würde sie den Wagen wahrscheinlich bemerken, wenn sie ihn direkt ansah. Solange sie das nicht tat, boten das Gelände und die Entfernung und die Tatsache, dass er stillstand, vermutlich Tarnung genug.

Nathan senkte das Fernglas mit einem beklommenen Gefühl. Er konnte soeben erkennen, dass Ilse sich hinkniete und nach der Tasche griff. Duffy jaulte, und er goss etwas Wasser in einen Plastikbecher und hielt ihn ihr hin. Ein Schweißtropfen rann ihm über die Stirn und ins Auge. Ohne die Klimaanlage wurde es jetzt extrem heiß. Nathan bewegte sich leicht, spürte den Rücken klebrig nass an der Lehne. Seine Hand griff nach dem Autoschlüssel. Aber er konnte den Motor jetzt nicht anlassen. Das würde Ilse auf jeden Fall hören. Nathan hob wieder das Fernglas an die Augen.

Ilse nahm irgendetwas aus der Tasche, aber von seinem Blickwinkel aus konnte Nathan nicht erkennen, was es war. Sie stand vorgebeugt, tief zu der Erde gebückt, wo man ihren Mann gefunden hatte, und wurde teils von dem Grabstein verdeckt. Nathan atmete einen Strom heiße Luft aus und schüttete den Rest aus seiner Wasserflasche in Duffys Becher. Seine übrigen Wasservorräte waren hinten im Wagen verstaut und im Moment nicht erreichbar. Es wurde unerträglich heiß im Wagen. Er öffnete das Fenster einen Spalt. Es brachte nichts.

Einige Jahre zuvor hatte Glenn ihm eine Geschichte über James Buchanan aus der Stadt erzählt. Der Mann war mit seiner Frau in Streit geraten. Es war ein heftiger Streit, und als die Sache eskalierte, hatte sie es geschafft, James aus dem Haus auszusperren. Er hatte gegen die Tür gehämmert, und als sie nicht aufmachte, war er auf die Rückseite des Hauses gegangen und hatte mit einem Kricket-Schläger die Klimaanlage zertrümmert. Dann hatte er sich hingesetzt und gewartet, Schläger in der Hand. Seine Frau war so verängstigt gewesen, dass sie sich nicht getraut hatte, die Türen und Fenster aufzumachen, hatte Glenn erzählt. Schließlich hatte sie einen Hitzschlag bekommen und wäre beinahe auf dem Fußboden ihrer Küche gestorben. Nathan glaubte, Glenn hätte ihm das nur erzählt, damit er sich besser fühlte. *Siehst du? Andere Leute machen auch miese Sachen.* Er hatte sich damals aber nicht besser gefühlt – kein bisschen –, und jetzt, während ihm die Haut am Sitz klebte, musste er ständig daran denken. Er warf einen Blick auf Duffy und kurbelte das Fenster noch ein Stück weiter herunter.

Er fragte sich, wie lange Ilse bleiben wollte. Sie musste die Hitze da unten doch auch spüren. Als er wieder hinsah, meinte er, sehen zu können, dass sich ihre Schultern bewegten. Weinte sie?

Sie blieb noch eine Minute länger dort knien, während er schwitzte, und schließlich, endlich, erhob sie sich. Nathan atmete auf. Sie strich mit einer Hand über den Grabstein, nahm dann die Tasche vom Boden. Mit einem letzten Blick auf das Grab öffnete sie die Fahrertür.

Nathan wischte sich mit einer Hand übers Gesicht, erstarrte dann mitten in der Bewegung, als Ilse plötzlich verharrte. Sie ließ den Blick über das Land gleiten, drehte langsam den Kopf. Als sie in Nathans Richtung schaute, schien sie innezuhalten. Er hielt den Atem an. Durch das Fernglas hatte er das Gefühl, als würden sie einander direkt ansehen.

Kannst du jetzt jemanden spüren?

Nur uns.

Nathan wagte nicht, sich zu bewegen. Er hielt das Fernglas reglos an die Augen und starrte hindurch, während ihm sein Herzschlag in den Ohren dröhnte. Hatte sie ihn gesehen? Er war sich nicht sicher, aber da ihr Gesicht einen geistesabwesenden Ausdruck behielt, glaubte er eher nicht. Schließlich senkte Ilse den Blick. Sie stieg in den Wagen, und er hörte den Motor anspringen.

Nathan saß da und sah der Staubwolke nach, die sie hinter sich herzog, als sie in die Richtung davonfuhr, aus der sie gekommen war. Er zwang sich, so lange zu warten, bis sie nicht mehr zu sehen war, ehe er schließlich seinen eigenen Motor startete.

Die Luft strömte zuerst lauwarm in den Innenraum, doch er atmete sie gierig in tiefen Zügen ein. Er stieg aus und holte Wasserflaschen aus dem Kofferraum, und während er und Duffy ausgiebig tranken, sah Nathan auf die Uhr. Ilse war alles in allem keine fünfzehn Minuten an dem Grab gewesen, obwohl es ihm länger vorgekommen war. Er runzelte die Stirn. Die weite Fahrt für nur fünfzehn Minuten. Sophies Stimme kam ihm wieder in den Sinn. *Wir haben nichts am Grab gemacht. Wir sind ausgestiegen, und dann sind wir wieder nach Hause gefahren.*

Nathan trank noch einen Schluck Wasser, beobachtete den Horizont und lauschte. Kein Staub, kein Geräusch. Ilse war weg. Er fuhr los und rollte langsam den Hang hinunter zum Grab. Er parkte ein kurzes Stück entfernt und stieg aus. Der Staubkreis um den Grabstein herum war längst verschwunden, dafür waren jetzt Ilses Fußabdrücke da. Er konnte die leichten Mulden in der Erde sehen, wo sie gekniet hatte. Er fragte sich, ob sie vielleicht gebetet hatte. Sie war ihm nie religiös vorgekommen, aber der Tod machte seltsame Dinge mit Menschen. Nathan berührte den Grabstein, warm in der Sonne. Irgendetwas fühlte sich falsch an, doch er konnte nicht sagen, was. Schließlich kniete auch er sich hin, und da sah er es.

An dem Loch, das sie unter Camerons Leichnam entdeckt hatten, war irgendwas gemacht worden. Es hatte sich von allein fast wieder aufgefüllt, als er mit Bub und Harry zuletzt hier gewesen war, doch jetzt sah es erneut anders aus. Nathan berührte die Erde. Sie war frisch durchwühlt worden. Er grub die Hand hinein, um zu sehen, ob Ilse irgendetwas hineingelegt hatte, doch er fühlte bloß losen Sand. Er fand ein paar Körner, bei denen es sich um Samen handeln könnte, und Nathan dachte an das Grab seines Dads. Er und seine Brüder hatten den Kerl nicht mal gemocht, und sie hatten trotzdem für ihn einen Baum gepflanzt. Hatte Ilse etwas in der Art auch für Cameron getan?

Die Sonne brannte auf ihn nieder, und er rutschte auf den Knien in den Schatten des Grabsteins. Die Spur, die er dabei im Sand hinterließ, sah auf eine Weise vertraut aus, dass ihm flau wurde. Er stand zu schnell auf und musste gegen ein Schwindelgefühl ankämpfen.

Wieder zurück in der Sicherheit seines Wagens, drehte Nathan die Klimaanlage höher. Die kühle Luft war eine Wohltat, und er lehnte sich zurück, spürte, wie dankbar seine Körperzellen reagierten, als sich seine Temperatur allmählich normalisierte.

Cameron hätte bis aufs Messer gekämpft, um bei seinem Wagen zu bleiben.

Der Gedanke kam aus dem Nichts. Nathan nahm seine Wasserflasche und trank einen großen Schluck. Cameron wusste, was es bedeutete, ohne Schutz vor der Sonne und ohne Vorräte hier draußen zu sein. Es war ein Todesurteil. Wenn Cam gewaltsam von seinem Wagen getrennt worden wäre, hätte er gekämpft. Nathan starrte auf das Grab. Im Geist sah er den Leichnam seines Bruders vor sich, als die Plane wegrutschte. Er hatte keinerlei Verletzungen an den Händen oder im Gesicht gehabt.

Nathan trank wieder einen großen Schluck Wasser und dachte darüber nach. Eine Stunde später wusste er noch immer nicht, was er denken sollte. Ihm war klar, dass er nach Hause fahren sollte. Morgen war Camerons Beerdigung. Das Land hatte ein weiteres Opfer gefordert. Nathan sollte zurückfahren und mit seinem Sohn reden. Mit Ilse. Stattdessen saß er in seinem Wagen neben dem Grab, bis der Schatten des Grabsteins fast eine ganze Drehung vollzogen hatte.

Es kam sonst niemand vorbei.

KAPITEL SECHSUNDZWANZIG

Nathan fuhr beinahe zu spät los, um es noch vor Einbruch der Dunkelheit nach Hause zu schaffen, und als er vor dem Haus hielt, brannte Licht in den Fenstern. Er knallte die Wagentür zu und stockte, als sein Blick auf den großen Eukalyptusbaum am Ende des Hofes fiel. Darunter, in der Dämmerung schwer zu erkennen, aber unmöglich zu übersehen, klaffte ein schwarzes Loch.

Nathan ging hinüber und blieb am Rand des Lochs stehen. Camerons Grab war tief und leer, bereit für morgen. Die Dingos heulten an dem Abend nicht, und die Luft war warm und stickig. Nathan drehte sich um und trottete zum Haus. Die Stimmen, die aus der Küche drangen, waren gedämpft, aber eindringlich, als er die Fliegengittertür hinter sich schloss.

«Du hast gesagt – nein, erzähl mir keinen Scheiß –, du hast gesagt, wir könnten es versuchen.»

«Bub, das weiß ich, aber ich hab zig andere Sachen zu –»

Drei Gesichter schauten auf, als Nathan hereinkam.

«Prima. Da kommt ja deine Verstärkung», blaffte Bub in Richtung Ilse, die am Küchentisch saß. Sie trug noch dieselben Sachen, in denen Nathan sie zuvor am Stockman-Grab gesehen hatte, und starrte unverwandt in ihr Weinglas. Bub war offenbar auf und ab getigert, während Liz sich im Niemandsland zwischen ihnen aufhielt.

«Bub, jetzt beruhige dich. Bitte.» Liz warf Nathan einen Blick zu. «Du warst sehr lange weg.»

«Ich habe was an der Umzäunung gecheckt. Was ist denn los?»

«Nichts», sagte Ilse.

«Von wegen nichts.» Bub hörte sich an, als hätte er getrunken. «Ich lasse mich nicht rumkommandieren.»

«Das verlangt auch keiner von dir, Bub!»

Bub sah Nathan an. «Sag du's ihr. Du findest meinen Viehtriebplan doch gut, oder?»

«Moment mal», Nathan war verwirrt, «darum geht es hier?»

«Sag's ihr.» Bub wurde lauter. «Sag ihr, dass ich recht habe.»

Nathan hob die Augenbrauen. «Ich bin noch gar nicht dazu gekommen –»

«Nein. Natürlich nicht. Verdammt, ich hab gewusst, dass es so laufen würde.» Bub schloss die Augen. «Das ist doch scheiße.»

«Muss das denn unbedingt jetzt sein?», sagte Nathan. «Lasst uns später drüber reden. Wir beerdigen ihn morgen.»

«Tja.» Bub öffnete die Augen und sah Ilse an. «Wenn das mal für manche kein Lichtblick ist.»

«Bub!», sagte Liz. «Es reicht!»

Ilse saß völlig reglos da, als Bub aus der Küche ging und die Tür zuschlug. Alle drei starrten ihm hinterher, während der Knall noch nachhallte.

«Was hat er –?», brachte Nathan heraus, bevor Liz ihm ins Wort fiel.

«Du bist auch nicht besser. Hast du schon mit deinem Sohn geredet? Er hat sich den ganzen Tag Sorgen um dich gemacht. Er wollte schon mit Harry nach dir suchen.»

Nathan öffnete den Mund. «Ich hab ihm gesagt, wo ich hinwollte.»

«Du warst stundenlang weg.»

«Na ja –»

«Dein Funkgerät war aus. Wieder mal.»

«Scheiße. Ja, stimmt. Tut mir leid.»

«Bei mir solltest du dich nicht entschuldigen.» Ehe Nathan antworten konnte, sah Liz zu Ilse hinüber. «Geht's wenigstens dir einigermaßen gut?»

Ilse rührte sich nicht und blickte auch nicht vom Tisch hoch. «Ja.»

«Schön.» Liz klang resigniert. «Dann seh ich jetzt mal nach Bub.»

Die Tür fiel hinter ihr ins Schloss. Ilse starrte weiter auf das Glas vor ihr. Nathan öffnete den Kühlschrank und nahm ein Bier heraus, lehnte sich dann gegen die Arbeitsplatte, während er die Flasche öffnete und einen Schluck trank. Er sah die roten Staubspuren in den Falten von Ilses Hemd. Er war mit dem gleichen Staub bedeckt. *Frag sie einfach.* Stattdessen nickte er Richtung Tür.

«Mir war gar nicht klar, dass Bub das mit der Viehtriebsache so wichtig ist.»

«Ich glaube, es geht weniger um den Viehtrieb als darum, wer hier zukünftig die Entscheidungen trifft.»

Nathan erwiderte nichts.

«Er hat Camerons Anwalt angerufen», sagte Ilse.

«Bub?»

«Hat sich erkundigt, wie das Land aufgeteilt wird und was jetzt passiert.»

«Was hat der Anwalt gesagt?»

«Dass Cams Anteil an die Mädchen geht.»

«Nicht an dich?»

«Genau genommen nicht. Ich habe bloß die Vormundschaft, bis sie alt genug sind. Aber entscheidend ist, Bub bekommt nichts. Und du auch nicht.» Ilse sah ihn das erste Mal richtig an. «Bitte sag mir, dass du das schon wusstest.»

«Ja. Kein Problem.»

Sie schien erleichtert, hob einen Fuß unter dem Tisch und schob einen Stuhl ein kleines Stück vor. Nathan zögerte, zog ihn dann ganz heraus und setzte sich.

«Ich bin baff, dass Bub überhaupt weiß, wer Cams Anwalt ist», sagte er. «Geschweige denn auf die Idee kommt, ihn anzurufen.»

«Deine Mum war auch ganz erstaunt. Aber ich hab's dir ja gesagt. Bub ist mehr auf Draht, als ihr alle denkt. Vor allem wenn's um die Farm geht. Wie dem auch sei –» Sie seufzte. «Ich schätze, er wollte es unbedingt möglichst schnell wissen.»

«Hatte Cameron ihm irgendwas anderes versprochen?»

«Keine Ahnung. Aber bei der jetzigen Aufteilung zwischen dir und mir und ihm fühlt sich Bub anscheinend –» Sie stockte und trank einen Schluck aus ihrem Glas. «Außen vor oder so.»

«Vielleicht ist er unsicher, was du mit der Farm vorhast.»

«Gott, darüber hab ich überhaupt noch nicht nachgedacht. Ich meine, ich habe das alles wirklich nicht gewollt. Wahrscheinlich würde ich an ihn verkaufen, wenn er mich mal zu Wort kommen ließe.»

«Ich glaub kaum, dass er sich das leisten kann», sagte Nathan.

«Dann vielleicht an dich.»

«Ich kann es mir auf gar keinen Fall leisten.»

«Nicht mal zum Freundschaftspreis?»

«Da müssten wir schon verdammt gute Freunde sein.»

In dem Schweigen, das daraufhin einsetzte, schwang unterschwellig etwas mit. Sie waren beide zu alt, um verlegen zu werden, und Nathan meinte, ein Zucken in ihrem Mundwinkel zu sehen. Ilse bemerkte, dass die Bierflasche in Nathans Hand leer war.

«Willst du noch eins?»

Er zögerte. Er versuchte, in ihrem Beisein nicht zu viel zu trinken, weil er einen klaren Kopf behalten wollte. Dennoch. Sie saß ihm gegenüber und sah ihn an. Er könnte …

Aber er würde dafür bezahlen, das wusste er, in einigen Tagen, wenn er wieder in seinem leeren, stillen Haus war. Mit den Jahren hatte Nathan festgestellt, dass er seine Isolation seltsamerweise leichter verkraftete, wenn er über einen langen Zeitraum allein war. Dann wurde die Einsamkeit zur Routine, verblasste mitunter zu kaum mehr als einem dumpfen Hintergrundschmerz. Auch sein anfängliches Verlangen nach Kontakt zu Menschen hatte sich verändert. Menschliche Gesellschaft hätte ihm eigentlich guttun müssen, doch mittlerweile löste sie bloß komplizierte Emotionen aus, mit denen er später, wenn die anderen längst weg waren, allein klarkommen musste. Von Mal zu Mal fiel es ihm schwerer, sich davon zu erholen, und er brauchte länger, um zur Normalität zurückzukehren, wenn er das überhaupt so nennen konnte. Aber so schwer es ihm fiel, mit anderen Menschen zusammen zu sein, mit Ilse zusammen zu sein, war noch schwerer. Auch wenn er es wollte, und Nathan wollte es wirklich aus tiefstem Herzen, er konnte sich das einfach nicht antun.

Er sah sie jetzt an, während die Küchenuhr laut tickte, und holte Luft. «Nein, aber danke.»

Ihr Blick folgte ihm, als er aufstand, und auf einmal sah sie sehr allein aus. Er schob seinen Stuhl unter den Tisch.

«Ich geh dann mal besser und rede mit Xander.» Das stimmte tatsächlich.

Ilse schaute für einen Moment nach unten auf den Tisch, dann nickte sie. «Er klang wirklich sehr besorgt.»

«Hat er irgendwas zu dir gesagt?»

«Nein. Aber ich war fast den ganzen Tag unterwegs. Ich hab ihn kaum gesehen.»

«Ach ja?» Nathan versuchte, leichthin zu klingen. «Was hast du gemacht?»

Ilse zuckte die Achseln, und der rote Staub nistete sich noch tiefer in den Stofffalten ein. «Ich musste einfach mal raus und hab mit dem Wagen für die Mitarbeiter eine Spritztour gemacht.»

Er zog die Augenbrauen hoch. «Was ist denn mit deinem nicht in Ordnung?»

Seltsamerweise blickte Ilse fast amüsiert. «Der ist total unzuverlässig. Ich bin schon ein paarmal damit liegen geblieben.»

«Haben Cam und Harry ihn nicht wieder ans Laufen gebracht?»

«Manchmal schon, aber dann war wieder irgendwas anderes.»

«Soll ich ihn mir mal ansehen? Obwohl, wenn die beiden es nicht hingekriegt haben, kann ich nichts versprechen.»

Er meinte, ein Geräusch in der Diele zu hören, und sie blickten beide zur Tür. Niemand kam herein. Ilse sah erneut Nathan an, einen seltsamen Ausdruck im Gesicht.

«Gern», sagte sie. «Danke. Er steht in der kleinen Garage.»

«Mach ich gern.» Nathan trat vom Tisch zurück. *Frag sie.* «Wohin bist du denn heute gefahren?»

Ilses Blick huschte wieder zur Tür. Noch immer war dort niemand zu sehen. «Erzähl's keinem.»

«Okay.»

«Ich war am Stockman-Grab. Ich wollte allein sein, um an Cameron zu denken. Morgen auf der Beerdigung werden alle über ihn reden ...» Sie senkte den Blick. «Ich hab das Gefühl, als könnte Cam – der Cameron, den ich gekannt habe – dabei irgendwie verlorengehen. Verstehst du, was ich meine?»

Nathan nickte. Sie würden Cameron morgen beerdigen, aber irgendwie rechnete er noch immer damit, dass sein Bruder gleich um die Ecke kam. Es war für ihn kaum zu fassen, dass der Mann, mit dem er aufgewachsen war, mit dem er sich gestritten hatte und den er auf seine Art geliebt hatte, nicht mehr da war. Dass dieses tiefe Loch da draußen für Cameron gedacht war.

«Ja», sagte er schließlich. Er sah Ilse an, deren Augen über dem staubigen Kragen müde aussahen. «Ich verstehe, was du meinst.»

KAPITEL SIEBENUNDZWANZIG

Die Tür zu Xanders Zimmer war geschlossen.

Nathan klopfte. «Kann ich reinkommen?»

Keine Antwort. Er wartete, öffnete die Tür dann trotzdem. Sein Sohn lag auf dem Bett und las. Xander schaute kaum zu ihm rüber.

«Du bist wieder da.»

Nathan setzte sich ans Fußende. «Tut mir leid, dass ich so lange weg war.»

Xander starrte auf die Seite, ohne die Augen zu bewegen, dann ließ er das Buch auf die Brust sinken. «Hast du den Test gemacht?» Seine Stimme war nicht freundlich.

«Ja.»

«Und? Hast du die Flaggen von der Straße aus gesehen?»

Zwei von drei Malen. «Nicht jedes Mal.»

«Und was bedeutet das?»

«Keine Ahnung.»

Xander ließ den Kopf zurückfallen und hob das Buch wieder auf.

«Grandma hat gesagt, du hättest dir Sorgen gemacht.»

Keine Antwort.

«Es tut mir wirklich leid, Junge.»

Xander starrte auf die Buchseite. Nathan wartete, solange er konnte, doch diesmal brach er selbst das Schweigen.

«Ich wollte nicht –»

«Ist schon gut.» Xander blätterte um.

«Nein, ist es nicht, oder? Nicht, wenn du unglücklich bist.»

Keine Reaktion.

«Xand–»

Xander gab einen frustrierten Laut von sich. «Was willst du von mir hören? Ich würde gern lesen.»

«Ich will –»

«Was?»

«Ich weiß nicht. Die Sache wieder in Ordnung bringen.»

Xander blätterte erneut weiter. «Lass stecken. Es bringt nichts, mit dir zu diskutieren. Mum hat recht. So bist du nun mal.»

«Wie denn?»

Xander schüttelte den Kopf. «Vergiss es.»

«Junge, du kannst es mir sagen.»

«Nein.» Xanders Gesicht war hinter dem Buch versteckt. «Mach, was du willst. Interessiert mich nicht mehr.»

Nathan wartete. Lange Minuten verstrichen. Schließlich blätterte Xander eine weitere Seite um, und Nathan stand auf und verließ den Raum.

Ilses Geländewagen war mit der unvermeidlichen Staubschicht bedeckt. Er war das einzige Fahrzeug in der kleinen Garage, und irgendwer hatte davor einen Haufen leerer Kisten gestapelt. Sie sahen aus, als wären sie schon eine ganze Weile da. Wie lange war der Wagen nicht mehr genutzt worden, fragte Nathan sich, als er den Schlüssel aus dem Fußraum fischte.

Beim Einsteigen musste er den Fahrersitz verschieben und wurde erneut daran erinnert, dass er das Gleiche in Camerons verlassenem Wagen getan hatte. Das konnte er sich noch immer nicht erklären, aber er schob den Gedanken beiseite und drehte den Zündschlüssel. Der Motor stotterte einen Moment, weil er länger nicht gelaufen war, sprang dann aber nach kurzem

Orgeln an. Nathan lauschte auf das Geräusch. Es klang sauber und gleichmäßig.

Er stieg wieder aus, schaltete eine Lampe ein, damit er in der Abenddämmerung besser sehen konnte, und öffnete die Motorhaube. Zuerst überprüfte er die üblichen Schwachstellen, ehe er sich die weniger offensichtlichen Problembereiche ansah. Eine Stunde später lag er auf dem Rücken unter dem Wagen, eine Taschenlampe in der Hand und nicht klüger als zuvor.

Während er arbeitete, musste er an Xander denken. Vor allem an eine verblasste Erinnerung, die Jahre zurücklag. Sein Sohn war damals etwa acht Jahre alt gewesen. Er hatte Nathan zum ersten Mal allein besuchen dürfen, und sie hatten draußen kampiert und in seinem Land Cruiser übernachtet. Irgendwann war Nathan wach geworden und hatte gesehen, dass Xanders Schlafsack neben ihm leer war. Er hatte dagelegen und auf ein Pinkelgeräusch oder das Knistern einer Cornflakes-Packung gelauscht. Als er nichts dergleichen hörte, hatte er nach Xander gerufen. Vergeblich.

Nathan hatte sich aufgesetzt. Die Luft war bereits stickig, und die durchgeschwitzte Kleidung klebte ihm am Körper. Er hatte wieder gerufen und diesmal die Angst in seiner eigenen Stimme gehört. Keine Reaktion.

Schlagartig hatte ihn nackte Panik erfasst. Nathan war aus dem Wagen gesprungen und hatte dann mit rasendem Puls die Umgebung abgesucht, fast blind vor Entsetzen. Bis zum Mittag würde die Temperatur auf über vierzig Grad ansteigen. Ein Kind von Xanders Größe könnte vielleicht einen halben Tag durchhalten, wenn es Wasser hatte und sehr viel Glück. Wie lange war er schon weg? Nathan wusste es nicht. Es war vorgekommen, dass deutlich jüngere Kinder als Xander, höchstens zwei, drei Jahre alt, unglaublich weit gelaufen waren. Einige waren Kilometer von zu Hause entfernt gefunden worden. Einige hatten Glück gehabt, für andere war es zu spät gewesen.

Nathan hatte die schon brennende Sonne gespürt. Als er seinen Sohn nirgends entdecken konnte, hatte er den überwältigenden Drang verspürt, sich einfach irgendeine Richtung auszusuchen und loszurennen. Doch stattdessen hatte er sich in den Wagen gesetzt und war in einem immer größeren Radius herumgefahren.

Nach fünfzehn Minuten hatte er Xander gefunden, hinter einer leichten Anhöhe, wo er herumirrte, nachdem er einer Kuh und ihrem Kälbchen zu weit gefolgt war. Er war wohlauf, wenn auch verwundert über das vor Panik gerötete Gesicht seines Dads. Aber es waren die schlimmsten fünfzehn Minuten in Nathans Leben gewesen. Er hatte Xander fest an sich gezogen und ihn dann zitternd vor Erleichterung angeschrien, wie er es davor oder danach nie wieder getan hatte.

Nathan lag unter Ilses Geländewagen und starrte das Fahrwerk an. Schließlich schüttelte er den Kopf und knipste die Taschenlampe aus. Er schob sich gerade unter dem Wagen hervor, als er vor der Garage leise Schritte hörte. Er setzte sich auf und sah zur Tür, blinzelte in die Dunkelheit. Harry tauchte auf.

«Ach, hier bist du. Deine Mum hat dich gesucht.» Er schaute an Nathan vorbei auf das staubige Fahrzeug. «Was machst du?»

«Ilse hat gesagt, der Wagen macht Zicken.»

«Schon wieder?»

«Scheint so.» Nathan stand auf und wischte sich Öl von den Händen.

Harry trat ins Licht. An einem Drahthaken in seiner Hand baumelten zwei blutige Dingofelle. Er spähte so lange unter die offene Motorhaube, dass Nathan ungeduldig wurde. Es war spät, und er war müde.

«Was hat Mum gewollt?», fragte er.

«Sich vergewissern, dass mit dir alles in Ordnung ist.» Harry stand in einem ungünstigen Winkel, versperrte ihm fast den Weg. «Meinst du, du kommst morgen klar?»

«Bestimmt.» Das frisch ausgehobene Grab draußen war außer Sicht. «Wer hat das Loch für Cam gegraben?»

«Bub und ich, größtenteils. Aber Xander und Simon haben auch geholfen.»

Der Gedanke, dass der Backpacker Nathans Platz bei dieser Arbeit eingenommen hatte, ärgerte ihn. «Ich hätte da sein müssen, um zu helfen.»

«Ja. Hättest du.» Die dünnen Blutstreifen an den Fellen sahen im trüben Licht schwarz aus. «Er war schließlich dein Bruder, auch wenn ihr Probleme miteinander hattet.»

Der tadelnde Unterton ließ Nathan aufhorchen.

«Ich? Was ist mit dir? Ich hab gehört, du hattest kurz vor seinem Tod Streit mit Cam.»

Harry sah ihn durchdringend an. «Wovon redest du?»

«Simon hat euch gehört. Einmal abends, als du den Generator abgestellt hast.»

Die Furchen und Falten in Harrys Gesicht vertieften sich. «Einen Streit würde ich es nicht nennen.» Er fuhr mit dem Daumen über das Ende des Drahthakens. «Cam und ich hatten schon mal Meinungsverschiedenheiten. Genau wie ihr zwei. Das weißt du.»

«Worum ging's?»

«Das Übliche. Um seine Leitung der Farm.» Harry sah zu Boden, sodass sein Gesicht im Schatten lag. «Ich hab dir doch erzählt, dass irgendwas mit Cam nicht stimmte, und das hat sich auf seine Arbeit ausgewirkt. Er war zerstreut und unkonzentriert, dauernd musste ich hinter ihm her sein, alles überprüfen.»

«Simon sagt, du hast wütend geklungen.»

«Wütend ist übertrieben. Es war spät. Ich war eher ein bisschen genervt.»

«Und dass du gesagt hast, du wüsstest Bescheid, was hier vor sich geht.»

«Ha.» Harry setzte ein freudloses Grinsen auf. «Tja, stimmt doch, oder? Das wird ja wohl keiner bestreiten.»

Das würde wirklich keiner, dachte Nathan. Wahrscheinlich kannte Harry sich besser mit der Farm aus als er und seine Brüder zusammen. Aber sie waren die Besitzer, ganz gleich, was auf dieser Farm gut oder schlecht lief. Plötzlich wurde Nathan bewusst, dass Harrys Leben im Grunde recht unsicher war. Obwohl er hier zu Hause war und praktisch zur Familie gehörte, hatte dieser Sergeant Ludlow recht gehabt: Harry war ein Angestellter. Und Cameron – oder jetzt Ilse – brauchte es nur zu sagen, und ein Angestellter müsste gehen.

«Harry», sagte Nathan. «Hat Cameron damit gedroht, dich rauszuschmeißen?»

«Nein, mein Bester.»

Es war ein Schuss ins Blaue gewesen, aber Harrys Reaktion war so leichthin und abfällig, dass ein leiser Zweifel in Nathan aufkeimte. Er dachte an Cameron, der diese Farm so erfolgreich bewirtschaftet hatte. Ein strenges Regiment geführt hatte, so Harrys eigene Worte. Hätte Cameron sich von einem Mitarbeiter kritisieren lassen, selbst wenn es Harry war?

Nathan sah ihn forschend an. «Bist du sicher?»

«Ganz sicher», sagte Harry. «Er hat mich daran erinnert, wer hier das Sagen hatte, wenn ich dran erinnert werden musste. Und er wollte, dass ich mich um meine eigenen Angelegenheiten kümmere. Aber wenn er nicht mehr richtig bei der Sache ist und deshalb hier unnötige Arbeit anfällt, dann ist das auch meine Angelegenheit, ob's mir gefällt oder nicht. Dann bleibt mir nichts anderes übrig, als es zur Sprache zu bringen, und genau das hab ich getan.»

«Hast du uns deshalb nichts davon gesagt?»

«Ich habe nichts gesagt», erwiderte Harry, «weil ich mich deswegen schlecht gefühlt habe und noch immer schlecht fühle. Ich hab gedacht, Cam müsste sich mal anhören, was ich zu sagen hatte, aber jetzt … Vielleicht hätte ich mehr zuhören sollen. Ich wusste nicht, dass diese Jenna versucht hatte, ihn zu erreichen, oder wie verdammt gestresst er deswegen war. Ich wünschte, er hätte was gesagt.»

Nathan schwieg einen Moment. «Was glaubst du, wieso er ihretwegen so beunruhigt war?»

«Keine Ahnung. Cam hat damals gesagt, er hätte ihr nichts getan, und ich hab ihm geglaubt.» Er sah Nathan an. «Und ich hab dir geglaubt, als du das Gleiche gesagt hast.»

«Sie ist nicht in England. Seit zwei Wochen schon nicht mehr. Auf Bali anscheinend.»

Harry stand reglos da. «Im Ernst?»

Das Schweigen zog sich in die Länge.

«Hör mal», sagte Harry, und seine Stimme klang jetzt sanft. «Diese schreckliche Geschichte mit Cam. Die sieht kompliziert aus, aber ich glaube, im Grunde ist sie ganz einfach.»

«Findest du?»

«Ja. Er war kein glücklicher Mensch, Nathan. Überhaupt nicht. Und ich denke mittlerweile, dass das schon lange so war.» Harry seufzte. «Wir müssen die Beerdigung hinter uns bringen. Danach wird alles besser aussehen.»

«Hoffentlich.»

«Garantiert. So ist das immer. Glaub mir.» Harry blickte nachdenklich Ilses Wagen an. «Hast du noch länger hier zu tun? Dann lass ich den Generator an.»

Nathan schüttelte den Kopf. «Ich mach für heute Schluss.»

«Hast du rausgefunden, was mit der Karre nicht stimmt?»

«Nein.» Nathan hatte alles überprüft, was ihm einfiel. Der Wagen schien in einem guten Zustand zu sein.

«Tja, ich hab das Problem auch nie gefunden.» Harry blickte wieder auf den freiliegenden Motor. «Eine Idee hatte ich allerdings noch.»

«Ich bin ganz Ohr.»

Harry zögerte, als sie drüben auf der Veranda Schritte hörten und Liz' Stimme «Harry?» rief.

«Egal.» Er klopfte auf den Wagen. «Ich seh ihn mir erst noch mal selbst an. Es eilt aber nicht. Ilse benutzt ihn nicht gern, sie fährt nirgendwo damit hin.»

«Harry?» Wieder Liz' Stimme.

«Ich werde ihr sagen, dass es dir gut geht.» Er deutete mit einem Nicken auf die blutigen Felle an dem Haken in seiner Hand. «Und die hier muss ich auch wegbringen.»

«Du hast sie also erwischt?»

«Ja. Wollte das erledigen, bevor morgen die ganzen Leute kommen. Die Viecher sind zu aufmüpfig geworden.»

«Ich dachte, Bub wollte das erledigen.»

Über Harrys Gesicht huschte ein Ausdruck, der andeutete, dass auch Bub ein bisschen zu aufmüpfig wurde.

«Ich hatte die Chance und hab's erledigt», sagte er. «Wenn du hier fertig bist, der Generator geht in zehn Minuten aus. Ich brauche dringend Schlaf.» Er schwenkte sachte den Haken. Das verfilzte Fell und die Haut wellten sich bereits an den Rändern. «Wichtiger Tag morgen.»

KAPITEL ACHTUNDZWANZIG

Nathan erwachte mit einem schmerzhaften Pochen in den Schläfen. Anscheinend war er dehydriert. Er blinzelte in das frühmorgendliche Dämmerlicht und griff nach seinem Wasserglas neben der Couch. Es war leer. Er musste es in der Nacht ausgetrunken haben, konnte sich aber nicht daran erinnern. Er fühlte sich wie verkatert und überlegte, wie viel Wasser er gestern getrunken hatte. Offensichtlich nicht genug.

Er stand zu schnell auf und musste sich kurz an der Wand abstützen, weil sich ihm plötzlich alles drehte. Er wartete, blinzelte langsam, bis der Schwindel nachließ. Er sah sich um. Irgendwas fühlte sich falsch an.

Nathan runzelte die Stirn, als sein Blick wieder einmal von Camerons Gemälde angezogen wurde. Es hing vor ihm an der Wand und sah aus wie immer. Oder doch nicht ganz wie immer. Obwohl ihm der Schädel dröhnte, trat er näher heran. Die Szene war ihm zutiefst vertraut, dieselben Farben und Formen. Das dunkle Grab und der helle Himmel verschwammen vor seinen Augen. Der durchsichtige Fleck war noch immer da, so undeutlich wie eh und je. Was war anders? War der Horizont leicht geneigt? Er war sich nicht sicher und berührte das Bild, was prompt alles noch schlimmer machte, weil der Rahmen in besorgniserregende Schieflage geriet. Hastig versuchte Nathan, es wieder möglichst gerade auszurichten.

«Sei vorsichtig.» Liz stand an der Tür. Sie war von Kopf bis Fuß in Schwarz, was ihre geröteten Augen noch auffälliger machte.

«Cameron hat das Bild geliebt.»

«Vielleicht sollten wir es für heute abhängen? Ich kann es irgendwo verstauen.»

«Was? Nein. Wieso?» Sie kam herüber, streckte eine Hand aus und richtete den Rahmen behutsam gerade. Viel besser, das sah Nathan sofort.

«Damit es nicht beschädigt wird», sagte er.

«Aber alle werden es sehen wollen. Es gehört hier an die Wand. Cameron hätte es so gewollt.»

«Wahrscheinlich. Ich hab bloß gedacht, na ja, wegen des Motivs.»

«Es ist trotzdem ein wunderschönes Bild.» Liz wischte sich mit dem Handrücken über die Wange. Nathan hatte nicht mal gemerkt, dass sie weinte. «Und was auch immer mit Cameron nicht stimmte, er war ein großartiger Maler. Das Bild erinnert mich an seine besten Eigenschaften. Ich möchte es nicht verstecken.»

«Okay, schon gut.» Nathan zuckte die Achseln. «War nur so eine Idee.»

Liz sah ihn an. «Wie geht's Xander heute?»

«Ich habe seit gestern Abend nicht mit ihm gesprochen. Er ist noch immer sauer auf mich, weil ich so lange weg war.»

«Überrascht dich das?»

Nathan überlegte. Das tat es tatsächlich, ein wenig. Xander war eigentlich nicht nachtragend. Außerdem wurde er nicht schnell sauer. «Ich versteh nicht, wieso er dermaßen Angst hatte. Auf meiner Farm bin ich schließlich andauernd allein unterwegs.»

«Genau das ist ja Teil des Problems, Nathan.» Liz sah ihn an. «Hör mal, ich möchte, dass du heute mit Steve sprichst. Er soll für dich einen Termin in der Krankenstation machen.»

«Warum? Wozu?»

«Vielleicht kann er dir etwas geben, damit du dich besser fühlst.»

«Ich brauche keine –»

«Oh doch. Wenn du nämlich denkst, es ist in Ordnung, einfach so zu verschwinden, bis dein Sohn befürchtet, du könntest irgendwas Dummes machen, dann stimmt was absolut nicht mit dir.» Liz hob den Kopf und sah ihm in die Augen. «Bitte, Nathan. Es ist schon schlimm genug, dass ich einen von euch verloren habe. Der Tag heute wird der schlimmste meines Lebens. Ein zweites Mal steh ich das nicht durch.»

Er konnte den Ausdruck in ihrem Blick nicht ertragen, also nickte er. «Na schön.»

Sie hörten ein Geräusch in der Diele, und als sie sich umdrehten, sahen sie Bub in der Tür stehen. Er schwankte leicht, und Nathan hatte den Verdacht, dass er schon was getrunken hatte. Oder noch Restalkohol im Blut vom Abend zuvor.

«Was machen wir denn hier Schönes?» Bub stützte sich mit einer Hand am Türrahmen ab. «Cams Meisterwerk bewundern?»

Der Sarkasmus ließ Liz zusammenzucken. Er hat eindeutig einen sitzen, dachte Nathan.

«Wir haben überlegt, ob wir es abnehmen oder hängen lassen», sagte er.

«Scheiße, nein. Cams Bild darf keiner anrühren. Sonst kommt er noch zurück und spukt als Geist hier rum.» Bub lachte fast, und Nathan spürte, wie Liz sich innerlich anspannte.

«Was willst du, Bub?», fragte er.

«Ach so, ja. Der Bestatter hat vorhin angerufen.»

«Und?»

«Camerons Leiche ist auf dem Weg hierher.»

Nathan musste den alten schwarzen Anzug seines Dads tragen. Liz hatte ihn irgendwo ausgekramt und ihm wortlos gereicht.

Das Ding war fünfundzwanzig Jahre alt, aber steif wie ein selten getragener Stoff, und es passte ihm gut. Nathan schob eine Hand in die Jackentasche und fand eine verblichene Vorratsliste in der Handschrift seines Dads. Er zerknüllte das Blatt, ohne es zu lesen, und widerstand dem Drang, sich das Jackett vom Leib zu reißen.

Bub kam ins Wohnzimmer und ließ sein Bier fallen, als er Nathan sah.

«Scheiße. Im ersten Moment hab ich gedacht –» Bub trat instinktiv einen Schritt zurück, dann fing er sich wieder. Er bückte sich und hob die Flasche auf, wischte dann mit einem schmutzigen Papiertaschentuch auf dem Boden herum, ohne Nathan dabei anzuschauen. «Hast du dich schon im Spiegel gesehen, Mann? Du siehst genauso aus wie er.»

Nathan drehte sich um und betrachtete sein dunkles und verzerrtes Spiegelbild im Fernseh-Bildschirm. Er erkannte sich nicht wieder. Carl Brights Jacke war plötzlich zu eng, und Nathan konnte nicht richtig atmen. Er zog sie aus und schob sie mit dem Fuß unter die Couch.

Xander tauchte in Camerons einzigem Anzug an der Tür auf und blieb abrupt stehen, als Nathan und Bub ihn beide anstarrten. Der Anzug saß wie angegossen, und Xander wirkte größer und breiter und älter, als Nathan ihn je gesehen hatte.

«Grandma hat gesagt, ich soll ihn tragen», sagte Xander und sah zu Boden. «Aber vielleicht –»

«Ist okay», sagte Nathan. «Steht dir gut, Junge.»

Xander half erst Bub, dann Nathan, ihre Krawatten ordentlich zu binden. Nathan stand seinem Sohn Auge in Auge gegenüber und sah zu, wie der geschickt mit dem Stoff hantierte. Nathan konnte ihn atmen hören, und an seinem Kinn bemerkte er eine kleine Stelle mit dunklen Stoppeln, die Xander beim Rasieren übersehen hatte. Er sah die kleine Narbe am Haaransatz, das

Überbleibsel von einem Reitunfall, als sein Sohn fünf Jahre alt gewesen war. Er betrachtete die leicht zugekniffenen Augen, die bei der Geburt blau gewesen waren wie Jacquis, aber innerhalb eines Jahres braun wie Nathans geworden waren. Nathan wünschte plötzlich, Xander wäre wieder so klein, dass er ihn auf den Arm nehmen könnte. Stattdessen stand er da, mit einem unbehaglichen Gefühl in seinem geborgten Anzug.

«Xander, hör mal, wegen gestern –»

«Fertig. So ist besser.» Xander zog den Knoten fest und trat zurück. Er blickte zu Bub hinüber, der Camerons Gemälde anstarrte. «Hey, glaubst du, das Bild könnte die Leute heute aus der Fassung bringen? Wegen der Geschichte von dem Stockman, der sich verlaufen hat?»

«Den Scheiß glaubt sowieso keiner», sagte Bub, ohne sich umzudrehen. Er trank einen Schluck von seinem Bier und deutete mit der Flasche auf das Grab. «Er hat eine junge Aborigine vergewaltigt, und deshalb haben sie ihn umgebracht, das weiß doch jeder. Mir ist schleierhaft, wieso der so eine Berühmtheit geworden ist.»

«Stimmt das?», fragte Xander und sah Nathan an, der den Kopf schüttelte. Es stimmte, dass viele weiße Männer das und noch Schlimmeres getan hatten, aber nicht in diesem Fall. Er öffnete den Mund, um etwas zu sagen, wurde aber von einem Geräusch draußen unterbrochen.

Bub sah aus dem Fenster. «Er ist da», sagte er.

Nathan und Xander traten zu ihm. Der schwarze Geländewagen des Bestattungsunternehmens kam die Zufahrt herauf. Er war umgebaut worden, um Särge transportieren zu können. Das Fahrzeug mochte blitzsauber in St Helens losgefahren sein, aber unterwegs war es genauso staubig und schmutzig geworden wie alles hier draußen. Am Zaun stand Ilse, flankiert von den kleinen Gestalten ihrer Töchter, und sah dem Wagen entgegen. Mit ihren schwarzen Röcken, die leicht wie Federn im Wind flatterten, hatten die drei etwas Vogelartiges an sich.

Weit hinter ihnen konnte Nathan eine ferne Staubwolke ausmachen. Die Nachbarn waren im Anmarsch.

Der Gottesdienst war kurz und bündig und wurde von einem Geistlichen aus St Helens abgehalten, der zumindest zu verstehen schien, dass selbst die allergrößte Trauer um Cameron Bright die Sonne nicht weniger heiß machte. Die frisch ausgehobene Erde um das Grab war schon trocken und bröcklig geworden, und der Schatten des Eukalyptusbaums reichte nicht aus für all die Gäste, die in ihrer einmal im Jahr getragenen Garderobe in der Hitze schmorten. Nathan stand in Hemdsärmeln und mit schick gebundener Krawatte da und betrachtete die Menge mit einem seltsamen Desinteresse.

Es waren etwa vierzig gekommen, schätzte er, während die Leute in ihren Stadtklamotten und besten Hüten von einem Bein aufs andere traten. Eine gute Quote. Eine ausgezeichnete sogar. Die meisten von ihnen hatte er seit Jahren nicht mehr gesehen, aber er erkannte etwa zwei Drittel. Den alten Tom, den jungen Tom, Kylie von der Tankstelle – jetzt mit zwei Kindern im Schlepptau – und Geoff, der mal ihr Freund war und jetzt ihr Mann zu sein schien. Den dämlichen Agraringenieur, der seit Jahren auf der Atherton-Farm arbeitete – sein Name war Nathan entfallen, es gab einfach zu viele Idioten auf der Atherton. Steve von der Krankenstation natürlich. Glenn war nicht da, aber damit hatte er gerechnet.

Nathan hatte am Morgen auf der Polizeiwache angerufen. Sergeant McKenna war noch mit den Aufräumarbeiten nach dem Reisebus-Unfall befasst. Wollte Nathan ihm eine weitere Nachricht hinterlassen? «Bestellen Sie ihm einfach, er soll mich anrufen», hatte er schließlich gesagt und aufgelegt.

Den Geistlichen kannte Nathan nicht, aber der Mann drückte sich dermaßen allgemein aus, dass er Cameron mit hoher Wahrscheinlichkeit nie persönlich kennengelernt hatte. Nathan hörte nur mit halbem Ohr hin und starrte seine Nachbarn an, registrierte ihre angegrauten Haare und die zusätzlichen Kilos. Die meisten von ihnen starrten zurück, neugierig und mit leicht verwirrtem Gesichtsausdruck, als hätten sie fast vergessen, dass er tatsächlich existierte.

Liz hielt fast bis zum Ende durch. Aber als der Geistliche zum Schluss kam, drang ein schrecklicher Klagelaut aus ihrer Kehle, der zu einem unheimlichen Crescendo anschwoll, als Sophie und Lo aufgefordert wurden, am Kopfende des Grabes ein Bäumchen zu pflanzen. Liz' Schultern bebten, und sie hob einen Arm vors Gesicht, um ihr Schluchzen zu dämpfen. Harry flüsterte ihr etwas zu, nahm ihren Arm und wollte sie wegführen, doch sie schüttelte ihn heftig ab.

Lo, die mit weit aufgerissenen Augen und der Schaufel in der zitternden Hand dastand, heulte beim Anblick ihrer Großmutter selbst los, gleich gefolgt von Sophie. Ilse machte rasch einen Schritt nach vorn, sammelte ihre Töchter ein und lotste sie Richtung Haus.

«Aber was ist mit dem Baum?», ertönte Los hohe verweinte Stimme. «Wir sollen doch den Baum pflanzen.»

Ohne ein Wort hob Liz die hingeworfene Schaufel auf und sank auf die Knie. Sie grub, energisch und schnell, stieß das Werkzeug in die lose Erde, dass Staub aufwirbelte und am dunklen Stoff ihres Kleides haften blieb. Ihre Trauer war haltlos und verzweifelt, und Nathan sah, dass viele Leute verlegen wegschauten. Die Beerdigung hatte eine voyeuristische Wendung genommen, und schließlich ertrug er es nicht länger. Er trat vor, hob die andere Schaufel auf und half seiner Mutter. Sobald das Loch groß genug war, nahm Liz das Bäumchen und rammte es hinein, bedeckte dann die Wurzeln locker mit der bröckeligen Erde. Das Bäumchen würde nicht überleben, dachte Nathan – es war nicht tief genug eingepflanzt –, aber zumindest war die Sache erledigt. Er stand auf und half Liz zum Haus, ohne auf die gaffenden Blicke seiner Nachbarn zu achten, die ihnen nachschauten.

KAPITEL NEUNUNDZWANZIG

Eine Stunde später war Liz in ihrem abgedunkelten Zimmer zu Bett gebracht worden, nachdem Steve ihr ein leichtes Beruhigungsmittel verabreicht hatte, und Nathan stand allein an der Wohnzimmertür. Der Raum war voller, als er ihn je gesehen hatte, und trotz der Hitze waren einige Gäste auch in die Diele und hinaus auf die Veranda gegangen. Vor Camerons Gemälde war aus Befangenheit ein gewisser Freiraum belassen worden, wie Nathan bemerkte.

«Wenigstens fasst keiner es an.» Nathan hörte die Stimme neben sich. Ilse schaute an ihm vorbei auf das Bild.

«Ich hatte vorgeschlagen, es abzunehmen.»

Sie hob die Augenbrauen. «Nein, nicht auf seiner Beerdigung. Die Leute hätten sich gewundert. Es ist Cams Vermächtnis. Er hätte gewollt, dass alle es sehen können.» In ihrer Stimme lag ein schwacher Unterton, den er bei dem Lärm nicht ganz deuten konnte.

«Das hat Bub auch gesagt.»

«Ach ja?»

«Mehr oder weniger. Und Mum.»

«Sie haben recht.»

Wahrscheinlich, dachte Nathan jetzt. Die Gäste hielten zwar respektvoll Abstand, warfen aber alle kurze Blicke auf das Gemälde. Sie waren neugierig, wollten jedoch keinesfalls morbide wirken. Er sah Katy, die sich zur Tür herein und ins Gedränge schob, in den Händen ein Tablett mit Sandwiches. Statt es herumzureichen, stellte sie das Tablett einfach auf einen Tisch und verschwand sofort wieder.

Ilse beobachtete sie mit zusammengekniffenen Augen. «Gott, die sind nicht zu gebrauchen. Alle beide.» Kurzes Stocken. «Ich könnte sie rausschmeißen», schob sie hinterher, als wäre ihr das gerade erst klargeworden.

«Musst du vielleicht gar nicht. Ich glaube, sie wollen bald weiterziehen.»

«Trotzdem. Ich könnte. Wenn ich wollte.»

«Ja. Könntest du.»

Eine Frau mit schulterlangem rotblondem Haar am anderen Ende des Raums zog Ilses Blick auf sich und winkte kurz.

«Wer ist das?», fragte Nathan.

«Keine Ahnung. Ich dachte, sie hätte dir gewinkt.»

«Das glaube ich kaum.»

Die Frau winkte erneut, diesmal ein wenig unsicher, und Ilse seufzte. «Ich sollte ohnehin mal mit ein paar Leuten reden. Wir sehen uns später.»

Nathan nippte an seinem Bier und schaute ihr nach, wie sie zu der Frau hinüberging. Ilse gab ihr die Hand, und sie wechselten ein paar Worte, die Köpfe nah beieinander, um sich bei dem Stimmengewirr im Raum verstehen zu können. Dann drehte Ilse sich um und zeigte auf Nathan. Sie sagte noch etwas, und die Frau dankte ihr und bahnte sich einen Weg durchs Gedränge auf ihn zu.

«Nathan. Hallo. Eigentlich hab ich dir zugewinkt», sagte die Frau, sobald sie vor ihm stand. Sie lächelte verlegen. «Du erinnerst dich nicht an mich. Macht nichts. Ich bin Melanie. Birch? Von der Atherton.»

«Melanie.» Er überlegte krampfhaft.

«Von der Atherton? Jedenfalls war ich da mal, ein paar Jahre lang. Und jetzt bin ich wieder da.» Sie lachte schüchtern. «Kein

Problem, ich bin ein paar Jahre jünger als du, deshalb hast du mich damals gar nicht wahrgenommen. Aber ich war mit Jacqui befreundet, als ihr zwei zusammen wart.»

«Ach so. Ja, genau. Aber ich –» Er kramte noch immer in seinem Gedächtnis, aber immerhin lächelte sie noch. «Jacqui und ich sind schon lange geschieden, deshalb ...»

«Oh. Ich auch.» Sie zuckte die Achseln. «Er war aus der Großstadt. Hat nicht hingehauen, kein Wunder, und danach bin ich eine Zeitlang rumgereist. War ein paar Jahre im Westen, und jetzt bin ich wieder hier gelandet. Arbeite noch immer mit Pferden.»

«Ach ja, richtig.» Nathan konnte sich jetzt halbwegs wieder das junge Mädchen ins Gedächtnis rufen, das er auf den Reiterfesten gesehen hatte und das zu Jacquis erweiterter Clique gehört hatte. Rotblonder Pferdeschwanz und Sommersprossen im Sommer. Es waren nicht viele junge Leute in der Gegend gewesen, aber sie kamen und gingen erstaunlich schnell, um zu studieren, irgendwo zu arbeiten oder um sich anderswo niederzulassen. Er war nicht sicher, ob er je gewusst hatte, dass sie Melanie hieß, weil er wirklich nur Augen für Jacqui gehabt hatte. Aber Melanie war hübsch. Damals wie heute.

«Das mit dir und Jacqui tut mir leid. Echt schade, ich hab gedacht, ihr bleibt zusammen. Ihr habt so gut zueinandergepasst.» Sie zögerte, als würde sie überlegen, wie viel sie sagen sollte, lächelte ihn dann ein wenig zaghaft an. «Wir haben sie alle schrecklich beneidet, weil die meisten Typen Arschlöcher waren und kaum mal ein guter dabei war und sie sich gleich dich geschnappt hat. Sie hat uns immer erzählt, wie viel Spaß ihr zwei zusammen hattet und wie lustig du warst.»

«Im Ernst?» Das hörte sich gar nicht nach Jacqui an. Jedenfalls nicht gegen Ende. Obwohl – die Erinnerungen waren ziemlich tief vergraben –, vielleicht am Anfang. Am Anfang hätte Nathan wohl das Gleiche über sie gesagt. Er sah Melanie an, diesmal richtig. «Und wie findest du's, wieder hier zu sein?»

«Es ist sehr ruhig. Das hatte ich vergessen.»

«Ja. Stimmt. Richtig ruhig.» Nathans Kopf war plötzlich völlig leer. Ihm fiel absolut nichts ein, was er sagen könnte. Weiter hinten in der Ecke sah er Ilse zu ihnen rüberschauen und dann sofort wieder wegsehen. Eine ältere Frau, die Nathan nicht kannte, redete auf sie ein.

«Jedenfalls», sagte Melanie, «das mit Cameron tut mir schrecklich leid, und mir ist auch total klar, dass das jetzt kein guter Zeitpunkt ist, aber ich weiß ja nicht, wann ich dir mal wieder über den Weg laufe, deshalb wollte ich einfach mal hallo sagen. Ich meine, falls du ab und an mal in der Stadt bist …»

«Nein. So gut wie nie.»

«Aha.» Sie blinzelte, fing sich dann wieder. «Tja, also falls du doch mal in der Stadt sein solltest und was trinken gehen willst, melde dich.»

«Ja. Okay.»

«Du kannst mich auf der Atherton anrufen. Und ich heiße Melanie.»

«Melanie. Ja, ich weiß. Merk ich mir.»

«Gut. Also dann.» Sie lächelte, und als sie sich abwandte, berührte sie ihn leicht am Arm, auf eine Art, wie Nathan schon sehr lange nicht mehr berührt worden war. Die Wärme ihrer Fingerspitzen hielt sich noch eine ganze Weile auf seiner Haut, so klar und deutlich, dass es fast weh tat. Er sah ihr nach, wie sie wieder in der Menge verschwand, und fuhr zusammen, als Harry plötzlich neben ihm auftauchte.

«Also ehrlich, Kumpel, ich finde nicht, dass du es dir erlauben kannst, einen auf unnahbar zu machen.» Harry reichte ihm ein frisches Bier.

«Gott, Harry. Ich glaub nicht, dass sie was von mir –»

«Das wirst du auch nie erfahren, wenn du es nicht versuchst, oder? Du solltest sie anrufen. Dich öfter mal in der Stadt blicken lassen.»

«Sie war lange weg. Sie weiß vielleicht nichts –»

«Von der Sache mit Keith? Doch, weiß sie. Wenn sie auf der Atherton arbeitet, wird man es ihr erzählt haben. Garantiert.»

«Trotzdem. Ich weiß nicht. Ich denk drüber nach.»

«Tu das. Du machst es nämlich keinem leicht, Kumpel.»

«Keinem?»

«Na, allen. Denen. Dir.» Harry deutete mit dem Kopf auf die Gäste im Raum. «Gib ihnen wenigstens die Chance, dir zu verzeihen.»

«Ich hab vor zehn Jahren um Verzeihung gebettelt. Es hat nichts gebracht.»

«Das verlangt auch keiner mehr von dir. Komm ihnen einfach auf halbem Weg entgegen. Oder vielleicht noch ein bisschen weiter. Es ist viel Zeit vergangen.»

«Dieselben Gesichter.»

«Manche ja. Manche nicht.» Harry sprach leiser. «Und ein paar von ihnen haben nach dir gefragt. Der junge Tom. Geoff. Wollten wissen, wie's dir so geht. Guck sie dir an. Die wissen, das hättest genauso gut du sein können, den wir da draußen begraben haben. Könnte immer noch eines Tages passieren, wenn sie nicht aufpassen. Und damit müssten sie dann alle leben. So etwas rückt die Dinge in die richtige Perspektive, macht Leute nachsichtig.»

«Tatsächlich? Tja, schön für sie.»

«Ich sag's dir bloß.»

Nathan zuckte mit den Achseln. Hinten im Raum sah er Bub mit einer Gruppe Männer etwa in seinem Alter quatschen. Ilse war der älteren Frau mittlerweile entwischt und unterhielt sich jetzt mit Steve.

Sie standen etwas abseits von den übrigen Trauergästen, im Niemandsland vor dem Gemälde. Ilse hatte den Kopf dicht an Steves und schien mit leiser Stimme zu sprechen. Sie wirkte ungewöhnlich aufgeregt, und Steve spitzte die Lippen. Als Ilse verstummte, schüttelte er den Kopf. Er wollte offenbar etwas erwidern, aber sie fiel ihm ins Wort und sprach wieder im Flüsterton auf ihn ein, diesmal mit noch mehr Nachdruck. Einige Gäste schoben sich vor die beiden, versperrten Nathan die Sicht.

Er lehnte sich gegen die Wand. Es war heiß im Raum, und das Geplauder klang plötzlich laut. Nathan stellte sein Bier ab und griff nach der Wasserkaraffe auf einem Tisch in seiner Nähe. Sie war leer, ebenso wie zwei andere, die er sehen konnte.

«Ich geh die mal auffüllen», sagte er zu Harry.

Harry zuckte mit den Achseln. «Lass dir eins gesagt sein. Du tust dir selbst keinen Gefallen, wenn du dich heute verkriechst.»

Nathan erwiderte nichts.

In der Küche war es kein bisschen kühler, aber immerhin stiller. Katy stand allein an der Spüle und starrte aus dem Fenster. Sie erschrak, als Nathan die Karaffen geräuschvoll auf das Abtropfbrett stellte.

«Oh. Sorry», sagte sie. «Ich dachte, Sie wären Simon.»

«Nein. Wo steckt der überhaupt?»

«Keine Ahnung.»

Nathan sah im Kühlschrank nach. Kein kaltes Wasser. Er ging zurück zur Spüle. Das Wasser lief lauwarm aus beiden Hähnen, aber das musste genügen.

«Hören Sie –» Er hielt die Karaffe unter das laufende Wasser. «Auch wenn ihr zwei vorhabt, bald weiterzuziehen, heute steht ihr noch auf der Gehaltsliste.»

«Ich weiß. Tut mir leid. Ich fühl mich nicht besonders.» Katy lehnte sich gegen die Arbeitsplatte, und Nathan sah, dass sie wirklich ein bisschen blass im Gesicht war. Vielleicht war es keine gute Idee, sie Essen servieren zu lassen, dachte er.

«Alles in Ordnung?»

«Es liegt wahrscheinlich an der Hitze.»

«Der Sanitäter ist hier. Soll ich ihn holen?»

«Nein. Danke.» Sie ging zum Tisch und nahm ein weiteres Tablett mit Sandwiches.

Nathan sah, dass sie es gleich wieder abstellte, einen verkrampften Ausdruck im Gesicht. «Lassen Sie ruhig», sagte er. «Wir schaffen das schon. Legen Sie sich doch was hin, wenn Sie krank sind.»

«Wer ist krank?» Simon kam mit einem leeren Tablett herein.

«Niemand», sagte Katy. «Mir ist bloß zu heiß. Also zurück an die Arbeit.» Sie tauschte Simons Tablett gegen das volle aus. «Du bringst das rein und ich die hier.» Sie nahm die Wasserkaraffen und setzte ein Lächeln auf. Es wirkte fast echt. «Und alle sind zufrieden.»

Sie ging aus der Küche, und nach kurzem Zögern folgte Simon ihr. Nathan sah ihnen nach. Das Geplapper in der Diele war jetzt lauter, da weitere Gäste aus dem überfüllten Wohnzimmer kamen.

Nathan erkannte einige Gesichter wieder. Vielleicht sollte er ja wirklich versuchen, ein bisschen Smalltalk zu machen. Oder gar zu Melanie gehen. Sich diesmal um ein Gesprächsthema bemühen. Möglicherweise hatte Harry ja recht. Vielleicht würden die Leute ihm verzeihen.

Oder aber – Nathans Gedanken verfinsterten sich in letzter Zeit schnell – sie würden es nicht tun. Er hatte lange gebraucht – Jahre –, um sich an sein jetziges Leben zu gewöhnen. Die plötzliche Ablehnung durch die Menschen in seiner Umgebung hatte am Anfang weh getan wie eine frische brennende Wunde, doch das Schlimmste war gewesen, dass diese Wunde nie verheilt war. Er hatte das einmal durchgestanden, mit knapper Not. Und er wusste mit absoluter Sicherheit, dass er das nicht noch einmal schaffen würde. Eine Gruppe Männer drängte sich aus dem Wohnzimmer und kam jetzt den Flur herunter in seine Richtung. Rasch öffnete Nathan die erstbeste Tür und trat ein. Ilses Büro.

Er schloss die Tür und atmete aus. Es war friedlich hier drin, der Lärm nur noch ein gedämpftes Raunen. Er blieb einen Moment stehen und genoss die Ruhe, trat dann ans Fenster. Auf der Veranda spielte Sophie mit Kylies Kindern, während Lo zuschaute. Xander lehnte in der Nähe an einem Pfosten und plauderte mit einem Mädchen, das in seinem Alter sein musste. Sie lächelte.

Auf der anderen Seite des Hofs stand jemand allein an den Gräbern. Bub. Zumindest schien er seinen Hosenschlitz geschlossen zu haben, dachte Nathan, das war immerhin etwas. Sein Bruder schaute nicht nach unten auf die Erde. Er stand am Zaun, mit dem Rücken zum Haus, und starrte in die Ferne. Nathan beobachtete ihn noch einen Moment, dann drehte er sich um und blickte auf den Wandkalender. Bubs Viehtriebplan. Im Kalender eingetragen und dann entschlossen durchgestrichen.

Nathan setzte sich in den Besucherstuhl vor dem Schreibtisch und nahm den Terminplaner. Er schlug den Abschnitt auf, den Ilse ihm gezeigt hatte, und begann, die Notizen zu lesen, wie der Viehtrieb in Zukunft ablaufen sollte. Sie führten detailliert auf, welche Veränderungen im Zeitplan anfallen würden. Das Für und Wider, die Risiken und Chancen. Er las alles durch, zweimal, lehnte sich dann zurück und dachte nach. Bub und Cameron hatten jeder auf seine Art recht gehabt. Es war ein guter Plan, aber er enthielt noch einige Unstimmigkeiten, die behoben werden mussten, bevor er umgesetzt werden konnte.

Die Tatsache, dass jetzt nur noch Bub da war, der sich für seine Idee starkmachen konnte, hieß nicht, dass Cams Einwände unsinnig gewesen wären.

Ehe Nathan den Terminplaner wieder weglegte, schlug er halbherzig die Seiten für die laufende Woche auf. Dort waren so gut wie keine Einträge. Die Weihnachtszeit und Camerons Tod hatten den Farmbetrieb praktisch zum Erliegen gebracht, und die paar Notizen, die sich trotzdem dort fanden, sahen aus, als wären sie schon vor einigen Wochen geschrieben worden.

Er blätterte eine Seite zurück, zu dem Tag, an dem Cameron verschwunden war. Es gab etliche Einträge in Ilses Handschrift. Anrufe, die sie zu erledigen hatte, und Mahnungen, die noch vor Jahresende rausmussten. Die Wochen davor sahen ganz ähnlich aus. Der Tag, an dem Ilses Mann gestorben war, war für sie offensichtlich ein ganz normaler arbeitsreicher Tag in einem arbeitsreichen Halbjahr gewesen.

Nathan blätterte noch ein paar Seiten vor und zurück. Alles, was Ilse notiert hatte, kam ihm ganz normal vor. Er selbst erledigte ähnliche Anrufe und Bestellungen, er führte nur nicht so akkurat Buch darüber. Ilse hatte sich das vielleicht nicht ausgesucht, dachte Nathan, und Bub würde es vielleicht nicht gefallen, aber die Farm wäre bei ihr bestimmt in guten Händen, falls sie die Leitung übernehmen musste. Und jetzt würde ihr wohl keine andere Wahl bleiben, vermutete er. Er wollte den Terminplaner schon wieder schließen, als ihm unten auf einer Seite etwas auffiel.

In der Ecke war ein einzelnes Häkchen, neben dem eine Uhrzeit notiert worden war. Nathan runzelte die Stirn und blätterte ein paar Seiten zurück, dann ein paar vor. Soweit er das sehen konnte, fand sich dieser Eintrag an jedem Tag des Jahres. Andere Informationen gab es nicht, bloß das Häkchen und die Uhrzeit. Die Zeiten variierten, lagen aber stets in einem Zeitraum von zwei Stunden, irgendwo zwischen 17 und 19 Uhr. Nathan starrte darauf. Irgendwo tief in seinem Innern spürte er fast so etwas wie ein Wiedererkennen.

Er grübelte noch darüber nach, als er draußen ein Geräusch hörte. Die Tür ging auf, und Ilse kam mit Duffy herein. Als sie ihn sah, fuhr sie zusammen.

«Mein Gott.» Sie hob eine Hand an die Brust. «Hast du mich erschreckt.»

«Tut mir leid», sagte er. «Ich hab –» Er hielt den Planer hoch.

«Ach so, ja. Okay.» Sie schloss die Tür hinter sich und lehnte den Rücken dagegen. Ihr Gesicht war gerötet.

«Was ist los?»

«Die Beerdigung meines Mannes», zischte sie.

Nathan blinzelte. Einen solchen Tonfall kannte er von ihr nicht. «Was noch?»

Ilse durchquerte den Raum und ließ sich in ihren Schreibtischsessel fallen. «Wie lange verkriechst du dich hier schon?»

«Noch nicht sehr lange.»

Sie nickte. «Es ist seltsam da draußen, nicht? Von all den Leuten zu hören, was für ein toller Typ Cameron war und wie sehr sie ihn vermissen werden.» Sie schüttelte den Kopf. «Manche von denen kenne ich gar nicht, und die meisten der anderen hab ich seit Jahren nicht gesehen. Die lassen sich nie hier blicken, rufen nie an. Im Grunde haben sie ihn kaum gekannt.»

«Nein. Wahrscheinlich nicht.»

Duffy, die am Schreibtisch herumgeschnüffelt hatte, kam zu Nathan gelaufen, und er beugte sich zu ihr hinunter. Er spürte Ilses Blick auf sich. Er fühlte sich noch immer leicht benommen und dehydriert. Wie viele Bier hatte er getrunken? Nicht viele, aber mehr, als ihm lieb war, wenn er mit Ilse allein war.

«Sorry.» Er stand auf. «Ich lass dich dann mal allein.»

«Ja. Keine schlechte Idee.»

Der schneidende Tonfall ließ ihn ein zweites Mal innehalten. Er starrte sie an, und sie starrte zurück.

«Na los, geh schon. Lass dich nicht aufhalten.» Sie deutete mit einer ruckartigen Kopfbewegung Richtung Tür. «Schließlich bist du ja schon – wie lange? – volle zwei Minuten mit mir hier allein. Viel länger, als du normalerweise brauchst, um zu verschwinden.»

Nathan blieb unsicher stehen. «Möchtest du, dass ich bleibe?», sagte er schließlich.

Er wartete. Ilse sagte lange nichts. Schließlich holte sie Luft.

«Ich hab mit Steve gesprochen. Über Cameron und –» Sie senkte den Blick. «Und über Jenna.»

«Hat er irgendwas gesagt, das dich aufgebracht hat?»

Ilse stieß ein verbittertes Schnauben aus. «Nein. Eher das Gegenteil. Er hat nichts gesagt. Ich wollte wissen, was seiner Meinung nach damals passiert ist, aber er ist mir ausgewichen.» Sie blickte Nathan jetzt an. «Du hast gesagt, dass er Jenna ernst genommen hat. Wieso tut er dann jetzt so geheimnisvoll?»

«Tja, wie du vorhin gesagt hast.» Nathan zuckte die Achseln. «Es ist die Beerdigung deines Mannes. Vielleicht will er dich schonen.»

«Mich?» Ihre Gesichtsröte vertiefte sich. «Es geht nicht darum, mich zu schonen. Es geht um Cameron. Es geht immer um ihn. Er ist tot, und wir schleichen noch immer um ihn rum. Lasst die Finger von seinem Gemälde. Lasst die Finger von Bubs Plan. Redet nicht über –» Sie stockte. «Tut mir leid. Der Tag heute fällt mir sehr schwer.»

«Ich weiß. Es ist alles sehr schwer.»

Sie holte tief Luft. «Hör mal, vergiss, was ich gesagt habe. Natürlich kannst du gehen, wenn du willst.»

«Ilse, denk nicht –»

«Nein, ich weiß. Ich versteh schon. Ist in Ordnung.» Sie winkte ab. «Außerdem solltest du wohl wirklich besser da rausgehen. Ist eine gute Gelegenheit, dich mal sehen zu lassen.»

«Das hat Harry auch gesagt.»

«Du solltest auf ihn hören.» Ein Zögern. «Wer weiß? Vielleicht sucht deine Freundin schon nach dir.»

«Melanie?»

«Heißt sie so?»

«Anscheinend. Ich kann mich kaum an sie erinnern.»

«Sie erinnert sich an dich.»

«Na ja.» Er lächelte und sagte mit einem Achselzucken: «Kann man's ihr verdenken?»

Endlich lächelte Ilse zurück.

Nathan schob seinen Stuhl beiseite. «Ich sollte aber wirklich zurückgehen», sagte er. «Sonst merken Harry und Xander noch, dass ich weg bin, und denken wieder Gott weiß was.»

«Na dann, viel Glück», sagte sie. «Vielleicht brauchst du es gar nicht so sehr, wie du glaubst.»

«Kann sein. Aber –» Er hörte das Stimmengewirr selbst durch die geschlossene Tür. «Es ist so, wie du gesagt hast. Die meisten von den Leuten da draußen hab ich seit Jahren nicht gesehen. Und vielleicht können sie ja vergessen, was ich getan habe, aber jetzt soll ich einfach vergessen, was *sie* getan haben? Es sind jetzt zehn Jahre. Xander hat gelitten, mein Vieh, jemand hat meinen Hund vergiftet.»

Ilse horchte auf. «Im Ernst? Daran ist Kelly gestorben? Das hab ich nicht gewusst.»

«Ja», sagte Nathan. «Aber mir glaubt ja keiner.»

«Wieso nicht?»

«Weil sonst keine Giftköder gemeldet worden sind. Glenn und Xander halten mich für paranoid.»

Ilse schwenkte in ihrem Drehsessel ein wenig hin und her. Sie blickte nachdenklich. «Moment. Wann war das noch mal?»

«Vor ungefähr achtzehn Monaten.»

«Bub hat letztes Jahr eine Zeitlang Giftköder für Dingos ausgelegt.»

Nathan erstarrte. «Ach ja?»

«Um die Prämien zu kassieren. Er hat davon geredet wegzuziehen und wollte sich Geld zusammensparen. Cam hat natürlich gesagt, er soll das mit den Ködern nicht in der Nähe von unserem Vieh machen. Aber Bub hat eine ganze Menge Felle angeschleppt, also muss er es irgendwo gemacht haben. Ich dachte –» Sie stockte. «Cam hat gesagt, er würde dich warnen.»

«Hat er aber nicht.»

Schweigen entstand. Nathan spürte einen zunehmenden Druck in den Schläfen, und seine Hals- und Schultermuskulatur war verspannt.

«Ich hab gedacht, ich dreh allmählich durch», sagte er. «Ich hab gedacht, ich hätte es mir nur eingebildet.»

«Nein.» Ilse sah ihn an und schüttelte langsam den Kopf. «Nein, das glaube ich nicht. Es tut mir leid, Nathan.»

«Und bevor du mir einreden willst, dass Cam das nicht mit Absicht vergessen hat –»

«Das wollte ich gar nicht.»

«Aha.»

«Nein, ehrlich gesagt, ich glaube, dass Cam es wahrscheinlich absichtlich vergessen hat.» Ilses Blick war klar und ruhig. «Er war manchmal ein bisschen komisch, wenn es um dich ging. Und so etwas hätte er niemals einfach verschwitzt.»

Nathan war sprachlos.

«Aber, Nathan.» Ilse beugte sich vor. «Sei bitte nicht zu wütend auf Bub, okay? Wenn's dich tröstet, er muss ein schlechtes Gewissen gehabt haben, denn er hat plötzlich von einem Tag auf den anderen mit den Giftködern aufgehört. Er hat nie gesagt, warum, aber es war, als wollte er nichts mehr damit zu tun haben.»

Nathan spürte, wie die Anspannung sich von den Schultern in die Brust ausbreitete. Durchs Fenster war Bub nicht mehr zu sehen. Bei den Gräbern war niemand. Nathan traute seiner eigenen Stimme nicht.

«Ich geh besser.»

«Bleib», sagte sie. «Wenn du willst.»

«Nein, ist schon gut. Danke.»

«Aber …»

«Was?»

«Was auch immer du vorhast, bitte tu es nicht jetzt. Nicht, solange die ganzen Leute hier sind.»

Nathan war schon an der Tür.

«Bitte, Nathan. Warte noch damit. Mir zuliebe.»

Er ging hinaus. Auf dem Flur war es still, und er schloss die Tür hinter sich und ging in die Hocke. Während Duffy ihm das Gesicht leckte, dachte Nathan an den Tag, an dem Kelly gestorben war. Er hatte sich in vielerlei Hinsicht wie der Anfang vom Ende angefühlt. Danach hatte er seinen Waffenschein verfallen lassen, und er hatte das Funkgerät dauerhaft abgeschaltet, und er war auch nicht mehr ans Telefon gegangen, bis Harry ihm den GPS-Tracker in die Hand gedrückt und ihm befohlen hatte, sich täglich zu melden. *Ich bin okay; ich bin nicht okay.*

Nathan fühlte sich zu der Zeit absolut nicht okay. Nach Kellys Tod hatte er gespürt, wie seine Fingerspitzen langsam abrutschten. Er hatte sich so lange festgehalten, und es war zu schwer, und er war einfach müde. Er hatte zum ersten Mal gespürt, wie er schlicht aufgab. Nicht schlagartig und nicht ganz freiwillig, aber ganz allmählich rutschte er ab, Tag für Tag.

Und währenddessen hatten seine verdammten Brüder die ganze Zeit gewusst, was passiert war. Nathan sah nach links in das überfüllte Wohnzimmer und nach rechts in Richtung Hof. Bei Cam hatte er seine Chance endgültig verpasst, aber wo könnte Bub sein? Hinter ihm war die Bürotür noch immer geschlossen. Er atmete tief durch und dachte daran, was Ilse gesagt hatte. *Mir zuliebe.*

Er stellte sie sich vor, wie sie an ihrem Schreibtisch saß, und wieder klingelte etwas in seinem Kopf, diesmal so klar und deutlich, dass er völlig überrascht war. Ilse an ihrem Schreibtisch, wo sie noch spätabends saß und arbeitete, nach all den langen und anstrengenden Tagen, die in ihrem Terminplaner verzeichnet waren. Und plötzlich wusste Nathan, was das tägliche Häkchen in der unteren Ecke ihres Planers bedeutete.

Nathan war immer davon ausgegangen, dass Liz es gewesen war, die Harry mit dem Tracker zu ihm geschickt hatte. Zwei Knöpfe. *Ich bin okay; ich bin nicht okay.* Jeden Abend drückte er denselben, egal, wie stark der Drang war, es nicht zu tun. Er glaubte schon nicht mehr, dass es überhaupt registriert wurde. Keiner hatte je was dazu gesagt. Aber er drückte denselben Knopf trotzdem jeden Abend, wenn auch nur für sich selbst. *Ich bin okay.* Die immer gleiche Nachricht wurde von einem schwachen Strahl in den Nachthimmel geschickt. Sie raste hinauf zu einem Satelliten, fiel dann den weiten Weg zurück zur Erde. Eine Verbindung über Tausende Kilometer leeren Raum. Nathan stand draußen vor der Bürotür, mit Ilse auf der anderen Seite, und zum ersten Mal seit ewig langer Zeit fühlte er sich nicht mehr so allein.

KAPITEL DREISSIG

Nathan stand vor dem Büro und überlegte, ob er wieder hineingehen sollte. Er wusste nicht, was er zu Ilse sagen würde, aber irgendetwas wollte er sagen. Danke, vielleicht.

Er stand noch immer unschlüssig da, als er im Dämmerlicht ein vertrautes Husten hörte. Er blickte den Flur hinunter. Liz stand vor ihrem Zimmer. Sie war barfuß und stützte sich an der Tür ab. Sie erschrak, als sie Nathan bemerkte.

«Für einen Moment hast du wie dein Dad ausgesehen.» Ihr Blick war unscharf, als sie näher kam. «Alle sind noch da.» Sie klang überrascht.

«Du hast nicht lange geschlafen.»

«Ach. Ich hab gedacht, es wäre alles schon vorbei.»

«Nein. Noch nicht», sagte er und fragte sich vage, was für Tabletten Steve ihr gegeben hatte. «Vielleicht solltest du dich wieder hinlegen.»

«Ich kann nicht. Ich schließe die Augen und denke an Cameron. Ich wache auf und denke an Cameron. Da kann ich genauso gut aufbleiben.»

Jemand ging am anderen Ende des Flurs vorbei und warf einen langen Schatten. Der alte Tom. Er sah Liz, blieb stehen und hob eine Hand.

«Ich sollte reingehen und hallo sagen.» Sie rührte sich nicht von der Stelle.

«Ich glaube, alle hätten Verständnis, wenn du das nicht machst.»

«Cameron nicht.» Liz sah ihn an, und ihre Augen waren plötzlich klarer. «Hast du schon mit Steve geredet? Einen Termin ausgemacht?»

«Noch nicht.»

«Du hast es mir versprochen, Nathan.» Liz packte seinen Arm. Ihr Griff war erstaunlich kräftig.

«Ich weiß. Ich mach's ja.»

«Dann gehen wir jetzt und –»

«Grandma?» Xander stand am Ende des Flurs mit dem Mädchen, mit dem Nathan ihn draußen hatte reden sehen. Er berührte sie am Ellbogen. «Ich bin gleich wieder da.»

Das Mädchen schien ein bisschen enttäuscht, nickte aber. Als sie ging, drehte Xander sich wieder um. «Alles in Ordnung, Grandma?»

«Wir wollten gerade zu Steve.»

«Er ist draußen.»

«Ist Bub auch da?», fragte Nathan, in dem plötzlich das Verlangen hochkochte, mit jemandem ein paar Takte über einen bestimmten Hund zu reden.

«Nein.» Xander zögerte. «Er war ein bisschen betrunken. Onkel Harry hat ihn reingebracht, damit er sich was ausruht.»

«Komm, Nathan, wir gehen jetzt zu Steve.»

«Grandma, du hast keine Schuhe an», sagte Xander mit einem vorwurfsvollen Unterton, den Nathan auf sich bezog.

«Oh.» Liz sah nach unten. Sie suchte entgeistert den Boden ab, als könnten die Schuhe wie von Zauberhand auftauchen.

«Die sind wahrscheinlich in deinem Zimmer», sagte Nathan. «Xander, hilf doch deiner Grandma. Ich muss was mit Steve besprechen.»

«Wirst du wirklich mit ihm reden?», fragte Xander, während Liz zurück in ihr Zimmer taumelte. «Oder sagst du das nur, damit sie Ruhe gibt?»

«Nein, ich sprech mit ihm. Zufrieden?»

«Nicht wirklich.» Xander schaute an ihm vorbei.

Nathan seufzte. «Hast du vor, so weiterzumachen, bis du wieder abreist? Ich weiß nämlich nicht, ob ich das noch drei Tage aushalte.»

«Denkst du darüber nach, was ich gesagt habe?»

«Worüber? Dass ich wegziehen soll? Junge, das haben wir doch geklärt.»

«Nein, haben wir nicht. Du hast nicht mal drüber nachgedacht. Aber egal. Wie du gesagt hast, in drei Tagen bin ich weg, und du bist wieder allein und kannst machen, was dir gefällt. Alles wieder so, wie du es willst.»

«Nein, es ist nicht so, wie ich es will.»

«Schwachsinn, du –»

Ein leises Poltern drang aus Liz' Zimmer, als wären Schuhe auf den Boden gefallen, und sie schauten beide zur Tür. Nathan machte einen Schritt darauf zu.

«Ich geh schon», bremste Xander ihn. «Kümmere du dich mal um deinen Termin.»

Er verschwand im Zimmer seiner Großmutter, und Nathan stand einen Moment lang allein im Flur.

Er konnte sich glücklich schätzen, dachte er, als er sich abwandte. All die Jahre hatte Xander ihm nie den geringsten Kummer gemacht. Der Junge ging zur Schule, war höflich zu alten Leuten, trank keinen Alkohol und nahm keine Drogen, jedenfalls soweit Nathan wusste. Er hatte ein erstaunlich warmherziges Naturell für ein Kind von Eltern wie ihm und Jacqui. Und wenn er jetzt rebellierte, dann wurde es eigentlich auch Zeit.

Dennoch hatte sich alles leichter angefühlt, als er noch kleiner war. Nathan konnte sich noch genau an den Tag vor über sechzehn Jahren erinnern, als Jacqui ihm eröffnet hatte, dass sie schwanger war. Ihre Augen hatten gestrahlt vor Freude, und eine Zeitlang hatten sie sich beide erfolgreich vormachen können, dass ihre Ehe nicht schon längst auf wackeligen Füßen stand.

Nathan hörte die Toilettenspülung in dem kleinen Bad neben der Diele rauschen. Das Geplauder aus dem Wohnzimmer klang jetzt leicht verändert. Die Trauerfeier neigte sich dem Ende zu, dachte Nathan. Bald würden sich die Ersten verabschieden. Ein halb volles Tablett mit Sandwiches war waghalsig auf dem kleinen Dielentisch abgestellt worden und drohte herunterzurutschen. Er nahm es und ging damit zur Küche.

Jacqui hatte nicht lange gestrahlt. Die Schwangerschaft war schwierig gewesen. Schon morgens war ihr immer fürchterlich übel, sodass sie nur noch trockenen Reis vertragen konnte und ansonsten schon beim Anblick von irgendwas Essbarem würgen musste. So ging das den ganzen Tag, und dieser Zustand hielt weitaus länger an, als die Ratgeber versprachen. Sie hatte in der Hitze auf der Couch gelegen mit einem Eimer neben sich und bei allem abgewinkt, was Nathan ihr anbot.

Als Nathan an der Toilette vorbeikam, hörte er, dass die Tür entriegelt wurde, und Katy kam heraus, mit blassem Gesicht und einem zerknüllten Taschentuch in der Hand.

«Wie fühlen Sie –?» Er verstummte, als ihr Blick aus geröteten Augen auf das Sandwichtablett in seinen Händen fiel und sie so würgen musste, wie er es zuletzt sechzehn Jahre zuvor gesehen hatte. «Oh.» Er atmete aus. Sie starrten einander einen langen Moment an, und er erkannte an dem Ausdruck in ihren Augen, dass er richtig geraten hatte. «Glückwunsch?»

Sie erwiderte nichts, drückte bloß das Taschentuch an die Lippen.

«Setzen Sie sich doch in die Küche», sagte er. «Ich hole Simon.»

«Halt. Nein.» Ihre Hand schnellte vor und packte seinen Unterarm. Sie umklammerte ihn so fest, dass es fast weh tat. «Holen Sie ihn nicht.»

«Warum nicht?»

Katy wischte sich mit dem Handrücken über die Mundwinkel. «Herrgott. Warum wohl?»

Einen Moment lang versuchte Nathan, sich einzureden, dass es vielleicht Bub oder sogar Harry sein könnte.

«Cameron?», sagte er schließlich.

Sie nickte.

«Hundertprozentig?»

«Ja.»

«Und Simon kommt wirklich nicht in Frage?»

Ihr Mund zuckte. «Zwischen Simon und mir läuft es schon länger nicht mehr gut.» Frischer Schweiß glänzte auf ihrer Stirn.

«Hat Cameron es gewusst?»

«Ja.»

Durch die Wohnzimmertür konnte Nathan inmitten der Gäste den dunklen Schopf des Backpackers sehen. Das Geräusch der Stimmen, durchsetzt mit gelegentlichem Lachen, wurde mal lauter, mal leiser.

«Wollen Sie mit dem Sanitäter sprechen?», fragte er schließlich.

Katy schüttelte den Kopf.

«Mit sonst jemandem?»

Sie lachte trocken auf. «Mit wem denn zum Beispiel? Wer eignet sich denn hier als Gesprächspartner? Mir fällt keiner ein.»

Nathan zögerte, dann nahm er Katys Arm und führte sie rasch den Flur hinunter.

«Wir gehen hier rein.» Er öffnete die Tür zu Xanders Zimmer. «Erzählen Sie.»

Sie setzte sich aufs Bett, und er lehnte sich gegen die Wand. Er wartete, während sie an der verblichenen geblümten Tagesdecke zupfte.

«Simon hat Schulden», sagte sie schließlich. «Er hat zu Hause einen Klempnerbetrieb, und ich wusste, dass der Laden nicht gut läuft, aber anscheinend ist es schlimmer, als ich dachte. Jedenfalls schlimmer, als er mir erzählt hatte. Er schuldet einem Haufen Leuten einen Haufen Geld, und ich hab keine Ahnung, wie er das hinkriegen will.» Sie schüttelte frustriert den Kopf. «Tatsache ist, wir brauchen das Geld dringend. Oder er jedenfalls.»

«Okay.»

«Ich wollte gar nicht hier draußen arbeiten.» Katys Finger zupften noch immer an der Decke. «Tut mir leid, aber es ist mir zu einsam, und das hat mir schon auf den Farmen im Westen gereicht. Ich wollte nach Hause, aber Simon meinte, wir müssten so viel Geld sparen, wie wir können, sonst hätten wir gar nichts mehr, wenn wir zurückkommen.» Sie stockte. «Ich weiß nicht, ob das stimmt oder nicht. Ich weiß nicht, was ich ihm noch glauben kann.»

«Simon wollte also die Arbeit hier annehmen?»

«Ja. Wir haben Cameron im Pub in der Stadt kennengelernt, wie gesagt, aber …» Katy sah auf ihre Hände, die noch immer zupften. «Tut mir leid, ich weiß, er ist Ihr Bruder. Aber ich hatte kein gutes Gefühl dabei.»

«Inwiefern?»

«Na ja …» Katy runzelte die Stirn. «Ich hab gewusst, dass er eigentlich nicht an Simon als Mitarbeiter interessiert war. Da war die Art, wie er mich angesehen hat. Ich bin nicht mal Lehrerin.» Sie blickte auf. «Und das hab ich Cameron auch gesagt. Simon hat sich deshalb später aufgeregt, er meinte, ich hätte lügen sollen, um den Job zu kriegen. Aber für Cameron war das kein Problem. Er meinte, die Arbeit sei leicht, es sei schwierig,

Leute zu finden, und sie bräuchten Hilfe für seine Mädchen. Wenn jemand fragen würde – seine Frau oder sonst wer –, würde er sagen, ich sei ausgebildete Lehrerin.» Sie ballte die Hände zu Fäusten, um nicht länger zu zupfen. «Ich schuldete ihm also schon einen Gefallen, noch bevor ich überhaupt angefangen hatte.»

Nathan dachte an seinen Bruder und wie es sich anfühlte, etwas von ihm zu brauchen.

«Und Simon hat das nicht gestört?», fragte er.

«Simon braucht das Geld wirklich dringend. Und Cam hat uns gute Bezahlung angeboten. Mehr, als wir davor verdient haben, und bar auf die Hand. Also haben wir eingewilligt, und ich dachte, dass es vielleicht doch okay wäre. Ich meine, ich hab gedacht, das ist eine Familienfarm, und seine Frau und seine Kinder sind die ganze Zeit da. Und es *war* auch okay, etwa drei Wochen lang. Was länger war, als ich erwartet hatte.»

«Und dann?» Nathan sah sie fragend an. «Hat Cam Sie angebaggert?»

«Nein. Nicht direkt. Er hat das clever angestellt, das muss ich ihm lassen. Er war immer freundlich. Hat mir Fragen gestellt und aufmerksam zugehört. Ich hab schon gedacht, dass ich ihn vielleicht doch falsch eingeschätzt hatte, aber durch seine vielen Fragen wusste er irgendwann alles Mögliche über mich. Was mir gefiel, was ich witzig fand. Meine Schwächen, zum Beispiel mein Heimweh. Ich war oft allein mit ihm. Es gab immer irgendeinen vernünftigen Grund dafür, und es ist auch nie was passiert. Mir war bloß nicht ganz wohl dabei.»

«Haben Sie es irgendwem erzählt?»

«Simon natürlich. Aber Simon –»

«Braucht dringend das Geld. Ja, schon klar.»

«Er hat gesagt, ich sollte versuchen, nicht mit Cameron allein zu sein. Alles strikt professionell halten, dann gäbe es keine

Probleme. Bei unserem letzten Job im Westen war was passiert. Etwas», Katy zögerte, «das noch ein bisschen schlimmer war als hier, schätz ich. Ein Typ auf der Farm da war ein bisschen zu aufdringlich. Ich hab mich beschwert, und Simon und ich wurden beide gefeuert, deshalb wollte er, dass ich diesmal den Mund hielt. Er hat nicht kapiert, was das Problem war, und ich konnte es ihm auch nicht richtig erklären. Irgendwann hab ich ihm dann nichts mehr erzählt, und er hat nicht mehr gefragt.»

«Verstehe.»

«Cameron hat angefangen, mit mir zu flirten. Hat Bemerkungen gemacht. Immer so ein bisschen anzüglich, verstehen Sie? Wenn mir das unangenehm wurde, hat er überrascht getan, als hätte ich mir das bloß eingebildet. Oder irgendwas gesehen, was ich sehen wollte.» Sie schüttelte den Kopf. «Aber ich hab's mir nicht eingebildet. Und ich hab's auch nicht gewollt.»

Katys Finger zupften wieder an der Tagesdecke. Weit weg von zu Hause, dachte Nathan. Keine oder nur sehr wenige Kontakte. Den meisten Backpackern gefiel die Ungebundenheit, die mit ihren Gelegenheitsjobs einherging, aber das machte sie andererseits auch verwundbar. Jeder wusste das. Cameron wusste das. Und Nathan musste unwillkürlich wieder an die andere Backpackerin vor über zwanzig Jahren denken, mit ihrem unordentlichen Zopf, der im flackernden Schein des Lagerfeuers orange schimmerte. Die matte Erinnerung war an den Rändern plötzlich so messerscharf geworden, dass er sich daran schneiden könnte, falls sie verrutschte, weil er sie nicht vorsichtig festhielt.

«Als ich Cameron gesagt hab, dass ich kein Interesse hätte, hat er gelacht», erzählte Katy weiter. «Als würde ich überreagieren und könnte keinen Spaß verstehen. Oder als würden wir beide ein Spiel spielen und genau wissen, wie es ausgehen wird.»

Die Erinnerung verrutschte jetzt wirklich, ein kleines Stück.

Du hast so was schon mal gesehen. Ein Lagerfeuer. Ein kleiner Flirt. Die Luft flirrend vor Verheißungen.

«Ich hab Simon gesagt, wir sollten weiterfahren», sagte Katy. «Aber er wollte nicht. Ich hab überlegt, allein abzuhauen, aber das Auto und der Wohnwagen gehören ihm. Ich konnte ihn nicht einfach ohne alles zurücklassen. Wir sind seit drei Jahren zusammen. Und er liebt mich, er hat bloß nicht begriffen, was so schlimm war. Für ihn war Cam ein toller Boss. Es war doch gut, dass er freundlich zu mir war. Ich sollte es einfach als Kompliment auffassen.» Sie schüttelte den Kopf. «Er hat aber keine Ahnung, wie es wirklich war. Es war belastend. Cameron war jeden Tag um mich herum. Und er fand es nicht mehr lustig. Er machte zwar noch seine Witze, aber ich merkte ihm an, dass er allmählich frustriert war. Nach dem Motto, er hatte uns aufgenommen und jetzt hielt ich meinen Teil der Abmachung nicht ein.»

Du hast so was schon mal gesehen. Nicht genau so, sagte Nathan sich. Er überlegte. Nicht genau so, aber in abgewandelter Form. Unreifer, längst nicht so raffiniert, aber im Wesentlichen vergleichbar. Ein heftiger Flirt am Lagerfeuer. Geduldige Ausdauer. Eine Backpackerin, dankbar dafür, dass sie, umgeben von lauter fremden Menschen, mit jemandem reden konnte. Die sanfte Manipulation und konzentrierte Aufmerksamkeit, sodass sie, als sie Stunden später aufschaute, mit niemandem sonst gesprochen und den ganzen Abend nur eine Bekanntschaft gemacht hatte. Der wachsende Erwartungsdruck. *Du hast so was schon mal gesehen.*

«Es tut mir leid.» Nathan war nicht sicher, zu wem er das sagte.

Katy senkte den Blick, und er sah, dass sie Tränen in den Augen hatte. «Ich war krank vor Heimweh und einsam und irgendwo mitten in der Pampa. Ich hab mich total zermürbt gefühlt.

Jeder wollte was von mir. Simon wollte, dass ich Cameron bei Laune hielt, Cameron wollte, dass ich ihn bei Laune hielt. Ich hatte alles so satt, und irgendwann –» Sie fuhr sich mit dem Handrücken übers Gesicht. «Irgendwann war es einfach leichter, ja zu sagen als nein. Also hab ich nachgegeben. Ich hab mich auf dem Sitzsack im Klassenzimmer seiner Töchter von ihm vögeln lassen. Insgesamt sechs Mal.»

Es war lange still im Zimmer, und Nathan konnte gedämpfte Stimmen in der Diele hören.

«Es tut mir leid», sagte er wieder, und diesmal meinte er eindeutig Katy.

«Sie können nichts dafür. Es ist meine Schuld. Ich habe ja nachgegeben.» Ihre Schultern sanken herab. «Und dann hat's nicht mal was geholfen. Cameron schien sich auf einmal vor mir zu ekeln oder vor sich selbst. Das hat ihn zwar nicht davon abgehalten, wieder mit mir zu schlafen, aber ich glaube, er hat sich für fünf Minuten geschämt und mich dafür verantwortlich gemacht. Und dann ...» Sie deutete auf ihren flachen Bauch und schüttelte den Kopf. «Wenn er vorher schon nicht glücklich war, darüber war er erst recht nicht glücklich.»

«Wann haben Sie es ihm gesagt?»

«Sobald ich mir selbst sicher war. Etwa zwei Wochen bevor er –» Sie schluckte. «Bevor er gestorben ist. Er war wütend. Hat gesagt, ich soll es wegmachen lassen. Was mir nur recht war, ich wollte es auf keinen Fall behalten. Darüber hat er mit mir an dem Morgen geredet, als er verschwand. Er hat gesagt, dass er mir für nächste Woche einen Termin in dem großen Ärztezentrum gemacht hat.» Ihre Augen waren jetzt klar. «Deshalb bin ich sicher, dass er zurückkommen wollte. Er hat gesagt, ich müsste den Termin unbedingt wahrnehmen. Das wollte ich ohnehin, aber wenn er vorgehabt hätte, sich was anzutun, wieso hätte ihn das noch interessieren sollen?»

Das war eine gute Frage, dachte Nathan, aber zumindest beantwortete sie eine andere. «Sie meinen das Ärztezentrum in St Helens?»

«Ja.»

«Und haben Sie da schon eine Unterkunft?»

«Ein Zimmer für zwei Nächte in einem Hotel.»

«Hat Cameron das Zimmer telefonisch reserviert?» Sie nickte, und Nathan dachte an die Online-Rechnung für das Bürotelefon. Zwei Anrufe in St Helens, in der Woche vor Camerons Tod.

«Und Simon weiß es wirklich nicht?», sagte er.

«Noch nicht.» Sie presste die Lippen zu einer Linie zusammen. «Er ahnt nichts, hoffentlich.»

«Wie wollen Sie ihm den Termin erklären?»

«Gar nicht. Ich lass mir was einfallen. Er ist ziemlich zart besaitet. Er wird nicht nach Einzelheiten fragen. Aber ich muss es machen lassen. Er ist schließlich kein Vollidiot. Wenn er es rausfindet, macht er mit mir Schluss.»

Nathan öffnete den Mund, schloss ihn dann wieder. Er öffnete ihn erneut, als er die Verzweiflung in Katys Gesicht sah.

«Wäre das denn so schlimm?» Er zuckte mit den Achseln, als sie ihn überrascht ansah. «Ihre Entscheidung, aber ich glaube nicht, dass Sie Simon was schuldig sind.»

«Wir sind seit drei Jahren zusammen.» Sie hob die linke Hand. «Wir sind verlobt.»

«Na und? Man kann seine Meinung ändern. Meine Exfrau und ich waren länger verheiratet, ehe sie mich verlassen hat.» Er verzog den Mund zu einem kleinen Lächeln. «Es geht ihr prima, nach allem, was ich so höre. Sie ist rundum glücklich.»

Katy zögerte. «Ich weiß nicht. Ich denk drüber nach.»

Nathan stieß sich von der Wand ab. «Jedenfalls, schonen Sie sich jetzt. Wir kommen auch ohne Sie klar.»

«Danke. Ehrlich. Ich weiß wirklich nicht, wie es so weit kommen konnte. Ich war einfach so durcheinander und allein.» Sie atmete aus. «Danke, dass Sie mir glauben.»

Er hätte es wahrscheinlich nicht geglaubt, wie Nathan sich tief im Innern eingestand, als er die Tür von Xanders Zimmer öffnete. Sogar sehr wahrscheinlich nicht, wenn ihm die Sache nicht so beunruhigend vertraut vorgekommen wäre. Vielleicht hätte er damals mehr auf die Warnsignale achten sollen, als er die Chance dazu hatte. Das war nicht mehr zu ändern, aber von nun an würde er es tun.

Er musste mit Steve sprechen.

KAPITEL EINUNDDREISSIG

Hey, was willst du von mir hören? Dass Cameron eine Backpackerin in den Dünen vergewaltigt hat, nachdem sie sich zusammen auf einer Party betrunken haben?»

Steves Blick war fest und ruhig, und Nathan hatte Mühe, ihm in die Augen zu sehen.

«Nein. Herrgott. Keine Ahnung.»

Nathan fuhr sich mit einer Hand durchs Haar und atmete ein. Die Luft war stickig. Er hatte den Sanitäter im Wohnzimmer gefunden und ihn am Arm gepackt. Er hatte den Hoffnungsschimmer in Liz' Augen bemerkt, als sie sah, wie Nathan Steve hinaus auf die Veranda und um die Hausecke zog, damit sie ungestört reden konnten. Jetzt jedoch fiel ihm das Gespräch ungemein schwer.

«Ich will bloß wissen, was wirklich passiert ist», sagte Nathan.

«Das weiß ich nicht, Mann. Nein, hör mir zu –» Steve hob einen Finger, damit Nathan ihm nicht ins Wort fiel. «Ich sag dir jetzt genau das Gleiche, was ich vorhin Ilse gesagt habe – ist ja wahrscheinlich kein Zufall, dass ihr beide danach fragt –, ich weiß genauso wenig wie ihr, was in der Nacht damals passiert ist.»

Nathan stieß einen frustrierten Laut aus. «Aber damals –»

«Ja, damals hatte ich eine Meinung, genau wie jeder andere.»

«Und die würde ich gern hören.»

«Aber dir sollte schon klar sein, dass –»

«Ist es. Nun erzähl schon.»

Steve blinzelte ins grelle Nachmittagslicht. In einiger Entfernung konnten sie die Gräber sehen. Eines alt, eines ganz neu. Er fuhr sich mit der Zunge über die Zähne.

«Jenna hatte leichte Hämatome an den Innenseiten der Oberschenkel. Und eine Druckstelle am Oberarm. Hier.» Steve berührte den weichen Bereich unterhalb seiner Achselhöhle. «Ansonsten keine nennenswerten Verletzungen, keine Blutung, obwohl das nicht unbedingt was heißen muss.»

«Aber wonach hat es für dich ausgesehen?» Nathans Mund fühlte sich trocken und sandig an. «Nach Gewalt?»

«Möglich. Vielleicht war aber auch nur Unbeholfenheit im Spiel. Oder Unerfahrenheit. Manche Leute bekommen sehr viel schneller Blutergüsse als andere.» Steve presste die Lippen zusammen. «Aber genau das will ich dir ja klarmachen. Anhand der körperlichen Spuren war es unmöglich, eindeutige Schlüsse zu ziehen. Und wahrscheinlich hätte für Cameron die Unschuldsvermutung gelten müssen.»

Nathan wartete auf einen Anflug von Erleichterung, doch vergeblich. Er trat von einem Bein aufs andere. Vor dem Haus registrierte er Bewegung. Die ersten Gäste machten sich auf den Heimweg. Er wandte sich wieder Steve zu.

«Was war sonst noch?»

«Ganz ehrlich: nichts. Letztlich beschränkte sich alles nur auf Jennas Aussage.» Steve beobachtete, wie noch mehr Leute ins Freie traten und die Augen gegen die Sonne abschirmten. «Ihr Freund – so ein total stiller Engländer – hatte sie überredet, zu mir zu kommen, und ich weiß, die meisten dachten, er hätte das nur aus Wut getan, aber dem war nicht so. Er hat sich Sorgen um sie gemacht, hatte sogar Angst um sie. Er kam mir vor, als hätte er keine Ahnung, was er machen sollte. Hatte er wahrscheinlich auch nicht. Ich glaube, er hat Botanik studiert oder so. Ich weiß noch, wie er mich die ganze Zeit durch seine Brille angeblinzelt hat, als könnte ich alles wiedergutmachen.» Steve schüttelte den Kopf. «Ich glaube nicht, dass sie schon lange zusammen waren. Jedenfalls, er hat draußen gewartet, während ich mit Jenna gesprochen habe, also war das, was sie mir erzählt hat, nicht für seine Ohren bestimmt.»

«Und was hat sie dir erzählt?»

«Das weißt du doch», sagte Steve. «Du hast die Geschichte gehört. Dass sie was getrunken und mit diesem Jungen geflirtet hatte, weil sie sich langweilte und sonst niemanden kannte und weil sie sauer war, dass ihr Freund auf der Farm geblieben war, anstatt mit auf die Party zu kommen. Cameron war jung.» Steve zog die Stirn kraus, während er sich erinnerte. «Sie hat mir erzählt, dass sie ihn für harmlos gehalten hatte. Für sie war es bloß ein amüsanter Zeitvertreib. Und es waren jede Menge andere Leute da, sodass sie sich sicher gefühlt hatte. Ich erinnere mich, dass sie das gesagt hat.»

Es kamen jetzt mehr und mehr Leute aus dem Haus. Nathan hörte Autotüren zuschlagen und Motoren anspringen, blickte aber nicht in die Richtung. Er konzentrierte sich weiter auf Steve.

«Dann hat Cameron ihr angeboten, sie zurück in die Stadt zu fahren.» Die Stimme des Sanitäters hatte eine dunklere Tonlage angenommen. «Sie war angetrunken, hat sie gesagt, und ein bisschen wackelig auf den Beinen. Offenbar hat sie gedacht, sie würde ihm zum Auto folgen, aber auf einmal war sie mit ihm allein in den Dünen. Er hat angefangen, sie zu küssen, da weiterzumachen, wo sie am Lagerfeuer aufgehört hatten. Jenna hat gesagt, sie hätte genug und er sollte aufhören.»

Steve blickte Nathan an.

«Cameron wollte nicht aufhören. Und ich weiß, er war erst siebzehn, aber er war kein Kind mehr, zumindest körperlich.»

Nathan musste daran denken, wie das Kalb sich unter ihm

gewehrt hatte. Ein Knie an die richtige Stelle, ein Ellbogen. Ein bisschen mehr Druck. So ließ sich Gegenwehr eindämmen.

«Hätte Jenna sich nicht losreißen können?»

«Ehrlich gesagt, vielleicht hat sie es gar nicht versucht. Sie hat gesagt, sie sei wie erstarrt gewesen. Ich glaube, sie hat sich deswegen geschämt, aber tatsächlich ist das eine ganz normale Reaktion. Jedenfalls, sie war allein da draußen, mit diesem kräftigen, hartnäckigen Typen.» Er sah Nathan an. «Eine Frau kann zu dem Schluss kommen, dass es das Beste ist, einfach nachzugeben, aber eine Entscheidung ist nur dann eine Entscheidung, wenn es eine echte Alternative gibt. Andernfalls ist es Manipulation, es ist das Ausnutzen einer Situation.» Er zuckte mit den Achseln. «Es ist Vergewaltigung.»

Nathan dachte an Katy. Irgendwann war es einfach leichter, ja zu sagen als nein.

Steve sah ihn an. «Es tut mir leid. Ich weiß, dass du das nicht gern hörst.»

Ein Windhauch wehte Gelächter herüber, rau und tief. Diesmal schaute Nathan hin. Die Gäste strömten jetzt in Scharen aus dem Haus. Er entdeckte Melanie, deren Haar rotgolden in der Sonne leuchtete. Sie bemerkte Nathan und winkte.

«Ich muss los», rief sie und zeigte auf einen flotten Land Cruiser, in den bereits zwei Leute von der Atherton-Farm einstiegen. «War schön, dich zu sehen.»

«Ja. Gleichfalls.»

Sie lächelte ihn an, und er hatte plötzlich ein Bild von ihr vor Augen, jünger und mit einem Lächeln genau wie jetzt, während sie unter einem Nachthimmel aus einem Glas in ihrer Hand trank. War sie damals auch auf der Party gewesen?, fragte Nathan sich. Er konnte sich beim besten Willen nicht erinnern. Er sah, dass sie noch immer wartete, und räusperte sich. «Vielleicht bis bald.»

«Hoffentlich.» Sie blickte erfreut und winkte noch einmal, ehe sie zu dem wartenden Wagen trabte.

Nathan richtete den Blick wieder auf Steve, der noch immer in Richtung Melanie schaute.

«Du solltest sie anrufen», sagte Steve. «Sie täte dir wesentlich besser als alles, was ich dir verschreiben kann.»

«Das krieg ich ständig zu hören.» Nathan winkte ungeduldig ab. «Sag mal, wenn Jenna solche Angst hatte, warum hat sie sich dann anschließend von Cam zurück in die Stadt fahren lassen?»

«Wie viele Kilometer sind es von den Dünen in die Stadt?»

«Zwölf.»

«Ein langer Fußmarsch in der Nacht, wenn du aufgewühlt und allein bist.»

«Sie hätte jemand anders bitten können, sie mitzunehmen.»

«Ich dachte, sie hat sonst niemanden auf der Party gekannt.»

Nathan sagte nichts. Das stimmte. Nur Jacqui, die schon früher gefahren war, mit ihm. Er stellte sich vor, wie Cam und Jenna zurück in die Stadt fuhren. Vor dem Pub hielten, wo Rob, der Wirt, sie gesehen hatte.

«Rob hat gesehen, dass Jenna Cam geküsst hat, bevor sie aus dem Wagen stieg», sagte er schließlich.

«Hat er das?» Steves Augen waren wachsam. «Oder hat er gesehen, wie Cameron Jenna geküsst hat und sie es zugelassen hat, damit er sie aus dem Wagen lässt?»

«Mein Gott, Steve, woher soll ich das wissen?»

«Richtig. Genau wie ich es nicht weiß. Und Rob, der aus dem Fenster geschaut hat, weiß es auch nicht. Wie gesagt, das Beste, was ich zu bieten hab, ist eine Meinung.»

Nathan runzelte die Stirn. Er konnte jetzt Harry zwischen den Gästen sehen, die sich verabschiedeten, Liz an seiner Seite. Sie klammerte sich an ihn wie an einen Rettungsring, während Leute ihr die Hand schüttelten oder sie in eine Umarmung zogen. Zum Abschied wurde gewinkt und gerufen. Harry fing Nathans Blick auf und gab ihm ein Zeichen, er solle zu ihnen kommen. Nathan ignorierte ihn.

«Jenna hat sich ziemlich Zeit gelassen, bevor sie es jemandem erzählt hat», sagte er zu Steve, und der trotzige Ton in seiner Stimme überraschte ihn selbst. «Es war nicht gerade hilfreich, dass sie so getan hat, als wäre alles in Ordnung.»

Steve lächelte fast, bremste sich aber.

«Was ist?», fragte Nathan.

«Das musst du gerade sagen», erwiderte Steve. «Nathan, viele Leute machen sich vor, es wäre alles in Ordnung. Tag für Tag und über Jahre hinweg.»

Er deutete auf die Leute vor dem Haus, die in ihrer verstaubten Trauerkleidung schwitzten und eine stundenlange Heimfahrt vor sich hatten. «Das Leben hier draußen ist hart. Wir versuchen alle, so gut wir können klarzukommen. Aber glaub mir, es gibt hier keinen einzigen Menschen, der sich nicht selbst was in die Tasche lügt.»

Ilses Kopf tauchte inmitten der Gruppe auf, einzelne Haarsträhnen klebten ihr an den erhitzten Wangen. Steves Blick verharrte kurz auf ihr, und er holte Luft, als wollte er etwas sagen. Dann überlegte er es sich offenbar anders und atmete lange aus. Er wandte sich wieder Nathan zu.

«Was das betrifft, gehörst du zu den Allerschlimmsten. Bei dir ist so vieles nicht in Ordnung, dass du panische Angst davor hast, dir einzugestehen, wie schlimm es geworden ist. Geschweige denn, es gegenüber deiner Mum oder deinem Sohn einzugestehen. Beide haben mich übrigens gebeten, dir einen Termin für ein Gespräch und einen Check-up zu geben.»

«Ich weiß. Okay.»

«Im Ernst? Du kommst? Keine Diskussion?»

Nathan schüttelte den Kopf. Er wusste, er hatte irgendwo

eine Grenze überschritten – vielleicht in den letzten paar Stunden, vielleicht in den letzten paar Jahren –, und auf einmal kam ihm diese Grenze sehr weit weg vor. Er wollte nicht mehr auf seiner Seite der Grenze allein sein. Er hoffte bloß, dass er noch einen Weg zurückfinden konnte.

Wieder kamen Leute aus dem Haus, darunter auch Simon. Katy war ein paar Schritte hinter ihm. Sie blieben ein kleines Stück entfernt stehen, sowohl von der Gästeschar als auch voneinander, und Katy schielte gelegentlich mit einem leicht verwirrten Ausdruck zu Simon hinüber, als versuchte sie, aus irgendetwas schlau zu werden. Sie blickte kein einziges Mal in Ilses Richtung, die von Gruppe zu Gruppe ging und ziemlich überfordert wirkte.

«Die Sache hätte damals richtig geklärt werden sollen. Das wäre besser für alle gewesen», sagte Nathan. Am Ende des Hofes lagen die Gräber still und einsam da. Es war niemand mehr bei ihnen. Alles Interesse galt den Lebenden. «Auch für Cam.»

Steve nickte. «Ich denke manchmal, ich hätte Jenna darin bestärken sollen, sofort Anzeige zu erstatten. Aber ich hatte gerade erst die Krankenstation übernommen. Ich war jünger und praktisch noch Berufsanfänger. Heute würde ich es anders machen, aber damals wusste ich es nicht besser. Jenna hat gesagt, sie müsste darüber nachdenken, und ich fand, ich sollte das respektieren. Und dann ist sie ein paar Tage später abgereist und hat das Problem quasi mitgenommen.» Steve zuckte die Achseln. «Aber die Gründe dafür kennst du ja wohl besser als ich.»

Nathan sah ihn erstaunt an. «Wovon redest du? Ich weiß nicht, warum sie beschlossen hat abzureisen.»

Jetzt war Steve derjenige, der erstaunt blickte. «Wirklich nicht?»

«Natürlich nicht. Woher auch?»

Die letzten Gäste stiegen jetzt in ihre Wagen. Die Trauerfeier für Cameron war zu Ende.

«Du glaubst vielleicht, es nicht zu wissen, Nathan.» Steve warf einen vielsagenden Blick zu den zwei Gräbern unter dem Eukalyptusbaum hinüber. «Aber kannst du es dir wirklich nicht denken?»

Nathan öffnete den Mund, um zu protestieren, stockte jedoch, als er das ferne Zuschlagen einer Autotür hörte. Und noch eine. Er schloss langsam den Mund.

Er war auf ebendiesem Hof gewesen, vor dreiundzwanzig Jahren, nicht weit von der Stelle entfernt, zu der Steve jetzt hinsah. Nathan und der siebenjährige Bub hatten mit einem Kricketschläger herumgespielt, drüben vor dem Zaun, als die Erde dort noch glatt und unberührt war. Bub hatte Würfe geübt, und Nathan hatte den Ball zurück in seine Richtung geschlagen.

Ein ganzer Tag war vergangen, seit der schreckliche Anruf von dem Sergeant in der Stadt gekommen war und Nathan stumm mit Cameron in der Diele gestanden hatte, während ihr Dad Antworten von ihnen verlangte. Ein ganzer Tag, seit Nathan einen Sekundenbruchteil gezögert hatte, ehe er seinen Bruder in Schutz nahm, und seit Cam das letzte Mal mit ihm gesprochen hatte.

Nathan hatte den Kricketball an sich vorbeifliegen lassen, als Carl Brights schmutziger Geländewagen die Zufahrt hochgedröhnt kam und jäh vor dem Haus hielt. Nathan blieb, wo er war, hielt Abstand, wie immer, wenn er die Wahl hatte. Carl war den ganzen Tag fort gewesen. Das war nicht ungewöhnlich. Genauso, wie es nicht ungewöhnlich war, dass er nicht aufgeschrieben hatte, wohin er wollte. Er wirkte gereizt, als er die Autotür mit einer solchen Wucht zuknallte, dass der Wagen wackelte.

Cameron kam aus dem Haus.

Nathan hatte den Impuls, laut zu pfeifen, so, wie sie es über die Jahre immer gemacht hatten, um sich gegenseitig zu warnen. *Achtung, Dad ist im Anmarsch.* Er pfiff aber nicht. Er war unsicher, was passieren würde, und er wollte nicht, dass Bub es mitbekam. Stattdessen warf er den Kricketball in die Luft und schlug ihn weit in die andere Richtung. Bub rannte fluchend und meckernd los, um ihn zu holen.

Außerdem war es zu spät für eine Warnung, wie Nathan erkannte, als er sich wieder umdrehte. Cameron hatte ihren Dad gesehen, der mit stampfenden Schritten auf ihn zukam. Und ihr Dad hatte eindeutig Cam gesehen. Cam war stehen geblieben. Und statt auf dem Absatz kehrtzumachen und sich irgendwo im Haus zu verkriechen, ging er die Holzstufen hinunter und wartete unten. Carl Bright näherte sich seinem mittleren Sohn, ohne langsamer zu werden. Als er an ihm vorbeimarschierte, drehte er nur einmal den Kopf. Und dann nickte er Cameron knapp zu, ehe er im Haus verschwand.

Ist erledigt.

KAPITEL ZWEIUNDDREISSIG

Ist erledigt.

Natürlich.

Carl Bright nickte seinen Söhnen niemals zu. Nicht zur Begrüßung und schon gar nicht anerkennend. Er war für einige Stunden von der Farm verschwunden, und gleich am nächsten Morgen waren Jenna und ihr Freund zu ihrem Boss gegangen und hatten ihm eröffnet, dass sie kündigten. Ohne Begründung und fristlos, sie wollten einfach weiter.

Keith hatte versucht, sie umzustimmen, wie Nathan später von Jacqui erfuhr. Natürlich war Keith zu Ohren gekommen, was auf der Party passiert sein sollte, und er hatte Jenna gefragt, ob das irgendetwas mit ihrer Entscheidung zu tun habe. Nein, hatte Jenna erwidert. Es war ein Missverständnis. Sie hatte sich geschämt und die Sache aufgebauscht.

Nathan saß jetzt auf der Couch im Wohnzimmer und starrte den Weihnachtsbaum mit seinen elektrischen Kerzen an, die schwach im schwindenden Nachmittagslicht glühten. Die Überreste der Trauerfeier waren im ganzen Raum verteilt, leere Teller und Gläser, wohin er auch sah. Steve hatte sich als einer der Letzten verabschiedet, nicht ohne Nathan noch eine Terminkarte in die Hand zu drücken. Als er abgefahren war, hatte sich der Rest der Familie im Haus verteilt, das plötzlich zu groß und leer wirkte.

Keiths Einstellung zu Nathan hatte sich nach Jennas überstürzter Abreise merklich verändert. Nathan sah Keith nicht besonders oft, daher fiel es ihm erst nach einer Weile richtig auf. Zuvor war Keith stets höflich, wenn auch ein wenig unterkühlt gewesen, nun jedoch verhielt er sich schroff und unfreundlich. Wenn Nathan zu Besuch kam, stieß er zunehmend auf Feindseligkeit, bis er und Jacqui sich schließlich nicht mehr bei ihr zu Hause trafen. Aber sie trafen sich weiterhin und lachten im Überschwang verbotener Intimität über Keiths Ablehnung.

Nathan konnte sich noch an Keiths Gesicht vor all den Jahren an der Tankstelle erinnern.

Ich weiß, was Männer wie du machen.

Vielleicht, dachte Nathan, während er jetzt auf der Couch saß, hatte der Mann ja nicht ganz unrecht. Der Gedanke war ungemein deprimierend.

Aus der Diele ertönte ein Geräusch, und Bub tauchte in der Tür auf. Sein Hemd war zerknittert, und er blinzelte in den dämmrigen Raum.

«Wo sind denn alle?»

«Weg. Die Party ist vorbei.»

«Schon?»

«Du hast eine ganze Weile geschlafen.»

«Oh.» Bub ließ sich auf die Couch plumpsen, und Nathan konnte den Alkohol riechen, den er ausdünstete. Bub rieb sich mit einer Hand übers Gesicht, blickte Nathan dann aus blutunterlaufenen Augen an. «Ist was?»

Nathan, der nicht wusste, wo er anfangen sollte, sah seinen Bruder an und hatte sofort wieder das Bild vor Augen, wie seine Hündin Kelly tot in seinen Armen lag. In den letzten paar Stunden war dieses Bild in den Hintergrund getreten, doch jetzt drängte es sich wieder nach vorn. Er öffnete den Mund, zwang sich dann durchzuatmen. «Nein.»

«So siehst du aber nicht aus.»

Nathan zuckte die Achseln.

Bub gähnte und ließ den Blick durch den Raum wandern. «Waren 'ne Menge Leute da, was?»

«Ja.»

«Glaubst du, für uns würden auch so viele kommen?»

«Nee.»

«Ich auch nicht.» Bub klang resigniert. «Dieser verdammte Cam. Keine Ahnung, wie er das gemacht hat. Er war doch genau so ein Mistkerl wie wir, hat's bloß besser verstecken können.»

«Findest du?»

«Ja, klar.» Bub starrte einen Moment die Wand an. Seine Stimme war heiser, und er lallte noch immer ein wenig. «Stimmt doch, oder? Ich meine, Dad war ein Mistkerl, Cam war ein Mistkerl. Ich bin einer. Und du auch.»

Nathan musste beinahe lachen. «Da kann ich dir nicht widersprechen. Aber manche Dinge sind um einiges schlimmer als andere.»

«Wenn du das sagst.» Bub unterdrückte einen kleinen Rülpser.

«Tu ich.»

«Tja, du musst es ja wissen.» Bub hievte sich von der Couch und wankte zum Fernseher. «Ich meine, Cam konnte ein echtes Arschloch sein, aber du hast einen Mann am Straßenrand verrecken lassen.»

«Das ist zehn Jahre her. Und er hat's überlebt.»

«Was er nicht dir zu verdanken hat. Aber vielleicht kannst du ja nichts dafür. Wie gesagt: eine Familie von Mistkerlen. Lässt sich nicht viel gegen machen.» Bub stand jetzt vor dem Fernsehapparat und entwirrte die Kabel für seine Spielkonsole.

«Menschen können sich ändern, Mann.»

«Okay.»

«Nein. Hör mal. Ich bin längst nicht so schlimm wie Cam.»

«Klaro.» Bub schaute nicht auf. «Versuch, daran zu denken, wenn du dich in Sachen Farm mit Ilse zusammentust, damit ihr mich gemeinsam über den Tisch ziehen könnt.»

«Herrje, Bub, kein Mensch will dich über den Tisch ziehen.»

«Abwarten.»

«Hey.» Nathan senkte die Stimme. «Was hast du eigentlich für ein Problem?»

«Keine Ahnung. Erstens vielleicht, dass ich nicht weiß, was mit meinem eigenen Grund und Boden passiert. Zweitens, dass ich nie ein Wörtchen mitreden kann. Drittens, dass du und Cam meine Brüder seid.»

«Tja, jetzt hast du ja nur noch mich, immerhin ein Grund, dich zu freuen.» Nathan spürte, wie die Wut in ihm anschwoll. Er stand auf, um zu gehen. «Übrigens, hast du mir vielleicht irgendwas über meinen Hund zu sagen?»

«Welchen Hund?»

«Das weißt du ganz genau. Kelly.»

Bubs Hände erstarrten an den Kabeln. «Nein. Keine Ahnung, wovon du redest.»

«Nein?»

«Nein.»

«Du weißt also nichts von irgendwelchen Giftködern, die auf meiner Farm ausgelegt wurden? Klingelt's da nicht bei dir?» Nathan tippte Bub an die Schläfe. Bub schlug seinen Arm weg.

«Fick dich.»

«Fick *du* dich. Kelly ist qualvoll gestorben. Vor meinen Augen. Und ich konnte ihr nicht helfen.» Nathan spürte, wie ihm die Tränen kamen, und er blinzelte heftig.

«Sie war bloß ein Hund.»

«Ich hab sie geliebt. Sie war meine beste Freundin.»

«Dann geh doch mehr unter Leute.»

Nathan holte tief Luft. Er spürte, wie sich in ihm eine Wut

aufbaute, die nicht allein Bub galt, dessen war er sich bewusst. Dennoch. Bub war direkt vor ihm.

«Okay», sagte er. «Alles klar. Aber wenn du und ich und Ilse uns zusammensetzen, um über diese Farm zu sprechen, dann werde ich dich anschauen und daran denken, was du mit Kelly gemacht hast, und dann werde ich lange und gründlich überlegen, wie ich dir das am besten heimzahlen kann.» Er trat einen Schritt näher an seinen Bruder heran. «Du fragst dich, wieso Cam dir nicht vertraut hat, wenn es um die Farm oder um Geld oder um irgendwas ging? Sieh dich doch mal selbst an. Er mag ja ein Arschloch oder Schlimmeres gewesen sein, aber er hatte wenigstens noch alle Tassen im Schrank.»

Nathan sah die Faust nicht kommen, bis es fast zu spät war. Sie erwischte ihn seitlich am Kopf, und er stolperte rückwärts. Ein weiterer harter Schlag traf ihn unterhalb der Rippen, und plötzlich hatte er Bubs Arm fest um den Hals.

«Du bist ein mieses Schwein. Genau wie Cam.» Bubs Alkoholfahne wehte in Nathans Gesicht. «Du glaubst, du kannst hier aufkreuzen und mich rumkommandieren und dich aufführen, als wüsstest du, was für uns alle am besten ist?»

Nathan spürte, wie ihm die Luft wegblieb, als sie gegen die Wand prallten, das Gleichgewicht verloren und mit voller Wucht auf den Fußboden krachten. Ein halbherziger Schlag traf ihn an der Wange, und Nathan hob zu spät die Hand, als wieder eine Faust heransauste.

«Du und Cam, ihr habt euch immer für besser gehalten als mich, aber das seid ihr nicht, klar? Er ist tot, und du bist ein totaler Versager.»

Bub landete einen harten Schwinger knapp über Nathans Auge, und sein wütendes Gesicht war schweißnass. Er hatte etwas Brutales im Blick, als er erneut ausholte.

«Denkst du, wenn du Cams Platz einnimmst und anfängst,

dich wie er zu benehmen, dass man dich dann respektiert?», sagte Bub.

«Nein.» Nathan versuchte, ihn wegzuschieben, und knallte mit dem Kopf auf die Dielenbretter. Er nahm Bewegung an der Tür wahr.

«Denkst du, die Leute reden dann wieder mit dir?»

«Geh runter.» Nathan versuchte mit aller Kraft, Bub wegzuschieben, und sie beide rollten einmal herum, stießen gegen Couch und Beistelltisch. Irgendetwas fiel herab und zersplitterte auf dem Boden.

«Hey!», rief Harry, und gleichzeitig schrie auch Liz irgendwas.

«Die ignorieren dich nicht, weil du nicht Cam bist, Mann.» Bubs Stimme war heiß an seinem Ohr. «Nicht mal deshalb, weil du irgendwem damals nicht geholfen hast. Die reden nicht mit dir, weil du ein bisschen merkwürdig geworden bist, Mann. Du bist ein merkwürdiger, einsamer Loser, und keiner will was mit dir zu tun –»

Diesmal konnte Nathan einen Treffer landen, einen harten, und sie wälzten sich wieder herum, kollidierten mit irgendwas. Nathan spürte das Zittern im selben Moment, wie jemand an der Tür aufkeuchte. Der Weihnachtsbaum geriet in Schieflage und kippte dann mit einem schillernden Geklimper von Christbaumschmuck und Plastiktannennadeln und Lametta um. Im Fallen streifte er eine Ecke von Camerons Gemälde, was den Rahmen an seiner Aufhängung bedenklich ins Baumeln brachte.

«Ach du Scheiße», sagte Bub, aber seine Stimme wurde fast übertönt, als Liz aufkreischte und durch das Zimmer hastete. Harry war noch schneller als sie und hielt das Bild im letzten Moment fest, ehe es von der Wand fiel.

«Mein Gott», sagte er. «Das war knapp.»

Liz war schon bei ihm, strich mit beiden Händen über den

Rahmen, um zu prüfen, ob er beschädigt war. Nathan sah, wie ihre Schultern sich bewegten, während sie schwer atmete, und wusste, dass sie versuchte, nicht zu weinen. Schließlich rückte sie das Bild an der Wand wieder gerade.

«Verdammt noch mal, ausgerechnet heute», schrie Harry. «Euch ist doch wohl klar, dass euer Bruder tot ist, oder? Könnt ihr nicht mal für fünf Minuten sein Andenken in Ehren halten?»

«Sorry.» Nathan stieß Bub von sich runter und stand auf. Er streckte die Hand nach dem Bild aus. «Ist es okay?»

Harry schlug seinen Arm weg. «Rühr es nicht an.»

«Hey! Ich wollte bloß –»

«Nein, lass es! Du hast schon genug Schaden angerichtet.»

«Aufhören!» Liz drehte sich um. Sie hatte Tränen in den Augen. Sie blickte von Nathan zu Bub, der noch immer auf dem Boden lag, übersät mit sanft schimmernden Lamettafäden.

«Ist der Tag heute noch nicht schlimm genug?», sagte sie. «Was ist los mit euch? Reicht euch die Trauer nicht? Müsst ihr auch noch aufeinander losgehen?»

«Tut mir leid, Mum», sagte Nathan.

Sie schwieg und wischte sich über die Augen.

«Entschuldige», schob er nach. Er achtete nicht auf Bub, der sich vom Boden aufrappelte. «Ich bring das in Ordnung.»

Liz holte Luft. «Ich will nicht, dass du irgendwas in Ordnung bringst. Es steht mir bis hier oben, Nathan. Ich will dich – euch beide – heute Abend nicht mehr sehen.»

«Aber –»

«Nathan. Bub. Bitte. Geht einfach und lasst mich in Frieden.»

Sie drehte sich wieder zu dem Gemälde um und blieb reglos stehen, während ihre Söhne den Raum verließen.

KAPITEL DREIUNDDREISSIG

Nathan saß im Dunkeln auf der Veranda und klimperte auf Sophies Gitarre. Er wusste nicht, wohin Bub verschwunden war, und es war ihm auch egal. Xander war in seiner Kleidung auf dem Bett eingeschlafen und hatte sich nicht gerührt, als Nathan nach ihm gesehen hatte. Im Wohnwagen der Backpacker brannte noch Licht. Nathan sah die Schatten in den Fenstern, während er auf den Stufen saß und einige Akkorde zupfte.

«Das klingt hübsch.»

Er sah auf, und seine Finger verharrten auf den Saiten. «Danke.»

Ilse hielt zwei Flaschen Bier in den Händen. «Darf ich mich zu dir setzen?»

«Klar.» Er stockte. «Immer.»

Sie stellte ihm eine Flasche hin. Es hatte sich bereits Kondenswasser gebildet, als sie ihm zuprostete und sich neben ihn setzte. «Frohe Weihnachten, übrigens.»

«Ja. Dir auch.»

Ilse lehnte sich gegen den Verandapfosten und neigte den Kopf nach hinten, beobachtete ihn. Sie hatte geduscht und ihr schwarzes Kleid gegen Shorts und eine Bluse ausgetauscht. Ihr Haar glänzte nass und glatt im Licht der Verandalampe. Auch Nathan hatte sich umgezogen und sich in seiner Jeans sofort wieder staubig und sandig gefühlt.

«Ich wollte dich nicht unterbrechen.» Sie deutete mit dem Kopf auf die Gitarre. «Spiel weiter.»

Er überlegte hektisch, was er spielen könnte, aber ihm fiel nichts Richtiges ein. Schließlich entschied er sich für ein altes Lied, das seine Mum ihnen früher oft vorgesungen hatte. Es erinnerte ihn an Cameron, als sie jung waren. Wenn sie in der Mittagssonne Kricket gespielt hatten, bis Liz sie anschrie, sie sollten endlich in den Schatten gehen. Es erinnerte ihn an den Cameron, den er gekannt hatte, vor langer Zeit.

Ilse streckte die Beine entlang der Stufe aus, ihre Füße nackt auf dem Holz. Sie trank einen Schluck Bier.

«Wie fühlst du dich?», fragte er.

«Es war ein furchtbarer Tag. Aber jetzt, wo er vorbei ist, fühle ich mich», sie überlegte, «etwas besser, glaube ich. Und du?»

«Ja», sagte Nathan und merkte, dass es stimmte. «Ich mich auch. Schlafen die Mädchen?»

«Bei deiner Mum im Zimmer. Alle sind früh ins Bett.»

«Gut so.»

Sie saßen eine Weile da, während er leise spielte. Sie machte wirklich einen besseren Eindruck, dachte er, ohne dass er genau hätte sagen können, wieso. Sie hatte eine Leichtigkeit im Gesicht, die vorher nicht da gewesen war.

Ilse betrachtete den Bluterguss, der sich um sein Auge bildete. «Du hast also doch mit Bub gesprochen, wie ich sehe?»

«Ach das.» Er berührte die Stelle. Es tat ganz schön weh. «Er hat gewissermaßen mit mir gesprochen.»

«Habt ihr was klären können?»

«Eigentlich nicht. Ich versuch's morgen noch mal.»

«Na ja, es ist Weihnachten. Da ist er vielleicht eher bereit, sich zu versöhnen.»

«Kann sein. Aber mein Hund ist und bleibt tot.»

«Ich weiß.» Sie streckte sich und berührte seinen Schuh sachte mit den Zehen. «Aber das wird sich nicht ändern, ob du deinem Bruder nun verzeihst oder nicht.»

«Ja. Vielleicht.»

«Ganz bestimmt, denke ich, Nathan. Leider», sagte sie, und er musste lächeln. Ilse verlagerte leicht ihr Gewicht auf der Stufe, und das Holz knarrte. «Wie lange bleibt ihr noch hier?»

«Bis übermorgen. Xander fliegt am Siebenundzwanzigsten.»

«Bevor du abfährst, müssen wir darüber reden, wie es mit der Farm weitergeht. Zusammen mit Bub natürlich.»

«Natürlich.»

Sie lehnte sich zurück, die Augen halb geschlossen. «Aber nicht jetzt.»

«Nein», sagte er. «Das müssen wir nicht jetzt machen.»

«Jetzt möchte ich hier sitzen und der Musik zuhören.»

«Klingt gut.»

Das Licht im Wohnwagen der Backpacker ging aus, und sie schauten beide hinüber. Es war jetzt stockdunkel dort. Am Himmel konnte Nathan die Sterne erkennen.

«Die beiden überlegen also weiterzuziehen?», sagte Ilse.

«Ja. Also Katy jedenfalls. Aber, hör mal …» Er zögerte. Er wollte dieses Gespräch eigentlich nicht führen. Nicht jetzt. «Ich hab mit ihr geredet –»

«Ich glaube, sie ist schwanger», sagte Ilse unvermittelt. «Sie wirkt so.»

Nathan sah sie an, nickte dann.

Langes Schweigen, während Ilse in die Nacht starrte. «Ist es von jemand anderem als Simon?»

«Offenbar ja.»

«Ah.» Es klang wie ein Ausatmen, und Ilses Gesicht verzog sich. Sie mochte es geahnt haben, aber Nathan merkte ihr an, dass sie es nicht eindeutig gewusst hatte.

«Ich glaube, sie will es nicht behalten», sagte er. «Wenn das einen Unterschied macht. Aber deshalb hat Cam in St Helens angerufen.»

«Darum ging es?»

«Sieht so aus.»

Ilse starrte lange den dunklen Wohnwagen an. «Ich bin mir ziemlich sicher, dass sie nicht die Erste ist», sagte sie schließlich.

«Im Ernst?»

«Ich meine nicht die Schwangerschaft, obwohl –» Sie schüttelte den Kopf. «Was weiß denn ich? Aber erinnerst du dich an Magda?»

Nathan erinnerte sich tatsächlich. Eine freundliche Polin mit einem weichen Akzent, die vor einigen Jahren an Weihnachten da gewesen war. Nicht lange danach hatte er gehört, dass sie abgereist war, zwei Monate vor Ablauf ihres Vertrags.

«Und dann hatten wir so ein junges Mädchen aus Perth hier. Ich glaube, sie auch, vielleicht. Eine Zeitlang. Vielleicht noch andere.»

«Cam war –» Nathan hatte Mühe, es in Worte zu fassen. «Nicht gut genug. In vielerlei Hinsicht.»

Ilse hatte einen Ausdruck im Gesicht, den er nicht ganz deuten konnte. Sie drehte die Bierflasche in den Händen, und ihre Fingerspitzen hinterließen Streifen im Kondenswasser.

«Ging es bei der Karte mit dem Geschenk für dich darum? Um Katy?», fragte er.

Verzeih mir.

«Ich bin mir wirklich nicht sicher. Vielleicht.» Sie studierte ihre Hände. «Vielleicht auch nicht. Bei Cameron käme da so einiges in Frage.»

«Ja. Das wird mir auch langsam klar.» Die Dunkelheit fühlte sich dicht und schwer an. «Ich hab heute mit Steve gesprochen. Über Jenna.»

«Ach ja?» Ilses Augen huschten zu ihm.

«Er meinte, er hat mir dasselbe erzählt wie dir.»

Sie lehnte sich enttäuscht zurück. «Also nichts Eindeutiges. Keine handfesten Spuren, hat er mir gesagt.»

«Ich weiß nicht. Für mich hat sich das ziemlich eindeutig angehört.»

«Ja?»

«Fand ich jedenfalls. Vor allem im Rückblick, auch wenn das nichts mehr nützt. Ich hätte damals, keine Ahnung …» Nathan verstummte. «Aber Cam ist mein Bruder. Ich hab ihm geglaubt.»

«Ich weiß.» Ihr Blick ruhte auf ihm. «Was denkst du jetzt?»

Er sah auf. Der Nachthimmel war gewaltig.

«Ich denke, Cameron hat sie gezwungen.»

«Das denke ich auch.»

Sie sahen einander lange an.

Nathan hatte gerade angesetzt, etwas zu sagen, als er auf der anderen Seite des Hofes Schritte hörte. «Harry schaltet gleich den Generator aus. Willst du ins Haus, bevor die Lichter ausgehen?»

Ilse nahm einen Schluck Bier, ohne ihn richtig anzusehen. «Willst du?»

«Nein.»

Ihre Augen hatten sich gerade wieder auf ihn gerichtet, als das vertraute elektrische Wummern sie in Dunkelheit hüllte. Der Generator verstummte, und dann war zu hören, wie Harry die Treppe zu seiner Unterkunft hochstieg.

Nathan legte die Gitarre beiseite. Die einzigen Geräusche, die er vernahm, waren das Rauschen des Windes und Ilses Atemzüge. Vor dem tiefschwarzen Nachthimmel sah er zu, wie ihr Schatten den Kopf in den Nacken legte und zu den Sternen hinaufschaute.

«Ich wollte ihn verlassen.»

Nathan spürte, wie sich tief in ihm etwas regte. «Wirklich?»

«Ich hatte es schon eine ganze Weile geplant. Mit Sophie und

Lo wegzugehen. Das ist hier draußen aber nicht so einfach. In praktischer Hinsicht, meine ich. Du kannst nicht einfach packen und abhauen. Ich meine, klar kannst du das, physisch, aber …» Sie deutete mit einer Handbewegung auf die Hunderte Kilometer freies Land um sie herum. «Wohin?»

Zu mir, wollte Nathan sagen. *Du hättest zu mir kommen können.* Er bremste sich. «Wolltest du ihn wegen Katy und den anderen verlassen?»

«Nein, nicht deswegen. Obwohl das offensichtlich auch eine Rolle gespielt hat. Aber es gab andere Gründe.» Sie schwieg einen langen Moment. «Es ist schwer, mit jemandem verheiratet zu sein, der dich nicht wirklich liebt.»

Nathan dachte an Jacqui und empfand plötzlich Mitleid für sie. Ihre Ehe war nicht leicht für ihn gewesen, aber für sie auch nicht. Er sah Ilse an. «Tut mir leid, dass du unglücklich warst.»

Sie lachte leise auf und trank wieder einen Schluck aus ihrer Flasche. «Das ist nicht deine Schuld, Nathan. Ich wünschte bloß –» Sie verstummte.

«Was?»

Sie saßen einander in der Dunkelheit gegenüber, unter dem glitzernden Sternenhimmel, das Bier in ihren Flaschen wurde warm, die Gitarre lag auf der Verandastufe.

«Ich hab ehrlich nicht gewusst, dass Cameron dein Bruder war, als er mich im Pub das erste Mal angesprochen hat», sagte sie schließlich.

«Ilse, schon gut. Das spielt jetzt keine Rolle mehr.»

«Nein, lass mich ausreden. Ich hätte es mir aber denken können. Es wäre ein Leichtes gewesen, darauf zu kommen. Aber ich war ganz allein in dieser fremden Stadt. Ich hatte keine Freunde. Ich weiß nicht genau, was ich mir mit dir erhofft hatte, aber als du verschwunden bist …» Sie stockte, und Nathan spürte kurz einen vertrauten Schmerz ob der verpassten Gelegenheit. Ilse seufzte. «Ich hab mir selbst leidgetan, und auf einmal war Cameron da. Und er sah gut aus und war so *charmant.*» Sie sprach das Wort aus, als wäre Charme eine Charakterschwäche. «Er hat über meine Scherze gelacht. Ich hab mich geschmeichelt gefühlt, glaube ich. Es hatte sich noch nie jemand wie er für mich interessiert. Und ich war so jung und so dumm.»

«Tja», sagte Nathan. «Den Zustand kenn ich. Aber ich war gar nicht mehr so jung, als ich alles vergeigt habe, also hab ich keine Entschuldigung.»

Er sah ein Lächeln im Dunkeln aufblitzen, kurz, aber echt. Die Stufe knarrte leise. Er sah nicht, wie sie sich bewegte, aber mit einem Mal hatte er das Gefühl, dass sie ein wenig näher gerückt war.

«Cam hat gesagt, er liebt mich. Und dann war ich schwanger, und dann waren wir verheiratet, und zehn Jahre später bin ich hier. Bloß, manchmal stehe ich auf dieser Veranda und schaue in die Ferne und frage mich –» Ihre Stimme war leise. «Wie alles wohl gekommen wäre, wenn ich nicht ganz so jung und blöd gewesen wäre. Wenn ich nur ein oder zwei Sachen anders gemacht hätte.»

«Das frage ich mich ständig.»

«Wirklich?»

«Jeden Tag.»

Ihre Hand war nur wenige Zentimeter von seiner im Dunkeln entfernt. Er spürte seine Fingerkuppen an der staubigen Veranda kribbeln.

«Ilse.» Er sagte sanft ihren Namen.

Die Stufe knarrte erneut. Eindeutig ein bisschen näher. Ihr sauberes feuchtes Haar roch nach dem Ozean.

«Ilse, ich wollte dir sagen –»

«Nathan.» Ihre Stimme war leise. «Es ist wirklich okay.»

«Nein. Bitte –»

«Es ist okay, ehrlich.»

«Es tut mir so leid.»

«Ich weiß.» Ihre Fingerspitzen streiften seine Hand.

«Ich hab versucht, dich wiederzusehen, mehr als ein Mal. Ich habe mich geschämt für das, was ich getan hatte. Und ich hatte Angst davor, was du sagen würdest, aber ich hätte es einfach tun sollen. Ich wollte wirklich mit dir reden.» Die Worte sprudelten aus ihm heraus, überschlugen sich vor lauter Erleichterung, dass sie endlich ausgesprochen wurden. «Das bereue ich mehr als –»

«Das musst du nicht.»

«Doch, das muss ich. Es tut mir leid, dass ich dir das nicht schon damals gesagt habe. Und dass ich dir weh getan habe.» Ihre Augen waren hell in der Dunkelheit, und er spürte die Wärme ihrer Finger an seinen. «Es tut mir so vieles leid. Eigentlich alles. Und es tut mir um mich leid. Ich hätte nur zugreifen müssen und hab dich einfach gehen lassen. Meine Chance vertan.»

Ihre Stimme war nah. «Das ist alles lange her.»

«Ich weiß, aber das hab ich dir die ganze Zeit sagen wollen.»

«Du hast zehn Jahre gewartet, um mir das zu sagen?»

«Ja.»

«Nathan.» Er spürte ihren Atem sanft an seinen Lippen. «Worauf wartest du jetzt?»

Er beugte sich zu ihr.

KAPITEL VIERUNDDREISSIG

Sie lösten sich voneinander, um Luft zu holen, stolperten die dunklen Stufen hinauf, ihre Haut warm an seiner, und Nathan spürte, wie Ilse ihn zu dem schlafenden Haus zog. Seine Hand war fest in ihrer, und seine Gedanken sprangen bereits voraus, durch die Tür, vorbei an seinem Schlafsack auf der Couch und zu ihrem Zimmer – Camerons Zimmer, und er spürte, wie sie gleichzeitig mit ihm zögerte.

«Warte. Nicht da», sagte er in ihr Haar.

«Wo dann?»

«Komm mit.»

Er zog sie, so schnell es die Dunkelheit erlaubte, ums Haus herum und Richtung Zufahrt, und plötzlich war es zehn Jahre früher, und er drückte sie gegen die Seite seines Geländewagens, und er spürte ihren Mund heiß und süß an seinem und ihre Hände, die an seinem Hosenbund nestelten. Er riss die Heckklappe des Wagens auf, schob Ausrüstung und Vorräte beiseite und breitete eine Decke aus.

Die Federung quietschte, als sie sich ausstreckten, und er konnte ihr gemeinsames Atmen hören, während Mondlicht durch die Fenster drang. Sie griff nach ihm, und er fühlte, wie das Gewicht der Jahre von ihm abfiel, und zum ersten Mal seit ewig langer Zeit konnte er wieder frei atmen. Sie war warm und sicher, und plötzlich kam alles zurückgeströmt: Wie er sich damals in jener ersten Nacht gefühlt hatte, als er neben ihr lag und die Jahre sich vor ihm erstreckten und es noch Entscheidungen zu treffen gab. Und jetzt, in diesem Moment, hatte er das Gefühl, ausnahmsweise mal genau da zu sein, wo er sein sollte, mit ihr in den Armen, während die Weihnachtssterne heiß und hell am Nachthimmel über ihnen brannten. Es fühlte sich richtig an. Es fühlte sich an wie eine zweite Chance.

Später lagen sie nebeneinander in der dunkelblauen Dämmerung des Weihnachtsmorgens. Eine warme Brise wehte durch die offenen Wagentüren, während sie zusahen, wie der gewaltige Himmel seine nächtliche Drehung beschrieb. Sie hatten eine Weile kein Wort gesprochen.

«Ich glaube nicht, dass Sophie sich den Arm beim Reiten gebrochen hat», flüsterte Ilse. Ihre Augen waren noch auf die Sterne gerichtet.

«Nein?»

«Cameron war das. Ganz sicher.» Sie sahen einander nicht an. «Er war über sich selbst erschrocken. Das hab ich ihm angesehen.»

Nathan blickte weiter in den Himmel.

«Er war der Einzige, der mit Sophie in den Ställen war, als es passiert ist.» Ilse stützte sich auf einen Ellbogen und sah Nathan jetzt an. «Sie ist manchmal etwas faul beim Ausmisten, und sie hatte es nicht gründlich gemacht. Und Cam war schon den ganzen Tag in einer schrecklichen Stimmung. Noch schlimmer als sonst. Ich hab nicht gewusst, dass er allein mit ihr war, sonst hätte ich –» Sie stockte. «Keine Ahnung, was. Jedenfalls, sie kamen ins Haus, und Sophie hat gebrüllt wie am Spieß, und Cam hat erzählt, ihr Pferd hätte sie abgeworfen. Klar, so hätte es gewesen sein können. Aber sie reitet wirklich gut für ihr Alter, und wenn sie runterfällt, weiß sie, was sie zu tun hat. Aber Cameron hat sich verraten. Ich hab's ihm angesehen. Er war selber erschrocken darüber, wie weit er gegangen war.»

Nathan sagte noch immer nichts, blickte nur weiter hinauf zu den zahllosen Sternen.

«Das ist die Wahrheit», sagte sie. «Ich schwöre.»

Langsam streckte er eine Hand aus und legte sie auf ihre.

«Ich glaube dir. Ich bin bloß –» Er dachte an seine Brüder und sich selbst. Und an ihren Dad und die Jahre, die sie unter ihm aufgewachsen waren. Was aus ihnen allen geworden war. «Sehr traurig.»

Der Himmel war einen ganzen Ton heller geworden, als sie wieder etwas sagten. Er fuhr mit dem Daumen über ihren Unterarm, verharrte an einem dunkellila Bluterguss dicht an ihrem Ellbogen.

«Das war er nicht», sagte sie. «Den hab ich von dem Kalb neulich.»

Er ließ den Daumen stattdessen zu ihrem Handrücken gleiten, wo sie eine alte Brandwunde in Form einer Bügeleisenspitze hatte. Sie sahen einander lange an, dann nickte sie im morgendlichen Zwielicht. Sie drehte sich leicht und zeigte ihm ihre Schulter mit einer weiteren Narbe, die älter und anders geformt war. Sie drehte sich erneut. Und noch einmal. Geheimnisse auf Haut geschrieben.

Nathan sah im Geist die große Dose Paracetamol auf ihrem Nachttisch vor sich. «Es tut mir leid.»

«Er hat das nicht ständig gemacht. Nicht jeden Tag. Wirklich nicht. Manchmal konnten Monate vergehen. Manchmal war er nicht –»

«Was?»

«So schlimm.»

Nathan überwand sich zu der Frage: «Hat sonst jemand was davon bemerkt?»

«Ich glaube nicht.»

«Wirklich nicht?»

Sie sah ihn an. «Du?»

Der Impuls, nicht auf die Frage einzugehen, war fast so stark wie eine körperliche Reaktion. Aber er zwang sich, dazuliegen und sie anzusehen. Er dachte daran, wie er Zimmer verlassen hatte, wenn sie hereinkam, alles vermieden hatte, das über eine oberflächliche Unterhaltung hinausging. Wie er sie nur durch einen Schleier aus würgendem Selbstmitleid und Reue angesehen hatte. Schließlich schüttelte er den Kopf. «Nein», sagte er aufrichtig. «Ich hab nichts gemerkt.»

«Da bist du nicht der Einzige. Ich hab mich gefragt, ob Harry vielleicht was geahnt hat, aber bei der vielen Arbeit, die hier anfällt, hat er immer alle Hände voll zu tun. Bub –» Sie zuckte die Achseln. «Den hat Cam auch auf seine eigene Art schikaniert. Ich glaube, Bub hat das gar nicht mehr gemerkt. Er ist so daran gewöhnt, rumgeschubst zu werden, dass er das für völlig normal hält.»

«Und Mum?»

Ilses Gesicht wurde hart.

«Was?», hakte er nach.

«Ich hab einmal versucht, mit ihr zu reden. Es lief nicht gut.»

«Was hat sie gesagt?»

«Zuerst nichts. Sie hat wohl gedacht, ich würde von typischen Ehekrächen reden. Vielleicht hat sie mich wirklich nicht verstanden, oder sie wollte mich nicht verstehen. Also hab ich es noch mal versucht. Und da –» Ilse stockte. «Da ist sie zornig geworden. Sie hat gesagt, diese Farm zu leiten, wäre ein hartes Stück Arbeit, und dass ich Cameron unterstützen sollte, anstatt Streit zu provozieren. Ich hatte Angst, sie würde ihm erzählen, was ich gesagt hatte, und das hätte alles noch sehr viel schlimmer gemacht. Danach hab ich nie wieder davon angefangen.»

Nathan schwieg erneut, diesmal länger, während er an all die

Jahre zurückdachte, sich an alles Mögliche erinnerte. Schließlich holte er Atem.

«Unser Dad», begann er, war aber dann unsicher, wie er fortfahren sollte.

Ilse wartete. «Ich weiß», sagte sie, als er nicht weitersprach. «Cameron hat mir erzählt, wie schlimm er war.»

«Ach ja?» Nathan war ehrlich überrascht. Er hatte es nie jemandem erzählt. Nicht Jacqui, nicht Xander. Nicht Bub und nicht Cameron. Er und seine Brüder hatten nie darüber gesprochen, kein einziges Mal, seit sie erwachsen waren.

«Cameron hat gedacht, er könnte anders sein», sagte Ilse. «Ich glaube wirklich, dass er ein guter Dad und ein guter Ehemann sein wollte. Und er konnte auch toll sein, wirklich, aber dann schlug das plötzlich um. Manchmal wegen nichts. Er wurde jemand anders. Lange Zeit hab ich mir Sorgen um ihn gemacht, und dann bin ich eines Tages aufgewacht und hab erkannt, dass ich Angst vor ihm hatte.»

Nathan sah sie an.

«Das Seltsame ist, ich glaube, er wusste es früher als ich.» Sie schüttelte den Kopf. «Als es mir klarwurde, war es schon zu spät. Im Laufe der Jahre hatte er alles an sich gerissen. Ich habe nichts Eigenes mehr hier. Unser Bankkonto läuft nur auf seinen Namen, wusstest du das? Er hat alle Kontoauszüge kontrolliert, musste jede Überweisung absegnen.» Sie blickte zu den Garagen hinüber. «Hast du rausgefunden, was mit meinem Wagen nicht stimmt?»

«Nein. Nichts.»

«Ich glaube, Cameron hat ihn manipuliert.»

«Im Ernst?»

«Nicht oft, aber ein- oder zweimal da draußen liegen zu bleiben, hat mir gereicht. Er wusste auch, wie so was geht, dass ich ein paar Kilometer weit kam, bis der Motor dann aussetzte.

Wie letztes Jahr, da hab ich fast fünf Stunden im kaputten Auto gesessen und drauf gewartet, dass er kommt und mich nach Hause schleppt, wie ein erlegtes Tier. Ich hatte kein Vertrauen mehr in den Wagen, und ohne Vertrauen konnte ich ihn nicht fahren, das hat Cam gewusst. Also konnte ich damit auch nicht die Mädchen wegbringen.»

Ilse streckte sich wieder aus. Die Sterne wurden jetzt schwächer.

«Wir wären ohnehin nicht weit gekommen», sagte sie. «Mein Reisepass ist abgelaufen. Die Mädchen haben nicht mal einen. Er hat sich meinen Führerschein und meine Aufenthaltspapiere geben lassen, angeblich, um sie abzulegen, aber als ich sie nehmen wollte, konnte ich sie nirgends finden. Seit dem Pub hab ich keinen bezahlten Job mehr gehabt. Ich habe in diesem Land keine Eltern oder Geschwister, keine richtigen Freunde. Und die Leute hier mochten Cameron. Wenn sie sich für eine Seite hätten entscheiden müssen, dann nicht für meine.» Ilse drehte ihm den Kopf zu. «Frag Jenna Moore.»

«Was ist mit Glenn? Der ist schwer in Ordnung. Er hätte dich schützen können.»

«Wie denn?» Ilse blickte ernst, und Nathan merkte, dass die Frage ehrlich gemeint war. «Wie hätte er mich hier vor meinem Mann beschützen können? Er braucht mindestens drei Stunden von der Polizeiwache bis zu uns. Weißt du, was ein wütender Mann in drei Stunden anrichten kann?»

Nathan sagte nichts. Er wusste es nur zu gut.

«Hier sind Unfälle doch quasi vorprogrammiert», sagte sie. «Vielleicht falle das nächste Mal ja ich vom Pferd, aber ich breche mir nicht den Arm, sondern das Genick. Oder mir wird in irgendeiner Maschine die Hand abgerissen. Oder ich werde beim Zurücksetzen von einem der Wagen überfahren. Oder Sophie oder Lo.»

Nathan dachte darüber nach und musste dann aufhören, darüber nachzudenken.

«In den letzten Monaten war es schlimmer mit ihm geworden», fuhr Ilse fort. «Seit er von Jennas Anruf erfahren hatte, wenn ich's recht überlege. Ich hatte einen Notfallplan gemacht, für den Fall, dass wir überstürzt weggemusst hätten. Ich hab angefangen, Bargeld zu horten, jeden kleinen Betrag, den ich in die Hände kriegen konnte. Ich hab auch ein paar Sachen für die Mädchen beiseitegeschafft, Kleidung und Spielzeug. Nicht so viel, dass es Cameron auffallen würde, aber dann hat Lo Theater gemacht, und ich musste das meiste wieder zurücklegen. Also hab ich mich darauf konzentriert, die wichtigsten Papiere zu finden, die Geburtsurkunden der Mädchen, meinen Aufenthaltsnachweis, solche Dinge. Als ich einiges zusammenhatte, bin ich rausgefahren und hab es versteckt.»

Nathan stellte sich vor, wie sie in der sengenden Sonne am Stockman-Grab kniete und die Erde umgrub.

«Du hast es am Grab versteckt?»

«Es liegt auf dem Weg in die Stadt, aber weit genug von hier entfernt, dass ich es einigermaßen sicher fand. Wenn Cameron dahintergekommen wäre –» Sie stockte. «Jedenfalls, ich hab alles in eine Plastikhülle getan und vergraben.»

«Was ist dann passiert?»

«Cameron hat Sophie verletzt. Das hat das Fass zum Überlaufen gebracht. Dachte ich zumindest. Ich hab mir immer gesagt, das zwischen mir und ihm wäre eine Sache, aber wenn die Mädchen zu leiden hätten …» Sie setzte sich auf. «Am nächsten Morgen hab ich Sophie und Lo in den Mitarbeiterwagen verfrachtet. Ich hab niemandem gesagt, dass wir wegwollten, hab auch nichts gepackt. Aber unterwegs hat mich dann die Wirklichkeit eingeholt. Ich hatte nicht annähernd genug Geld zusammen. Allein die Spritkosten, um einigermaßen weit zu kommen, sind schon ganz schön hoch, und ich hätte außerdem Unterkunft, Essen, Kleidung für die Mädchen bezahlen müssen, weil ich ja nichts mitgenommen hatte. Vielleicht noch Anwaltskosten? Ich hatte längst nicht genug, um länger durchzuhalten.» Sie blickte auf den fernen Horizont, der sich jetzt vor der aufziehenden Morgendämmerung abzeichnete.

«Also bist du zurückgekommen?»

«Es war furchtbar. Ich hab mich dafür gehasst, als ich da an dem blöden Grab stand. Ich hab nicht mal mehr die Plastikhülle ausgegraben. Ich hab die Mädchen wieder ins Auto gesetzt. Es war die längste Fahrt meines Lebens. Die Mädchen verstanden die Welt nicht mehr. Ich wusste nicht, was ich ihnen sagen sollte.» Sie schüttelte den Kopf. «Danach hab ich angefangen, mir so schnell wie möglich alles zu schnappen, was ich brauchte.»

Sie schüttelte den Kopf.

«Cameron hat es gemerkt. Da bin ich mir sicher. Er war immer in der Nähe. Hat mich kaum noch aus den Augen gelassen. Harry musste ihm förmlich befehlen, zum Lehmann's Hill zu fahren, um den Mast zu reparieren, weil Cam das immer wieder hinausgeschoben hat. An dem letzten Morgen, als Cam losgefahren ist und auf der Zufahrt noch kurz bei mir angehalten hat –»

Ihre Miene verfinsterte sich bei der Erinnerung daran.

«Er war angespannt, als würde irgendwas passieren. Ich hab ihn gefragt, ob er sich mit Bub an dem Mast treffen würde, und er hat gesagt, ja, würde er. Aber er hat mich so eigenartig angesehen, und da wusste ich, dass er log.» Sie legte sich wieder hin. «Am Abend davor hatte er sich Los Malbuch angeschaut. Ich glaube, da hat er wieder das Bild gesehen, das von mir und den Mädchen am Grab, und eins und eins zusammengezählt. Als ich erfahren hab, dass er da draußen tot aufgefunden worden war, hab ich nur noch drauf gewartet, dass mich jemand nach der Plastikhülle fragt.»

Nathan hatte wieder Camerons Leiche unter der Plane und das flache Loch in der Erde vor Augen. «Er hatte aber nichts bei sich, als er gefunden wurde. Schon gar nicht eine Plastikhülle mit Bargeld und Papieren.»

«Ich weiß. Deshalb hab ich auch gedacht, die Hülle müsste noch da vergraben sein. Ich hatte Angst, jemand würde sie zufällig finden. Ich wollte nicht, dass irgendwer denkt, ich –»

«Was?»

«Hätte was damit zu tun, was ihm passiert ist.»

Im frühmorgendlichen Licht waren die schwachen Bräunungsstreifen und Sommersprossen auf ihrer Haut zu sehen. Der Himmel war jetzt fast ganz hell. Das Haus würde bald erwachen.

«Vorgestern hatte ich die erste Gelegenheit hinzufahren. Ich bin raus zum Grab und hab an derselben Stelle gegraben.»

Nathan erinnerte sich, wie sie am Grab gekniet hatte, in der Sonne vorgebeugt, die leichte Bewegung ihrer Schultern. «Dann hast du die Plastikhülle also wieder?»

Ilse schüttelte den Kopf. «Nein. Das ist es ja. Sie war nicht mehr da.»

Nathan starrte sie an. «Bist du sicher?»

«Absolut.»

«Aber wenn sie nicht am Grab ist und auch nicht bei Cameron gefunden wurde», sagte er. «Wo ist sie dann?»

Die Schatten des Morgenlichts streckten sich über ihr Gesicht. «Ich habe keine Ahnung.»

KAPITEL FÜNFUNDDREISSIG

Nathan starrte Camerons Gemälde an. Im Haus war es noch immer still, aber das würde sich bald ändern. Ilse und er hatten, solange sie konnten, hinten in seinem Wagen unter der Decke gelegen und sich im Flüsterton unterhalten, während der Himmel heller wurde. Schließlich mussten sie sich schweren Herzens voneinander lösen. Es war Weihnachtsmorgen. Die Mädchen würden früh auf den Beinen sein.

«Es könnte ein Dingo gewesen sein», sagte Nathan leise, als er den Reißverschluss seiner Jeans hochzog. Trotz allem spürte er bei ihrem Anblick noch immer ein warmes Kribbeln.

«Ich weiß.» Ilse fuhr sich mit einer Hand durchs Haar. «Das hab ich mir auch schon gedacht. Ich war immer ein bisschen besorgt, dass das passieren würde. Ein Dingo könnte so was, oder? Die Plastikhülle ausgraben und mitnehmen?»

«Unbedingt.» Wahrscheinlich hatte er sie irgendwo fallen gelassen, als er das Interesse verlor, und sie lag jetzt unter einem Haufen Sand. «Bub hat erzählt, dass in der Gegend Dingos rumstreunen.»

«Aha. Na dann.»

Sie verstummten.

«Ich weiß, dass Bub eine Weile allein da draußen war, aber –» Nathan dachte an die zerknitterte Plane und an Bubs Gesicht, als Camerons Leiche in den Krankenwagen gebracht worden war. «Er war genauso überrascht, das Loch zu sehen, wie wir anderen.»

Was jedoch nicht ausschloss, dass er irgendwas aus Camerons Taschen genommen hatte, dachte Nathan. Er sprach es nicht aus.

«Ich denke, Bub hätte es mir inzwischen gesagt, wenn er die Hülle gefunden hätte.» Ilse flüsterte jetzt, als sie sich dem Haus näherten. «Zumal er so sauer ist wegen der Farm.»

Sie zögerten vor den Verandastufen. Nathan holte Luft. Dann sagten sie gleichzeitig:

«Jenna hätte nicht vielleicht –»

«Realistisch gesehen kann Jenna nicht –»

Beide sprachen sie ihren Satz nicht zu Ende. Sie schwiegen kurz.

«Ich glaube das wirklich nicht», sagte Nathan schließlich.

«Nein.» Ilse schüttelte entschieden den Kopf. «Ich auch nicht. Auf keinen Fall.»

Sie standen noch einen Moment länger da, sahen einander nur an, gingen dann die Stufen hoch. Als er ihr die Tür aufhielt, strich sie im Vorbeigehen mit den Fingerspitzen über seine Hand.

«Vielen Dank, Nathan», sagte sie höflich.

«Gern geschehen, Ilse.»

Er konnte noch sehen, dass sie vor sich hin lächelte, als sie den Flur hinunter verschwand.

Jetzt saß Nathan auf der Couch und betrachtete Camerons Kunstwerk. Er konnte genau die Stelle vor dem Grabstein erkennen, wo die Erde in der Realität umgegraben worden war. Auf dem Gemälde war der Boden glatt und unberührt. In der Wohnzimmerecke zitterte der Weihnachtsbaum in einem Luftzug. Irgendwer hatte ihn wieder aufgerichtet.

Das Trappeln kleiner Füße ertönte im Flur, und die Mädchen kamen ins Zimmer gestürmt. Sie hatten Geschenke unter den Armen, und sogar Lo machte ausnahmsweise mal einen interessierten Eindruck. Liz folgte hinterdrein, ein Tablett mit Kaffeetassen in den Händen. Auf der Toilette in der Diele ging die Spülung, und gleich darauf tauchte Bub auf. Er blieb stehen und lehnte sich gegen den Türrahmen, in der Hand ein Bier.

«Was denn? Ist doch Weihnachten», sagte er, als Liz ihn strafend ansah.

Sie wandte sich an Nathan. «Wo ist Xander?»

«Ich geh ihn holen.»

«Wir warten aber nicht mit dem Geschenkeauspacken, Onkel Nathan.» Sophies Stimme schwebte hinter ihm, als er aufstand.

«Darum würde ich euch nicht mal im Traum bitten.»

Xander schlief tief und fest, das Haar dunkel auf dem Kopfkissen, und Nathan sehnte sich plötzlich in die Vergangenheit zurück. Es war immer Xander gewesen, der ihn am Weihnachtsmorgen alle zwei Jahre geweckt hatte. Realistisch betrachtet könnte dieses Jahr das letzte Mal sein, dass sie Weihnachten zusammen feierten, dachte Nathan. Auf jeden Fall wäre sein Sohn das nächste Mal erwachsen. Das Zimmer kam ihm ein wenig leer vor, und Nathan sah, dass Xander bereits ein paar Sachen gepackt hatte. Er starrte auf den Rucksack und seufzte.

«Was machst du?»

Nathan blickte auf und sah, dass Xander wach war. «Ich schau dir beim Schlafen zu, mein Sohn und Erbe.»

Xander lächelte. «Das ist gruselig.»

«Dann hättest du früher aufstehen sollen. Frohe Weihnachten.»

«Dir auch.» Xander schien immerhin besser gelaunt zu sein als gestern. Er deutete mit dem Kopf auf Nathans Bluterguss. «Dein Auge sieht übel aus.»

«Halb so schlimm. Du solltest mal den anderen sehen.»

«Hab ich, gestern Abend. Bub hatte keinen Kratzer.» Xander sah Nathan nachdenklich an. «Was ist denn los mit dir?»

«Was meinst du?»

«Ich weiß nicht. Du wirkst irgendwie … glücklicher.»

«Ach so. Na ja. Es ist schließlich Weihnachten, oder?»

«Ja. Stimmt.»

«Na bitte. Die Mädchen packen schon ihre Geschenke aus.»

Xander setzte sich auf und lehnte sich gegen das Kopfkissen. «Wir ziehen das also wirklich durch? Weihnachten, als wäre nichts gewesen?»

«Es sind Kinder, Junge. Du warst in dem Alter auch immer ganz aufgeregt.» Nathan wandte sich zur Tür. «Zieh dich an und komm, wenn du so weit bist.»

«Dad», Xander holte Luft, «ich glaub nicht, dass Sophie sich den Arm beim Reiten gebrochen hat.»

Nathan setzte sich aufs Bett.

«Ich hab gestern mit ihr geredet, und als ich sie drauf angesprochen hab, schien sie es irgendwie … zu vergessen. Dann bekam sie so einen seltsamen Gesichtsausdruck, als hätte sie was gesagt, das sie nicht hätte sagen sollen.»

Die Beerdigung hatte die Schleusentore geöffnet, dachte Nathan. Jetzt, wo Cameron sicher unter der Erde lag, trauten sich offenbar alle, Dinge auszusprechen, die sie lieber für sich behalten hatten, als er noch da war. Nathan sah seinem Sohn in die Augen. In vielerlei Hinsicht war er schon fast erwachsen. Kein Kind mehr. Und es hatte in diesem Haus schon zu lange zu viele Geheimnisse gegeben.

«Cameron hat sie verletzt», sagte Nathan. «Ilse hat es mir gestern Abend erzählt.»

Xander erwiderte lange nichts. «Sophie ist doch noch ein Kind», sagte er schließlich. «Wie konnte er?»

«Ich weiß es nicht, Junge.»

«Glaubst du, Cameron hatte deswegen ein schlechtes Gewissen?»

«Das hoffe ich.»

«Vielleicht hat er ja deshalb seinen Wagen da draußen zurückgelassen.»

«Ja. Vielleicht.»

«Geht's den Mädchen gut?»

Nathan konnte Stimmen über den Flur hören und dachte an Cameron da draußen in seinem Grab. «Ich glaube, ja, jedenfalls im Moment. Komm doch zu uns ins Wohnzimmer.»

Er stand auf.

«Dad?»

«Ja?»

«Tut mir leid, ich meine die letzten paar Tage.» Xander drehte die Bettdecke zwischen den Fingern, so, wie er es immer getan hatte, als er klein war. «Ich hab mir bloß Sorgen gemacht.»

«Ich weiß. Mir tut es auch leid», sagte Nathan. «Und weißt du, was? Du hast recht. Ich hab einen Termin bei Steve. Und ich werde nachdenken – gründlich –, was ich verändern kann. Ich kann aber nicht versprechen, dass ich wegziehe, Junge.»

Xander blickte enttäuscht, doch Nathan wollte ehrlich sein. Und es stimmte, er konnte nicht einfach weg, aus vielerlei Gründen. Finanziellen. Praktischen. Und nicht zuletzt, weil das Outback so manches hatte, womit er sich bisweilen, eigentlich ziemlich oft, eng verbunden fühlte. Da war zum Beispiel die brutale Hitze, wenn die Sonne hoch am Himmel stand und er die träge dahinziehenden Herden beobachtete. Oder wenn er über die weiten Ebenen blickte und die verschiedenen Farben im Staub sah. Das waren die einzigen Momente, wo er das Gefühl hatte, fast glücklich zu sein. Wenn Xander das nicht nachempfinden konnte, und das konnte weiß Gott nicht jeder, dann konnte er es ihm auch nicht erklären. Das Outback war rau und gnadenlos, aber er fühlte sich dort zu Hause.

«Es wird alles besser, versprochen.» Nathan schlang die Arme um seinen Sohn. Xander erwiderte die Umarmung. «Du kannst mir vertrauen.»

«Ja. Ich weiß.»

Sie lösten sich voneinander, und Nathan ging, damit Xander in Ruhe aufstehen und sich anziehen konnte. Draußen auf dem Flur hörte er das Geplapper aus dem Wohnzimmer. Es war ein schöner Klang. Er ging darauf zu, blieb aber stehen, als er an dem Festnetztelefon vorbeikam. Er warf einen kurzen Blick zurück zu Xanders Zimmer und nahm dann, ehe er es sich anders überlegen konnte, den Hörer und wählte eine Nummer. Es war eine Weile her, und er verwählte sich zuerst. Beim zweiten Mal klappte es.

«Hallo?» Die Stimme war sowohl vertraut als auch die einer Fremden.

«Jacqui? Ich bin's, Nathan.»

Eine verwirrte Pause trat ein, dann: «Ist Xander was passiert?»

«Nein, dem geht's gut.» Er hörte sie erleichtert aufatmen. «Ich wollte mit dir reden.»

«Aha.» Wieder eine Pause. «Okay.» Sie klang überrascht, aber längst nicht so feindselig, wie er in Erinnerung hatte. Sie hörte sich anders an als in ihren E-Mails oder über ihren Anwalt.

«Hör mal, Jacqui, ich wollte dir sagen, wie leid es mir tut, dass ich deinem Dad damals an der Straße nicht geholfen habe. Was immer zwischen uns beiden vorgefallen war, was ich da getan habe, war schlimm, und ich wünschte, ich könnte es rückgängig machen.»

«Okay.» Eine noch längere Pause. «Danke.»

«Und es tut mir leid, dass ich dir nicht das bieten konnte, was du gebraucht hast, du und auch Xander.»

Diesmal rechnete er mit dem Schweigen und wartete geduldig.

«Du hast Xander immer gegeben, was er gebraucht hat», sagte Jacqui schließlich. Er hörte, wie sie Luft holte. «Entschuldige, Nathan, aber ich muss das fragen: Hast du Hautkrebs? Oder irgendeine andere schlechte Diagnose bekommen?»

«Was? Nein.»

«Was hat dich denn dann zu diesem Anruf bewogen?»

«Ich –» Er stockte. «Ich fand einfach, dass es an der Zeit ist.»

Es stimmte, wie ihm klarwurde. Es war anstrengend, zehn Jahre lang wütend zu bleiben. Auch Jacqui klang müde. Sie unterhielten sich noch ein Weilchen. Sie waren befangen und aus der Übung, aber sie waren wie eine alte eingerostete Maschine, von der er sich vorstellen konnte, dass sie wieder funktionieren könnte. Sie sprach ihm ihr Beileid wegen Cameron aus. Nathan biss die Zähne zusammen und erkundigte sich höflich nach Martin. Dem ging es offenbar sehr gut. Sein Stern auf dem Gebiet der Metallarchitektur war weiterhin im Aufstieg begriffen. Nathans Blick wanderte durch die Diele, während Jacqui ihm leicht verlegen von irgendwelchen Renovierungsplänen für Xanders Zimmer erzählte. Sein Blick landete auf dem Schlüsselbrett über dem Familien-Terminbuch. Camerons Autoschlüssel hing genau da, wo Nathan ihn selbst zwei Tage zuvor hingehängt hatte.

Das Schweigen am anderen Ende der Leitung verriet ihm, dass er irgendwas verpasst hatte. «Sorry, was hast du gesagt?»

Ein kleiner enttäuschter Seufzer. Das löste ein paar Erinnerungen aus, die er aber wieder beiseiteschob. «Ich hab mich bedankt, weil du Verständnis dafür hast, dass Xander sich auf seine Prüfungen vorbereiten muss und deshalb mehr zu Hause sein muss.» Jacqui hielt inne. «Ich weiß, dass er dir fehlt.»

«Und wie.»

«Du fehlst ihm auch.»

«Wirklich?»

«Natürlich. Du bist sein Dad.»

Nathan spürte einen Anflug von Wärme zwischen ihnen, und

für einen Moment konnte er sich erinnern, was er einmal an diesem Mädchen mit den goldblonden Haaren auf der anderen Seite des Zauns geliebt hatte.

«Xanders Besuche sind für mich das Schönste im Jahr. Er ist ein toller Junge, du kannst stolz auf ihn sein.»

«Du aber auch, Nathan.»

Nathan hörte Bewegung und sah Xander im Flur. Er winkte ihn zu sich. «Da kommt er gerade. Ich geb ihn dir mal. Frohe Weihnachten, Jacqui.»

Xander nahm den Hörer. Vor Verblüffung klappte ihm der Unterkiefer herunter, und Nathan fühlte sich ein bisschen besser und ein bisschen schuldiger zugleich. Er hätte das schon vor Jahren machen sollen.

Als er sich abwandte, blieb sein Blick wieder an dem Schlüsselbrett hängen, und er nahm Camerons Schlüssel vom Haken. Während er den Flur hinunterging, ließ er sich das Schlüsselband durch die Finger gleiten. Noch immer haftete ein wenig roter Staub daran, und er hatte es unwillkürlich wieder auf dem Fahrersitz von Cams Wagen vor Augen, an dem schrecklichen Tag, als sein Bruder gefunden worden war. *Nicht so, als wäre es da hingeworfen worden,* flüsterte eine kleine Stimme in seinem Kopf. Ordentlich zusammengerollt, wie das sein Bruder nie gemacht hatte.

Nathan wurde aus seinen Gedanken gerissen, als Sophie und Lo kreischend aus dem Wohnzimmer gestürzt kamen und an ihm vorbeirannten. Ilse folgte ihnen mit einem Lächeln, in der Hand eine Abfalltüte voll zerrissenem Geschenkpapier. Nathan steckte den Schlüssel in die Hosentasche und lächelte zurück. Liz kam heraus, und Nathan stellte erleichtert fest, dass sie besser aussah als am Tag zuvor. Sie ging in Richtung Küche und drückte im Vorbeigehen seinen Arm. Anscheinend hatte sie ihm zumindest verziehen.

«Ich mach mich mal ans Mittagessen. Ich hab den Backpackern heute freigegeben, es wäre also schön, wenn du mir helfen würdest.» Sie drehte sich um und rief: «Sophie!»

«Ja?», rief eine Stimme zurück.

«Sagst du bitte Simon und Katy Bescheid, dass wir um zwölf essen?»

«Okay.» Wieder trappelnde Füße. Sophie tauchte auf und blieb abrupt stehen. «Darf ich die Sahne für die Pavlova schlagen?»

«Nein! Ich will das machen!», rief Lo.

«Ihr könnt mir beide helfen.» Liz verdrehte die Augen. «Wir sind ohnehin noch nicht so weit.»

Sie verschwand in der Küche, und Sophie rannte nach draußen. Stille trat ein, dann polterten erneut die Veranda-Dielen. Sophie tauchte wieder in der Tür auf, und Nathan sah ihr an, dass irgendetwas nicht in Ordnung war.

«Es ist weg.» Sie blickte entgeistert.

Harry kam aus dem Wohnzimmer. «Was ist weg?», fragte er.

«Das Auto von den Backpackern.»

«Die sind weg?»

«Der Wohnwagen ist noch da. Aber ihr Auto ist weg!»

Harry runzelte die Stirn, und Nathan folgte ihm nach draußen.

Tatsächlich, der alte Wagen der Backpacker – ihr Privatwagen, mit dem sie gekommen waren – war nicht mehr da. Letzte Nacht und jede Nacht davor hatte er gleich neben dem Wohnwagen gestanden. Jetzt war da nur noch eine leere Fläche. Sophie lief hin und breitete die Arme aus.

«Seht ihr?», rief sie. «Hab ich doch gesagt.»

Die Wohnwagentür öffnete sich, Simon steckte den Kopf heraus und blickte überrascht, dass Nathan, Harry und Sophie ihn anstarrten. Über die Schulter sah Nathan, wie Ilse und Bub auf die Veranda kamen, um nachzuschauen, was los war.

Simon blinzelte ins Sonnenlicht. Offensichtlich war er gerade erst wach geworden.

«Ist Katy schon im Haus?», fragte er. Er brauchte einen Moment, um mitzubekommen, wohin alle blickten. Seine Augen wurden größer, plötzlich hellwach. «Wo zum Teufel ist der Wagen?»

Er kam herausgesprungen, zog seine Shorts ein Stück höher und lief zu der leeren Stellfläche. Er drehte sich um die eigene Achse, erst in die eine, dann in die andere Richtung. Der Wagen tauchte nicht wieder auf.

«Wo war denn der Autoschlüssel?», fragte Harry.

Simon hörte auf, sich zu drehen, und rannte zurück in den Wohnwagen. Als er wieder herauskam, sah er sogar noch verdatterter aus als vorher.

«Der war hier im Regal, aber jetzt ist er nicht mehr da!»

Er rannte noch mal zu der Stellfläche.

«Und Katy ist nicht im Wohnwagen?», sagte Harry rasch, ehe Simon wieder anfangen konnte, sich im Kreis zu drehen.

«Nein! Die ist auch weg! Und ihre Tasche!» Simon blieb wie angewurzelt stehen und starrte sie an. «Moment mal. Hat Katy sich meinen Wagen genommen?»

«Sieht ganz danach aus, würde ich sagen.»

«Aber – wieso?», fragte Simon mit großen Augen, doch dann verfinsterte sich sein Gesichtsausdruck mit einer Geschwindigkeit, die Nathan verblüffte. «Das ist *mein* Auto. Was fällt ihr ein?»

Nathan räusperte sich. «Sie hat mir erzählt, dass sie unbedingt wegwill», sagte er sachlich.

«Na und? Das entscheidet sie einfach so, oder was?» Simons Augen blitzten, und er tigerte auf der leeren Fläche hin und her. «Scheiße. *Scheiße.* Ich fass es nicht.»

«Hast du sie nicht abfahren hören?», fragte Harry. Er wirkte leicht belustigt.

«Ich nehm abends immer eine Schlaftablette», erwiderte Simon barsch. «In letzter Zeit war ich ganz schön gestresst. Scheiße.» Er lief wieder hin und her. «Hat denn von euch keiner gehört, wie sie weggefahren ist?»

Nathan widerstand dem Drang, sich nach Ilse umzudrehen. Jetzt, da Simon fragte, hatte er tatsächlich irgendwann vage das leise Brummen eines Motors wahrgenommen. Er hatte gedöst und geträumt, es wäre der Generator. Dann hatte er doch die Augen aufgeschlagen und beim Anblick der neben ihm schlafenden Ilse das Ganze gleich wieder vergessen.

Er sah zu, wie Simon weiter auf und ab ging, und als der etwas vor sich hin murmelte, das sich verdächtig wie «verficktes Miststück» anhörte, empfand er eine warme Genugtuung bei der Vorstellung, dass Katy sich im Schutz der Dunkelheit aus dem Staub gemacht hatte. Das war schon mal ein Anfang, denn sie hatte wirklich was Besseres verdient als ihn.

«Wie soll ich jetzt ohne den Wagen aus diesem Drecksloch wegkommen?» Simon schrie jetzt so laut, dass seine Stimme fast überschnappte. Nathan hörte Bub auf der Veranda losprusten.

Harry fing Nathans Blick auf. Ein klitzekleines Schmunzeln sorgte für einen Hauch Bewegung in seinem zerfurchten Gesicht.

«Ich kann deinen Wohnwagen morgen in die Stadt schleppen», sagte Harry, nicht unfreundlich.

«Und wie, bitte schön, komm ich von da weiter?», blaffte Simon.

«Keine Ahnung, Mann. Aber ich schätze, du wirst schon eine Möglichkeit finden.»

Simon warf noch einen Blick auf sie, noch einen Blick auf die Stelle, wo sein Auto gestanden hatte, drehte sich dann um und stapfte zurück in den Wohnwagen, wo seine Freundin nicht mehr war, und knallte die Tür zu.

Nathan hörte Bub noch lachen, als der mit Ilse und den Mädchen wieder im Haus verschwand. Er und Harry wechselten einen amüsierten Blick.

«Na denn.» Harry wandte sich zum Haus. «Kommst du mit rein?»

Nathan spürte Camerons Autoschlüssel schwer in der Hosentasche.

«Harry.» Er spürte, wie sein Lächeln erstarb. «Mit Ilses Wagen war alles in Ordnung.»

Harry drehte sich prompt um. «Ja?»

«Sie glaubt, Cam hat ihn manipuliert, damit er zu unzuverlässig war, um ihn zu benutzen.» Nathan beobachtete sein Gesicht. «Hast du das auch gedacht?»

Harry schwieg einen Moment, dann nickte er. «Ja. Die Idee ist mir gekommen. Irgendwann. Ich kenn mich mit den Fahrzeugen ziemlich gut aus, aber bei der verdammten Karre …» Er schüttelte den Kopf.

«Sie glaubt auch, dass er noch andere Sachen gemacht hat.»

«Zum Beispiel?», fragte Harry.

«So Sachen wie Dad», sagte Nathan. Er wartete. «Du wirkst nicht überrascht.»

«Nein.» Harry sah kurz zum Haus hinüber. «Hör mal, Cam war ein cleverer Bursche. Sehr viel cleverer als Carl, aber das weißt du ja. Carl war ein brutales, aggressives Arschloch, und es war ihm egal, wer das wusste. Aber Cam war nie so. Er wollte, dass die Leute ihn mochten und respektierten. Und das haben sie ja auch, oder? Aber hinter der Fassade …» Harry sagte so lange nichts, dass Nathan schon dachte, er würde nicht mehr weiterreden. «Ich hab mich gefragt, ob Cam nicht doch mehr wie euer Dad war, als er durchblicken ließ. Vielleicht sogar noch übler, weil er clever war. Er konnte es besser verstecken.»

«Du hast nie gesehen, dass er irgendwas Schlimmes gemacht hat?»

«Nein, aber so einige Anzeichen kamen mir bekannt vor. Los traurige Bilder. Und die Sache mit Sophies Arm hab ich auch keine Sekunde geglaubt, aber sie hat geschworen, dass es so war.»

«Mensch, Harry, du hättest was machen müssen.»

«He.» Harry zeigte mit einem schwieligen Finger auf Nathan. «Du hast dich ein ganzes Jahr nicht hier blicken lassen, Mann. Sag du mir nicht, was ich hätte machen oder nicht machen müssen. Ich hab den Schlüssel zum Gewehrschrank immer bei mir getragen, nur für den Fall, dass er auf dumme Gedanken kommen würde. Ich hab mir alle möglichen Arbeiten einfallen lassen, um Cam von hier wegzuschicken. Ich hab versucht, mit ihm zu reden. Als das nicht hinhaute, hab ich mich mit ihm gestritten, wie dein dämlicher Backpacker-Freund mitbekommen hat.»

«Du hättest die Polizei anrufen können.»

«Das hättest du auch gekonnt», sagte Harry plötzlich. Er starrte Nathan mit klaren Augen an. «All die Male mit deinem Dad und dir und deinen Brüdern und deiner Mum. Ihr wart alle alt genug, um zum Telefon zu greifen und jemanden anzurufen. Warum hast du es nicht getan?»

Nathan öffnete den Mund, schloss ihn dann wieder. «Ich weiß es nicht», sagte er schließlich.

Er wusste es aber doch, wie ihm klarwurde. Er hatte niemanden angerufen und um Hilfe gebeten, weil er einfach nicht auf die Idee gekommen war. Er kannte die unausgesprochene Regel: Erzähl es keinem, niemandem, niemals. Und selbst wenn er daran gedacht hätte, um Hilfe zu bitten, es hätte keinen Sinn gemacht, um etwas zu bitten, das es einfach nicht gab. Nathan wusste vielleicht nicht viel, aber im Grunde seines Herzens hatte er sich stets an eine tiefsitzende Wahrheit gehalten: Da draußen war er ganz allein.

«Ich hab tatsächlich einmal die Polizei gerufen», sagte Harry, wieder mit unergründlicher Miene. «Als es zwischen deiner Mum und deinem Dad richtig schlimm wurde. Du und Cam wart im Internat. Aber frag Bub, der kann sich garantiert dran erinnern. Hinterher musste ich deiner Mum versprechen, das nie wieder zu tun. Es hat jede Menge Probleme gebracht, die auch mit einem Besuch vom Sergeant nicht aufhörten, und es ist nicht gut ausgegangen.»

«Für Mum?»

«Für Bub.»

Sie blickten beide eine ganze Weile über den Hof zu den Gräbern hinüber.

«Ich weiß, Bub kann ein harter Brocken sein, wenn er will», sagte Harry. «Aber ihm ist es noch schlimmer ergangen als dir und Cam. Vergiss das nicht, ja? Ihr beiden wart nicht die Einzigen, die viel aushalten mussten.»

Nathan schwieg einen Moment. «Ja. Ich weiß.»

Harry schaute jetzt zurück zum Haus, und als Nathan seinem Blick folgte, sah er Liz im Küchenfenster. Sie lächelte und blickte nach unten, sprach wahrscheinlich mit einem der Mädchen. Während Harry weiter hinschaute, entspannten sich seine Gesichtszüge, und auf einmal waren seine Augen so offen und ungeschützt, wie Nathan sie nie gesehen hatte. Nathan betrachtete Harry, der seine Mutter betrachtete, und fragte sich zum ersten Mal, ob nicht nur das Land und das Leben hier draußen Harry so viele Jahre auf der Farm gehalten hatten, ob es vielleicht noch einen anderen Grund dafür gab. Dann entfernte Liz sich vom Fenster, und Harrys Augen wurden so schnell wieder verschlossen, dass Nathan dachte, er hätte es sich vielleicht nur eingebildet.

Der Eukalyptusbaum raschelte in der heißen Luft, und sie drehten sich beide wieder zu den Gräbern um.

«Ich hab auf der Beerdigung mit Steve gesprochen», sagte Nathan. «Er glaubt, dass Cameron Jenna in der Nacht damals vergewaltigt hat.»

Harry nickte bloß.

Nathan spürte den Autoschlüssel in der Hosentasche, spitz und gezackt. «Was glaubst du, was sie ihm sagen wollte, als sie angerufen hat?»

«Keine Ahnung. Hätte alles Mögliche sein können.»

«Aber glaubst du –»

«Nathan, ich werd dir sagen, was ich glaube», fiel Harry ihm ins Wort. «Manchmal – ob durch Zufall oder warum auch immer – wendet sich alles zum Besten. Und wenn du irgendwo ankommst, wo du dich wohlfühlst, ist es nicht immer ratsam, die Straße aufzureißen, die dich dahin gebracht hat, verstehst du?»

Sein Blick huschte ein letztes Mal zu den Gräbern, während der Wind um sie herum Staub aufwirbelte.

«So.» Harry drehte sich entschlossen wieder zum Haus um. «Kommst du nun mit rein?»

Das Metall des Schlüssels drückte in Nathans Haut.

Ilses Plastikhülle war von einem Dingo weggeschleppt worden.

Jenna Moore war nicht hier.

Das Schlüsselband, jetzt nicht mehr ordentlich aufgerollt, fühlte sich sandig an.

Camerons Wagen stand einsam auf der Zufahrt.

Nathan schüttelte den Kopf.

«Ich komm nach.»

KAPITEL SECHSUNDDREISSIG

Camerons Land Cruiser parkte noch immer da, wo Nathan und Xander ihn vor Tagen abgestellt hatten.

Duffy folgte Nathan auf den Fersen, freute sich, wieder in dem vertrauten Wagen zu sein, als sie einstiegen. Auf dem Fahrersitz spürte Nathan die Konturen seines Bruders, dessen Körper sich im Polster eingeprägt hatte. Die Entfernung zu den Pedalen war jetzt genau richtig. Er holte den Schlüssel aus der Hosentasche. Der Motor sprang augenblicklich an, wie bislang jedes Mal. Cameron hatte keine Probleme mit seinem Auto, dachte Nathan mit leichter Verbitterung, als er an Ilses ungenutzten Wagen dachte. Er wartete, bis die Klimaanlage auf Touren gekommen war, stieg dann aus und öffnete die Heckklappe, während der Hund zuschaute.

Nathan holte die Wasserflaschen, die Konserven, die Kühlbox heraus. Er nahm den Erste-Hilfe-Kasten und leerte ihn Stück für Stück, tastete die Außenwände nach irgendwas ab, das die Form einer Plastikhülle hatte. Er löste die Ersatzräder aus ihrer Halterung und fuhr mit den Händen innen über die Felgen. Der Wagen war schon zweimal von der Polizei durchsucht worden. Aber, dachte Nathan, während er weiter methodisch vorging, die hatten nicht gewusst, wonach sie suchten.

Er strich über die Fußmatten, tastete in den Ritzen, ob irgendetwas hineingerutscht war. Er suchte den Stoff des Dachhimmels und die Autositze nach versteckten Nähten ab. Er ging den Werkzeugkasten durch, rutschte dann unter den Wagen und inspizierte das Fahrgestell mit einer Taschenlampe. Er öffnete die Motorhaube und sah nach, ob darunter oder an den Seiten irgendetwas mit Klebeband befestigt war.

Eine Stunde später blieb ihm nur noch, den abgepackten Proviant zu öffnen und in die Wasserflaschen zu schauen. Nach weiteren dreißig Minuten öffnete er eine von Cams Bierdosen, setzte sich auf den Vordersitz und ließ sich die kühle Klimaanlagenluft ins Gesicht blasen, während er Duffy mit Keksen aus Camerons Vorrat fütterte.

Nathan sah sich das Chaos um ihn herum an. Nichts. Falls je eine Plastikhülle aus dem Stockman-Grab ausgegraben und in diesem Wagen versteckt worden war, dann war er unfähig, sie zu finden. Und falls jemand anders als Cameron zu der Zeit im Wagen gesessen hatte, dann hatte Nathan keinen Hinweis auf diese Person gefunden. Vielleicht – Nathan trank einen Schluck Bier und verzog das Gesicht; es war heiß wie Kaffee. Vielleicht gab es ja gar nichts zu finden.

Er saß noch immer da, trank sein Bier und dachte nach, als er Schritte hörte und durch die verstaubte Frontscheibe eine Gestalt auftauchen sah. Bub.

«Ich hab den Motor gehört.» Bub stieg auf der Beifahrerseite ein. «Hab dich gesucht.»

«Ja?» Nathan bot ihm eine von den fünf restlichen Dosen im Sixpack ihres Bruders an.

«Da sag ich nicht nein.» Bub nahm eine, ließ den Blick durch den Wagen gleiten. «Was machst du hier?»

«Ehrlich gesagt, ich weiß es nicht.»

«Aha. Sei's drum.» Er öffnete das warme Bier und verzog keine Miene, als er einen Schluck nahm. «Du, hör mal. Ich wollte mich entschuldigen.»

Nathan sah ihn erstaunt an. «Ach ja?»

«Wegen Kelly. Ich weiß, es war meine Schuld, aber ich schwöre, es war ein Unfall. Das musst du mir glauben. Ich wollte ehrlich nicht, dass das passiert. Kelly war ein toller Hund. Ich war fix und fertig, als ich gehört hab, dass sie gestorben war. Ich hätte ihr das nie im Leben absichtlich angetan.»

«Ich weiß», sagte Nathan und meinte es auch so.

Bub blickte auf die Dose in seiner Hand. «Ich hab mich total mies gefühlt. Ich hätte keine Köder auslegen sollen, aber ich wusste nicht, dass du in der Gegend sein würdest. Ich dachte, ich hätte sie alle wieder eingesammelt. Als ich das mit Kelly gehört hab, wollte ich es dir erklären, aber Cam meinte, er würde das machen. Alles wieder in Ordnung bringen. Er hat mir erzählt, er hätte mit dir geredet und du wärst stinksauer. Aber er meinte, du wüsstest, dass es ein Unfall war, und weil du nun mal, du weißt schon –», Bub tippte sich an den Kopf, «– wärst, sollte ich dir am besten Zeit lassen, drüber wegzukommen, und dich nicht drauf ansprechen.»

Nathan trank einen großen warmen Schluck aus seiner Dose. «Er hat nie mit mir gesprochen.»

«Nein. Hab ich mir dann irgendwann auch gedacht. Und als du gestern davon angefangen hast, da hab ich einfach Panik gekriegt. Es tut mir leid, Mann. Ich weiß nicht, was ich sagen soll. Es war beschissen von mir. Ich hätte selbst mit dir reden sollen, statt es Cam zu überlassen.»

Ilse hatte recht, dachte Nathan. Ob er seinem Bruder verzieh oder nicht, es würde Kelly nicht zurückbringen.

«Danke, dass du es mir gesagt hast, Bub.» Nathan seufzte. «Aber hör mal, eigentlich sollte ich mich entschuldigen. Ich hätte das schon vor Jahren sagen sollen, aber es tut mir wirklich leid, dass ich nicht viel mehr getan hab, um dir gegen Dad beizustehen.»

«Nein. Ehrlich, Nathan, das ist nicht deine Schuld. Du hast es versucht. Cam übrigens auch, um fair zu sein.»

«Trotzdem, wir hätten –»

«Was denn? Was hätte denn egal wer gegen einen Kerl wie den schon machen können?» Bub sah ihn an. «Außerdem war es für euch doch genauso schlimm.»

«Nein, das war es eben nicht. Nicht wirklich», sagte Nathan. «Cam und ich hatten immer einander.»

Sie saßen eine Weile da und tranken und starrten durch die verdreckte Windschutzscheibe.

«Ich fühl mich nicht wohl hier», sagte Bub schließlich. «Weil ich hier dauernd an so einigen üblen Mist erinnert werde. Deshalb hab ich die Giftköder für die Dingos ausgelegt. Wollte mir ein bisschen Geld verdienen, um nach Dulsterville zu gehen, nachdem Cam mir nicht helfen wollte. Und deshalb hab ich mich auch wegen der Farm wie ein Arschloch aufgeführt.» Er seufzte. «Nimm's nicht persönlich, aber die Vorstellung, hierzubleiben und mich die nächsten zehn Jahre von meinem anderen Bruder rumkommandieren zu lassen, macht mich kirre. Ich muss einfach woanders hin.»

«Kängurus jagen in Dulsterville, was?»

«Genau.» Bub blickte verträumt. «Ich stell mir das toll vor. Eine eigene Wohnung, neue Leute kennenlernen. In Dulsterville gibt's auch jede Menge Mädels. Viel mehr als hier.»

«Ja.» Nathan lächelte ihn freundlich an. «Hab ich gehört.»

«Und dann, als Cam gestorben ist, hab ich gedacht, das wäre meine Chance. Dass es ja vielleicht gar nicht so schlecht wäre, die Farm zu leiten, wenn ich schon nicht wegkann. Dass ich ein paar Sachen verändern könnte, aber dann …» Bub brach den Aufreißring von seiner Dose. «Es war absolut sonnenklar, dass mir das keiner zutraut. Alle hoffen bloß, dass du zurückkommst und Ilse hilfst, und das hat mich stinksauer gemacht.»

Nathan schüttelte den Kopf. «Ich glaub nicht, dass sie das wollen. Ilse wird einen Verwalter oder so einstellen.»

«Doch», sagte Bub, «genau das wollen sie. Ich hab gehört, wie Harry das gesagt hat und Mum. Ilse auch, schätze ich. Sie warten nur darauf, dass du Interesse zeigst.»

«Ganz ehrlich, mir hat keiner was gesagt.»

«Ich weiß, weil sie alle einen Heidenschiss davor haben, dich zu sehr unter Druck zu setzen, nach dem, was mit Cam passiert ist, du verstehst schon. Und auch weil du vielleicht ein bisschen …»

«Was?»

«Wie gesagt.» Bub tippte sich an den Kopf.

«Bin ich gar nicht.» Nathan war sich plötzlich des Chaos im Wagen deutlich bewusst. «Jedenfalls nicht immer. Außerdem komme ich schon mit meiner eigenen Farm kaum über die Runden.»

«Ja, weil die der totale Dreck ist. Kein Mensch könnte damit Geld verdienen. Harry sagt das andauernd. Selbst Cam hat das gesagt. Ist schon eine Leistung von dir, dass du überhaupt so lange durchgehalten hast.»

Nathan antwortete nicht. Er nahm sich noch ein Bier und öffnete es. Dank der Klimaanlage war es ein bisschen kühler. Nur noch knapp über Raumtemperatur. «Was ist mit dir?», fragte er schließlich.

«Nate, ich will die Farm nicht leiten. Zu viel Papierkram. Versteh mich nicht falsch, ich wäre gern gefragt worden, und das hätte sich schon aus Höflichkeit gehört, aber egal. Ich will bloß ein bisschen Geld in die Hände bekommen und dann ab nach Dulsterville.»

«Kängurus und Mädels, was?»

«Ganz genau, großer Bruder. Ganz genau.»

Nathan schmunzelte. «Tja. Es ist gut, einen Traum zu haben.»

«Find ich auch. Also, würdest du für mich mit Ilse reden? Fragen, ob sie mich auszahlt? Zumindest teilweise?»

«Du könntest selbst mit ihr reden. Sie will wissen, was du denkst.»

«Ja, ich weiß. Aber als ich heute Morgen so gegen drei am Wohnzimmer vorbeigekommen bin, hatte ich den Eindruck, dass dein Schlafsack nicht viel zum Einsatz gekommen ist.» Bub warf Nathan einen Seitenblick zu und grinste. «Deshalb vermute ich stark, dass du besser weißt als ich, wie man mit Ilse redet.»

Nathan unterdrückte ein Lächeln und sagte nichts.

«Oder, hey», fuhr Bub fort. «Vielleicht könntest du mich auszahlen? Von mir aus auch in Raten, ich brauch nicht besonders viel für den Anfang. Falls du je den Arsch hochkriegst und dir endlich überlegst, was du willst.»

Nathan schaute durch die staubige Frontscheibe. Er konnte kaum erkennen, was dahinter war. «Ja», sagte er. «Vielleicht. Aber so oder so, wir finden schon eine Lösung für dich.»

«Super. Danke, Mann.» Bub sah ihn an. «Das mit deinem Gesicht tut mir übrigens leid.»

«Halb so schlimm. Bei dir alles in Ordnung?»

«Ja.» Bub lachte. «Du hast mir nicht mal einen Kratzer verpasst. Und ich war hackevoll.»

«Gut zu wissen.»

«Also, ist alles okay zwischen uns?»

«Ja. Alles okay.»

«Prima. Danke, Mann.» Bub öffnete die Tür, um auszusteigen. «Ich geh zu den andern. Bist du hier fertig?»

Nathan sah sich im Innern des Wagens um. Er hatte alles durchsucht.

«Ja.» Er öffnete die Tür. «Ich bin fertig.»

KAPITEL SIEBENUNDDREISSIG

«Ich kann das nicht.»

«Es geht *so.*»

Nathan verschob Sophies Hand am Hals der Gitarre und drückte einen ihrer Finger auf die Saite. Sie versuchte es erneut, und der Akkord erklang, noch ein wenig disharmonisch, aber fast richtig. Sophies Armschlinge lag neben ihr auf der Verandastufe. Steve hatte ihr erlaubt, sie ein paar Stunden am Tag abzunehmen, und sie nutzte die Zeit voll aus. Nathan veränderte seine Sitzposition, die Vormittagssonne warm auf dem Rücken, und korrigierte wieder Sophies Hand auf den Saiten.

«Versuch's noch mal. Ja, schon besser.»

Er sah, wie Lo bei dem Klang das Gesicht verzog, aber sie sagte nichts, sondern konzentrierte sich weiter auf das Bild, das sie malte. Der Duft, der aus der Küche herüberwehte, verriet, dass die Essensvorbereitungen in vollem Gange waren, und Nathan hörte Liz mit Töpfen und Pfannen hantieren. Er und Bub hatten versucht, ihr zu helfen, waren aber zwanzig Minuten später von einer entnervten Liz wieder aus der Küche gescheucht worden, weil sie ihr angeblich nur im Weg standen. Bub war das nur recht gewesen. Er hatte zu Weihnachten einen neuen Kricket-Schläger geschenkt bekommen, und er hatte Harry dazu überredet, ihm im Hof ein paar Bälle zuzuwerfen. Von der Verandatreppe aus konnte Nathan sie nicht sehen, aber er hörte immer mal wieder ein *Plopp* und den anschließenden Jubelschrei.

Die Fliegengittertür knallte, und Xander kam aus dem Haus. Er hatte ein gefaltetes Blatt Papier in der Hand, als er sich neben Nathan setzte. «Klingt schon gut, Sophie.»

«Danke.» Sie lächelte, ganz auf die Saiten konzentriert. Sie wirkte wie ausgewechselt, und das lag nicht nur daran, dass sie die Schlinge nicht mehr trug. Es war, als hätte sich nach der Beerdigung eine dunkle Wolke von ihr gehoben.

«Für dich.» Xander reichte Nathan das Blatt Papier. «Ist zwar nicht gerade ein Weihnachtsgeschenk, aber ich wollte dir das geben.»

«Was ist das?» Nathan faltete das Blatt auseinander und sah eine handschriftliche Liste von Daten.

«Das sind die Schulzeiten und Prüfungswochen für nächstes Jahr. Und das da», Xander deutete auf verschiedene Daten, «sind die Ferientermine, da und da. Auch da. Damit wir was planen können.»

«Aha.» Die Schrift verschwamm Nathan ein wenig vor den Augen. «Danke, Junge. Aber im Ernst, du solltest in Brisbane bleiben, dich auf die Schule konzentrieren, wenn du das musst.» Er lächelte. «Wer weiß? Wenn deine Noten gut genug sind, kannst du vielleicht in Martins Fußstapfen treten und blendende Metallklötze bauen.»

«Also, das werde ich garantiert nicht machen.» Xander grinste zurück. «Aber mal ehrlich, ich werde wohl tatsächlich die meiste Zeit zu Hause bleiben müssen, und deshalb solltest du mich in Brisbane besuchen kommen.»

Nathan zögerte.

«Das war Mums Idee», sagte Xander, der seine Gedanken las.

«Im Ernst?»

«Ja. Ich könnte sie fragen, ob du bei uns wohnen kannst. Martin hat ein Gästehaus im Garten gebaut.»

«Im Ernst?»

«Genauer gesagt, er hat es entworfen und dann jemand anders dafür bezahlt, es zu bauen.» Xander lachte. «Er ist handwerklich nicht so gut wie du. Jedenfalls, du solltest kommen. Ich fänd's schön.»

«Ja. Na gut, danke. Fänd ich auch schön.»

«Alles klar.» Xander stand auf. «Wenn du den Wagen packst und Hilfe brauchst, sag Bescheid.»

«Nicht so eilig. Wir fahren doch erst morgen.»

«Ich weiß.» Xander lächelte. «Ich will bloß nicht den Flieger verpassen. Silvester in Brisbane ist irgendwie besser als hier.»

Nathan bekam kurz Ilse zu Gesicht, die an ihrem Bürofenster vorbeiging. Sie winkte ihm zu. «Das kann ich kaum glauben.»

«Solltest du aber», sagte Xander, und Nathan sah ihm nach, bis die Fliegengittertür hinter ihm zuknallte.

Er hörte das Ploppen des Kricketschlägers, als er sich wieder den Mädchen zuwandte. Sophie mühte sich noch immer mit ihren Akkorden ab, und Lo hatte den Kopf über ihr jüngstes Kunstwerk gebeugt.

«Willst du's auch mal mit der Gitarre probieren, Lo?», fragte er.

«Ich male lieber.»

Nathan drehte sich um und betrachtete ihre Bilder. Sie waren auf der Veranda ausgelegt, mit Steinen beschwert. Lo hatte dieselbe Szene wieder und wieder gemalt, wie er jetzt sah. Jedes Bild war eine Variante von Cams Gemälde.

«Du versuchst, das Grab zu malen?», sagte er.

«Ich krieg's nicht richtig hin.»

«Ich finde, die sind ziemlich gut geworden.»

Lo warf ihm einen Blick zu, der verriet, dass sie seine künstlerische Meinung für fragwürdig hielt, aber Nathan sah ihr an, dass sie sich freute. Er hatte das auch nicht nur so dahingesagt. Die Bilder waren allesamt Imitationen von Camerons Motiv, und trotz ihrer unvermeidlich kindlichen Ausführung waren sie seltsam ausdrucksstark. Wo bei Cameron der Schatten überwog, war es Lo gelungen, lichte Akzente zu setzen.

«Vermisst du deinen Dad?», fragte er, und Lo wechselte einen Blick mit ihrer Schwester.

«Glaubst du, Daddy hat Angst gehabt, so allein am Grab?», fragte Lo schließlich.

«Nein», log Nathan. Er überlegte kurz. «Er war gern draußen auf der Farm unterwegs.» Ehrlicher: «Aber ich glaube, manche Dinge in seinem Leben sind ihm sehr schwergefallen.»

Die Mädchen dachten darüber nach.

«Ich mag das Stockman-Grab nicht», sagte Sophie schließlich. «Es macht mir Angst.»

Nathan schüttelte den Kopf. «Das muss es nicht. Es gibt viele dumme Geschichten über den Stockman. Aber keine davon ist wahr.»

«Woher weißt du das?»

«Ich war mal in Brisbane in der Stadtbibliothek und hab's nachgeschlagen.»

Er hatte etliche Stunden dort verbracht, vor Jahren, als Xander noch klein war und Nathan es besonders schwergefallen war, ihn wieder Jacqui auszuhändigen. Die Übergabe hatte sich schwierig gestaltet, und Nathan hatte den Flug nach Hause verpasst. Um die Zeit totzuschlagen, war er ziellos durch die Stadt gelaufen, bis er irgendwann vor der Bibliothek stand und den plötzlichen Drang verspürte, mehr über den einzigen Menschen in Erfahrung zu bringen, der seiner Vorstellung nach noch einsamer gewesen war als er. Eine Bibliothekarin hatte ihm bei der Suche geholfen, und während er in dem klimatisierten Raum, umgeben vom diskreten Gemurmel anderer Besucher, den alten Zeitungsartikel las, hatte er einen inneren Frieden empfunden wie schon lange nicht mehr.

«Was ist denn wirklich mit dem Mann passiert?», wollte Sophie wissen.

«Er hieß William Carlisle, und er hat hier gelebt, mit seiner Frau und seinen Kindern. Zwei Jungs von etwa sieben und zehn, glaube ich.»

«Haben sie hier in dem Haus gelebt?», fragte Lo.

«Nein, das war da noch nicht erbaut. Die haben näher an der Stelle gewohnt, wo jetzt das Grab ist. Jedenfalls, eines Tages sind sie alle zusammen ausgeritten und irgendwann abgestiegen, um Rast zu machen oder so, und plötzlich merkten sie, dass ein Staubsturm aufzog.»

«Oh nein», sagte Sophie. «Die find ich fies.»

«Ich auch», sagte Nathan. Der Anblick, wie der Himmel sich rot färbt und eine gigantische Staubwand heranrast. Diese Stürme verschlangen alles auf ihrem Weg, saugten den Sauerstoff weg und füllten die Luft mit Geschossen. Rinderherden ergriffen in Panik die Flucht, und man konnte die Hand nicht mehr vor Augen sehen.

«Ihr wisst ja, wie schnell die Stürme sind», sagte er. «Also hat der Stockman seine Frau und das kleinere Kind auf ihre Pferde gesetzt und gesagt, sie sollen nach Hause reiten. Aber der ältere Junge war weggeritten, um die Gegend zu erkunden. Über die Hügel oder so. Er war jedenfalls nirgends zu sehen. Der Stockman hat sich auf die Suche nach ihm gemacht, hat laut nach ihm gerufen, denke ich, während der Sturm näher kam.»

Nathan überlegte kurz. Er erinnerte sich, wie er selbst verzweifelt im Kreis gefahren war, um nach dem achtjährigen Xander zu suchen, und wie ihm das Herz vor kalter Panik in den Ohren gedröhnt hatte. *Bitte lass ihm nichts passiert sein.* Für den Stockman musste es noch schlimmer gewesen sein, allein zu Pferd und unmittelbar bedroht von einer Heimsuchung der Natur.

«Hat er den kleinen Jungen gefunden?», fragte Sophie.

«Ja, das hat er schließlich.» Nathan stockte. «Aber das Pferd des Jungen hatte Panik bekommen und ihn abgeworfen. Dem Jungen war nichts passiert, aber das Pferd war weg.»

«Und was hat der Mann da gemacht?»

«Er hat sich überlegt, dass sie zu zweit auf einem Pferd nicht schnell genug wären, um dem Sturm zu entkommen, und hat sein Pferd seinem kleinen Jungen gegeben.»

Nathan stellte sich vor, wie der Mann seinem Sohn sagte, *befahl*, ohne ihn nach Hause zu reiten. Wie er ihm versprach, dass er das andere Pferd finden und gleich nachkommen würde. Wie er das sagte und zugleich wusste, dass es nicht stimmte.

«Ist der kleine Junge sicher nach Hause gekommen?», fragte Sophie.

«Ja.»

«Aber der Stockman nicht?»

«Nein. Er wird gewusst haben, dass er es nicht schaffen würde.»

«Das ist traurig.»

«Ja, das ist es. Obwohl ...» Nathan hielt inne. «Ich stelle mir gern vor, dass er ganz am Schluss vielleicht doch nicht traurig war. Weil er gewusst hat, dass seine Kinder in Sicherheit waren.»

«Er hat's getan, um seine Familie zu retten», sagte Sophie.

«Genau.» Nathan blickte Lo an. «Ich weiß, da draußen kann es ein bisschen gruselig sein, muss es aber nicht. Du musst keine Angst vor ihm haben.»

Lo dachte darüber nach. Schließlich beugte sie sich näher. Nathan konnte ihren Atem im Gesicht spüren und die Farbspritzer auf ihrer Haut sehen.

«Ich hab keine Angst vor dem Stockman gehabt», flüsterte sie. «Ich hab Angst vor Daddy gehabt.»

«Oh.» Nathan nahm ihre Hand.

«Er kommt doch nicht wieder, oder?»

«Nein. Er kommt nicht wieder, Lo.» Er streckte die Arme aus, und sie schmiegte sich an ihn. Sie war klein und warm. «Es wird alles gut. Du bist hier sicher, und wir haben dich alle lieb.» Er zeigte auf ihr Bild. «Und weißt du, was? Ich finde, du kannst besser malen als dein Dad.»

Dafür erntete er ein kleines Lächeln. «Nein», sagte sie, aber ihre Stimme klang verdächtig nach falscher Bescheidenheit. «Daddys Bild hat einen Preis gewonnen.»

«Das heißt gar nichts. Deine Bilder sind genauso gut.»

«Nein, gar nicht. Das sagst du nur so.»

«Es stimmt.» Er stand auf. «Bin gleich wieder da.»

Nathan ging ins Haus, wo seine Augen sich erst an das Dämmerlicht gewöhnen mussten. Er ging an der Küche vorbei, aus der es köstlich duftete. Durch das Dielenfenster konnte er Bub und Harry draußen auf dem Gras sehen. Bub warf jetzt, und Harry durfte den neuen Schläger ausprobieren. Die Tür zu Ilses Büro war angelehnt, und Nathan spielte kurz mit dem Gedanken, zu ihr hineinzugehen. Hallo zu sagen. Zu sagen, dass sie ihm fehlte. Er zögerte, ging aber weiter. Die Mädchen warteten.

Im Wohnzimmer blieb Nathan vor Camerons Gemälde stehen. Er hob die Arme und spürte ein nervöses Kribbeln, als wäre er ein Einbrecher, als er das Bild von der Wand nahm. Es war erstaunlich leicht für etwas, das so viel Raum im Haus einzunehmen schien. Nathan wartete einen Moment, doch nichts geschah. Camerons Geist erwachte nicht aus seinem Schlummer im Jenseits, um ihn zu warnen, ja keine Fingerabdrücke auf dem Meisterwerk zu hinterlassen.

Mit einem Grinsen im Gesicht betrachtete Nathan die Farben, in denen Land und Himmel und Grab gestaltet waren, während er das Bild den Flur hinuntertrug. Ihm wurde klar, dass er mit dem, was er zu Lo gesagt hatte, absolut richtiglag. Das Gemälde war nichts Besonderes. Es war kein Leben darin. Es war das öde, phantasielose Werk eines Mannes, der zu blind war, um all das Gute zu sehen, das er hatte.

Er trat wieder auf die Veranda, wo die Mädchen ihn mit stummer Fassungslosigkeit anstarrten, als die Fliegengittertür hinter ihm zuschlug. Lo klappte buchstäblich die Kinnlade runter. Einen langen Moment sagte niemand etwas, und Nathan registrierte vage, dass selbst das Ploppen von Kricketschläger gegen Ball aufgehört hatte.

«O mein Gott», keuchte Sophie. «Was hast du gemacht?» Aber bei allem Entsetzen glänzte so etwas wie Entzücken über diesen ungeheuerlichen Akt der Rebellion in ihren Augen.

«Jep.» Nathan nickte. «Ich habe das Gemälde angefasst.»

«Du kriegst Riesenärger», hauchte sie. Lo kicherte, die Hände vor dem Mund.

«Nein, krieg ich nicht. Weil es bloß ein Bild ist, Soph. Mehr nicht. Und ja, es ist ziemlich gut, zugegeben. Aber meine Frage ist jetzt, ist es besser als Los?»

Lo hüpfte von einem Bein aufs andere, begeistert und entsetzt zugleich.

«Okay», sagte Nathan. «Lo, du hältst dein bestes Bild hoch. Wir vergleichen sie.»

Grinsend suchte sie eines aus.

«Sophie, du musst entscheiden. Welches ist besser?»

Nathan drehte Camerons Gemälde in den Händen um. Er hielt es sich vors Gesicht, mit der bemalten Seite nach außen. Und mit einem Mal schien die Welt wegzukippen. Sophies Lachen wurde vom Hämmern in seinen Ohren übertönt.

«Ich entscheide, dass Los besser ist», sagte Sophie. «Volle Punktzahl.»

Ihre Stimme klang wie von sehr weit weg, und als Lo jubelte, hörte sie sich an, als wäre sie unter Wasser. Nathan versuchte zu nicken, doch sein Kopf fühlte sich schwer an, als wäre er aus dem Gleichgewicht geraten. Er merkte, dass die Mädchen ihn ansahen.

«Finde ich auch», sagte er mit schwerer Zunge. Er sah Lo lächeln, aber nur am Rande seines Gesichtsfeldes. Sein Blick war auf die Rückseite des Bildes gerichtet. Vor allem auf etwas, das dort mit Klebeband befestigt war. Etwas Abgenutztes und Durchsichtiges, mit feinem rotem Staub in den Plastikfalten. Nathan war, als würde der Boden unter seinen Füßen schwanken.

«Es ist heiß hier draußen, Mädchen», brachte er heraus. «Geht rein und trinkt etwas Wasser.»

«Okay.» Er hörte ihre Schritte und die Tür hinter ihnen zuschlagen.

Nathan zitterten die Hände, als er das Bild mit der Vorderseite auf den Verandaboden legte. Die Plastikhülle war sorgfältig in der Mitte festgeklebt worden. Er griff unsicher danach, ohne darauf zu achten, ob die Vorderseite des Bildes beschädigt würde, und riss sie ab. Er richtete sich auf.

Unter dem Staub sah er die farbigen Ränder von Geldscheinen, die Beschriftung auf dem Einband eines Reisepasses und mehrere gefaltete, offiziell aussehende Dokumente. Nathan spürte, wie sein Herz kurz aussetzte, als hätte er plötzlich einen Hohlraum in der Brust. Er hatte nicht mit diesem Fund gerechnet, wie ihm in dem Moment klarwurde. Nicht wirklich. *Nicht das Bild anfassen.*

Nathan warf einen Blick über den verlassenen Hof. Von der anderen Seite des Hauses waren keine Kricketschläge mehr zu hören. Auch Bubs Jubelschreie waren verstummt.

Scheiße, nein. Cams Bild darf keiner anrühren.

In der Ferne stand Harrys Hütte dunkel und abgeschieden da, die Tür fest verschlossen.

Rühr es nicht an. Du hast schon genug Schaden angerichtet.

Hinter Nathan ragte das Haus auf, als würde es den Atem anhalten. Er hörte keinerlei Bewegung mehr, weder von Liz noch von Ilse. Das Küchenfenster und das Bürofenster waren dunkel.

Es gehört hier an die Wand.

Nathan spürte eher, als dass er es hörte, wie irgendwo hinter ihm die Dielen im Flur unter dem Gewicht von Schritten knarrten. Einen Augenblick später quietschte die Fliegengittertür leise. Er rührte sich nicht. Er schaffte es nicht, nach hinten zu blicken.

Goldene Regel in diesem Haus.

Wer hatte ihn gewarnt?

Finger weg von dem Bild.

Jeder. Jeder hatte das.

Die Schritte klangen jetzt ganz nah.

«Ich habe versucht, es dir zu sagen», sagte eine Stimme. «Du hörst nie zu, Nathan.»

Er drehte sich um.

KAPITEL ACHTUNDDREISSIG

Ich habe versucht, es dir zu sagen.»

Nathan kannte die Stimme so gut wie seine eigene. Er drehte sich um. Wenige Schritte entfernt, das Gesicht teilweise im Schatten der Veranda verborgen, stand seine Mutter.

Liz' Augen glitten von dem Gemälde auf dem Boden zu der Plastikhülle in Nathans Händen. Sie schaute zu ihm auf. Ihr Blick war fester, als er es seit Tagen gesehen hatte.

«Das war nett.» Ihre Stimme war leise. «Was du den Mädchen über den Stockman erzählt hast. Ich hab in der Küche mitgehört.»

Nathans Hände fühlten sich taub an, als könnte ihm die Plastikhülle aus den Fingern rutschen. «Wahre Geschichte», sagte er mit brüchiger Stimme.

Liz sah ihm in die Augen. «Kann ich dir auch eine erzählen?»

Die trappelnden Schritte eines Mädchens erklangen aus der Diele, und sogleich trat Liz rasch vor und riss Nathan die Plastikhülle aus den Händen.

«Nicht hier. Komm mit, Nathan.»

Sie packte ihn fest am Arm, lehnte das Gemälde gegen die Hauswand und schob die Plastikhülle in ihre Schürzentasche.

Im Licht der Mittagssonne war Liz' Schatten zu einem kleinen dunklen Punkt unter ihren Füßen geschrumpft, als sie den Hof überquerten. Sie gingen zu dem Eukalyptusbaum und blieben unter seinen sanft schwingenden Ästen stehen. Zu ihren Füßen lagen die Gräber Seite an Seite.

Nathan rauschte das Blut in den Ohren, während er auf den Boden schaute. Alte Erde neben frisch umgegrabener. Er hatte so viele Fragen, dass ihm keine einfiel, die er stellen konnte.

«Ich war ausgeritten», sagte Liz schließlich. «Nachdem Sophie sich den Arm gebrochen und uns allen erzählt hatte, ihr Pferd hätte sie abgeworfen. Das hätte nicht passieren dürfen. Wo sie doch an dem Reitturnier teilnehmen wollte. Deshalb wollte ich mir selbst einen Eindruck von ihrem Pferd verschaffen.»

Nathan wollte auf einmal nichts mehr hören. Aber er schloss die Augen und zwang sich, ihren Worten zu lauschen. An dem Tag, an dem Cameron nicht mehr nach Hause kommen sollte, erzählte Liz, hatte sie das Gleiche getan wie jeden Tag. Sie hatte ein Pferd gesattelt. Das war eine Gewohnheit, die aus der Zeit ihrer Ehe stammte. Auf einem Pferd war sie größer und schneller, und wenigstens für ein paar Stunden konnte ihr niemand etwas anhaben.

An dem Tag hatte sie Sophies Pferd genommen. Es brauchte Bewegung, während Sophies Arm verheilte. Liz hatte sich für den Ausritt mehr Zeit genommen als sonst, um das Tier gründlich zu testen. Es ließ sich gut reiten und reagierte anstandslos. Doch mit dem Gedanken an Sophies Arm ritt Liz weiter, um eventuellen Problemen auf die Spur zu kommen. Sie war schon sehr viel länger unterwegs, als sie vorgehabt hatte, als der Gedanke sie erstmals beschlich, glatt und dunkel.

«Mit dem Pferd war alles in Ordnung», sagte Liz, in deren Gesicht die Schatten der Eukalyptusblätter spielten. «Ich konnte es mir nicht erklären. Das Ganze ergab keinen Sinn.»

Nathan dachte an Ilses Wagen, der ungenutzt in der Garage stand. Auch das hatte zuerst keinen Sinn ergeben, aber dann doch.

«Also bin ich einfach immer weitergeritten», fuhr Liz fort.

Sie hatte nicht umkehren wollen, und ihre Beklommenheit

war mit jedem Schritt größer geworden. Sophie war blass gewesen und hatte gezittert, als sie sich den verletzten Arm gehalten hatte, erinnerte sich Liz. Sie hatte geweint und gesagt, sie habe Angst. Aber sie hatte gleich wieder auf ihr Pferd springen wollen, sobald es ihr erlaubt worden war. Sie hatten sie alle dafür gelobt, dass sie so tapfer war. Sophie hatte kaum darauf reagiert.

Das mulmige Gefühl in Liz' Magengrube hatte bereits angefangen, eine vertraute Form anzunehmen, als sie den Mann am Stockman-Grab stehen sah. Sie zügelte das Pferd. Ihre Augen waren nicht mehr die besten, und in der gleißenden Sonne sah der Mann im ersten Moment aus wie jemand ganz anderes.

Liz hatte angehalten, um die Szene auf sich wirken zu lassen, und war dann langsam näher geritten. Sie erkannte den Geländewagen, der nicht weit entfernt parkte, und atmete auf. Natürlich war es nicht der Mann, an den sie zuerst gedacht hatte, das wäre auch nicht möglich gewesen. Es war ihr Sohn Cameron.

«Was hat er gemacht?», fragte Nathan. Er hatte die Augen geöffnet und blickte zu Boden.

«Er hat gegraben.»

Cameron hielt eine Schaufel in der Hand und stieß sie in den weichen Boden. Liz ritt in aller Ruhe auf ihn zu. Cameron war in letzter Zeit sehr angespannt gewesen, und auch jetzt grub er mit einer fieberhaften Energie, die sie extrem nervös machte. Liz stieg vom Pferd und hängte die Zügel um den Außenspiegel des Land Cruisers.

In dem Moment blickte Cameron auf und hob die Schaufel mit beiden Händen. Das Metall blitzte in der Sonne, und erneut fühlte Liz sich an einen anderen Mann erinnert. Irgendwas an dem Ausdruck in seinen Augen. Er war nicht erfreut, sie zu sehen.

Kann ich etwas Wasser für das Pferd haben? Sie ging zum Heck des Fahrzeugs, wo er immer die Vorräte verstaute.

Cameron winkte mit einer Hand und richtete seine Aufmerksamkeit erneut auf den weichen Boden zu seinen Füßen, während Liz einen Eimer aus dem Wagen nahm und ihn mit Wasser füllte. Sie sah ihrem Sohn zu, während das Pferd trank.

Was machst du da?

Er bückte sich. *Ich will was rausfinden.*

Was denn?

Warum meine Frau mit meinen Kindern hierhergefahren ist.

Liz stutzte. *Ich dachte, du wolltest den Verstärkermast reparieren?*

Will ich auch.

Bub wartet bestimmt schon.

Vorher erledige ich das hier.

Cameron stieß die Schaufel wieder in den Sand, hielt dann inne. Er stieß einen kehligen Laut aus.

«Er hatte etwas gefunden.» Liz' Stimme war kaum zu hören.

Der Laut, den Cameron von sich gab, klang nicht unbedingt triumphierend, dafür war er ein wenig zu dumpf. Liz wünschte plötzlich, sie wäre an dem Morgen in die andere Richtung geritten. Das Pferd hatte seinen Durst gelöscht, wie sie erleichtert sah. Sie stellte den Eimer zurück in den Wagen, und als sie sich umdrehte, sah sie gerade noch, wie Cameron sich bückte und mit den Fingern durch den Sand fuhr. Als er sich wieder aufrichtete, hielt er eine mit rotem Staub bedeckte Plastikhülle in der Hand.

Was ist das?

Beim Anblick von Camerons Lächeln krampfte sich Liz' Magen zusammen. *Ein vergrabener Schatz.*

«Ich wusste, was es war.» Liz rieb sich mit einer Hand über den Arm, und Nathan konnte sowohl die frische Hautkrebswunde als auch die andere, ältere Narbe sehen, über die sie nie sprachen. Eine von vielen. Sie alle trugen solche Spuren am Körper: Liz, Nathan, Bub. Auch Cameron. Spuren, die sie verbargen und niemals eingestanden.

«Ich wusste gleich, was Cameron gefunden hatte», sagte Liz.
^^Liz' Version war eine alte Keksdose gewesen, und sie hatte sie in einem Kübel Pferdefutter versteckt. Jedenfalls so lange, bis Carl sie gefunden hatte. Von dem Schlag war ihr das linke Trommelfell geplatzt, und ihr Gehör hatte sich nie davon erholt. Aber sie hatte ihre Lektion gelernt, und sie hatte dergleichen nicht noch einmal versucht. Die Jungs waren noch klein gewesen, und sie hatte zu große Angst vor den Folgen gehabt.

Aber als Liz am Stockman-Grab stand und ihren mittleren Sohn beobachtete, fragte sie sich, wie viel schlimmer die Folgen gewesen waren, weil sie es nicht versucht hatte.

Du solltest das dalassen. Sie war selbst überrascht, als sie den Satz aussprach.

Auch Cameron war überrascht, und sein Blick verhärtete sich. *Du weißt doch nicht mal, was es ist.*

Doch, Cameron, ich weiß es.

Dann weißt du auch, dass es nichts mit dir zu tun hat.

Er richtete sich zu seiner vollen Größe auf. Die Schaufel in seiner Hand hing locker herab. Er hatte sie nicht gehoben, nicht mal ein kleines Stück. Er bedrohte Liz nicht, aber wie Cameron so dastand, während die Sonne auf dem sanft schwingenden Schaufelblatt blitzte, wusste sie genau, an wen er sie erinnerte. Er war nicht mehr ihr kleiner Junge. Oder zumindest war er nicht nur ihr Junge. Er war auch der Sohn seines Vaters.

Und sie wusste, wie ein Teil von ihr es die ganze Zeit gewusst hatte, was Ilse ihr hatte sagen wollen. Und weshalb Harry so besorgt gewesen war. Und warum Los Bilder so traurig waren. Und warum Sophies Arm in einer Schlinge steckte. Und warum so etwas wieder passieren würde. Oder etwas noch Schlimmeres.

Liz zuckte unwillkürlich zusammen, als Cameron an ihr vorbei zu seinem Wagen marschierte. Er warf die Schaufel in den Kofferraum und knallte die Heckklappe zu, ehe er die Plastikhülle durchs Beifahrerfenster auf den Sitz warf. Liz' Pferd scheute, zerrte an den Zügeln, die um den Seitenspiegel hingen, und Liz sprach beruhigend auf das Tier ein.

Ich muss los. Cameron sah sie nicht an. *Hab noch was zu erledigen.*

Fährst du zum Verstärkermast? Liz' Stimme klang seltsam in ihren eigenen Ohren.

Cameron ging zurück zum Grab und fing an, Sand mit dem Fuß in das Loch zu schieben.

Hatte ich eigentlich vor, aber – Seine Wut flimmerte wie die Hitze. *Ich fahr vielleicht vorher noch nach Hause. Hab ein Wörtchen mit Ilse zu reden.*

Cameron, bitte. Die tröpfelnde Angst hatte sich in eine rauschende Flut verwandelt. *Die Mädchen sind zu Hause.*

Er sagte nichts, blickte dann endlich auf. *Na und? Schadet vielleicht nicht, wenn sie das mitkriegen.*

Und beim Ton seiner Stimme und mit der Sonne in ihren Augen war es plötzlich dreißig Jahre früher, und Liz wusste ohne den Schatten eines Zweifels, was passierte, wenn Männer wie er nach Hause kamen.

Sie spürte, wie ihre Hand sich ausstreckte, ehe ihr selbst richtig klar war, wonach sie griff. Sie hatte die Berechnung im Kopf angestellt, ohne es gemerkt zu haben. Berechnungen, die vor Jahren ein instinktiver Teil von ihr geworden waren. Kampf oder Flucht. Er war fünf Meter entfernt, vielleicht sechs. Und er blickte nach unten, war abgelenkt, war damit beschäftigt, den Sand, den er durchwühlt hatte, wieder zu glätten.

Liz saß so schnell hinterm Lenkrad, wie sie brauchte, um das erste Mal Luft zu holen, und sie hatte den Zündschlüssel gedreht, als sie den zweiten Atemzug nahm.

Cameron blickte auf, doch da hatte sie den Fuß schon auf dem Gaspedal. Sie kurbelte das Fenster herunter und löste die

Zügel vom Außenspiegel. Das Pferd folgte gehorsam, als sie losfuhr. Nicht zu schnell. Das war nicht erforderlich; ein trabendes Pferd kann einem Mann davonlaufen.

«Aber Cameron hat es versucht.» Liz' Stimme war hohl vor Entsetzen. «Er hat es wirklich versucht.»

Er war ihr schreiend nachgerannt. Er hatte gewusst, was vor sich ging und was das bedeutete. Es hatte Liz unendlich viel Selbstbeherrschung gekostet, nicht Vollgas zu geben, um das entsetzliche Geräusch möglichst schnell hinter sich zu lassen. Aber sie fuhr in einem gleichmäßigen Tempo weiter, die Ohren fest verschlossen und die Augen geradeaus. Und schließlich, viel später, als sie endlich langsamer wurde und in den Spiegel sah, war weit und breit niemand zu sehen. Sie war völlig allein.

KAPITEL NEUNUNDDREISSIG

Nathan starrte lange nach unten auf die Gräber, ehe er etwas sagte.

«Camerons Wagen stand am Donnerstagmorgen nicht auf den Felsen.»

Liz blickte überrascht. «Du hast das gewusst?»

«Ich hab mir gedacht, dass jemand ihn bewegt hat. Oder dass ich spinne. Ich war mir nicht sicher, was von beidem.»

«Ich hatte einen Fehler gemacht», sagte Liz. «Ich hatte ihn abseits der Piste unweit der Farm versteckt. Aber in der Nacht ist mir klargeworden, dass das zu weit weg war. Die Strecke hätte er zu Fuß nicht geschafft. Wenn sie den Wagen da finden würden, wüssten sie gleich, dass noch jemand da gewesen sein musste.»

«Also hast du ihn woandershin gefahren?»

Sie nickte. «Am nächsten Tag. Ich bin früh losgeritten, hab das Pferd wieder am Zügel geführt und bin zu den Felsen gefahren. Ich hab mir gedacht, dass jemand wie Cameron die Entfernung schaffen könnte. Etwa zehn Kilometer.»

«Es sind genau neun.»

Liz widersprach nicht. «Ich wollte bloß nicht, dass der Wagen zu schnell gefunden wird.»

Nathan sagte eine Weile nichts. Er wollte nicht darüber nachdenken.

«Ich wusste nicht, was ich mit Ilses Papieren machen sollte», sagte Liz. «Ich wollte sie ihr zurückgeben, hatte aber keine Idee, wie. Die Mädchen sind immer überall – in meinem Zimmer, in den Ställen. Dann fing Xander auch noch an, in den Schuppen rumzusuchen.» Sie schüttelte den Kopf. «Aber alle wissen, dass keiner dieses verdammte Bild anfassen darf.»

Nathan ließ den Blick über das Grundstück schweifen. Sah Camerons Wagen, der auf der Zufahrt parkte, und das Haus, in dem sie aufgewachsen waren.

«Die Art, wie Cameron gestorben ist, kam mir von Anfang an irgendwie suspekt vor», sagte er. «Eine Zeitlang hab ich ernsthaft gedacht, Jenna Moore hätte ihre Finger im Spiel.» Er verstummte. Die Sonne näherte sich ihrem höchsten Punkt am Himmel, der Horizont war eine flache Linie in der Ferne. «Ich frage mich, was sie von ihm wollte.»

Als Liz nicht reagierte, sah er sie an.

«Was?»

Liz zögerte, griff dann in ihre Tasche.

«Caroline vom Postamt hat gestern unsere Post vorbeigebracht. Sie dachte, wir würden vorerst wohl nicht in die Stadt kommen, um sie abzuholen.»

Sie reichte Nathan etwas, und er drehte den leicht zerknitterten Briefumschlag um. Auf der Vorderseite stand Cameron Brights Name geschrieben. Ein Absender war nicht angegeben, aber in der oberen rechten Ecke klebte eine britische Briefmarke. Der Umschlag war bereits aufgerissen, und Nathan zog den Brief heraus. Das Blatt war dreimal gefaltet und fühlte sich an den Kniffen etwas abgegriffen an, als wäre er schon mehrmals geöffnet und gelesen worden. Er holte tief Luft und las.

Cameron, so begann der Brief. Nathan erkannte die Handschrift nicht, aber sie war präzise und gleichmäßig.

Bitte lies diesen Brief zu Ende. Mir ist klar, dass du dich vielleicht nicht mal mehr an mich erinnern kannst, Cameron, aber ich muss dir eines sagen:

Ich verzeihe dir.
Gut möglich, dass du meine Vergebung gar nicht willst oder dir keiner Schuld bewusst bist. Ich hoffe allerdings, dass dem nicht so ist. Unabhängig davon, was du dir vielleicht selbst einredest oder womit dein Vater mir deinetwegen gedroht hat, als er mich allein zu fassen bekam, wir beide wissen, was in der Nacht auf der Party passiert ist. Du weißt, was du getan hast, und ich weiß es auch.
Ich habe immer gehofft, dass du dein Leben mit dem gleichen Gefühl von Reue und Scham lebst, wie ich es jahrelang getan habe. Das ist mir jetzt nicht mehr wichtig. Ich habe Jahre damit vertan, mich für etwas schuldig zu fühlen, das nicht meine Schuld war, und ich habe dir eine Macht über mich gegeben, die du nicht verdient hast. Dank der Hilfe meiner Therapeutin und der Liebe meiner wunderbaren Familie kann ich jetzt mit Stolz sagen, dass das nicht mehr der Fall ist.
In vielerlei Hinsicht habe ich mir ein glückliches Leben aufgebaut. Das Gleiche wünsche ich dir, Cameron. Wer großen Kummer leidet, fügt anderen großen Kummer zu, und ich hoffe, für dich und die Menschen um dich herum, dass du ein wenig Frieden gefunden hast.
Jenna Moore

Nathan las den Brief dreimal, faltete ihn dann wieder zusammen und gab ihn Liz zurück.

«Was willst du damit machen?», fragte er.

«Ich werde ihn Glenn zeigen, denke ich.»

«Das entschuldigt dich aber nicht.» Nathan merkte selbst, dass seine Stimme hart klang. «Und es macht das, was du getan hast, in keiner Weise besser.»

«Ich weiß.»

«Ich hab gesehen, wie Cameron ausgesehen hat, als Steve ihn im Krankenwagen weggebracht hat. Wie entstellt.» Nathan sah, dass Liz bei dem Wort zusammenzuckte, sprach aber weiter. Sie musste es hören. «Er hatte keinen leichten Tod. Das solltest du wissen. Er hat sehr gelitten.»

Sie antwortete nicht, und er erkannte, dass sie weinte. Er rührte sich nicht. Schließlich holte sie Atem. «Ich bitte dich nicht, mir zu verzeihen –»

«Gut.»

Liz schwieg lange.

«Nathan, ich war achtzehn, als ich von zu Hause weggegangen bin», sagte sie schließlich. «Und da habe ich mir geschworen, dass alles anders werden würde.»

Sie war nach Norden gereist, erzählte sie, und dann nach Westen, hatte überall Station gemacht, wo sie wollte, und sich zum ersten Mal im Leben frei gefühlt. Sie war nur deshalb in Balamara geblieben, weil danach lediglich die Wüste kam. Schon nach zwei Tagen hatte sie einen Job auf dem Postamt gefunden und verdiente endlich ihr eigenes Geld. Die Arbeit machte ihr Spaß, und die Leute waren freundlich. Sie hatten immer Zeit für ein Lächeln und einen Plausch, und als Carl Bright sie über seine Post hinweg angegrinst hatte und sie unbedingt auf einen Drink einladen wollte, hatte sie ja gesagt.

«Und eine Zeitlang war es toll. Er war lustig, ob du's glaubst oder nicht, und ich fand ihn sehr attraktiv. Und er war nett zu mir. Und eine ganze Weile war mein Leben wirklich anders.» Liz' Miene verdunkelte sich. «Dann haben wir geheiratet, und es veränderte sich so einiges, und eines Tages wurde mir schlagartig klar, dass mein Leben nicht mehr so anders war. Euer Dad hat mir erzählt, dass er selbst eine schlimme Kindheit gehabt hatte, und wir beide wollten etwas Besseres. Aber es war nicht besser. Es war genauso wie das, was ich hinter mir gelassen hatte. Und ich war so enttäuscht, Nathan, und ich war einfach so müde. Ich hatte den weiten Weg zurückgelegt, nur um an genau dem gleichen Ort zu landen. Ich hatte nicht die Energie, dagegen anzukämpfen. Wozu auch?»

Sie schüttelte den Kopf.

«Aber dann wurde ich schwanger, und ich sagte mir, das, was zwischen ihm und mir passierte, würde ich bei euch Kindern nicht hinnehmen.» Liz wischte sich die Augen. Sie konnte ihren Sohn nicht ansehen. «Ich habe es versucht, Nathan. Bitte glaub mir. Ich habe Pläne geschmiedet, jeden Tag darüber nachgedacht. Aber ich hatte Angst, und ich hab mich so allein und gefangen gefühlt. Es tut mir leid. Es war nicht genug, ich weiß, ganz und gar nicht. Aber ich habe getan, was ich konnte.»

Liz schwieg einen Moment.

«Und dann hatte euer Dad den Unfall. Und ich glaube, das hat mein Leben gerettet. Bubs möglicherweise auch.»

Mit einem Mal wurde Nathan zurückkatapultiert in die warme dunkle Nacht vor vielen Jahren, und er blickte wieder durch verbogenes Metall auf Carl Bright, der zwischen Dach und Lenkrad eingeklemmt war. Hörte die Worte des Rettungssanitäters.

Es war nicht schnell gegangen.

Liz, deren blutige Kopfwunde bereits verkrustet war, hatte mit versteinertem Gesicht hinten im Krankenwagen gesessen. Vor Schock, hatte Nathan damals gedacht. Aber vielleicht, ein dunkler Gedanke nahm in ihm Gestalt an, vielleicht war der Grund auch ein anderer gewesen. Er blickte lange auf die zwei Gräber zu seinen Füßen. Alte Erde und neue Erde. Vielleicht, dachte er, waren manche Grenzen beim zweiten Mal leichter zu überschreiten.

«Wie lange –», setzte er an, bremste sich dann. *Wie lange*

warst du nach dem Unfall bewusstlos? Wie lange hast du gewartet, bis du Hilfe gerufen hast?

Er wollte sie fragen, tat es aber nicht, weil er dem Gesicht seiner Mutter ansah, dass sie ihm in jedem Fall die Wahrheit sagen würde.

Liz beobachtete ihn genau.

«Mir tut vieles leid», sagte sie schließlich. «Aber es tut mir nicht leid, dass er nicht mehr da ist.»

Nathan fragte nicht, wen sie meinte. Der Eukalyptusbaum raschelte, und Nathan spürte den Sand in der Luft und den Staub auf der Haut. Die Fliegengittertür knallte in der Ferne, und sie drehten sich beide zum Haus um. Ilse kam zu ihnen herüber, die Augen mit einer Hand abgeschirmt.

«Telefon für dich, Nathan», rief sie.

«Für mich?» Seine Stimme klang fremd. Er räusperte sich.

«Es ist Glenn. Er sagt, du hast bei der Polizeizentrale eine Nachricht für ihn hinterlassen.»

«Ach ja. Klar.»

Er rührte sich noch immer nicht. Plötzlich hob Liz die Arme und zog ihn an sich. Er konnte ihre Hände spüren, sanft auf dem Rücken, während sie ihn an sich drückte, und den vertrauten Geruch ihres Haares riechen. Sie hatte Tränen in den Augen.

«Ich wollte dich nie damit belasten», sagte sie leise. «Ich habe getan, was ich im Grunde meines Herzens für richtig hielt. Aber du bist ein guter Mann, Nathan. Und du musst tun, was du für richtig hältst.» Sie wich ein Stück zurück und schaute zu ihm hoch. «Wie auch immer, du solltest nach Hause kommen.»

Liz hielt ihn noch einen Moment länger fest, dann ließ sie die Arme sinken und wandte sich Richtung Haus.

«Bub spielt mit den anderen vorne auf dem Hof Kricket, falls du zuschauen willst», sagte Ilse, und Liz lächelte sie im Vorbeigehen traurig an.

«Danke, ich glaube, das mach ich. Das Essen ist bald fertig.»

Ilse schaute ihr nach, drehte sich dann zu Nathan um. Sie sah sein Gesicht und runzelte die Stirn. «Ist alles in Ordnung? Glenn wartet.»

«Ja.»

«Bestimmt?»

Er wandte den beiden Gräbern den Rücken zu und fühlte sich augenblicklich ein wenig besser. «Ja.»

«Na, dann komm.» Ilse wartete, bis Liz im Haus verschwunden war, schob dann ihre Hand in seine. Ihre Handfläche war warm und trocken, als sie zurückschlenderten.

«Hör mal», sagte sie. «Harry hat gesagt, er würde mit zu dir nach Hause fahren und dir bei den Vorbereitungen für das Hochwasser helfen, aber –» Ihre Worte kamen hastig heraus. «Ich hab mir überlegt, es wäre besser, wenn er bleibt und hier alles klarmacht, und ich könnte für ein paar Tage zu dir rüberkommen und dir helfen. Wenn du willst.»

Nathan blieb stehen und sah sie an. «Das fände ich absolut phantastisch.»

«Bist du sicher? Wenn du nämlich dringend Harrys Hilfe brauchst oder die von Bub …»

«Nein. Gott, nein.»

«Ist es viel Arbeit?»

«Nein.»

«Aber ich soll trotzdem kommen?»

«Unbedingt.»

«Okay.» Sie lächelte. «Gut. Wie wär's mit nächste Woche Donnerstag und Freitag?»

«Neujahr.»

«Ja.» Sie lächelte. «Über Silvester.»

Sie erreichten die Veranda. Los Bilder wurden noch immer von Steinen beschwert, und ihre Ränder flatterten im Wind.

Camerons Gemälde lehnte am Geländer, wo Liz es hingestellt hatte.

«Mein Gott, was macht das denn hier draußen?», sagte Ilse, als sie die Stufen hinaufging.

«Ich hab's rausgeholt.»

«Ach.» Ilse nahm das Bild und hielt es vor sich. Die Farben waren bereits mit einer dünnen Staubschicht überzogen. Ilse runzelte kurz die Stirn, leckte dann ihren Daumen an und wischte einen länglichen Fleck von der oberen Ecke. Der Fleck verschwand, aber es blieb ein verschmierter nasser Daumenabdruck zurück. Ihre Mundwinkel hoben sich leicht. «Besser.»

Sie stellte das Bild unsanft zurück auf die Holzdielen. «Also, komm nach deinem Telefonat raus zu den andern.»

«Ilse –»

«Ja?»

«Ähm –» Nathan nahm ihre Hand, spürte ihre Fingerspitzen leicht an seinen. «Bist du glücklich? Jetzt, meine ich?»

Ihr Gesicht wurde ernst, während sie nachdachte.

«Ich weiß nicht», sagte sie schließlich. «Es war eine schlimme Woche. Eigentlich ein schlimmes Jahr. Aber wenn du mich fragst, ob ich mich besser fühle als letzte Woche oder letztes Jahr, dann ist die Antwort Ja.»

Sie sahen einander an, und sie trat langsam einen Schritt näher, beugte sich vor und küsste ihn. Nathan schloss die Augen, und in seinem Körper breitete sich eine Wärme aus, die nichts mit der Sonne zu tun hatte, und er spürte, dass er lächelte.

«Ich glaube, wenn ich jetzt an die Zukunft denke», sagte sie, als sie sich voneinander lösten, «kann ich mir vorstellen, wieder glücklich zu sein. Und das habe ich lange nicht empfunden. Weißt du, was ich meine?»

«Ja», sagte er. «Das weiß ich.»

Sie öffnete die Fliegengittertür und zeigte auf das Telefon, dessen Hörer neben dem Apparat lag. «Bis gleich.»

Nathan sah zu, wie sie um die Ecke des Hauses verschwand, ließ dann die Tür hinter sich zuschlagen. Er ging durch die dunkle Diele und nahm den Hörer.

«Hallo?», sagte er. Durchs Fenster sah er, dass das Kricket-Spiel in vollem Gang war. Die Mädchen warfen abwechselnd den Ball, während Bub Anweisungen rief.

«Nathan», kam Glenns Stimme über die Leitung. «Sorry, Mann. Ich bin gestern erst zurückgekommen und hab deine Nachricht erhalten. Also, wir sind der Sache nachgegangen, und wie es aussieht, ist diese Jenna seit fast drei Wochen auf Bali. Den Flug- und Reisepass-Daten nach kommt das alles hin, und ich hab in dem Hotel angerufen, wo sie wohnt, und hab kurz mit ihr gesprochen. Sie hat gesagt, das mit Cameron tue ihr sehr leid. Anscheinend wollte sie ihm bloß einen Brief schicken.»

Xander sah Nathan durchs Fenster und winkte, und Lo gelang irgendwie ein Ballwurf, den Bub verfehlte. Bub ließ sich vor gespielter Beschämung auf die Knie fallen, während die Mädchen in lautes Jubelgelächter ausbrachen. Bub zeigte durch die Scheibe auf Nathan und gestikulierte. *Komm raus und hilf mir.*

«Nathan? Bist du noch dran?» Glenns Stimme klang weit weg.

«Ja.»

«Gibt's sonst noch was, worüber du mit mir reden wolltest?»

«Sorry», sagte Nathan. «Ich –»

Ilse lachte, als die Mädchen eine Ehrenrunde liefen.

Nathan atmete ein. «Weißt du, was, Glenn? War nichts Dringendes.»

«Wirklich? Die Nachricht hat sich aber dringend angehört.»

Lo stand jetzt vor dem Wicket und mühte sich mit einem Schläger ab, der fast so groß war wie sie. Harry machte einen Unterarmwurf, und Lo traf, und alle applaudierten.

«Nein, ich wollte bloß –» Nathan stockte. «Ich wollte dir bloß sagen, dass ich von jetzt an öfter in die Stadt kommen werde. Ich habe nicht vor, Ärger zu machen, aber ich werde mich blicken lassen, wenn ich will. Also erzähl das ruhig allen, die es wissen müssen, aber mein Entschluss steht fest.»

«Alles klar», sagte Glenn. «Ich würde zwar nicht sagen, dass das besonders dringend war, aber ich persönlich finde die Idee gar nicht schlecht.»

«Danke, Glenn.»

«Kein Problem.» Der Cop hüstelte. «Wenn das alles ist –»

Durchs Fenster sah Nathan Liz etwas abseits stehen, ein bisschen im Schatten, ein bisschen unauffällig, und über ihre Familie wachen. Sie sah mit sich im Reinen aus. Harry gab den Mädchen Tipps, wie sie schlagen sollten, während Bub etwas zu Xander sagte, das ihn zum Lachen brachte. Ilse lächelte, und ihr Haar glänzte im Sonnenlicht.

«Das ist alles», sagte Nathan.

«Na dann, Frohe Weihnachten.»

«Dir auch.» Er legte auf.

Das Licht draußen war blendend hell, als er die Tür öffnete und zu seiner Familie ging.

DANKSAGUNG

Die Arbeit an diesem Buch hat mir großen Spaß gemacht, und ich bin den vielen Menschen dankbar, die mir geholfen haben, dieser Geschichte Leben einzuhauchen.

Wieder einmal geht ein Dankeschön an meine großartigen Lektorinnen Cate Paterson und Mathilda Imlah bei Pan Macmillan, Christine Kopprasch und Amy Einhorn bei Flatiron Books und Clare Smith bei Little, Brown and Company. Vielen, vielen Dank für eure klugen Ratschläge, für eure Ideen und für eure Unterstützung.

Gar nicht genug danken kann ich meinen wunderbaren Agentinnen und Agenten für ihre unermüdliche Arbeit: Clare Forster bei Curtis Brown Australia, Alice Lutyens und Kate Cooper bei Curtis Brown UK, Daniel Lazar bei Writers House und Jerry Kalajian bei der Intellectual Property Group.

Viele Menschen haben sich die Zeit genommen, mit mir zu sprechen und mir Geschichten aus ihrem Leben zu erzählen. Ohne ihre große Hilfsbereitschaft hätte ich dieses Buch niemals schreiben können.

Ein riesiges Dankeschön geht an Neale McShane, Polizeibeamter a. D. in Birdsville, und an seine Frau Sandra, die mich zu sich nach Hause einluden. Nur wenige würden eine Wildfremde 900 Kilometer durchs Outback kutschieren und auf der ganzen Fahrt Fragen beantworten, und ich kann von Glück sagen, dass Neale zu diesen wenigen gehört. Es war ein einmaliger Roadtrip, den ich nie vergessen werde.

Eine besondere Ehre war es für mich, in Birdsville die Bekanntschaft von Don Rowlands, Stammesältester der Aborigines und Ranger im Munga-Thirri-Nationalpark, und seiner Frau zu machen. Ihre Erkenntnisse und Erfahrungen haben mir die Augen für Dinge geöffnet, über die ich nie zuvor nachgedacht hatte, und ich bin ihnen unendlich dankbar dafür, dass sie mir ihre Gedankenwelt nahebrachten.

Ein dickes Dankeschön geht an Andrew Cameron, Sanitäter in Birdsville, für den gemeinsamen Spaß und die faszinierenden Gespräche und die Ausflüge in die Umgebung. Ich habe sehr viel gelernt, und seine Hilfe bei den Recherchen für dieses Buch war von unschätzbarem Wert.

Besonders dankbar bin ich zudem David Brook, der so nett war, mich an seinem umfangreichen Wissen in Sachen Farmverwaltung teilhaben zu lassen, und mir geduldig eine lange Reihe von Fragen zu Kühen, Funkgeräten und allem, was dazwischenliegt, zu beantworten.

Ich danke der Rinderzüchterin Sue Cudmore, die mir ihre Geschichten über Kälber erzählte, und dem Autor Evan McHugh, der mich seinen Freunden und Bekannten vorstellte und mit mir über seine eigenen Erfahrungen im Outback sprach. Seine Bücher *Birdsville* und *Outback Cop* (in Zusammenarbeit mit Neale McShane) waren beide äußerst hilfreich für meine Recherchen.

Ich danke allen, die mir im Laufe des Schreibens geholfen haben, und etwaige Fehler oder künstlerische Freiheiten gehen allein auf mein Konto.

Nicht zuletzt danke ich meinem Vater Mike Harper für die Idee, aus der letztlich der vorliegende Roman wurde, und wie immer Helen Harper, Ellie Harper, Michael Harper, Susan Davenport, Ivy und Ava Harper und Peter und Annette Strachan.

Und natürlich geht mein allergrößter Dank an meinen wunderbaren Mann Peter Strachan und unsere tolle Tochter Charlotte Strachan. Ihr beide bereichert mein Leben, und ohne euch könnte ich diese Bücher nicht schreiben.

Weitere Titel von Jane Harper

Aaron Falk ermittelt

Hitze

Ins Dunkel

Zu Staub

Karen Sander

Bald stirbst auch du

Europe Calling: In seinem vierten Fall ermittelt das Erfolgsduo Stadler & Montario international!

An der Universität Liverpool gibt Profilerin Liz Montario einen Workshop für die besten Nachwuchsermittler Europas: Es geht um Cold Cases. Zoe Fischer, eine deutsche Polizistin, präsentiert zwei ungelöste Mordfälle, die in das Tatmuster eines berüchtigten Serienmörders passen könnten: Jeremy Dunn machte einst Furore mit Kunstwerken, gemalt mit seinem eigenen Blut. Angeblich. Liz hat Zweifel an Zoes Theorie, denn «der Schächter» sitzt seit Jahren im Gefängnis. Erst als Zoe in Schweden auf einen weiteren Mordfall stößt, der die gleiche Handschrift trägt, ist auch Liz überzeugt. Und als Zoe plötzlich spurlos verschwindet, beginnt Liz, mit dem Düsseldorfer Hauptkommissar Georg Stadler fieberhaft zu ermitteln.

400 Seiten

Weitere Informationen finden Sie unter **rowohlt.de**

Christi Daugherty
Echo Killer

Der Mörder ihrer Mutter wurde nie gefasst. Jetzt scheint er erneut zu töten

Eine Frau Mitte 30, nackt und erstochen auf dem Küchenboden – aufgefunden von ihrer 12-jährigen Tochter. Als Polizeireporterin Harper McClain den Tatort sieht, hat sie nur einen Gedanken: Das grausame Szenario ist identisch mit einem anderen Mord. Dem an ihrer Mutter. Seit 15 Jahren quält Harper der Gedanke, dass der Killer noch immer auf freiem Fuß ist. Nun scheint er wieder zugeschlagen haben: keine Fingerabdrücke, keine DNA, keine Spuren. Harper ist entschlossen, die Wahrheit endlich ans Licht zu bringen. Doch die hat ihren Preis.

Polizeireporterin Harper McClain ermittelt in Savannah, Georgia.

416 Seiten

Weitere Informationen finden
Sie unter **rowohlt.de**

MIX
Papier aus verantwortungsvollen Quellen
FSC® C083411

Das für dieses Buch verwendete Papier ist FSC®-zertifiziert.